西藏·达娃娜

◎ 张文恒

西藏人民出版社

2021年西藏自治区文艺创作扶持项目

图书在版编目(CIP)数据

西藏·达娃娜 / 张文恒著. --拉萨 : 西藏人民出版社, 2022.12

ISBN 978-7-223-07253-3

Ⅰ. ①西… Ⅱ. ①张… Ⅲ. ①散文集 - 中国 - 当代 Ⅳ. ①I267

中国版本图书馆CIP数据核字(2022)第223044号

西藏·达娃娜

作　　者	张文恒
责任编辑	黄　霞
封面设计	格　次
出版发行	西藏人民出版社(拉萨市林廓北路20号)
印　　刷	西藏山水印务技术有限公司
开　　本	787×960　1/16
印　　张	19.75
字　　数	260千
版　　次	2022年12月第1版
印　　次	2022年12月第1次印刷
印　　数	01-1,000
书　　号	ISBN 978-7-223-07253-3
定　　价	38.00元

目　录

浩如烟海的诗卷，咏月诗词俯拾皆是，更不乏名篇佳作。或描绘明月绰约妩媚姿影，抒发相思和离别之情，感伤身世和流离之苦，倾诉旷达潇洒之胸襟，寄托济世报国之壮志，亦或借以抒发对宇宙、社会、人生的思考。

月在心里亮

自古以来，咏叹月亮的名句最多。面对月亮，那些世俗的焦虑、权力的纷扰，瞬间不见了踪影。

月亮净化了人的心灵，给予人们澄净豁达的胸怀，让人在面对历史沧桑、世事变幻和内心孤独时，永远以审美和超脱的心态去感受一切，去赞美一切。似乎在月亮的映衬下，美好的事物总是无穷无尽。

月亮，这个让人听了看了都富有柔美的天象，有许多别称，如蟾宫、银钩、婵娟、桂宫、玉盘、玉轮、玉环、玉钩、玉弓、玉镜、天镜、明镜、玉兔、嫦娥、蟾蜍。

千百年来，远离家乡和亲人，长年漂泊在外的人们，每当遥望夜空，看见朗朗明月之时，心中总是不免泛起思家念远之情。如李白的《静夜思》："床前明月光，疑是地上霜，举头望明月，低头思故乡。"杜甫的《月夜忆舍弟》："露从今夜白，月是故乡明。"

远古时期，夜晚没有其他照明物，空中的明月是黑夜里的唯一亮光。然而，月有阴晴圆缺，月亮也只能在无风无雨的夜晚出现。月亮这种特殊的自然现象，给了先民们无限的想象，它一直以柔和、宁静、美妙引得远古人民的称颂和崇拜。

有人说，在传统文化中，如果太阳是力量与征服，月亮则是超脱与宁静。如果太阳是短暂与泛滥，月亮则是永恒与智慧。如果太阳如权力般炙热，那么月亮则对人性充满怜悯与感伤。

月亮，是中国文化中始终微笑、宽容、美好的母亲，是永远温柔、恬静、冰雪聪明的佳人。

总是在那宁静的夜晚，山谷间回响着让人恒久思念的优美旋律，无时不在拨动人的心弦——

“月亮升起来哟，山寨静悄悄，风儿轻轻吹，弦子声声响，弹起我心爱的小三弦，我心上的姑娘快快来，让我们相聚在一起，诉说心里的悄悄话……”

“遥望夜空的明月，想起了久别的故乡，漂泊异乡的游子牵念着妈妈，明月啊明月请你等等我，我想把思念捎给你，送给我的妈妈……”

或许是离家太久，或许是思乡之情太重，这些情深意长的歌儿深深地打动人心，每一次都让人很快进入歌的意境、情的缠绵，振撼了人们对故乡对母亲对妻儿的怀想和眷念。

在西藏，不知有多少歌曲在表达人们对月亮的寄托、思念和崇拜。不知道有多少人传诵着人们对月亮的向往、记挂和倾慕。

记不清，多少个日子里，东边山上一片红彤，金色的阳光普照山脊。放眼西边千里横黛，一轮明月挂在山顶。天空清朗，大地静好。

在西藏，一次次感受日月同辉，一次次心花怒放。那么明亮、那么美丽的圆盘，似一汪清澈的泉水，又像卓玛姑娘明亮的大眼睛，是那么遥远，那么深情。

月在山里亮，月在心里亮。给人的感觉总是那么轻柔和美妙。

难道说，只有在西藏才能看到如此让人迷恋的天象？惟有高原这般令人感慨？

其实不然。

小时候，在老家的山村里也曾经见过日月同辉的景象。只不过，那时的感受没有这么强烈，找不到如此令人惊诧的场景，没有那么悠旷的记忆，没有这么深沉的感知，更不像现在这样刻骨铭心、沁人心脾。

太阳和月亮同时出现在天空中，是月球绕着地球转，地球绕着太阳转，它们三者之间可能出现一种位置关系，使得人们在地球上可以同时看到月亮和太阳。

月球本身不会发光，有时候它背面对着地球，或者太阳光线太强，人们就看不见它。有时候月亮和太阳位于天空的同一方向或相隔不远，白天太阳在天空中出现的时候，月亮就在它的旁边，但在强烈的阳光照射下，人们也无法看到它。

一般情况下，月亮都是出现在太阳初升或者即将落山、大地上光线清爽通透的时候。

有人说，这个现象并不奇怪，在西藏经常出现，每个月的上弦月和下弦月时段，经常能看到日月同辉。多少人因此欢呼雀跃。

然而，在西藏特殊的地理环境下，日月同辉的自然现象频繁出现，许多人已是视若无睹，习以为常。

有的人用摄影机记录下那震撼的瞬间，有的人却把那精彩的画面留在心底，让理性战胜感性，用感性超越理性，周而复始，循环不息。

那么，在西藏，到底一年有多少天太阳和月亮会同时出现在天空？能给出答案者，唯有专业的天象观测员。

一天，我带着这样的疑问走进了自治区气象局，得到的答案是，肉眼直接观测日月同辉天象需要一定的条件，在天空晴朗、能见度好的月份可在白天同时看到太阳和月亮。

西藏洁净清爽的空气中，太阳和月亮同时出现是常有的天文现象。如果按照太阳和月亮同时在地平线上出现计算，三百六十五天恰好是一半的时间。但是，由于大气层对光线的折射作用，实际能看到太阳和月亮同时在地平线上的天数稍多一些。

美好的事物，总是出现在美好的地方。西藏大气层透亮，能见日月同辉的天数自然更多。

在人类文明的早期，月亮代表神秘和智慧。我想，无论是过去、现在和将来，一个热衷梦想的人，对月亮始终有着深深的敬意。一个热爱生活的人，无论是在白天或晚上，看到月亮都会怦然心动。

西藏,地势高峻,地理环境特殊,有着独特的自然生态。有人说,去西藏的理由很多。也有人说,仅仅“西藏”这两个字,就足以令人魂牵梦绕。

深夜的拉萨,零下十几度,寒风刺骨,月朗星疏,人们都窝在家里,偶尔趴在窗边看一看那迷茫的夜空。皓月当空,又有多少人舍得离开这清辉月朗的夜,又有谁愿意放弃揽月入怀、风云际会的天付良缘。独坐茶几旁,端茶邀明月,无喧嚣浮躁之音,无情迷扰心之困,惟有明月来相照。

明月本无心,任凭清风吹;漫步夜空下,遥望月光明。常被家人嘲笑为“夜游神”的我溜进黑夜里,仰望月明如水万千变化。能看见什么意境、能看出什么神韵?这不过是自己一如既往的坚持。

拉萨的天空万里无云,苍穹一片湛蓝,一轮明月仍然挂在天空上。这个神奇的自然现象,无不令人叫绝。

我从不会质疑自己对一个地方的爱恋。

我更爱这个地方的纯真与质朴,爱这个地方的明月如此的透明和温润,爱这轮明月朦胧温婉从不将自己的肉体和灵魂剥离开来的灵动,爱它缠绵柔和清韵的身影总是附着于看得见的阳光、雨水和那些晃动的树林,以及那在树林里窃窃私语诉说着的西藏的变迁。

高山、云朵和日月碰撞到一起,它们闪耀着如此壮烈的美!岁月静好,世间安稳。

云彩瞬息万变,与冰雪、阳光、明月遥相呼应,一气呵成,绘就了一个瑰丽的世界。

大自然的随意组合与天象的无穷变幻,给予人间美的恩赐。美好的地理环境、良好的自然生态造就了西藏朗月辉映经常出现的奇特景观。

月光映照着西藏欢快的锅庄,月色铺满了高原村落的墙角,给人美好的向往。

太阳出来,雪山上金光闪闪。人在地上走,明月天上游。

为了生活,人们忙碌奔波,披星戴月。一幅日出高山、月照长河、诗意朦胧的画卷在高原徐徐展开。美的滋味涌上心头,还有什么不能让你满足。

月光如水的夜,雨从天空撒落,如诗如画。

浩如烟海的诗卷,咏月诗词俯拾皆是,更不乏名篇佳作。或描绘明月绰约妩媚姿影,抒发相思和离别之情,感伤身世和流离之苦,倾诉旷达潇洒之胸襟,寄托济世报国之壮志,亦或借以抒发对宇宙、社会人生的思考。

在中国传统文化中,月亮的意蕴十分丰富,常常成为人类思想情感的载体。在那些咏月诗歌中,诗人将明月融入自己的思想感情之中,使明月与内心的思想感情互为辉映,创造了许多优美的意境,并将诗歌的文学品位、思想内涵和艺术造诣提升到一个极高的水平。

由于诗人的心境不同,在不同的诗句中,月亮这个意向有着多种不同的意蕴:幽美、自由、纯洁、美好、永恒、凄凉、悲惨、悲欢离合等。月亮的不同意蕴,形成不同的审美意境,烘托出诗人的不同情怀。

邛多江静静的夜，是迷人的夜。静谧幽深的夜空，婉月笼罩大地，月色清雅，情朦胧意朦胧。这是一种美，一种赞赏的美，一种看好的美，是让人发自内心喜欢的美。

邛多江静静的夜

邛多江不是江，也不是河，她只是西藏山南的一个地名。

在邛多江长约20公里的地域里，散落着几片宽敞的湿地和几个小小的村落。

多年来，一次次从邛多江这片宽阔的草原上穿越而过，却并没有在意她的存在。

八月桂花飘香的季节，背负着受领的任务，带上睡袋和帐篷，来到群山簇拥、山峦怀抱的勒布塘，在这里与邛多江亲密接触，切身感受到了这非江非河非湖泊的邛多江是如此的优美动人。

尤其是邛多江静静的夜，皓月当空，星罗棋布，散发着迷人的清香，身临其境，有种“忽逢桃花林”误入仙境般的如痴如醉。

邛多江的夜，出奇的寂静，邛多江的山，无比的清冷。这么冷静的夜，给人的感觉却另有一番滋味在心头，那就是在缺氧的状态下，也能感受到夜空中弥漫着草场上草根和野花的芬芳。

幽美的夜色中，踏着软绵绵的草垫，微风轻轻地掀开身上的大衣，有意无意的似乎要钻进去抚摸抚摸温暖的肌肤，清新而又淡雅的夜晚，有种说不出的兴奋和愉悦。

在偌大的宿营地院子里，走着走着，远山传来了凄厉的狼嚎、狐叫声。黑色的天，深邃的夜空让人害怕，宁静的夜，突然布满紧张气氛。

黝黑的天幕罩着大地，一个人在空旷的草原上围绕帐篷转悠，尽量克制内心的恐惧，小心翼翼地注视着周围的动静，内心深怕野狼怪兽的突然袭击，而又不时抬头仰望夜空。

明月总是披着一层清韵的银纱，一副凄凉、神秘、含情的容颜，让人看一眼就忘不了。

是啊，离开那喧嚣的城市，邛多江的黑夜凭添一份静谧之美，怎能不让人对明月有着永久的寄托？

为了安全、为了尽享夜色之美，只有悄悄走进师傅的帐篷，打着手电筒找到了车钥匙，悄悄把车开向那空旷的草原。

朦朦胧胧夜幕下，海拔在逐渐升高，车在前进，似乎要追着月亮走。

傻冒，月亮在天上，人在地上，你能追得上月亮吗？

海拔仪表上显示5050米，来到一块高高凸起的大草坪上，连续的喘气告诉人，氧气越来越少，不能再往前走了。

开着车灯在车上静静地坐一会儿。今夜将会发生什么事，谁也不知道。在车灯的映照下，只见一只只草鼠钻出地洞，探头探脑地观察着车辆，精灵聪明的草鼠一会儿在洞口跳跃，一会儿快速入洞，似乎它们也懂得看热闹。

夜，很深了，美丽的月儿在天空中悬挂着，远处能看得见的村落没有一丁点儿灯光，整个村庄一片沉寂。只有离村庄不远的湿地忽闪忽闪，似乎还有水鸟在嬉戏，还有鱼儿在跳动，还有虫儿在飞舞。

夜，是幽静的。一阵阵微风轻拂而过，摇曳碰撞的小草也是睡意朦胧，唯有孤独的明月仍旧披着一层薄薄的轻纱凝视着静静的夜和黑夜里宽阔的草原。

似乎，这轮明月正在怀想着某个人，放不下也丢不下，久久不舍离去。

我确定，此时已寻觅不到白天的绿荫万顷和烟波浩渺，找她不着山坳中的蓝绸绿缎和翡翠碧玉，更是瞅不见平坦坦、绿油油，在阳光照射下绿里泛着嫩黄、闪着璀璨，让人心醉的意境。

但是，美丽的夜空下，邛多江草原密匝匝、厚敦敦、迷蒙蒙的夜貌，真是让人着迷。深过脚背的绿草，还有一片片湿地，风吹草斜波光粼粼，依然楚楚动人。

不知道，是那轮明月之色在诱惑，还是那片草原之美在吸引。

邛多江的夜，月亮升起来，山寨静悄悄，风儿吹起来，却听不到弦子弦声响，更看不到小伙子弹起手中的小三弦，和心爱的姑娘相依在一起，诉说心里的悄悄话。

有人习惯在迷人的夜景里沉睡，这样的身心需要抚慰。有人却要寻觅迷茫的夜色之美，这样琢磨的滋味很疲惫。事实是，繁忙都市里的人们已无心欣赏皎洁的明月，即便偶尔抬头看见月明中天，却很快就会被城市绚丽耀眼的灯光所迷惑。或许，他们已经习惯了都市里的霓虹彩灯，只有这样的闪烁才会让人信心百倍，只有站在闪烁的灯光下，才能找到生活的情趣。其实，他们已经忽略了明月的存在，他们看不见身边的明月是多么的美丽动人。

或许，他们认为明月太抽象，与现实距离太遥远，无暇顾及明月的浪漫和妩媚。想想嫦娥奔月追求美好生活，也只是民间传说而已，一心只管经营充实的人生。仅此而已。

邛多江静静的夜，用心呼唤明月，用情欣赏明月的容颜。在距离明月最近的地方，倾听明月的歌唱。

也许你会蜷缩身子沉思，如此这般的热爱明月，掏心掏肺的喜欢明月，到底自己离明月有多远？或许你已安然入睡，早已进入梦乡，梦里将明月紧紧揽入怀中，时刻与明月相依相偎，深情诉说天亮以后离别的滋味……世间万物都有猜不透的时候，而猜不透的那一面，总是隐藏很深很深，或许，人们一辈子都不会知道。

那天，你声情并茂地说，自己一直睡不好，看上去比别人老。你老是睡不着，到底在想什么？你每次都很无奈地说，自己想睡着。半夜三更，你不睡觉，钻出帐篷看天看月色，还要看看夜里的大草原，有那么美吗？有你说的那样诱人吗？

其实，静谧幽深的夜空已经告诉人们：夜晚的景色不同于白天，婉月笼罩大地，夜空清雅，情朦胧意朦胧，这是一种美，一种赞赏的美，一种看好的美，是让发自内心喜欢的美！躺在床上，怎么能感受到如此的多情和美丽？

邛多江静静的夜，是迷人的夜！

一个士兵的使命有多大，责任就有多大。要在波涛汹涌的雅鲁藏布江上架设浮桥，保障部队、装备通行，这是一个历史性难题。

激战雅鲁藏布江

山下落雨，山上飘雪，这是西藏的气候特征。

八月下旬，拉萨的雨水少了，可高山上仍旧是一片白茫茫。

拉萨的雨水逐渐减少了，可雅鲁藏布江一天比一天湍急，一天比一天浑浊。

眼看任务就要来了，人员、重型装备、大型机械即将过江。原本不到二百米宽的水域，突然增至三百五十米宽，流速由每秒不到两米增至每秒三点五米，就连南北两岸的码头都被洪水淹没了，江上架设浮桥的难度陡增，怎么办？

要在波涛汹涌的雅鲁藏布江面上架设浮桥，保障部队、装备过江，这无疑是一个历史性难题。从古至今，从未有过，在这支部队组建之前也从未有过。

带领部队在此开设架桥训练三个多月的西藏军区某旅舟桥营营长黄志军和教导员毛圣豪有些坐不住了。他们每天到江上跟班作业，在翻滚的波浪中组织架设门桥、浮桥训练，每天晚上到江边勘察险情，测量水情水位。他们从帐篷走到江边，又从江边走到帐篷，不知道每天走了多少个来回，眉头一天比一天紧皱。但他们的信念只有一个："无论困难有多大，必须把桥架通。"

于是，拉萨以西，雅鲁藏布江某水域，打响了一场场激战。

一天晚饭后，突然接到通知，部队第二天就要过江……

码头已经被洪水淹没了，唯一的办法只有连夜重建码头。

紧急情况下，他们启用抗洪抢险的塑料编织袋，400余名官兵连夜奋战在雅鲁藏布江南北两岸。凉飕飕的夜风夹杂着细沙，吹打着官兵们的脸庞，只要一张口，风沙就会往嘴里钻，大家口腔里满是粘膜和泥沙的混合物。在那昏暗的灯光下，大家根本顾不上这些，所有人兵分两路，同时在南北两岸轰轰烈烈的干，鏖战至凌晨一点半，终于用六千多个沙包筑起了两个坚固的码头。

早晨,官兵们齐装满员来到码头上,开始架设浮桥。江面上,好一派忙碌、热闹的场面,呐喊声、呼叫声、波涛声混杂一片,指挥若定,忙而不乱,在惊涛骇浪中,经过两个半小时的艰苦作业,三百五十米的浮桥架通了。这次架桥,比平时常态水位上架设二百多米的浮桥多用了一个小时四十分钟,作业量和作业难度远远超过平常,官兵们深切感受了"到中流击水,浪遏飞舟"的壮观。

浑浊如泥浆的洪水声嘶力竭地拍打着架好的浮桥边沿,那声音,咆哮如雷,听起来是多么的揪心;那场面,险象环生,看一眼就会感到无比的可怕。黄营长在对讲机里反复呼叫:"各作业手,注意观察险情……"

过去,官兵们是在常态水位上架设浮桥、门桥,最多有一两根钩镐掉进江里,但很快就会被捞上来。而此次作业,漂舟、失舵、机车停机等险情都遇到了,考验官兵们战斗力的难度也增大了。

一天,因洪水流速太快,正在江上训练的锚定动力舟失舵,从上游快速往下游去。大约快速漂游二百米后,与浮桥发生猛烈的碰撞,在惯性的作用下,站在动力舟上手持操作盒的上等兵郑超文一下掉进了江里。

雅鲁藏布江险,雅鲁藏布江水冰凉刺骨。掉进江里的郑超文上演了一场双手托举操作盒,整个身体被洪水淹没的感人画面。用战友们的话说,当时根本就看不见郑超文的身体,只见他的一双大手高高托举着操作盒。

一次,动力舟发电机停机,很快就出现了漂舟,整个门桥往下游漂流了五百米远后,被一根横张纲绳拦住了。可是,直径六公分的横张纲绳瞬间就被挣脱,动力舟上的驾驶棚随即侧翻下水,舟上三名人员同时被拦腰拽进江里。就在此时,两艘汽艇和三台冲锋舟及时从远处冲刺而来,费尽九牛二虎之力,持续跟踪漂游的动力舟两公里后,才将人员和装备捞上来,场面惊心动魄。

动力舟靠了岸,人员和装备都回到原位后,大家才发现,掉进江里的上士秦绍伟和中士刘建的左右脚分别出现撕脱性骨折;指导员杨栊下颌刮伤,医生当场给他缝了三针。

第二天,锚定门桥失舵,从上游往下渡漂,与刚刚架好的浮桥碰撞,手持钩镐矗立在门桥上的下士马善拐、卜在峰、国三飘、仁青旺堆被逼跳进了江里。

就在上周三，因为水流太急，一辆冲锋舟在航行过程中，在没有加大马力的情况下，与斜张纲绳相挂，冲锋舟当即被掀翻，操作手陈弋明和时进松噗通一声就被摺进了江里。可中士时进松却不顾个人安危，双手死死抱住操作机，顺着滔滔江水往下漂流，直到冲锋舟将他和操作机救起来。

一个士兵的使命有多大，责任就有多大。紧急救援时进松的过程，是一个让人心惊胆颤的过程，在那激流险滩中，时进松一次次使劲将操作机往救援战友手里传递，拼命与洪水搏斗。他一次次被洪水淹没，又一次次露出水面，在那像冰冷刺骨的江水里，他双手始终紧紧抓住操作机，保护装备胜过保护自己的生命，场面让人震震撼，更让人感动。

水流湍急，雅鲁藏布江上处处是险滩，一幕幕提心吊胆的场景接二连三地出现。一天，险情又出现了，陆侧动力舟失舵，门桥还没有摆放到位，就被汹涌的洪水冲到岸边搁浅了。在这危急关头，官兵们及时采用水侧动力舟强行将门桥拉离岸，又一次规避了险情。可是，另一边连续漂走了两节门桥，三十名作业手站在门桥上也无法控制。当时，大家都冒出了一身冷汗。

江面上波浪哗哗地翻滚着，官兵们急中生智，迅速抛投锚。原以为抛投锚可以制止或缓解门桥的漂流速度，可让官兵们没想到的是，五百公斤重的锚抛出去后立即被门桥轻松拽走。可想而知，这洪水的冲击力之大。滔滔江水上，要想锚定门桥，绝非易事。三名战士抓起撑杆，还没撑到江底，就被搅下江中，汽艇尾随其后，一边控制江水的冲击，一边使劲的顶、揣。与滚滚江水抗争了三公里后，才将两节门桥推靠岸。

今年这个架桥的季节，真是险象环生，一次次出现漂舟、失舵、失速，官兵们一次次掉进江里，一次次化险为夷。这群舟桥兵在雅鲁藏布江上得到了摔打和磨练，就连从新兵开始就在江上与舟桥打交道、现已15年兵龄的四级军士长王立泽都没见过这样的激流，而掉进江里的官兵事后纷纷说到，与冰凉刺骨的雅鲁藏布江水亲密接触，还是头一回。

这是一个祭祀的日子，这个祭祀的日子，在南京。心情格外的沉重。

南京，清明节

清明前夕，来到南京。

深厚的历史底蕴，多棱的文化折射，让人感觉南京充满了神奇和吸引力。

清明节，在南京。

在侵华日军南京大屠杀遇难同胞纪念馆，目睹志愿者用美术颜料手绘的紫金草图案，将和平之花"种植"在纪念馆雕塑广场上。心如胆汁般苦，无法走出历史、无法走出耻辱。一具具白骨在控诉，一个个冤魂在怒吼。不能忘记历史，忘记历史就等于背叛。据南京本地人介绍，紫金草又称二月兰，原本是南京常见的一种野花，如今被赋予"铭记历史，珍爱和平，不让悲剧重演"的象征。但愿侵略者的后人认真反思，不再违背和平的约定。

三十万灵魂的尸骨，激荡双眼、模糊视线，惨不忍睹。此刻的心，是凝重的。恨，往心里去；泪，往心里流；拳，紧攥着，不时在心里高喊，冲出去，把它揍瘪。

人们络绎不绝，尽然有序，纷纷来凭吊遇难同胞。不断接近历史原貌，揭示历史真相，愤恨罪恶的日本侵略者制造了惨绝人寰的特大惨案。人们献上鲜花，清扫墓地，整理环境，纷纷表达对逝者的追思与崇敬。

清明节，在南京。别有一番滋味在心头。尽管春光包围漫山遍野，在这缅怀先辈充满哀思的时节，人们将满怀的思念埋藏心底。

听，改革强军的号角已经吹响。看，改革强军的红旗高高飘扬。祖国的大江南北、高山海岛，从东到西，座座军营苦练精兵，从容面对世界风云变幻，正以高昂的斗志助推中国梦、强军梦的实现，以告慰逝去的死难同胞……

是夜，细雨淅沥。心总是穿越在深邃的历史隧道里，深深地呼吸着历史沧桑发出的特有气息，感受着仍在颤抖的历史脉搏。多少尚未解开的历史疑团，层层迷雾在心中升起。对坚贞不屈、视死如归、忍辱负重的先辈致以崇高的敬意。

清明节，南京祭奠。

外婆的扁担是儿时的记忆。外婆的扁担是一件贵重的宝物。它就像一把宝剑，握在外婆手里，随时准备惩恶除霸。

外婆的扁担

在西藏工作二十多年，发现西藏的老百姓很少使用扁担，他们在运送生活、农用、建筑等物资的过程中，大多是采用人背马驮。

十几年前从多雄拉穿越的墨脱路上，人背马驮尤为常见。但随着近年来西藏交通运输业的不断发展，过去传统模式的人背马驮已经很少能看到了，更不用说人们肩上的扁担。

记得一九九五年的秋天，我们三五成群前往米瑞乡销仲村开展义务劳动。来自祖国大江南北的战士们第一次走进村庄，目睹了许多见所未见的新鲜事物，感到非常新奇。特别是看到阿妈朵朵从外面担水回来，肩上的扁担溜光润滑，黑中泛亮。两只水桶挂在扁担的两端，阿妈朵朵走一步，扁担的两头也有节奏的上下轻微闪动，而水桶却稳稳当当跟着阿妈的步法前进，滴水不往外溢。

尽管我们都把注意力放在了一群歌声飞扬、舞姿翩翩，正在打阿嘎的中年男女身上。但是，当看到阿妈朵朵肩上的那根扁担时，突然勾起了我对外婆及她的扁担的回忆。

时隔多年后，我上个月再次来到销仲村，又一次看到了阿妈朵朵的扁担。让人欣慰的的是，自来水已经安装到了阿妈朵朵的家门口，她们全家再也不用下山挑水。这个边远的小山村家家户户都用上了自来水。

阿妈朵朵的扁担不再用来挑水，而是摆设在厅堂里，作为一种展示、一种思念、一种记忆。

此时此刻的我，更加怀想外婆和她的扁担。

外婆的扁担，是一根用竹子制作而成的普通扁担。外婆的扁担与舅舅、舅妈的扁担大不相同。舅舅、舅妈的扁担是用长在高山上的桑树做的，质地坚硬，负重能力很强。外婆的扁担则是在深沟竹林里取材而作，更加富有弹性和韧性，小巧玲珑而又光亮洁净。

外婆经常把她的扁担放在手上把玩，无论走到哪里，外婆都把她视为心爱之物的扁担扛在肩上，或者当作拄路杖，常在儿孙面前显示自己对这根扁担的酷爱。当时我就想，在那蛇虫众多的环境里，这根扁担无疑就是外婆的防身武器。

外婆的扁担既不挑农家粪也不挑丰收粮，只是偶尔看到外婆用那根扁担从山上挑回一捆嫩牛草、一扎干柴禾或一溜猪草之类的东西，好像这根扁担就是外婆的第二生命，扁担从不离身，即使是睡觉，外婆也要把它放在床头。

在那个年代，外婆的这根扁担到底有多么重要，年幼的我并不知道其中的要义。

外婆疼爱外孙，经常会把外孙抱在怀里，抚摸抚摸，亲吻亲吻，表达一种无尽的爱意。外孙喜欢外婆，经常会念叨："我要去外婆家、我要去看外婆。"小时候我最喜欢去的地方就是外婆家，似乎婆孙之间的天伦之乐在外婆家更为浓厚。

我每年都要到外婆跟前去几趟，与其说是去看外婆，还不如说是去给外婆添乱——尽管每次我们的到来外婆都很高兴，但是，我们这群外孙的到来，确实让外婆费了不少心，既要为外孙准备吃的、玩的，又要考虑外孙的安全，时时关注这个消水洞、那个死水塘、还有山后的大水库……惟恐外孙有什么闪失。

外婆的扁担，不像1928年朱德在井冈山挑粮时用的扁担，家喻户晓，人人皆知。外婆的扁担，也不像重庆棒棒，挑起货物紧相随，一根根棒棒和一对对肩膀，为千家万户提供方便。外婆的扁担，更不像各大名山大川挑夫的扁担，既能够换取一定的金钱养家糊口，又能跟随游客漫游赏景。

庄子曾说："真者，精诚之至也，不精不诚，不能动人。"外婆的扁担，常常让我想起外婆的胆略和睿智、勇敢和坚强。

那一年，就在果实累累，丰收在望的秋天里，我翻山越岭，长途跋涉四个小时，来到外婆家，自个儿串到外婆家厢房楼上。在那布满雕花的窗框上爬着眺望，感受着“富有人家”的走马转角楼和古色古香的雕梁画栋。透过打开的方格窗户，忽然看到一条菜花蛇盘旋在距窗户五米远的牛圈围栏上。起初，我还以为是外婆她们家把一条蛇皮挂在围栏上晾晒，晒干后用蛇皮蒙二胡，原本就惧怕蛇的我飞快掉头下楼去找外婆。

“外婆，您们怎么把一条蛇皮挂在牛圈的围栏上？”外婆一听也懵了。转身抓起她的扁担，快步朝着厢房楼上冲去。我紧跟外婆来到厢房楼上，外婆一眼就盯上了那条蛇。只见外婆后腿几步，来个助跑动作，手提扁担一步跃上窗户，从一根粗梁上跨过去，三下五除二就把那条菜花蛇撂翻掉落到牛圈里，把牛圈里的小猪和小牛吓得满圈乱跑。

而后，我又跟随外婆来到牛圈里，外婆用扁担的一端将被打死的菜花蛇挑起来，在菜花蛇的腹部发现一块肿胀的部位，外婆立即明白了菜花蛇的腹中之物：硕鼠硕鼠，已食我黍。专门做坏事的老鼠被蛇吃了，蛇又被人打死了，罪过罪过！外婆明白自己错杀了菜花蛇，心里难免有些自责。但是，在农村如果家里进蛇又是一大忌讳，真让人进退两难。为了弥补自己的过失，外婆用她的扁担挑起那条菜花蛇往屋檐后走去，在距离房屋五百米远的地方，用她的扁担就地戳了一个坑，将菜花蛇掩埋了。

这样的举动寄托一种什么样理念，当时的我理解不透，但我知道，比起那些尸首散落在路边、荒野里，被蚂蚁和虫鸟啄食的死蛇来说，这条菜花蛇的归宿是完美的、圆满的。

常年跋涉在西藏的山水之间，与炙热的太阳、高辐射的紫外线、厚厚的积雪，还有严酷的寒冷亲密接触，收获很多记忆，得到很多历练，也让我常常想起离世多年的外婆和她的那根扁担。

外婆是一个励志的人，她经常会卷起裤腿，挽起衣袖，手舞足蹈地给我们讲一些有血有肉的故事。大姨、二姨、小姨家里的孩子都来了，一群外孙听外婆绘声绘色地讲述“武松打虎”“西天取经”“精忠报国”等故事后，觉得很多情节和细节就是外婆的风范和气度，很多精神和斗志都在外婆的身上得到了展现，大家非常震撼。

外婆的扁担是一件贵重的宝物。它就像一把宝剑，握在外婆手里，随时准备惩恶除霸。

雅鲁藏布江上的兵，不畏高寒缺氧，是能吃苦的兵；雅鲁藏布江上的兵，敢于挑战冰天雪地，是勇敢的兵；雅鲁藏布江上的兵，贴近实战练，瞄准实战练，是有战斗力的兵。

雅鲁藏布江上的兵

雅鲁藏布江上的兵，是值得敬仰的兵。

2015年12月22日，二十四节气的冬至悄然而来，气温陡降，西藏出奇的冷。嚎啕的寒风中，雅鲁藏布江边已是冰花四溅，冰林成片。

然而，在海拔3900米的某生疏水域，西藏军区某工兵旅舟桥营的数百名官兵已在这里冬训了近一个月，依旧在寒风凛冽的江面上开展渡江保障演练。

一大早，有人提出，今天是冬至，风太大天太冷，为了安全缓一两天再架设浮桥。在现场组织指挥训练的营长黄志军、教导员贾先和却异口同声地说："哪怕冰冻三尺，也要按训练计划破冰完成架桥任务。"

时间刚到9时30分，一阵连续不断的枪声骤然响起，江上顿时烟雾弥漫，数百名官兵昂首挺胸，整装待发。眨眼间，江面上的伪装物很快被驱散，屹立在江中、江边的官兵和舟体如蛟龙出海，除冰破斩浪一字排开。一切比想象的还要平稳，还要乐观。

可没过一会儿，寒浪滚滚的江水使演练现场的一节门桥漂浮不定，让操作手难以把持。舟桥修理工翟凯从修理车上一跃而下，一个冲刺迅速钻进动力车操作仓，与操作手协力拉稳门桥，避免了桥节被江水冲向下游造成架桥时间的延误。在南面，某新型重舟的首舟和中舟卡壳无法连接，而且在渐渐远离尾舟，上士柏金德手持并舟具纵身跳进齐腰深的水里。尽管此时的江水把人冻得像针扎一样疼，但凭借坚强的意志和多年的江上作业经验，柏金德娴熟地操作并舟具，将首舟和中舟迅速连接并与尾舟对接。就在另一节桥节连接的瞬间，一根钩篙突然滑落掉进了江里,在宽阔江面上飘荡着。说时迟那时快,毕业于体育专业、刚刚入伍不久的大学生士兵撒星辰来不及脱下外衣,双臂伸展、双脚一跃,跳进江水去追逐钩篙,湍急刺骨的江水将撒星辰冲出20米远后,撒星辰抓住了钩篙。在岸边一直跟着跑的班长冯涛急忙将手里的绳子抛向撒星辰,当撒星辰被拉上岸时,已是双脚打颤,浑身发抖。班长拉着他奔向野战帐篷,换下衣服,赶紧抱来一捆捆干柴和杂草,为撒星辰燃起一堆熊熊大火,又用机关专为舟桥兵配发的白酒帮助撒星辰揉腿揉腰。而在东西两侧,刚刚下水的六艘新型冲锋舟犁开浪花,直指预定浮桥渡场位置,身着救生衣的水手们随时准备排除影响浮桥架设的一切故障。

从这些官兵的神态和随时准备冲锋的姿态不难看出,他们的战场就在奔腾不息的雅鲁藏布江上,他们的敌人就是湍急刺骨的江水。

惊涛骇浪的雅鲁藏布江上,只见官兵们迎着寒风跃上门桥,操作液压按钮,舟桥单元节节组合成功对接,二百多米宽的江面上,天堑变成了通途。

随着指挥员的哨音响起,轰!轰!轰!震耳发聩的爆炸声响彻山谷,江面上顿时腾起朵朵“蘑菇云”,刚刚架好的“钢铁巨龙”两侧水柱冲天,浓密的烟雾将横贯江面的钢铁浮桥团团笼罩,一辆辆迷彩车乘势穿行在滚滚的烟雾中……当烟雾散尽,百余台车辆、装备和几百名官兵已安全渡江。

站在岸边的我们清楚地看到,一切都是那样紧锣密鼓,一切都是那样秩序井然。

当过江人员、装备刚刚消失在对岸远去的烟尘里,舟桥官兵急忙启动自动起锚机起锚,同时采用多点分解方式迅速将浮桥变身为门桥,不到十分钟,钢铁巨龙隐形在了茫茫雅鲁藏布江上。大家针对舟桥装备伪装难的实际,采取隐真示假、烟雾遮障,运用有色漂浮物、角反射器材等加强伪装,雪域高原复杂条件下遂行渡江保障任务能力大大提升。

雅鲁藏布江上的兵,不畏高寒缺氧,是能吃苦的兵。

雅鲁藏布江上的兵,敢于挑战冰天雪地,是勇敢的兵。

雅鲁藏布江上的兵，贴近实战练，瞄准实战练，是有战斗力的兵。

每年，他们至少两次进驻距离营区上百公里的雅鲁藏布江，开展半年以上的训练。目前，这个舟桥营已经掌握了数十项水域水情和航道数据，能够全天候实施浮桥、门桥架设，能够保证舟桥新装备当年到达部队，当年在雅鲁藏布江上形成战斗力。

这是一支英勇的部队。

夜幕降临，站在风萧萧、暮沉沉的雪山脚下，面对雅鲁藏布江上的兵，敬意油然而生。

哨所旁的那轮明月，圆时总比缺时多。似银盘、如镜子，柔和的光芒给人舒适和迷恋的美感。冷的边关热的血。此时此刻，战士们都找到了心灵的慰藉，有月亮陪伴着站岗，心里总是暖暖的。这明月，像亲人，又像恋人。

哨所旁那轮明月

哨所旁的那轮明月，圆时总比缺时多。

大明戍守西藏边防十六年，每天用双手捂热冰冷的钢枪，在迷茫的山谷里邀月守望边关。似乎萤火虫也懂得阴晴圆缺，总是到满月时从遥远的地方飞来，围哨所的夜灯翩翩起舞。此时，明朗的月光，微弱的灯光，还有飞虫和哨兵，共同绘制了一幅多情浪漫的画卷。

常言说“月是故乡明，情是故乡浓。”十六年的坚守，大明倒是觉得，月是边关圆，情是边关浓。

十六年的相伴，不是每一天都能看到明月。但明月一旦挂在天空，每一次都能让大明觉得那么的撩人和难忘。因为这轮明月，大明对亲人的思念更加强烈而缠绵。

在陡峭的山崖上，哨所每天都会响起嘹亮的军号声，还有军歌、民歌和通俗歌曲，这些哨所广播里传来的声音，几乎成了哨所最受欢迎的文化生活。身为哨长，也是兄长，大明没有过多地限制战友们下棋、打乒乓球、玩扑克等娱乐小活动，他更多的是关注哨位上的情况和山那边的风吹草动。专门放号的小柳最能理解哨长大明的心思，每天晚上熄灯睡觉时都会放上一首《献给阿妈的歌》：遥望夜空的明月，想起了久别的故乡，漂泊异乡的游子牵念着妈妈，明月啊明月请你等等我，我想把思念捎给你，送给我的妈妈……这情真意切的歌声深深地打动了大明的心，每一次都能让他很快进入歌曲的意境，仿佛这是一首专门为大明写的歌，深深寄托着大明对故乡对母亲对妻儿的怀想和眷念。

那年，大明妻子生产，因大雪封山，大明只能在哨所的卫星电话里听着儿子小明哇哇得哭声，既感到欣喜，也有些心酸。大明一会儿笑一会儿哭，战友们也跟着一会儿笑一会儿哭。

来年，消融的冰雪为大明敞开了一条下山的路。大明向连队报告，孩子都快一岁了，已经会喊妈妈了，如果自己再不回去，恐怕到时候孩子只能叫自己"叔叔……"

指导员说，这样的喜讯来得有些晚了。他让大明立即购买机票，派人将大明接下山并送往机场，让大明把来自雪山的祝福和战友们的心愿带回家。

这样的送行，让踏上归途的大明心里像春天般温暖。

大明来自沿海城市，家庭条件较好，放下总经理的位置不干，从新兵开始就在哨所站岗，一站就是十六年，一般人很难理解。

其实，一开始大明本人也不理解，一个白天兵看兵、晚上抱着被子数星星的地方，怎么能拴住自己的心？然而，经过一段时间的磨合，大明切实感受到了部队的关怀和各级领导的关心。大明在小小的哨所里悟出了"身居闹市无人问，远在深山有远亲"的人生境界，他完完全全改变了自己当初的看法，矢志把兵当好当到老。

时光匆匆而过，一年又一年。大明苦过累过，流过汗水流过血，身上多处受伤，还差点把命丢在了雪山上，但他切身感受到了部队大家庭的温暖，天天沐浴在连队人文关怀的浓厚氛围里，感觉这个兵当得很值。登高望远，大名从哨所上回过头去看自己走过的路，原来这就是大明入伍前的苦苦追寻，也是大明当兵到部队希望得到的锤炼和摔打。

大明在哨所追寻到了另一种快乐，找到了精彩的人生，这样的磨练，这样的经历，在大明的记忆里历久不衰，可谓一笔宝贵的精神财富。

十六年，对于一些人来说，是一个漫长的岁月，可大明感觉却是一晃而过。就在十六年的哨所生活接近尾声的时候，大明才发现，原来时间是如此的无情和短暂，如果还有一次从军的选择，大明依然会选择这个哨所。铁打的营盘流水的兵，纵使大明有难分难舍的依恋之情，人生的另一条路还得走下去。

退伍这天，大明提出一个请求，这也是他十六年来的第一个请求：他要等待明月升空，在哨所旁与明月深情告别后再离开。

这样一个富有情感、对哨所充满依恋的请求，这样一个赋有诗意的夜晚，连队干部也能够感受到其中的不舍和情分。十六年了，大明毫无疑问地与哨所的一草一木、一块块石头一捧捧泥土结下了深厚的情谊，大明怎能轻易离开哨所？

到底是对哨所的留恋，还是对那片旷野的怀念？多少年过去了，官兵们都说是对哨所旁那轮明月的幽思。

哨所旁的那轮明月，你这样让人不舍离去，你这样叫人牵肠挂肚，久久怀想。

冬天的夜晚，气温降到零下二十度。站在哨位上，刺骨的寒风吹打着脸庞，像刀割一样疼痛，那种滋味非常人能够承受。可是，就在此时，战士们感觉边关的月亮最圆、最亮，边关的月亮离他们最近、与他们最亲近。战士们说不出边关的明月有多少诗情画意，但可以肯定的是边关的明月在战士的心里最有灵气。

哨所旁的那轮明月，似银盘、如镜子，柔和的光芒给人一种舒适和迷恋的美感。冷的边关，热的血。此时此刻，战士们都找到了心灵的慰藉，有月亮陪伴着站岗，心里总是暖暖的。这明月，像亲人，又像恋人。

当然，也有人说，月光总是那么冷静，那么冰清玉洁，甚至带有寒意。但在边关，战士们感觉她就是一轮暖月，是战士们的知心朋友。

边防战士很少有花前月下的浪漫故事，他们只有在边关月光下寄托思乡思亲的向往。在战士的心里，哨所旁的那轮明月没有羞涩，没有忧虑，那轮明月就是一份真情的告白，纯美无暇，徜徉心海。

明月啊明月，你到底要让人怀想多久？你到底要把边防战士的魂勾去多远？

退伍返乡后，又一个宽阔的人生舞台让大明发挥得淋漓尽致，游刃有余。经过几年时间的打拼，大明又回到了总经理的位置，就在离队三周年的那个日子，哨所接到了大明的电话。萧萧寒风的呼嚎，曾是耳旁熟悉的旋律，高原雄鹰掠过天际的嘶鸣，曾是雪山震颤的酣畅声响。背水、背柴、背煤炭上哨所的情景历历在目，岗亭上云雾缭绕，雨水、冰雹、温暖的太阳有时会同在一天光顾哨所……说不完的哨所事，讲不够的边防趣闻，都比不上大明声声询问的哨所旁的那轮明月。

大明如此怀念哨所旁的那轮明月，如此的感悟哨所旁那轮明月的韵味，这是多么深厚的边防军人情结。

在电话里，现任哨长告诉大明:“你离开哨所的这些年，这里的山川变绿了，你常常牵挂的那轮明月更加明朗了。”

爱美的人，她心里总是敞亮宽厚，脸上时刻阳光灿烂，无忧无虑，给人感觉她就是一个幸福的人。

爱美的人

热爱生活的人，她总要把自家的里里外外收拾得干干净净，漂漂亮亮，看上去，给人一种舒适的感受。

爱美的人，她心里总是敞亮宽厚，脸上时刻阳光灿烂，无忧无虑，给人的感觉她就是一个幸福的人。

西藏，令人心驰神往，美得让人刻骨铭心。走过西藏，更加思念爱美的人。

入冬的季节，来到林芝市邦纳村的一个藏家小院。

哇！好美的院子呀！

路边上，三米宽的大铁门打开后，耕田机、收割机、三十吨位的自卸车、大型挖掘机、进口的越野轿车，错落有致，摆放规整。又一道小门缓缓打开，一米高的水泥围墙围住的草坪仍然绿意盎然，蓝色水笼头上比麻线还细的晶莹水流在缓缓流淌，时而被微风吹得飘飘洒洒，时而就像一串串珍珠垂直滴落。

矮围墙外是一片宽阔的果园。另一道两米多高、八十公分厚的围墙将果园与公路隔开，十几米高的树木顺着围墙一字排开，形成了一道绿色屏障，使这个小院更加宽敞而又紧密。苹果树和梨子树上稀稀疏疏挂着绯红透亮的果实，让人垂涎欲滴。院子里的其它果木仍旧绿叶满枝丫，各色小花仰着头尽情地开放，就像女主人尼玛大嫂笑脸上的高原红，红里泛黑，黑中闪亮，恰似云朵片片。

偌大的院子里新修了一栋藏式小平房，房里房外，矿石颜料的雕花彩绘，色彩分明，令人赏心悦目。与小平房并排的是一个塑料大棚，大棚里种有大白菜、白萝卜、韭菜、蒜苗、香菜、菠菜等蔬菜，绿油油的，生机盎然。温室的旁边是一个新颖别致具有藏式风格的小房子，小房子的屋顶上是一台十八管的太阳能热水器。原来，这是利珠大哥家的洗澡间。每天从地里劳作回来，还可以洗个热水澡，生活很是滋润。此外，还有一个纵深一千多平方米的后花园，这里有柴垛、有成堆的圆木，有鸡窝、狗舍和猪圈。

走进房屋，左边的房间融餐厅、厨房、取暖于一体，炊具、水缸、水瓢、茶壶一应俱全。藏式雕花的房梁上挂满风干猪肉和风干牛肉。右边的房间是粮库，装粮的袋子看上去密密麻麻、鼓鼓囊囊。沿着木梯上楼，一间大客厅里，藏式家具充满神秘色彩的绚丽文饰和古朴造型，浓郁的文化特征让人深深感受到了藏式特色文化的深厚内涵。客厅、走廊、过道上一盆盆绿植，摇曳招展，无比艳丽。右边的四个卧室有单间、有双人间，楼上楼下都有冲水卫生间。一圈走下来，美丽的藏家小院充满阳光、充满幸福，一幅农家美景，让人大饱眼福。

在院子围墙的东边，几颗粗壮的柳树浓密成荫，想必是藏家人夏日乘凉吃饭的好去处。就在此时，我们发现，客人走进房门还好，一旦来到室外，顿时犬吠鸡飞，小猪儿快速奔跑，别有情调的藏家小院，处处洋溢着温馨、祥和、富庶的气息。

这么漂亮的地方，怎能轻易离开？这天，我们被热情好客的主人留下，夜宿爱美的藏家人小院。

夜静悄悄的，风儿轻快的吹拂。透过窗户，发现几只萤火虫在草丛里转悠，它们似乎在互相追逐、嬉戏打闹，时而飞舞，时而钻进密密丛丛，静谧的夜空此时属于它们，这是多么迷人的夜晚。

一碗碗香喷喷的酥油茶滋润着我们的心房，灶台上，由一块平滑的石板烙出来的荞麦饼、柴火上烤熟的藏香猪肉、热气腾腾的新鲜牛奶，让我们饱餐了一顿。

喝了吃了说了累了，在主人的招呼下，我们睡了。

激动人心的一天，叫人怎能入睡？

走一路，感动一路。躺在藏式床上慢慢回想西藏的山山水水，有清澈纯净的江河，湛蓝的天空，随处可见远山上洁白的冰雪，让人心潮澎湃的自然风光，水洗一样空灵透亮的蓝天上，一片片洁白的云朵悠然自得地飘荡，它们的浪漫姿态，无不让人浮想联翩。青山、绿水、牛羊、湖泊、草地、温泉，鸟语花香，美不胜收，简直就是人间仙境。

其实，在西藏的每一个地方，每一次都是带着恋恋不舍的心情离开，又一次次伸长双臂去拥抱。

总有许多感慨、许多迷离、许多兴奋，不舍离去。一旦离开，回味总是绵长的，让人牵肠挂肚，魂牵梦绕。

大片的野花散发出阵阵清香，路边的小木屋炊烟袅袅，潺潺的小桥流水欢快地奔跑着，美丽的溪流晶莹剔透，似珍珠散落，如翡翠破裂。山顶积雪终年不化，山间云雾缭绕，有时候分不清是云是雾，如幻如影，充满诗情画意。内心一次次受到震撼，一次次发出感叹：美，原来就在西藏。

雄鹰偶尔从云雾上掠过，发出响彻山谷的嘶鸣，那是雪域高原才有的声响，那是雪域雄鹰独有的风姿。

赏阅完气势磅礴的雅鲁藏布大峡谷和秀美神秘的南迦巴瓦峰，又要领略路途的惊险刺激。奔驰在山路上的小车直把人颠得头晕目眩，让人不敢俯瞰山崖，双手紧紧地握紧扶手，既让人惊心动魄，又叫人回味无穷。

身处这般勾魂的人间仙境，你会感受到这里有着无法抵挡的神奇魅力。这就是西藏，净化灵魂的地方。来了就不想走，去了还想去。

没过一会儿，我又把视线转移到窗外的垂柳枝条上，微黄的柳叶已让我无法在此时辨别它的真实面目和婀娜多姿。但见柳条随风飘逸，纤俏的身影微微舞动，这样的夜景似乎有些撩人。

睡吧，纵使你有太多美妙的想法，人还是要犯困，相信明天会有更多的精彩和喜悦。

当清晨的第一缕曙光从窗户射进房间照亮壁画时，藏家院子里的大公鸡，亮出了洪亮的歌喉，精灵的小鸟已立在枝头跳跃歌唱，歌声在爱美的藏家小院回荡，乡村景象朝气蓬勃。早晨八点，飞往林芝机场的第一班飞机就从这个村庄的上空呼啸而过，院落里清新的泥土芳香和沁人心脾的花草，怎能不让人心旷神怡？

在西藏，像利珠大哥家这样的藏家院落不在少数。一次次走过拉萨、日喀则、山南、昌都等地的村落，也曾经见过这样的藏家小院，处处展现着藏族群众热爱生活、享受生活的生动场景。

人的内心有很多真善美的东西，他们用真心真情去保护生养自己的土地。他们居家过日子，善于栽花种草，植树插柳，精心打造自己的一片小天地，把生活的小天地装扮得舒适典雅，美观大方，这是对生活的渴望、对人生的向往。

山美水美，天公作美。一次次饱览纳木错、羊卓雍错和巴松措。圣湖犹如镶嵌在高原上的明珠，一次次荡涤心灵、一次次依依不舍，一切美好尽收眼底。

西藏，因为你的美丽，我更加义无反顾，一往情深。

美丽的风景值得留恋，淳朴的民风民俗更令人依念，也更加让我怀念热爱生活的人、爱美的人。

艺术与人生一样传奇。在路上，有人一把眼泪，一把鼻涕，一会儿干嚎，一会儿憋闷，用身体与大地亲密接触。他们绝不是因为伤心而落泪，而是漫天飞雪的浸润和凄风凉雨的吹打。

在路上

天气越来越冷了，桑吉扎巴和妻子桑吉拉姆一年来的准备工作宣告结束。这天，冒着纷飞的雨雪，他们带着大儿子桑吉罗布和小儿子桑吉顿珠，还有负责拉板车的桑吉拉姆的哥哥帕嘉上路了。

此行，他们要用身体去丈量大地，他们将一次次仰望蓝天白云，一天天任凭风吹雨打，他们将攀爬一道道山崖，穿越一片片大草原，坚定地朝着远方走去，跋涉在一条寻真的路上。

多年来，桑吉扎巴一直梦想要去一趟拉萨，要去看一看那神圣的布达拉和香火旺盛、熏烟缭绕的大昭寺。

随着两个儿子的逐渐长大，这一年来，桑吉扎巴的这个愿望更加强烈了。

桑吉扎巴深知，要从老家去一趟远在千公里之外的拉萨并不容易。他必须自制一个非常结实的平板车，带上备胎、万能胶和简单的修理工具，备足帐篷、衣被、餐具、食盐、砖茶、酥油、糌粑、面粉等生活必需品，还要找一个可靠的人拉板车，一路上担负后勤保障任务。

辛辛苦苦一年，一切准备就绪。就在准备动身的头一天下午，桑吉拉姆如释重负地坐在自家小院子里，注视着倾注了她和丈夫无数心血的这栋小屋，一种依依不舍、不知何时归来的离别情绪突然涌上心头。

桑吉拉姆从遥远的巴塘嫁到这里快二十年了，她从来没有离开过这个村庄半步。这么多年的打拼，这么多年的含辛茹苦，还有丈夫的坚韧和能干、孩子的乖巧听话，家庭的顺运，使她感觉自己的生活很充实、人生很有意义，从她那若有所思的表情里，不难看出她内心深处的满足感幸福感。

他们全家商量：磕长头去拉萨。

到底磕长头有多辛苦？桑吉扎巴坚信，每一步都是艰难的，每一个匍匐都是接地气的，只要咬紧牙关，步步走稳，个个磕响，愿望总会实现，目的地一定能到达。

决心已定，桑吉扎巴他们一家用这种特殊的方式向着心中的圣地前进。

一路上，他们将会经历怎样的艰难？

手戴护具，膝盖上绑着自己做的护膝，前身挂一张毛皮衣物，双手向前直伸，并标记好手指触碰的位置，起身后前行到记号处再匍匐，周而复始。

一边走，一边收集沿途的繁花茂叶，沿途的所见所闻，让他们的心胸变得更加宽广。与他们擦肩而过的人物、牲畜、小动物以及每一寸土地，在他们的内心都是如此的美妙。他们遇到的每一件事，每一个人的言和行，都为他们磨炼人生意志铺垫了基石，使他们匍匐前进的思想感情与行为受到感染。

他们一天天地走着、匍匐着前进，伴随沿途的高天厚土，生机勃勃的村庄和现代化城市，沁人心脾的乡土气息，漂亮的山村景色，一系列新气象、新景观、新生活，为桑吉扎巴一家带来了许多新思考：国强民富，通往心中圣地的路途这么平坦，身上的灰尘这般稀少，与过去南来北往满身尘土污垢的匍匐者迥然不同，似乎美好的境遇是专门留给他们的。

无论匍匐了多少时日，无论前进了多远的距离，目睹这些现象，桑吉拉姆的心中又多了一份远行与告别的依恋，几许思念与乡愁从她那念念有词的口中钻进心里，她一会儿迷茫，一会儿清醒，思考着前行的路途。

一次次经历了城市与乡村面貌的变换，桑吉拉姆的乡土情结与思维的律动在理念上碰撞，一天比一天更加迫切，更加深刻。

桑吉拉姆想，我们早该带着儿子走出大山来看看外面的世界了……

轻浮飘渺做不了大事，没有良好的身体素质和坚毅的意志品格磕不了长头。桑吉扎巴他们一家有着惊人的生命力，他们将一路跨越江河冰川，历经风霜雪雨，目睹世事变迁，时间也会一天天一月月记录着他们永不停歇的足迹。

他们起早贪黑，风里来雨里去，默默地在转经筒中祈祷，他们的灵魂在永不熄灭的酥油灯里皈依，他们执著坚守在这漫漫征途上。

桑吉拉姆是一个大忙人，她不仅每天要和丈夫同样完成前进的任务，而且每天天黑后还要去帮哥哥的忙，为一家人烧茶做饭。每当家人都停下来围坐在一起的时候，她总会把一碗碗热气腾腾的酥油茶递到丈夫和两个儿子的手上，同时为他们捏好糌粑，还时常牵挂着他们的健康。他们一家人风餐露宿，从不言苦。一家人在一起，幸福的滋味时时涌上心头。

艺术与人生一样传奇。在路上，他们就这么一把眼泪，一把鼻涕，一会儿干嚎，一会儿憋闷，用身体与大地亲密接触。

他们绝不是因为伤心而落泪，而是漫天飞雪的浸润和凄风凉雨的吹打。

他们绝不是因为痛苦而流涕，而是恶劣的环境寒气逼人，体内倍受清冷。

看看他们的表情，丝毫不见痛楚，丝毫没有厌倦，也没有特别的喜悦，只有平和，平和得像西藏的天空，一尘不染。他们的喜悦、激情全部释放为内心的向往。我不知道，有多少成功的人会像他们那样将喜悦藏在内心深处。

风潇潇，野茫茫，眼前掠过一张张虔诚的面孔。

此时此刻，站在这条路上，你也会被这种氛围所浸染，象一个虔诚的普通群众，紧跟着路上的老人和小孩，再看看他们满是岁月印记的脸上写就的虔诚和庄重，伴随着口里念诵的经文，朝着前进的方向三步一磕头。

在路上，他们风雨无阻，义无反顾。

历经多少艰辛，穿越一个个幽蓝深邃的湖泊，恍若天空滑下的一滴滴眼泪，没有丝毫声息的寂静，没有任何杂音的搅扰，如此的蔚蓝迷人，如此的安详静谧，什么地方还能找到这样的高原梦境?

因为专注，桑吉扎巴他们一家的心灵像湖水一样平静。

穿越千山万水，不惧千难万苦，一天不知道多少次的五体投地，不折不扣，矢志不渝，虔诚之至，不畏路遥，长年累月，令人感叹。

多年来，身在西藏心也在西藏。对西藏牧民“磕长头”的现象已习以为常，他们是否想通过此举涤荡心灵和抑制欲望，达到忘我的境界。我不得而知。

他们辛苦劳作，积累财物。走在路上，却不惜散尽全部家产，寻求心灵的慰藉，释放人生的真谛，比起那些辛勤打拼、尔虞我诈的人情事故，这样的心灵是多么的平和澄明。

回来一个多月了，我又即将踏上新的征程，奔向遥远的地方。桑吉扎巴他们一家的目的地是拉萨，他们什么时候到拉萨？

我想，他们一家仍在路上。

柔和的月色，让拉萨河畔变得更加祥和美丽，在那色彩不断变换、灯光均匀闪亮的莲花宝座旁，江措能够清晰地想起拉萨河畔曾经的空旷，那时候这里只属于他和嘎吉，如今这里已经成了公园，不再是他和嘎吉两个人的河。

拉萨河畔月色美

是夜，凛冽的寒风吹打着脸庞，江措和嘎吉牵手步入拉萨滨河公园，他们站在布满彩灯的新桥上，背对风平浪静的拉萨河，遥望金碧辉煌的布达拉宫。

今夜这么迷人，江措怀着些许兴奋而又迷茫的心情，只想带着嘎吉过来看看夜景。这么寒冷的夜晚，嘎吉也是丈二和尚摸不着头脑，不知道江措今天要摆什么谱、唱什么调。

月亮渐渐升起来了，大地一片银白，拉萨河畔依然静谧。这月色就像一层薄而透明的轻纱，笼罩在整个拉萨上空，恰似一幅曼妙的图画。夜朦胧意朦胧，很快让人不知不觉地进入了忘我的境界，沉浸在充满诗意的宁静中。两个小时前，江措在饭桌上与朋友的那份冲动和较劲已经转为心中一缕淡淡的思绪，早已被月色冲淡。嘎吉情不自禁地哼起“我的情不移，我的爱不变，月亮代表我的心……”

其实，滨河公园修缮完毕对外开放以来，江措已多次来过这里，面对这条缓缓流淌的河流，他每一次都是匆匆而过，这使他得以保留着一个想象，一个对拉萨河的自由想象。他觉得一个人的行动是处于拉萨河之外的行动，没有依靠的人是缺少浪漫的，缺少浪漫的人很难真正的走进拉萨河，很难真正地认识拉萨河、理解拉萨河。

柔和的月色，让拉萨河畔变得更加祥和美丽，在那色彩不断变换、灯光均匀闪亮的莲花宝座旁，江措能够清晰地想起拉萨河畔曾经的空旷，那时候这里只属于他和嘎吉，如今这里已经成了公园，不再是他和嘎吉两个人的河。

虽是寒冬腊月，来来往往的人也有不少，但他们更多的是茶余饭后强身健体的来回穿梭，更多的人不在乎月色之美，他们不在乎诗意一般的幻觉，毕竟身体健康比什么都好。

冥冥中，新开发的滨河公园不时散发出过往时光的气息，唤起遥远的记忆。那些挥之不去的往事，总是在江措的心头萦绕。过去苍凉古朴的拉萨河畔，此时面貌焕然一新，曾经的他和嘎吉不像游山玩水的旅行者，也不像热恋中的罗曼蒂克，倒是更像前来歇脚的“苦行僧”。然而，今夜的他们，却是姿势潇洒，一派文雅，一个沉着老练，一个端庄秀丽。确切地说，这夜除了寒冷，还有诗歌那样的优美空灵，那种恬静的气氛和纯美的意趣，也许在任何一个现代化城市的边沿都很难复制。

又一阵寒风拂过，江措有意识地捏紧嘎吉的手，望着南面起伏的山峦，还有那霓虹灯闪亮的城市和城北延伸的山川，心头飘过绵绵不绝的恬淡与悠远。

嘎吉在想，若不是身临其境，很难想象到拉萨河畔的这种美妙，她又一次被丈夫江措捕捉雅兴的直觉折服。他们沉浸在享受中，这样的享受是一种情趣，更有一种幸福的感觉。今晚，对于嘎吉来说，既是一种感悟，也是一种收获。

月色如此幽静，令人欣然神往。江措和嘎吉没有借着月色的妩媚卿卿我我、倾诉衷肠，而是在内心深处与清清河水相互缠绵、与月色撞击出美丽的共鸣。

月色下，舒缓的河流让人着迷，南面的山脊与拉萨城隔河相望，镶嵌着藏式图案的小舟飘荡在河面上，清新、诗意、宁静。偶尔一阵河风吹来，心灵受到洗礼，心胸顿时明净闪烁。此时的嘎吉，只有沉默地感受着江措静静的思绪，她甚至连呼吸的声响都放低了，生怕打扰江措诗意般的情趣。尽管嘎吉明白，风吹过，山川依稀，一切依然。

多年以来，江措经常把嘎吉带到诗梦般的境地，江措认为只有在这种幽深的秘境里，才能找到仙人般的感觉。嘎吉也慢慢地由一个具有女侠风范和男性特点的女孩变成了温柔体贴富有浪漫情调的淑女。此时的嘎吉，没有语言，她握紧江措的手，被这诗意朦胧的月色笼罩着，她尽可能隐藏着，几乎让江措在意识里找不着她，在那开阔浩渺的河面上，嘎吉的心随河流起伏、跳动。

优美的月色舒适、清雅，令人迷恋，江措和嘎吉忘却了冷意，他们用心灵用肌肤领略这幽秘，这舒缓。不管两个人的拉萨河与现实中的拉萨河离得多么遥远，他们的内心不再是萧条和迷茫，嘎吉在感受着这长久的将近凝滞不动的诗意气息。

江措的思绪穿越时空，与月色一同撒进河里，踩在那薄薄的冰面上，翩跹着低吟着，月色更加剔透和朴素，没有点缀，如此的纯净，令人心生一抹清幽的浪漫。

此时拉萨河面的上空，一群飞鸟不规则地、自由自在地飞翔着，它们时而分散，时而聚拢，时近时远，忽高忽低。嘎吉看清楚了这群飞鸟的底细，这是一群在夜间也不忘捕食河中小鱼的飞鸟，这群飞鸟连接起了月色与拉萨河之间的时间与空间，此时的天空因鸟群而敏感，自由与自在，是居于拉萨河畔的人生状态。

拉萨河，藏语称吉曲，意为快乐河、幸福河。江措和嘎吉沿着低矮的石阶走上去，又走下来，走到光亮处，他们都能同时心领神会地顿足仰望月色下的青山，还有耸立的青山倒立在冰河里的影子，一样的起伏、一样的舒展。

随着夜色渐浓，清清浅浅的河水缓缓流过，江措和嘎吉的胸膛里瞬间骤然涌动着云蒸霞蔚之美感，这一夜，怎么就这么悠远让人陶醉？

繁星满天，闪烁遥远，河边上的路灯远不如月色柔和平静，江措和嘎吉的心境不由得也敞亮开阔起来，他们的胸膛一次次起伏、富有韵律。

拉萨河是大众的河，它流淌着苍凉与悲怆，畅想着动人的故事，也为多少人的生命里注入了旷远诗意。唯有此刻，拉萨河畔优雅、宁静、浪漫的月色，属于江措和嘎吉。

拉萨，许多人来了，又走了，江措和嘎吉来了，却不走。在以后更为漫长的时间里，一个隐喻，一个象征，一幅幅书写不完的美丽画卷，将在拉萨河畔被想象着、感知着……

一路走，一路练，敌情不断，险情频现。这哪是徒步行军？简直就是一次次考验，近似一场场实战。

徒步行军

二月下旬的一个夜晚，黑黢黢的夜幕笼罩着大地，拉萨市西郊的一座军营突然拉响了紧急集合号。

十五分钟后，三发红色信号弹升向天空，携带武器装备的数百名官兵，快速向南进发。

这些天，中央电视台天气预报报道全国将出现大面积降温、降雨、降雪，毫无疑问，西藏也难免遭奇寒侵袭。

官兵们试探性地询问，降温了，山上下雪了，这次徒步行军还搞不搞？

此言一出，被指挥员海戈听到了。“哪怕冰冻三尺，也要按计划组织徒步行军。锤炼过硬的军事技能，一点也不能含糊。”

这样的回应，掷地有声。

这天的徒步行军比原计划提前了一天，让官兵们有些措手不及。

所有人员都要统一着陆军荒漠迷彩服，穿作战靴，戴钢盔，扎编织外腰带，挎包内装碗筷和个人洗漱工具等。

列兵王旦旦担心野外就餐吃不饱，干脆跑到炊事班去抓起一个大缸钵塞进挎包，一路“哐当哐当”地响。大家的水壶里装的都是饮用水，王旦旦的水壶里却灌满了一壶红牛。他告诉班长，困了累了要喝红牛，带什么、装什么不重要，重要的是要走得赢、遇到紧急情况能处置。

他们悄声聊着，队伍已进入3694高程点8公里地段。按预定计划，现场指挥员将在此地来一场“遭敌空中侦察”课目演练。参加徒步行军的官兵知道今天有这个课目训练，但不知道会在什么地方进行，这个秘密只有现场指挥员心里清楚。

此时天空已经放亮，走在后面的官兵看到现场指挥员正准备掏枪，大家马上警觉起来，十几名战士异口同声：“有情况！”

随着一发红色信号弹射向天空，一公里长的队伍立即就地疏散隐蔽。只见王旦旦一个跳跃动作，瞬间钻进路边的沙棘丛林里，匍匐在地，纹丝不动。班长肖雄雄目睹此情此景：“哎哟哟！这个小混蛋，平时稀稀拉拉，干一件工作还要理论一二三，没想到，关键时刻还有两下子呢。”

走在最前面的近百人的特务连分成两路，依托铁路下的两个涵洞很快隐藏起来，站在涵洞口边沿的女兵班长李金凤迅速将随身携带的伪装网打开，罩在容易反光的行军锅上，以防敌侦查监视盯梢。

女兵班长李金凤熟练使用伪装网，信手拈来，动作娴熟，较好展现了高原军人的担当感和责任感。

情况解除后，官兵们从涵洞里出来，一个个一脸的灰，有的鼻子变黑了，有的脑门全是泥土。第一次参加行军的几个列兵从地上站起来，拍拍身上的灰尘后纷纷说：“幸好是演练，若真是实战，我们也许都被炸了……”

队伍继续前进。来到3723水准点3公里地段。

现场指挥员抬起左手看看表，大声说：“现在是11时30分，3公里急行军开始。”

闻令而动。3公里的全副武装急行军，有的小个子战士几乎是在狂奔。

上车能驾驶，下地能跑步。汽车连平常驾驶汽车运送战备物资的90余名驾驶员今天也来到了行军队伍中，四级军士长袁运福、刘清华，以及上士杨骏、中士兰庆威等老兵始终冲在连队的最前面。

22分钟后，3公里急行军结束，所有人员集结到大休息和午餐地。连长孙厚江组织点验单兵生活携行包时，发现上等兵史狄堆的携行包外形比较小，重量却比较沉。这是怎么回事？

连长命令史狄堆打开携行包，发现包内应装的被、褥、衣、鞋等十余种生活用品的数量减少了,却多了3块砖头。这又是怎么回事?

绰号叫“死敌对”的史狄堆解释说:“为了提升自己的体能素质,就把一些体积大的物品拿下了,放了3块砖,增加重量,增强耐力……”

自我加压,绝对是个好兵。

正当官兵们集合开饭时,一阵大风吹来,饭菜里布满了一层薄薄的灰尘,大家用筷子轻轻拨开灰尘,津津有味地吃着。野外的饭菜香,官兵的责任重。

水无常形,兵无常势。40公里的徒步行军刚刚走完一半路程,饭后稍事休息,队伍又出发了。

修理连来到一个垭口险要地段,突然遭遇小股“敌人”从左侧袭扰。这个连队的尖兵班立即利用有利地形进行火力反击,部队乘势而上,很快歼灭了袭扰之“敌”。

小股袭扰之“敌”刚被端掉,紧接着就涌来火力威猛的埋伏之“敌”,官兵们迅速疏散,对敌实施包抄反击。一阵酣战后,在指导员尼玛次仁的带领下,修理连凭借地理位置优势战胜了对方。

现场指挥员当机立断,迅速组织人员扫清路障,确保后续部队顺利通过。

走着走着,前面是一座高高的沙丘。这是生疏地域,就连野狗、狐狼等小动物的脚印都看不见,沙丘下面是否暗藏玄机、深埋陷阱?谁也不知道。到底是绕道而行,还是从沙丘上穿越而过?走在前面的某营一连连长张栖海刚从内地休假回来,仍有高山反应,正在犹豫。跟战士们一样全副武装的营长唐宜修快步冲上前,什么也不说,径直朝沙丘走去。

500米长的沙丘地段,官兵们深一脚浅一脚,有的踉踉跄跄,有的匍匐前进,有的一脚踩下去就深陷其中,要使很大的劲才把脚从沙土里拔出来。与此同时,在一个陡峭类似悬崖的沙土边沿,6名战士不小心,踩滑了脚就往40米高的山下滚,好在全是沙土,这些战士未伤皮毛。

可是,好景不长。离开沙丘不到五公里,队伍又来到了雅鲁藏布江某水域。

到底是谁挑选的这条路线?尽走这些荆棘丛生、险象环生的鬼地方,大家都在责怪现场指挥员太无情，专门指定生疏复杂地域，让大家吃了不少苦，累得够呛。

即便是枯水季节，雅鲁藏布江的浅水滩也能淹没大腿，。面对这道天险，已经变换行进位置排在最前面的二连连长唐生才、指导员袁杰二话不说，同时跳进冰凉刺骨的江里。战士们眼看不能偷懒了，“噗通噗通……”纷纷跳进江里，官兵们以冲刺的速度上演了一场“渡江侦察记”。

上岸后，作战靴灌满了水，下半身全湿透了。现场指挥员下达口令：“脱靴，倒水。”大家纷纷向现场指挥员投去“愤恨”的眼光，都想把他推进江里浸透一下。

其实，官兵在一起都喜欢开开玩笑，他们压根底从心里佩服这个现场指挥员，大家都认为这样的指挥员能指挥训练，就能指挥作战。

直到下午6点半，官兵们终于走完了全程40公里。大部分官兵双脚起泡，汗湿衣背，还有的关节炎发作了，个别战士脚崴了，苦了累了，感觉很值得。

一路走，一路练，敌情不断，险情频现。这哪是徒步行军？简直就是一次次考验，近似一场场实战。

生态的美、自然的美悄然撒落在山野，怎能叫人不心动。多雄拉山垭口上的杜鹃花，舞动在耀人的白雪中，仿佛一片片染了颜色的云彩，更像一首优美的乐曲，时时荡漾在心间，为你捎来心灵的颤动，为我掀开神秘的面纱。

杜鹃花儿开

见过很多杜鹃花，最难忘的是西藏东南部多雄拉山垭口上的小杜鹃花。花朵只有米粒一般大小，枝干枝丫高度不足10公分。她们屹立在海拔4800米的多雄拉雪山上，笑迎凄风苦雨，朝气蓬勃，生机盎然，向苍穹展示她们无与伦比的柔韧和凄美。

多雄拉，一个经常拨动心弦的地方。

为了生计，为了责任，为了探险，为了认识墨脱这个莲花宝地，为了历练意志和品格，不知多少人曾经从这里经过，不知这里曾经留下多少今生今世难以忘怀的故事。

多雄拉山口上，玛尼堆堆积成小山，无数的棍子插在路边、插在小杜鹃丛林里，走累了，可以随便捡一根当拐杖，让这根竹棍或木棍陪你走进墨脱。

多雄拉，是我迷恋的小杜鹃花生长的地方，是印度洋暖湿气流与西藏高原寒流交汇的地方。这里每年大雪封山长达8个月，有多少善男信女在这里海誓山盟，有多少知心爱人在这里相遇，有多少情人在这里缠绵。不得而知。

但我知道，这是一个可以表白的地方，因为有小杜鹃花的真实和单纯作证；这是一个可以对天呐喊的地方，因为有小杜鹃花的美丽和珍贵陪伴；这是一个可以对着山川呼啸的地方，因为有小杜鹃花的顽强和清新屹立在漫漫风雪中。

有一年，墨脱边防某连指导员周佳帝徒步三天到军分区参加党委扩大会，他的妻子奚小燕从四川老家来到林芝，要去墨脱看望他。因为信息闭塞，打不了电话，发不了电报，丈夫不知道妻子已经来到西藏，妻子也不知道丈夫要到军分区开会。就在多雄拉山口上，一个出山，一个进山，他们竟然相遇了……

在那块大石头下，在小杜鹃花丛林旁，穿着雨衣、披着雨布的周佳帝和奚小燕对视了2分钟时间，他们上演了夫妻相会多雄拉的惊喜场面。

因为工作需要，我曾经多次来过这里，已记不清多少次经过这片漫山遍野的杜鹃低矮丛林。但是，从我第一次见到多雄拉雪山小杜鹃花的那一刻起，就已经迷恋上了她。

花开了，总会引起人们的联想和对美好生活的向往。

见过色季拉半山腰上的大叶杜鹃，花朵淡黄色、褐色、粉红色兼而有之。她们掩映在高山松林里，五彩斑斓，姹紫嫣红。多少游客和路人来到这里都会心花怒放，流连忘返。

见过通往措木及日湖路上的黄色杜鹃花，见过亚东沟、乃堆拉的各色杜鹃花，以及南伊沟、来果桥千姿百态的杜鹃花，还有小时候在老家跑到青冈林里一枝枝一捧捧采摘下来当水果吃的红色喇叭状杜鹃花。当然，老家风景如画、扣人心弦的杜鹃湖灌木从里的杜鹃花也曾一次次让我怦然心动，陶醉其中。

尽管如此，唯有多雄拉雪山的小杜鹃花，让我感觉她们生命不息，坚强不屈，灿烂夺目，一片深情。

记得那时2000年5月，因为墨脱不通公路、不通信息，本是大雪封山期的冬天，但急着要把在墨脱收集整理的稿件传至军地媒体刊发。于是，本人奉命参加翻山小组，护送3名墨脱边防战士到军分区参加军事院校和地方大学复习考试。第一天，横穿马尼翁，走过阿尼桥，冒雨爬过虎嘴，奋力绕过23道拐，来到汗米兵站天就黑下来了。第二天，总是下着小雨，在一片遮天蔽日的原始森林里跋涉五六个小时后，雨终于停了。就在原始森林的边沿，一丛丛、一束束金黄色、鲜红色的大朵杜鹃花，娇嫩欲滴的花蕊花瓣以及整个花朵一次次让人倾倒，一次次令人着迷。

这么诱人的梅朵开在深山里，岂不是有些可惜？这么迷人的鲜花开在荒野里，有谁欣赏它的娇容美貌？

不过，话又说回来，如此健壮肥硕的杜鹃花树又怎能生长在污染严重的城市里呢，即便是在察隅、墨脱这样无污染的县城里，也无法找到美丽多姿的杜鹃花的安生之处。

生态的美、自然的美悄然撒落在山野，怎能叫人不心动。

无论什么样的杜鹃花，也许她们的艳丽能让人心潮澎湃，垂涎欲滴，但也不及多雄拉雪山上的小杜鹃花让人震撼、令人感叹生命的强悍和对她们的仰视。

多雄拉山垭口上的小杜鹃花，舞动在耀人的白雪中，仿佛一片染了颜色的云彩，更像一首优美的乐曲，时时荡漾在心间，为你捎来心灵的颤动，为我掀开神秘的面纱。

前些天，在与一位刚从西藏旅游回去的北京朋友通电话时，他绘声绘色地描述西藏的每一个季节是如何的美，他还专门诉说了冬春季节西藏的地域特色和景物风貌，更多地感叹自己生不逢时、生不逢地。说实话，我的感觉何尝不是如此？可是我始终无法描绘西藏的美到底是一种什么样的美，即便无数次的走过路过、停留过，我也只能是用心慢慢地去品位、用情慢慢地去感悟，千言万语，只能汇聚一个字——美。有谁能告诉我，这到底是不是对西藏的一种热爱、是不是对西藏的一种向往？

其实，更多的时候，我只想把自己放进西藏的大自然里、放进众多的杜鹃丛林里，轻轻地抚摸那光滑的杜鹃树，静静的欣赏那妩媚的杜鹃花，全身心去感受这独一无二、无与伦比的自然之美，或与这山那山、这水那水、这景那景形影不离、窃窃私语。

我喜欢亲近多雄拉的小杜鹃花，或许在这片只有风声而没有语言的风景里，才能真切地听到自己的心跳、把住自己的脉搏。每当来到风萧萧雾蒙蒙的多雄拉雪山上，与小杜鹃花亲切交谈，总是感到心旷神怡，仿佛能够找到自己心灵的慰藉，更能找回一些失落的感觉。

这种源于大自然的美，其实在心灵里面也只是一种感觉而已，然而这种感觉却非常的特别，非常的有意趣。

西藏杜鹃花开放的时节,通常在四五月份至七八月份。来一趟西藏不容易,也许你遇不到西藏的杜鹃花,更难想象多雄拉雪山上的小杜鹃花有多么的奇妙,多么的壮观,只有到了多雄拉雪山上的小杜鹃丛林里,才能领略她不可言传只能意会的神韵。

多雄拉雪山上的小杜鹃花,不畏高寒,缺氧不缺精神,她尽情地绽放着青春的色彩,一次次让我感动让我振奋。

我在畅想,即便将来通往墨脱的多雄拉隧道修通了,人们不再爬山、不再徒步,我也要要去多雄拉看看那一丛丛生机蓬勃的小杜鹃林和那火红火红,一团团一簇簇,开得那么热烈的小杜鹃花,还有那山尖上覆盖的皑皑白雪,把小杜鹃花装扮得绚丽多姿的风雅。

不为别的，只为心里想着的人。心里想着的人，到底有多重要，只有自己知道。

为了心里想着的人

基姆山，一座不为很多人知道的山，她坐落在人们的心中，在那高高的雪山上，在那奔流不息的小河边，在那宽阔的草地旁，在那苍茫的原野上，在那云雾弥漫的旷野里……

尼吉是个开朗的人，更是个浪漫的人。那年那月，在风景秀丽的林芝，她会常常拉着顺祥的手来到尼洋河畔的一块石头上，大发感慨地与顺祥谈论人生，谈论生活，不时让顺祥感觉她是一个热爱生活、热情奔放的人。后来工作变换到了拉萨，她仍然在留恋那些过去的事，经常利用节假日把顺祥带到拉萨的河边上，依偎在顺祥的怀里撒娇或谈些开心难忘的事。

在尼吉的记忆里，几乎没有什么伤心的事儿。凡事想开一点，心里阳光一点，就会笑料乐趣多一点。用顺祥的话说，林芝的那块大石头都被他们俩坐光滑了；拉萨河边上的那条小路都被他们来来回回踩平了。夫妻之间的这种爱，不是一般意义上的爱，而是一种深层次的爱，是一种缠绵的爱，一种相互思念对方的爱，一种相互离不开的爱。了解和不了解他们的人都这样评价他们和睦友好的夫妻关系：就像在谈恋爱，和他们谈恋爱的时候还是一模一样，多幸福啊！

你们都结婚多少年了？还在像谈恋爱一样。有时候，顺祥也会和尼吉开句玩笑说，你这样对我，太感动了，我们能不能换一种方式爱？有些事我们可以隐秘可以隐晦，尽量不在别人面前表现，免得别人又说我们在谈恋爱，我们都多大啦，还这样，好吗？特别是在孩子的面前，多难为情呀。

“让别人说去，只要是为了你，我亲爱的丈夫，以后你让我做什么我都愿意。”尼吉把头靠在丈夫的肩上说。

"我这辈子是从哪里修来的福呀，找了个对自己这么好的媳妇。"顺祥这样想着，人们也纷纷这样说着。

孟姜女哭倒长城、丈夫上前线参战或上山采药材或到很远很远的地方经商一去不复还，让妻子天天站在村头盼星星盼月亮似的，后来变成一望夫石的一个个传奇故事，让尼吉相信人间的真情永远存在。

在尼吉的家里，气氛融洽，老少皆宜。

自从进入这个家庭，在闲暇之余，尼吉的父亲平措阿爸常常讲述一些具有传奇色彩的故事，引来全家人仰天长笑。每每这个时候，顺祥都会用心记录下每一个故事的情节细节。顺祥认为，这是一个撒满月亮和星星的地方，这是一种文化的传承，这是一种人性的呼唤，这是一种不能丢掉的民俗……

那天，尼吉的阿爸平措为顺祥讲述了个故事。听了一遍，顺祥觉得很不过瘾，又听一遍。那时，正是顺祥和尼吉休假在家的时期。过了几天，顺祥又提及此事，用哀求的语气请平错阿爸再讲述这个煽情、感动、因果相报的故事。

额婉河上游的昂孜庄园里，有位英俊的青年叫强珠，在额婉河下游的江堆村，有位美丽的姑娘叫吉姆，额婉河南北两岸分别耸立着两座山峰，一千年也走不到一块儿，从这两座山峰脚下流淌的这条河流，却一路畅想奔向喷金吐玉的雅鲁藏布江。这两座山峰，就是人们传说中英俊的强珠和美丽的吉姆。

话说强珠的父亲罗珠巴桑，早年修建昂孜庄园的时候，遇到了不少麻烦，修一次，倒塌一次，修了三次，倒塌三次。罗珠巴桑便向拉萨的神佛许了三个愿：一是给大昭寺的释迦牟尼佛像刷金粉；二是给大昭寺的保护神吉祥天母座献玉片；三是分别给色拉寺、哲蚌寺、甘丹寺的喇嘛熬一次茶。庄园修缮后，由于劳累过度，罗珠巴桑离开了人世。

许下的心愿尚未兑现，就撒手人寰。儿子强珠逐渐长大，一天，强珠的母亲对他说："阿妈的心肝强珠啊，你父亲欠了别人的账儿子要还，你父亲给神许下的愿儿子也要还，现在你已经长成松柏树一样的小伙子了，家里的顶梁柱是你，出门的拐杖也是你，你阿爸生前许下的愿应该靠你来还了，这是做人的规矩，希望你无论付出多少艰辛和困苦,也要去帮助你的父亲实现他还没有完成的诺言,以告慰他的在天之灵。”

强珠按照阿妈的旨意,带着伙伴塔布到寺庙去还愿,他们赶着骡子去帮助寺庙驮运茶叶、酥油、糌粑。当时正是拉萨河最美丽的季节,到处是鲜艳的花朵,到处是劳动的歌声,一派热闹的景象,强珠的心情格外高兴。当他赶着骡子经过这令人兴奋的地方时,忽然从青稞地里走出一位姑娘,姑娘一边向强珠献上一束嫩绿的麦穗,一边用甜美的歌声挽留住了正在赶路的强珠。目睹眼前这位美若天仙的姑娘,强珠从马背上弯下身子,打算从姑娘手中接过麦苗,突然全身一颤,差点从马背上掉下来,他从来没有见过这么温柔美丽的姑娘。真是姑娘往前走一步,抵得上一百匹骏马的价钱,姑娘往后退一步,抵得上一百头犏牛的价钱,姑娘露齿笑一笑,抵得上一百只绵羊的价钱,姑娘抿嘴乐一乐,抵得上一百只山羊的价钱。就在这个时候,爱情的金箭射向了强珠的胸口,熊熊的火焰在他的心上燃烧。强珠忘记接过美丽姑娘手上的麦苗,要给姑娘分发的赠品也忘了给,就连自己手上的马鞭掉在地上也忘了捡,火一样的眼睛紧盯着如花似玉的姑娘。

当善良的姑娘低头替强珠拾起马鞭的时候,强珠一眼就瞅见了姑娘头上的命根镜。

命根镜是姑娘的母亲给长大成人的姑娘准备的定情物,若有中意的小伙,姑娘可在父母的撮合下或自己的决意下把这个定情物送给意中人,表示愿意嫁给他。

强珠决意,这就是他的意中人。在这短暂的时间里,强珠决定今生非她不娶。于是,强珠忘情地摘下姑娘头上的命根镜,手扬马鞭拍打马背,快速向前奔跑,渐渐远去。

这个美丽的姑娘就是吉姆。吉姆是个腼腆的人,从来不愿意在人多的地方抛头露面。今天犟不过青稞地里一群姑娘的央求,犟不过麦子地里一群小伙的奉劝,头一回给陌生人献艺,没想到护身的命根镜倒丢了。吉姆又气又恼,望着过客远远离去，哭哭啼啼回到青稞地里，空手回到那一群内心涌动着祝福，或是装满嫉妒的姑娘中间。

姑娘们生气了，怪她私吞了过客留下的礼物；小伙们也生气了，误认为姑娘和过路的小伙子私定了终身。

吉姆十分难过，连忙摘下自己的珊瑚念珠，给男伴女伴每人分一颗，恳求他们别泄露自己的秘密，千万不要把丢失命根镜的事告诉自己的父母。但是，念珠分完后，还有一个扁嘴的老尼姑没有分到，她一瘸一拐扭头走了。老尼姑来到吉姆的家，把"天机"向吉姆的父母禀报了。

往日，太阳落山的时候，吉姆回到家，脸色像雪山上的朝霞，今日回到家，神情像冰雹打过的黄花。往日回到家，她总是坐在卡垫上有说有笑，今日回到家却是一言不发，躲在伙房的四方柱子后面悄悄捻毛线。

吉姆的阿爸、阿妈都相信了老尼姑的话，阿爸轻轻咳嗽一声，阿妈就拉着女儿的手盘问："我的心肝宝贝呀，你护身的命根镜哪里去了？这命根镜就是眼珠子，这命根镜就是命根子。"

停顿了一会儿，吉姆的母亲又说："你不要说丢了，你不要说坏了，我的宝贝。"

吉姆此时害怕得浑身发抖，但很快保持了镇静，便撒了一个谎："阿妈啦，眼珠子一样的宝镜没有丢，命根子一样的宝镜没有坏。宝镜放在箱子里，箱子寄放女伴家，箱子上面加了锁，钥匙挂在女伴腰间。要说坏了，是宝镜上那精致的穗子坏了，要说丢了，是女伴挂在脖子上的钥匙丢了。"

阿爸阿妈一听，更加认为女儿干了什么见不得人的事，强迫女儿脱下新衣服，扔给她一件破藏袍，强迫女儿解下稠腰带，扔给她几条烂草绳，强迫女儿交出花围裙，扔给她一块麻袋片，强迫女儿脱掉七色靴，让她光着两只脚。阿爸打了她一顿，阿妈也打了她一顿，并把吉姆赶出家门。

青稞地里的姑娘们，一个个为吉姆伤心落泪；麦子地里的小伙子，一个个为吉姆愤愤不平。大家都认为吉姆的父母太传统了，对吉姆太苛刻了。

过了整整三个月，强珠从拉萨还愿回来了，吉姆跌跌撞撞跑到路边这样唱道：过路的客人啊/骑白马的小哥哥/姑娘我的命根镜/如果丢了/就说丢了吧/姑娘我的护身法宝/如果坏了/就说坏了吧/如果没有丢/没有坏/就还给我吉姆吧。

强珠一开始以为这是一个蓬头垢面的老太婆，仔细看才看清楚是个年轻的女子，认真听才听出正是在青稞地里为自己献歌的美丽姑娘、正是自己决意要娶的姑娘，如何落到这步田地？

他的眼里流泪了，他的心里流血了，只要赎回那天的一念之差带来的过失，他宁愿跳进滚开的酥油锅里洗三回。

强珠立即跳下马，迅速拿出命根宝镜，亲手插在姑娘的头上。

这块宝镜，强珠带到拉萨城，请来金匠镶边，雇来徒弟擦试，镶了朵朵金花，擦得明光雪亮，像初升的太阳一样闪闪发光。强珠又指意随从塔布取来随身携带的缎子包袱，把里边的衣袍首饰一件一件递到吉姆面前，深情地说："不要流泪呀，美丽的姑娘，不要难过呀，温柔的姑娘，你是我心中的仙女，我用大海一样的爱，来洗涤你心上的悲伤，你破烂的衣衫，请快脱下来吧，我带来缎子的藏袍，请穿在你玉竹般的身上，你那草绳的腰带，请你快快解下来吧，我带来轻云般的彩绸，请系在你纤细的腰间，你那麻袋片的围裙，请你扔进粪坑里吧，我带来丝线的围裙，让它在你身前飘展，你那娇嫩的小脚，别让它再受折磨，我带来彩霞般的藏靴，你穿上它多么舒坦，既然父母双亲不要你，就跟我到昂孜庄园去吧，白拉姆女神已经预示，我俩早就有了不解的姻缘。"

说到这里，强珠一把将吉姆抱上马背，自己立即跃身上马，让吉姆紧紧地靠在自己的身后，让吉姆紧紧地抓住自己的腰带。骑在一匹马背上的两个人一路有说有笑，畅谈着人生的美好未来。

来到庄园门口，强珠才想起没有向阿妈措芝商量，便和吉姆留在林卡里，打发塔布上楼找阿妈措芝说明情况。

自从儿子到拉萨还愿，家里的事没人管，地里的事没人做，阿妈措芝一个人坐在房里发愁。塔布喜气洋洋地跑进来,面带笑容而又毕恭毕敬地对老阿妈措芝说:“阿妈啦,我陪同小主人强珠从拉萨回来了,小主人强珠不在家这段时间,可把您累苦了。家里很多事没人管没人做,让您老人家受苦了。强珠长大了,也懂事了,我看小主人强珠,应该有个好妻子了,老阿妈措芝,您应该有个好媳妇了,庄园里的钥匙,应该有一个人来掌管了,庄园里的土地,应该有一个人来操持了。”

阿妈措芝听后,转忧为喜,连忙问:“塔布呀,庄园里的一兜兜钥匙有合适的人掌管吗?庄园外的一片片田地有中意的人操持吗?”

塔布急忙上前回答:“有了!有了!强珠在江堆带回一个漂亮的姑娘吉姆,就怕老阿妈您不高兴,就怕老阿妈您不中意!”

阿妈措芝说:“儿子中意的阿妈怎能不中意?儿子喜欢的阿妈哪能不喜欢?”塔布听了高兴得双脚蹦跳起来。

没有翅膀的人赛过有翅膀的鸟,塔布高兴得一口气飞跃式的跑到林卡里,把强珠和羞羞答答藏在柳树背后的吉姆请上阿妈措芝的小楼。

阿妈措芝瞧见吉姆姑娘又美丽又善良,十分喜欢。很快,阿妈措芝拿出庄园里多年的积蓄,为他们举行了隆重的婚礼,庄园附近的村民,有钱的送钱,有物的送物,没钱没物的送歌声,纷纷过来帮忙助兴。

自从丈夫离开后,就没有心情动过歌喉的阿妈措芝,今天也唱起来了:庄园后面有座山/那是高耸入云的基姆山/愿你们的福气/像基姆山一样高/像基姆山一样大/庄园前面有条河/那是奔流不息的基姆河/愿你们的寿命/像基姆河一样宽广/像基姆河一样绵长。

……

就在基姆山的东南方向,就在基姆河和额婉河交汇处,有一座高高的宗城堡,宗城堡里住着女官阿珍。

那是几个月前的一天,阿珍在大昭寺看到强珠正在为释迦牟尼佛像刷金粉,她认定他就是今生提着金灯也难找到的理想少年。便想了九九八十一种办法,要把强珠弄来当自己的丈夫。

阿珍派出像打麦场上的麻雀那么多的信使,马蹄声响遍了额婉河两岸的庄园和村落。她命令,凡是宗城堡管辖下的青年男子,不管是有老婆的还是没有老婆的,有儿女的还是没有儿女的,打猎的要从猎场上叫回来,经商的要从市场上喊回来,种地的要从土地上赶过来,睡觉的要从床上拉起来,藏历五月十五这一天,通通到宗城堡下面的旷野上跑马射箭。

厄运来了。

就在强珠和吉姆结婚的第三天,一个白衣白马的官差闯进了他们家的院子,还在马背上就用像雷声一样的声音喊道:“强珠听好了,女官阿珍请你去赛马,小姐阿珍请你去比箭!”强珠赶紧用氆氇包在头上,黑锅灰抹在脸上,请差官喝够了酒,吃饱了肉,然后哀求道:“请呈报阿珍女官,强珠要进天葬台啦,请呈报阿珍小姐,强珠没法骑马没法比箭啦!”

白衣白马差官的马蹄声还没有消失,黑衣黑马差官的马蹄声就从远处传过来了,还没有跑进强珠的庄园里,就在马背上用打雷一样的声音喊道:“强珠啊!女官阿珍请你去赛马,小姐阿珍请你去比箭!”强珠赶紧采用同样的方法,用氆氇包头,黑锅灰抹脸,请差官喝酒吃肉,然后告诉差官,自己要进天葬台,没法去参加女官阿珍组织的比赛。

黑衣黑马差官的马蹄声还没有消失,女士官阿珍的管家婆卡罗果加的马蹄声又响过来了。卡罗果加坐在门口像石头的门神,她站在院子里像木头的柱子,请她喝酒她不喝,请她吃肉她不吃,张开她那不大不小像母狼那么大的嘴巴吼道:“石头碰酥油,酥油吃亏;酥油碰石头,还是酥油吃亏。女官阿珍蹬一脚,就连坚固的宗城堡城墙也要摇三摇;你小小的庄园,抵不住女官阿珍的一只小手指头。”

强珠毫无办法,只好让伙伴塔布去备马。

塔布去备天鹅宝马,天鹅宝马两眼流泪,四蹄乱蹬,不肯出门;塔布改备木雅走骡,木雅走骡左奔右跳,连连哀叫,也不肯出门。最后,强珠便骑了一匹跛了脚的老马，带了一支断了弦的旧弓，拿了几支扫帚草做的箭，告别阿妈措芝和新婚才三天的妻子吉姆。

临行时，强珠千叮咛万嘱托，让家人保重，多则三天，少则两天就回来。

强珠来到宗城堡，权高势大的女士官阿珍格外高兴，她命令侍从把强珠的马拴在排头的马厩里，强珠急忙制止："请别拴在头排马厩，它不是什么神马龙马；请别拴在末等马厩，它不是驮粪的公驴母驴；请拴在中间的马厩里，这就符合它的身份了。"

酒宴的时候，阿珍吩咐侍从在上席为强珠备上高高的垫子，强珠急忙制止："上席的垫子我不坐，我不是什么王子王孙；下席的垫子我不坐，我不是什么乞丐佣人；让我坐在中间吧，这就符合我的身份了。"

赛马的时候，人家的马奋力往前跑，像额婉河的浪花追赶浪花，像基姆河的浪花拍打浪花。强珠则跨着跛脚的老马，慢悠悠地落在末尾。

比箭场上，别人的箭一个比一个的射得远，像闪电一样掠过天空，纷纷射中靶心，引来观众的阵阵掌声。强珠担心自己被阿珍选中，射出的扫把草箭还未中靶就轻飘飘地落地了。

阿珍在随从侍女的簇拥下，笑嘻嘻地从城堡上走下来，从左至右挑选了三遍，又从右至左看了三回，始终没有找到意中人，后来在一个角落里，她一眼就看到了强珠。便高兴地说："阿珍我不爱跑得最快的骑手，我爱跑得最慢的骑手，我不爱箭法最好的射手，我爱箭法最差的射手。强珠，你来当我的丈夫吧！"说完，拿出一支七种绸子装饰的令箭，插在强珠的衣襟上。

令箭就是命令，这支令箭是多少骑手、多少射手希望插在自己腰间的梦想。

然而，这支令箭无异于刺穿了强珠自己的心脏。

强珠拔出令箭，双手捧起奉还女官阿珍，哀求她不要挑选自己，因为自己结婚刚三天，在那遥远的庄园，家里还有一位娇妻在等待着自己。

谁知阿珍一抬手，随从侍女蜂拥过来，七手八脚连推带拉把强珠拉进了坚固的城堡。

强珠感觉天塌了、地陷了，似乎雪山朝他的头上砸了下来，两眼一黑，昏倒在地。

赛马、比箭这天，作为下人的塔布根本进不了那人山人海的宗城堡围墙内，他自然不知道少爷强珠的下落。

自从强珠来到宗城堡赛马、比箭后，一天没有音讯，一年没有音讯，整整三年过去了，就连马尾毛那么细的丝毫消息都没有。

吉姆是个好媳妇，庄园门槛以内的事管得井然有序；庄园门槛以外的事她也管得头头是道，让阿妈措芝非常满意。

吉姆是个好妻子，她早盼晚盼，盼着丈夫强珠回来，她清早到庄园楼顶上望三回，傍晚到庄园楼顶上望九回。她望得太多了，庄园和宗城堡之间的基姆山，被吉姆望穿了一个洞。她站得太久了，庄园楼顶上铺就的一块厚厚的青石，也被她站成了一个坑。她白天黑夜流下的伤心泪水，浸透了庄园厚厚的墙壁，浸透了墙下深深的泥土，泥土上长出九株柳树，吉姆常常来到小柳树旁，倾诉内心的苦痛。柳树虽然不会说话，但也常有心酸的眼泪一滴一滴从树上滚落下来，滴在地上几个月才干枯。

年轻的塔布知道吉姆的心事，悄悄地跑到宗城堡去打听强珠的下落。他在前门守候了三天，又在后门守候了三天，就连强珠的影子也看不到。他怀疑强珠变心了，早已忘记了自己的老母，早已抛弃自己的爱妻。

于是，塔布便爬上一座黑石小山，对着宗堡城毫不客气地骂起来："无情无义的人听阿！贪图享乐的人听阿！庄园里阿妈措芝冬天住的楼房已经倒塌了，阿妈措芝夏天住的园林已经毁坏了，阿妈措芝已经死去了，你的妻子吉姆，已经病倒三年了。你这负心的人阿，你知不知道？"

其实，强珠并没有忘情，也没有负义，只因他没有屈从阿珍女官的要求，自己整整三年被软禁在一座古堡里。

软禁在古城堡里的强珠被城内佣人使尽一起办法要求屈从阿珍。强珠死活不从，弄得神魂颠倒，自己几乎忘记了外面的世界，几乎忘记了家中的老母和娇妻。三年来,他听不到家里的一点声音,不知道老母和娇妻的状况,在城墙内吃了不少苦头,受尽不少折磨。这天,突然听到了塔布的骂声,看到了塔布本人,强珠立即想起了难分难解的家乡,想起了生他养他的阿妈,想起了结婚刚刚三天的妻子,相思和怀念的烈火灼烧着他的心房,他把自己的遭遇写在一张纸上,用箭射到塔布的脚边。

塔布收到强珠的信后,高兴极了,便琢磨如何去营救强珠。经过一天的激烈思索后,聪明的塔布做出一个胆大心细的决定:他披上一件喇嘛的袈裟,左手摇着法令,右手打着小鼓,自称是基姆山寺的云游喇嘛,能预知世上的祸福和人间的吉凶。塔布走进宗城堡,阿珍女官请他占卜,塔布低头一算,连声喊道:"阿啧啧,嗳玛玛! 坏了! 坏了! 你的城堡里,躲着一个有家有业的人,他三年没有给家乡的保护神上供,家乡的保护神生了气,搬起牦牛大的石头,要砸碎你的宗城堡,他家乡的保护神要端起额婉河的水,淹掉你的官寨。"阿珍女官听后十分害怕,忙问有没有解救的办法? 塔布说:"只有把这个人赶出去,此世不准他再回来。"女官阿珍一时没有了主意,只好答应强珠回家三天,利用三天时间祭祀保护神,祭祀完毕后必须回到宗城堡。

强珠走出城堡,脸上装出痛苦的样子,心里却有说不完的高兴。他下一级石阶,便咒骂一声:"这辈子是死是活也不踩你了!""下辈子变猫变狗也不爬你了!"狡猾的女管家卡罗果加,是个嘴巴上挂九把锁都还要挑拨是非的坏女人。她因为顶撞女官阿珍被关押在楼梯底下,偷听到了强珠的话,连忙报告了女头人。

听到这个不详的消息,恶毒的阿珍赶快叫来几个屠夫,杀了一头大黄牛,强迫强珠脚踩湿牛皮,头顶大藏经,口喝热牛血,立下钳子一样的重誓:回去若与吉姆讲一句话,住一间房,就会像这头黄牛一样,尸分肠裂,血溅八方。

强珠从宗城堡回来的消息,早由塔布带回昂孜庄园,庄园里的差民百姓,都忙着准备哈达、酥油茶、青稞酒和藏白酒去迎接。阿妈措芝更不用说有多高兴了,她对吉姆说道:好女儿吉姆呵,好媳妇吉姆呵,不要发愁快快洗脸梳头,不要流泪快快收拾吧，你日等夜等的丈夫快回来了，你日盼夜盼的丈夫快回来了，快往茶锅下面添把火，快往酒坛里面兑上水。

吉姆异常兴奋，她穿上结婚时穿的衣衫，戴上强珠替她打的新首饰，系上献歌时被强珠抢走的命根镜，左手捧起白银小酒壶，右手夹着花花小藏毯，走到庄园外去迎接亲人。她没有走得太远，担心自己太高兴了会晕倒过去，因为他们仅仅在一起呆过三天。远远地，她看见丈夫强珠回来了，和阿妈一起亲亲热热地走过来了，和乡亲们一道有说有笑的走过来了，她急忙迎上去，欢喜的热泪打湿了她的脸庞：盼来了，盼来了，到底把丈夫盼来了；盼来了，盼来了，到底把亲人盼来了。你口儿渴了吧，亲人呀，快喝一口青稞酒，你口儿渴了吧，亲人呀，快喝一口酥油茶，你身子累了吧，亲人呀，快在垫子上坐一坐。

可是，想不到强珠见到苦等他三年的妻子，脑袋扬得高高的，脸儿蹦得紧紧的，不言不语，对吉姆比生人还要陌生，对吉姆比愁人还要愁。吉姆从左边递上酒，他把脑袋歪向右边，吉姆从右边递上酒，她把脑袋歪向左边。吉姆敬上酥油茶，强珠把头仰得高高的，视而不见，听而不闻，让吉姆伤心极了，难过极了。

为什么会这样？为什么会这样？到底是为什么？……吉姆呼天抢地，痛苦万分。

没想到，早盼晚盼，盼了三年的丈夫，原来是这样的铁石心肠；日等夜等，等了三年的丈夫，原来是如此忘恩负义。她脑袋一晕，两眼发黑，晕倒在石板地上。瓷碗打碎了，闪亮的酒杯破成了两瓣，希望破灭了，梦想泡汤了，酒壶打翻了，情意流光了。可恨的强珠，还是不理不睬，连扶也不扶自己的妻子一把，就径直到庄园楼上去了。强珠走进自己的房间，反身将门关紧，任凭阿妈措芝骂，任凭妻子吉姆哭。

第二天，启明星刚刚升起，强珠已经跑得无影无踪。在他的房间里，留上四样东西：一碗牛奶，一支箭，一缕羊毛，一张白拉姆的佛像。看到这些，阿妈措芝不骂了，妻子吉姆不哭了。阿妈笑了，妻子也笑了。她们知道这四样东西，道出了强珠内心的苦情，留下了强珠一支无声的歌：心地洁白不洁白/请看碗里的牛奶/立身端正不端正/请看笔直的箭杆/思念缠绵不缠绵/请看柔软的羊毛/要问我们重逢的地方/请看白拉姆的画像。

个中的缘由不再解释，吉姆把庄园里里外外的事务安顿好后，向慈祥的阿妈措芝倾诉内心的衷肠。阿妈是过来人，她十分理解儿媳妇吉姆的痛苦，欣然同意儿媳妇前往矗立着宗城堡的那座城市。

于是，吉姆告别仁慈的阿妈，来到那座小城和强珠相会。两个人在白拉姆像前立下誓言后，便在另一座寺庙的旁边找了一栋石头楼房住下来。一对情人久别重逢，夫妻俩的深恩厚爱自不必说。塔布的地下工作确实做得滴水不漏，老阿妈从庄园悄悄捎来钱财食物，强珠和吉姆日子过得温馨幸福，有滋有味。一年后，他们就添了一个胖儿子，小两口更加快乐了。

时间过去这么久了，强珠和吉姆还以为平安无事了。然而，他们完全想错了，他们的估计真的失误了。

宗城堡的阿珍女官得知强珠已经逃跑，气得像发了疯的母狮，把手下人通通揍了一顿。阿珍女官派出麻雀一样多的差官，沿着基姆河、额婉河、卡拉河岸边寻找，也没有得到任何消息。有的人明明知道强珠的行踪，可从来没有一个人愿意报告给这个女头人。阿珍女官恨得咬牙切齿，发誓要亲手杀死强珠和他的妻子吉姆。

嘴上挂着九把锁的女管家卡罗果加从楼梯下的地牢里放出来后，讨好地对女官阿珍说："这么点小事，就不要麻烦尊贵的头人您了。"得到主人的允许后，这个女管家卡罗果加用围裙包住丑脑袋，蹲在城市里小孩最多的墙脚卖桃子，扯起破锣一样的嗓门叫卖。一次又一次地对围观的孩子尖叫："吃桃子，吃桃子呀！山上的桃子又大又甜呀！哪个孩子讲得出阿爸阿妈的名字，我就赏他一个大桃子呀！"围观的孩子，一个个都说出了自己父母的名字，拿起桃子跳跳蹦蹦地跑了。只有一个最小的孩子，怎么也不肯讲自己阿爸阿妈的名字，卡罗果加装着笑眯眯的脸色问他，他才说："我的阿爸是蓝天，我的阿妈是大地；我是蓝天和大地的儿子。”说完，拿起一个桃子咚咚咚地逃跑了。

卡罗果加连忙指使狗腿子悄悄跟在小男孩的后边，一直跟进一幢石头楼房里，果然这就是强珠和吉姆的家。

女管家卡罗果加按照阿珍的吩咐，把强珠、吉姆还有他们不到三岁的孩子抓起来，捆在楼底下的柱子上，把门窗紧闭后往里面灌上辣椒烟雾，要将他们慢慢熏死。

强珠一家三口死得好惨啊！临断气的时候，强珠挣扎着用钢针挑开墙缝，看见蓝天白云中间翱翔着三只山鹰，他拼出全身的力气向着天空呼喊：“愿我们死后变成三只山鹰，飞到宗城堡去报仇雪恨！”

果然，强珠和他的妻子刚刚闭上眼睛，楼房里立即射出雪亮雪亮的闪电，响起轰隆隆的雷声，关闭他们一家三口的房屋裂开了一个大洞，大洞里飞出三只勇敢的山鹰，前面一只雄山鹰，是强珠的化身，后边一只雌山鹰，是吉姆的化身，中间一只小山鹰，是他们儿子的化身。女管家卡罗果加一伙看见了，吓得全身打颤，恐怖万分，爬在地上不停地磕头，预感到这眼前的奇迹，将给他们带来灾难性的惩罚。

三只山鹰鸣叫着，一眨眼冲上了辽阔的蓝天，一振翅穿越了额婉河谷，一俯身落在宗城堡的顶颠。

女官阿珍正在顶层楼上喝酒，一群男女仆人伺候着她，三只山鹰像闪电一样窜过去，一嘴啄掉了她罪恶的双眼，一只翅膀把她扇落进滚滚的额婉河。可恶的女官阿珍被淹死了，尸体飘落到卡朗，竟变成一只山羊大蝎子，张牙舞爪还要吃人，附近的老百姓聚集起来，七手八脚把蝎子打死，还削了一根手背粗的树桩子，把山羊大蝎子牢牢钉在卡朗渡口。

直到如今，这棵杂树桩还在。而且年长日久，长出了枝叶。来往过渡的人，都要向它吐一口唾沫，表示厌恶，还诅咒这个残害了许多无辜生命的恶女官。

而在卡朗渡口的右上方有一座造型别致的小山包叫罗布山，在这个小山包左右两边就是高高的两座雪峰，一座叫卡朗山，一座叫基姆山，就是强珠和吉姆的化身。卡朗山和基姆山中间夹着一座小山,就像两个大人正在抚爱着自己的孩子,这座小山叫罗布夏娃山,传说就是强珠和吉姆的儿子的化身。一年四季都有各路信徒来到山下为他们悬挂经幡,送去祝福。

……

也许有人会问,阿爸平错一口的藏语,谁来做的翻译?答案显而易见:翻译自然是尼吉。

每一个地方都有自己的饮食习惯和文化特色,每一个地方都有自己的风俗习惯,每一个地方都有自己十分美味可口的包豆粑,谁不喜欢自己家乡的包豆粑。

包豆粑

包豆粑,这个人们熟悉而又非常可口、营养均衡的美味食品,从古到今一直在影响着一代代人的饮食习惯,也在传承着一个个地域、一个个民族的饮食文化。

记得小时候,一到秋收的时节,大人们将红豆、绿豆、豌豆、蚕豆收回家时,母亲总要做一次包豆粑。母亲的这种辛劳,既有丰收的喜悦,又能让家人在香味十足的氛围中享受着快乐。每当这个时候,幸福的滋味都会涌上每一个人的心头。

有时候,母亲简直就像变魔术似的,苞谷、高粱、小米、糯米、籼米变换着做,每一个品种,每一次出锅都让人喜不自胜,每一次都能让儿女们美美的吃一顿。

有时候,母亲也会给隔壁邻居送几个,母亲始终倡导:“邻里嘛,平常大家都是帮一把、搭一手的,有好吃的大家共同分享。”我们也会时不时收到邻居家的五谷、毛稗等杂粮做的包豆粑。邻里一片和谐,其乐融融,都在赞赏美好生活。

那时候,从简庆那样的小山村到县城里上学,母亲感到荣耀,同时也担心儿子离家太远,吃不好吃不饱,总要做些油辣子、炒瘦肉、包豆粑装在儿子的书包里,并千叮万嘱:“回学校后,把包豆粑拿到学校的伙房里去烧烤。”

那个年代,学生要向学校食堂上交粮食,然后在后勤老师那里领取饭票,吃不饱饭是正常现象。

母亲做的包豆粑放在箱子里,即便有时候发霉了,烧烤出来都是香喷喷的,几个同学围在一起吃得津津有味。

如今，虽说高粱、小米、籼米、五谷、毛稗等杂粮很少看到了，但是，人们仍在怀想那个年代，仍在怀念那个年代的包豆粑，依旧喜欢品尝包豆粑。

包豆粑，顾名思义，就是粑粑包着豆。通常是将红豆、绿豆、豌豆、蚕豆煮熟捣碎成泥状，用猪油或菜子油添加适量食盐炒匀炒出香味。根据不同的饮食习惯，有的还把猪油、五花肉或肥肠煎炸成油渣，掺拌一些香葱或生姜粒与豆粒搅匀包裹在热乎乎的糍粑里。制作包豆粑每一道工序、每一个环节都很有讲究，吃起来更加有新鲜感、有浓浓的香味。包豆粑有圆形、扇形、椭圆形，大小不同，形状各异，做法不一，味道非常鲜美，深受人们的亲睐。

冬天的气候最适合制作包豆粑。在贵州很多地方，包豆粑不仅是一种特产，而且是一种独特的文化风俗。每到腊月快过年时，家家户户都要做很多糍粑和包豆粑，储存在缸里，有的还用清水浸泡着，每隔一周更换一次清水，防止生霉变质。随着科技的发展，如今很多人家都不用清水浸泡了，而是将糍粑和包豆粑装进真空塑料袋，再把它们放进冰箱冰柜里，这样保存的时间更长，也更干净卫生。来年开春，到田间地头劳作的时节，烤着吃、炸着吃、烙着吃、用酒糟(醪糟)煮着吃，似乎能嚼出亲情、乡情、士气、勇气。

包豆粑，承载着山里人的勤劳和善良，也承载着农村人的快乐。无疑，包豆粑滋养了一代代人，展现的是一个民族的饮食习惯和不同的文化品味。

远离家乡，远在西藏部队服役的我，每一次回到父母身边，母亲都会做一些包豆粑来给大家品尝，主要是为远道回家的我而奔忙，弟妹们嘟囔着说："母亲有些偏心，有点好吃的，还得等长哥回家我们才能品尝……"其实，弟妹们不懂母亲的心，母亲这样做，是一种回味，是一种思念，更是一种寄托，是在教育我们不能忘记传统，不能丢掉艰苦朴素的作风。全家老小品尝着，一阵阵欢笑，又尝到了当年的味道。

遗憾的是，几年前，母亲走了，永远地走了。这些年，再次回到家里，感觉家里总是空空当当的。没有母亲的滋味很难受，没有母亲的家简直不像一个家，只有偶尔到妹妹家里去才能尝到包豆粑。每当此时，心里特别的怀念母亲，有时候还情不自禁的流下了泪水。我不知道这是一种怀念还是一种伤感。我在想,如果母亲还在世,要吃个包豆粑,我还会走那么远吗?

2017年春节前,弟弟来电话说要给我邮寄香肠腊肉到西藏,言下之意还要给我邮寄包豆粑,我怕麻烦,拒绝了弟弟的好意。可是,春节刚过完,我就收到了黄老师的一片爱心:真空包装的包豆粑和紫云的香肠腊肉。

这些来自家乡的味道,是多么的暖心。我小时候上学,有黄老师照顾我,几乎是他把我的学习和生活都包了。如今,我已参加工作近30年了,老师还在想着我,还在惦记着我,这一份感情是多么的诚挚,多么的至高无上。

记得有一次,那是黄老师夫人我的婆婆还健在的时候,三舅去当兵了,大舅在打糍粑,婆婆蹲在粑槽旁边用一把巴掌大小的木瓢翻动着。我站在一旁看到长辈母子共同完成糍粑、包豆粑的制作过程,既是一个收获的过程,又是一个喜悦的过程。那天,我一口气吃了三个包豆粑,仍然有些垂涎欲滴地盯着簸箕里的包豆粑。黄老师和婆婆肯定不会说什么,在那种情况下,大舅也不会说啥,因为他们知道,学生正是长身体的时候,好动,能吃,很快就饿。至于别人怎么想怎么看,那就另当别论了。也许会冠以"饭袋、饭桶、耸包"之类的名词。三十年过去了,黄老师还记得我这个"饭桶"喜欢包豆粑的味道,这样的师生感情哪里去找?

真是"千里送鹅毛,礼轻情意重。"我知道,黄老师年事已高,接近90岁的老人,耳朵已经不太好了。他的两个儿子,我的大舅、三舅,还有红姑,他们仍然像当年那样对待我、理解我、支持我,这让我非常感动。这个包裹,就是在黄老师的指令下,由三舅和三舅妈给我寄过来的,当我收到包裹的那一分钟,我激动得差一点流出眼泪,迫不及待地打开包裹,马上把包豆粑放到油锅里煎炸。

家乡的味道顿时涌上心头,有种说不出思念,更有种甜美的滋味、无穷的回味。

自己品尝过后,我还煎炸几个送到政委家里,向政委炫耀是老师寄过来的,大家都说我这个人有福气,连老师都在想着我,老师有点好吃的都要寄给我。

一种幸福的滋味难以言表。

感谢我的老师！感谢老师的家人，一直以来对我的关心和厚爱。

如今信息发达了，交通更加便利了，但是从三千多公里远的地方通过快递把包豆粑寄到西藏，也不是一件容易的事。

远离家乡、远离亲人、远离恩师、远在西藏，每当明月高照、繁星点缀夜空时，总会勾起我对家乡、对亲人、对恩师的思念。对于老师来说，这份相思更是难得，老师的这分爱心充满了深深的情和意。

原以为，只有贵州才有这样的美食。后来，由于工作需要，途径云南、重庆、四川、江西、安徽、江苏、浙江等地，也相继发现类似贵州包豆粑的美食，有的还用小麦、荞麦、籼米做成包豆粑，而且每一个地方的包豆粑味道也非常鲜美、各有特色。

每一个地方都有自己的饮食习惯和文化特色，每一个地方都有自己的风俗习惯，每一个地方都有自己十分美味可口的包豆粑，我唯独喜欢自己家乡的包豆粑。

男兵连里有女连长，女兵连里有男连长，男女混合连里有男连长，也有女连长。你想知道这个女连长所带的连队是什么样的编制？女连长为什么生气？

女连长生气了

新兵训练整整三个月了，还没有听到一点分下老连队的消息。新兵李金凤觉得奇怪，在投弹场上悄悄询问班长马柯，被连长玲丽发现后，挨了一顿喝叱："你俩在说啥？难道打起仗来还要商量一下再把手榴弹扔到敌人那里去吗？"

李金凤一头雾水，又一次感受到了连长的严厉。

由于用力过猛，李金凤投出去的三颗弹全部掉在了偌大的弹坑外，弹片一次次从堑壕的上空呼啸而过。

知兵者，非连长莫属也。不用花名册，从一班到十班，一百多名战士的名字脱口就来，还附加籍贯一口清。

新兵刚来不久，连长就能叫出每一个人的名字。战士们在为连长惊人的记忆力感到惊讶的同时，也为自己得到重视感到自豪。

倒是新兵杜丽娟最近老是思想开小差，训练中经常分心走神。在给家人通电话时也在暗自掉泪，神情暗淡。

这些细节都被连长看在眼里急在心里。班长、排长、连长也纷纷找到杜丽娟谈心，但她的脸上总是晴少云多，有时候还乌云密布。

一个新兵为什么会心事重重，萎靡不振？原来，就在杜丽娟登上前往拉萨的火车的那一瞬间，大学的男朋友告诉她："你执意要去西藏当兵，咱们就分手吧。"从此，杜丽娟再也打不通男朋友的电话。

实弹投掷现场，连长把主要精力放在杜丽娟身上，并给副连长雅兰交代，今天一定要把这个问题新兵看好。

杜丽娟第一次参加实弹投掷，手榴弹刚一拿在手上，想到的却是爆炸和爆炸后产生的威力，心里一慌，手榴弹就从手上滑落下来，在斜坡坎上滚几圈后停留到她和连长的脚跟旁。说时迟那时快，连长一掌将杜丽娟推倒，两个人同时匍匐在地，连长用自己的大半个身子将杜丽娟盖住。

五秒过去了……十秒过去了，仍然没有爆炸的声响。连长转过身去，看见手榴弹的保险销仍然插在弹体上。连长立即站起身来，踢了仍趴在地上的杜丽娟一脚："起来吧，小女子，没事了，保险销还没有拉呢，它不会爆炸，我们的命保住了。"

这惊心动魄的一幕，被百米开外处于安全地带的其她女兵看到了，大家都捏了一把汗，深怕连长和战友有什么闪失。有几个女兵跃跃欲试，准备冲过去，要与连长肝胆相照生死共存。

现场女兵们的举动被副连长发现了。副连长两眼一瞪，右手伸长指向女兵："给我坐好，别乱动！"

虚惊一场后，连长一直憋住心头的怒火，继续组织实弹投掷。

直到中午一点四十分，最后一个女兵将最后一颗手榴弹扔出去了，连长绷紧的那根弦才得以放松。

"听好了！从投弹场到连队十公里远，除靶壕保障人员外，所有女兵跑步回连队。我在前面，副连长带领三名排长押后，我没有停下，任何人不得停下。"连长放开嗓门，一脸极不高兴地说。

有一个多月没有看到连长这样板着面孔说话了，女兵们顿时感觉到了情况不妙。紧接着，连长严厉地从队列中一把将杜丽娟拽出来："你，跟着我跑！"

原计划十二点完成投弹任务后乘车返回连队吃中午饭。而现在已超出开饭时间一个多小时，大家已经饿得四肢发软精疲力竭。十公里远的路程，还要跑步回去，许多女兵唉声叹气，现场议论纷纷，纷纷抱怨连长这一招是"魔鬼训练"。

站在队列前的连长又一次生气了。她一步跨上一块大石头，两只大眼睛目不转睛地盯着女兵们，一句话也没有说，队列中顿时鸦雀无声。

连长这一次真的生气了。

从战士直接提干的连长露出了虎气和血性。女兵们终于明白，都是杜丽娟“掉弹”惹的祸。

有令必行。荒山野岭，长途奔袭开始了。

跑了大约三公里，来到一片洪水消失、逐渐干涸的滩涂地，滩涂地上一道道黄泥巴裂口上分明铺着一层薄薄的细沙。

西藏，处处是美景。站在任何一个地方，轻轻按下相机的快门，一副壮丽的画卷就会闪现。

在这片富有诗意、富有想象的滩涂地上，爱美女连长既要练兵打仗，又不忘生活中美的点点滴滴，十多年的兵龄，她对西藏的山山水水有深厚的感情。

没有语言的提示，没有像往常介绍地理位置和方位角手指南北方向的神态。用她的话说，能够发现生活中的美，完全靠悟性和对生活的认知。

累得够呛的女兵们都认为连长是在大发慈悲，让她们休息一下，连自己的身体都撑不住了，谁还有心思去领略路边的风景？

这些女兵跑着还好，一旦停下来，立马就乱了套，一个个神情沮丧、哭爹喊娘。有的双手叉腰大喘粗气，有的瘫坐在地上大发牢骚，有的趴在地上悄悄在流泪，有的一脸沮丧后悔莫及，还有的恨不能拿出手机给父母通诉苦，表情丰富、神态各异。

在别人看来，同为女性的连长这个时候应该更加具有怜悯之心，可以暂时先停一停、歇一歇，让这些小妹妹休息休息。可是，身为军人的女连长，更多时候她考虑的是提升部队的战斗力，随时都是按照“能打仗、打胜仗”的标准去锤炼士兵。

“全连注意！空中有敌机袭击，迅速隐蔽！”连长一声令下，女兵们纷纷向四下散开进行隐匿。

已初学过军事地形学的女兵都知道找个土坎或石头等掩体遮蔽物进行遮挡后卧倒。此时此刻，女兵们更想自己匍匐找个地洞钻进去，好好休息一会儿。

十分钟过后,连长抬起手腕看手表,宣布情况解除。女兵纷纷从草丛里、石头旁亮相,又一次奔跑在返回连队的土路上。

又一个三公里后,大家跑到了矗立在山间的一块大石下,女兵们已经力不从心,双脚不听使唤。此时,连长再次发出号令:“全连注意,我们已经进入敌人的染毒地段,尽快疏散,快速通过!”又一次出情况、下科目,把一群女兵折腾得连滚带爬。

穿越“毒区”后,剩下的4公里路上,连长又整了一出“急行军”。终于看见营区了,连长下令吼军歌、喊号子,没气势就没饭吃。

养兵千日,用兵一时。攻其不备,出其不意。这就是连长锻炼队伍的一贯作风。虽无战火硝烟,这群女兵血管里流淌的是战火的热血。

柳树健壮的枝桠向东西两边分开而不零散，南北聚拢又不拥挤，岔口就像一把靠椅，可是，从来没有一名战士爬上树岔去感受飘摇清爽的滋味、体验居高临下的雄姿。

池塘边上那棵柳树

池塘边上的那棵柳树，称不是巨无霸、大哥大，但它的粗壮和伟岸，依旧令人刮目相看。一阵阵微风吹来，树冠上的柳条柳叶随风摇曳，简直就是笑语盈盈，亭亭玉立，阿娜多姿的少女。

站在池塘边上，看看池塘里成群的小金鱼时而穿梭，时而浮出水面，不为食忧，不为事忙，悠闲自得的生动画面，让人眼前一亮，心旷神怡。再仰望池塘边上那棵柳树，脑海里突然浮现青年时代的毛泽东“独坐池塘如虎踞，绿荫树下养精神”的豪迈气概。

怎么会有这样感慨？或许是触景生情，或许是对历史的感悟、对伟人的敬仰。

一个士兵的作用有多大，一群士兵的作用又有多大。一座始建于七十年代初的军营里，如何种植如此巨大的柳树？四名战士牵手才能合围，站在池塘边上，这么壮观的景象无不让人惊叹。也许是日晒雨淋的作用，树身上卷起的一块块粗糙树皮，就像手掌一般大小。走近这棵柳树就会发现，柳树的中间部位已经空洞，能容纳一个身高1.7米的成年人。虽然树心已近乎空心，但树身却依旧散发出圆润、饱满、水灵的美感，令人惊呼生命的奇迹、感叹生活的美丽。

从这个壮美的现象不难看出，这棵柳树在池塘边上具有旺盛的生命力，似乎更有人文拉萨、和谐拉萨、美丽拉萨的意蕴。

柳树健壮的枝桠向东西两边分开而不零散，南北聚拢又不拥挤，岔口就像一把靠椅，可是，从来没有一名战士爬上树岔去感受飘摇清爽的滋味、体验居高临下的雄姿。

军营里的战士来了一批又一批，老兵走了一茬又一茬。每天，都有人在这棵柳树下打扫卫生，很少看到飘落的柳叶和杂草、果皮、纸屑之类的垃圾。柳树下干净整洁的场面，直观地体现出了战士们十分热爱生活的环境、十分珍惜与自己朝夕相处的这棵大柳树。修理连的上士惠辰恭经常套仿《小白杨》形象地唱道："一棵呀大柳树/长在岗亭旁/根儿深干儿壮/守望着拉萨/微风吹/吹得柳条唰唰响/太阳照/照得柳叶闪金光……"

来到营区居住几年了，军嫂尼玛德吉似乎对这个池塘和池塘边上的那棵柳树产生了感情。每天，尼玛德吉都要来到柳树下散散步、走走路，或从这棵柳树下穿过，坐在池塘边上给小金鱼喂食馒头和面包。尼玛德吉的内心，对这个池塘和池塘边上的那棵柳树寄予什么样的情怀？赋予什么样的思绪？我尚不得而知。

我在寻思，人和植物、动物会不会有感情、有默契。每当尼玛德吉来到柳树下时，柳枝柳叶都会摇摇晃晃，即便不曾有一丝丝微风都吹拂在脸上，如诗如画的柳条柳叶也会轻轻地摇摆、漫漫地拂动，能不能说这是柳树对人的一种欢迎和期盼？每当"咔嗒、咔嗒"的高跟鞋底与水泥地面接触的声响传出，欢动的小金鱼就会一拥而上，迫不及待地将小嘴对准天空，甚至有的小金鱼还跃出水面，使得平静的池塘叮咚作响，热闹欢腾。有时候，尼玛德吉没带食物，悄悄来到池塘边上，小金鱼也会游到水面，用它们特有的方式表达友好之情。

这些小金鱼是在等待食物还是在期盼喂养它们的人？如此的灵动，如此的亲切。这是小金鱼的灵性，与人的脸熟、与人产生了感情，还是超声波的作用？我无法擅自揣测小金鱼的心声。似乎有某种神奇的力量在感染着我，这些神奇的事情让我兴奋不已。

说起池塘边上的那棵柳树，了解情况的老兵们都说，比起营区内其它两个人才能合抱的树木，这棵最大的柳树还是后来者呢。

这到底是怎么回事？

话得从十余年前说起：那时修建青藏铁路，铁路要从一个营区的菜园子里穿过。无疑，这棵挺立在营区菜园子中间位置的大柳树将面临着碾压式推挖，无异于摧毁性砍伐。

西藏的很多地方，种活一棵树，是多么的不容易，何况这是一棵树龄超过200年的老柳树。

从这棵老柳树的神韵和挺拔的雄姿上看，不难想象，这棵柳树的存活承载着多少人的艰辛努力和无私奉献，寄托着多少人的梦想和追求，非常值得呵护，但着需要有人承担看守责任。

紧急关头，部队出动一台大型挖掘机、一台起重机、一辆运输车，将这棵柳树移植到现在的营区。

老兵海哥介绍说，为了便于运输，当时官兵们锯掉了多余的枝桠，仅仅保留了这棵树约三米高的主干。

然而，这棵仅剩主干的柳树落户营区，当年就在营区披绿装展新颜，垂下千条新枝万片新叶。这个喜人的场景，让广大官兵看到了新气象和新希望，大家激动了好一阵子。拉二胡、弹琵琶、古筝和吹萨克斯的男兵女兵不约而同来到这棵柳树下，伴着柔和的月光演奏了一场民族音乐会。从此，官兵们就自觉主动立下了保护大柳树的规矩。

通常情况下，人们为了保护一棵树，会给这棵树搭建一个围栏。然而这里的官兵却在这棵老柳树边上修建了一个坚固宽阔的围台，以便八小时以外的官兵们在柳树下谈心交心，或开展形式多样的文化小活动。此外，方便干部、士官家属小孩来队探亲时在柳树下休闲娱乐，或观赏池塘里的小金鱼追逐嬉戏，或在明媚的月光下挽着低垂的柳枝牵手漫步，寻回些许失落的感觉，畅想美好的未来生活。

在官兵们的心目中，这个池塘和池塘边上的那棵柳树，是营区内一道亮丽的风景。

天下之事，无奇不有。就在那棵柳树下，传颂着一个动人的故事：

几年前,多情的女子独自从内蒙古大草原而来,原本是想到拉萨来旅游一趟,但愿此生不留下太多的遗憾。可是,来到拉萨后的她,得知大学时的男同学已到军营服役后,决定走进军营去看看那个当年的面孔。

那天晚上,明月高照,繁星闪烁,就在池塘边上那棵柳树下,他们牵手了……

第二年的春天里,他们再次来到那棵柳树下,许下了一生的诺言:非你不娶,非你不嫁。这是人生的豪迈誓言,这是责任、情感担当的亮剑。两位年轻人从此踏上了生活的新征程。待兵哥哥第三次休假回到内蒙古大草原后,他们步入了婚姻的殿堂……

当然,马背上成长的内蒙古小伙威武雄壮。你在我心上,无论你到天边还是高高的雪山上,姑娘的芳心总是在小伙的胸膛滚烫。其实,他们的爱情故事并非就是这么简单。

不过,到底是池塘边上那棵柳树成全了一对伉俪,还是池塘边上那棵柳树只见证了这段美好的姻缘。只能让历史去评判,只能让现实来检验。我始终相信,生活是美好的,人生是精彩的。

池塘边上那棵柳树下还有多少传奇故事发生?我们期待着。

五月的西藏高原,池塘边上那棵柳树生机勃勃、枝繁叶茂,展现了唐代著名诗人贺知章"碧玉妆成一树高,万条垂下绿丝绦"的青春活力,楚楚动人。

海拔4570米，人员和装备挑战的是极限。这是春风里的藏北，这是大风席卷的原野，大风如此凶猛和狂躁。夜间，刺骨的寒风噼里啪啦地吹打着帐篷，咄咄逼人的寒气顺着帐篷的缝隙钻进来，那声音嘶鸣着，帐篷内变得异常寒冷，盖着两床被子，仍然冻得瑟瑟发抖。天空泛着异样的昏暗，藏北的天说变就变，鹅毛大雪飘落在群山之巅，猛烈的狂风吹动伫立在崖边猎猎作响的经幡，似乎在预告又一场暴雨的侵袭即将来临。

大风歌

藏北荒野，海拔4500米。

旋风怒号，阵阵凄苦，似狼嚎，像马嘶，偶尔携带丝丝清新脱俗的韵律，似乎要唤醒沉睡的生命。天空一会儿昏暗沉沉，一会儿焦灼不安。顷刻间，大片大片的云朵飞舞着。难道这就是所谓的"大风起兮云飞扬"？

刚才还是阳光灿烂，这会儿却是雨雪交加、冰雹飞舞、狂风大作。

施工现场，官兵们每天都会遇到如此恶劣的天气，尘土被呼啸的大风高高卷起，犹如狂涛巨浪，向战士们迎面打来，就连正在施工的大型工程机械都被吹得摇摇晃晃、吱嘎作响，操作手四级军士长周三喜感觉有些驾驭不住，似乎整个人都要被大风从操作室里卷走。

这是春风里的藏北，这是大风席卷的原野。藏北的大风如此凶猛和狂躁，难怪路边上矗立着一排排的风力发电机。

手持镐锹的官兵被大风吹得东倒西歪，几乎站不稳，泥沙吹打在脸上，像刀割一样阵阵刺痛，他们透不过气来，说不出话来。

记得那是三月的藏北，大地仍在严寒中沉睡，沙尘总在狂风中肆虐，只有滚滚铁流给孤寂的原野带来一丝生机。面对如此恶劣的环境，大家顶风冒雪不叫苦，加班加点不喊累，饭菜和着沙子下咽也从不抱怨。

3月8日，旅政治部副主任胡校云正在安徽老家休假，突然接到带队去藏北施工的任务后，他二话不说就购买了当天的机票，来不及与父母告别，悄悄离开正在上小学的女儿，匆匆返回部队。3月9日，他强忍高原反应带来的不适，全程参与任务的安排部署直到深夜。3月10日凌晨，夜色还没有完全退去，胡校云已经带领任务分队奔赴在通往藏北的路上。中午到达宿营地后，胡校云顾不上休息，又投入到与友邻单位和地方政府的沟通联系之中，为部队按时进驻施工争取时间。

到了夜间十一点半钟，忙碌了一天的胡校云，本想好好休息一下。可是，仍然心系着官兵的他顶着寒风，拖着疲惫的身体行走在冰冷的雪地上，逐个帐篷、逐名官兵询问情况，直到确认大家都安好，他才放心卧床休息。

刺骨的寒风噼里啪啦地吹打着帐篷，咄咄逼人的寒气顺着帐篷的缝隙钻进来，那声音嘶鸣着，帐篷内变得异常寒冷，胡校云盖着两床被子，仍然冻得瑟瑟发抖。

藏北的夜晚，零下19度的低温，让他不得不戴上棉帽睡觉。可是，强烈的高原反应，还是让他头痛欲裂辗转难眠。第二天凌晨5时左右，一阵阵剧烈咳嗽惊醒了同一个帐篷的战友——教导员孙先贵。漆黑的夜里，伸手不见五指，孙先贵在枕头边上摸寻手电筒。打开手电筒的亮光后，孙先贵发现端坐在行军床上的胡校云呼吸困难，不住咳嗽，不停喘息。孙先贵来不及穿外衣，迅速披上大衣赶紧走出帐篷，迎着寒冷的大风跑到野战医疗诊所帐篷请来随队军医。

此时的胡校云脸色发青、嘴唇紫绀，心律已经达到了每分钟115次，头晕、全身乏力、呼吸困难、口吐白色泡沫。经检查确诊，胡校云患了高原肺水肿，情况十分危急。大家劝他立即回拉萨治疗，他却说："在任务面前，不管风有多大，不管天有多冷，宁死不当逃兵。"

军人上路，风雨无阻，义无反顾。胡校云始终咬牙坚守在第一线，经过军医连续三天的抢救性治疗，才把他的高原肺水肿控制住。

那天，正是在上午，蓝天如洗。可是，官兵们刚到施工现场没多久，一阵阵可怕的呼啸声从宽阔的旷野上疾驰而来，瞬间，阴云更加低沉了，天空又一次灰暗了。在倾斜角度超过45度的斜坡上，施工现场的干部站在最前面和最后面，他们手拉手将战士们紧紧拽成一股绳，原野上飞沙走石，手牵手连成一串的官兵尽管被吹得摇晃不定，但他们依然像一个个不断线的风筝。

一天下午的七点，作业了一天的某型山地挖掘机突然停止了轰鸣，操作手王东山赶忙下车检查。"坏了！液压管爆裂、起动机烧坏，一时难以修复。"

在场的每一个人都心急如焚。见此情景，中士王小三和下士杨三贵主动请缨留在山上看守。那天夜里，两名战士蜷缩在操作仓里，只听见大风吹刮着泥沙和石子拍打在挖掘机上噼啪作响，迷迷糊糊中，他们还听见旷野里狼狐的叫声，裹着大衣的身子被冻得不停地发抖。

还有一天，大家正准备收工下山时，突然狂风大作，好不容易才扛上山的一块施工必备木板被吹跑了。下士李彦龙追着木板就跑，大约追了两公里远才把木板拖回来。为了加快工程进度，担负穿石棉布任务的中士王尔宗坚持不戴手套作业，左手五个手指头被铁丝扎得伤痕累累，可他还风趣地说，本来都是些小伤口，被大风越吹越大了。

在某高地陌生地域，地表以下是冻土，锹镐挖不动，钢钎打不进去，在斜坡作业地，机械攀爬也要打滑。正当大家一筹莫展时，下士朱小茂驾驶探路车一马当先。经过朱小茂的精准判断和熟练操作，狂风中，皑皑白雪之下终于趟出了一条蜿蜒曲折的山道，机械缓缓开上高地，官兵心里有了底气。

然而，海拔4570米的高度，人员和装备挑战的是极限。挖掘机被吹得左摇右晃，大雪来了，官兵们就是雪人，大风来了，瞬间就变成了灰人。

海拔高了，人自然会有高原反应，机械也有不适应症，这是许多装备从内地到高原的通病。防冻液凝冻、发动机罢工、钢垫损坏、挺杆断裂，各种疑难杂症频繁出现，这在高海拔地区是家常便饭。

广大官兵干在工地、吃在工地，栉风沐雪、掺雪就沙。保温桶保不了温，炊事班的饭菜送上山就冷了。有时饭菜一时送不上来，官兵们就喝着冰水嚼着压缩干粮。为了把馒头做得更加可口,炊事班上等兵王圆通把本可以在前一天晚上做好的馒头改到每天凌晨早一点起来做,王圆通每天天不亮就打着手电筒揉馒头,让官兵们在微风中品尝到了清香可口的早餐。

天空泛着异样的昏暗,藏北的天说变就变,鹅毛大雪花飘落在群山之巅,猛烈的狂风吹动在崖边猎猎作响的经幡,似乎在预告又一场暴雨的侵袭即将来临。

正午时分,黑暗却再一次吞没大地,强烈的阳光也无法刺破云层,雪花伴着滂沱大雨透过厚厚的浓雾狠狠地砸在身着雨衣的官兵身上,加足马力的机械伴着轰鸣的引擎和尾部冒出的股股黑烟,挣扎作业,一次次接受狂风暴雨的考验。

晚上8点,天色渐暗,某高地得官兵们行进在回撤的路上。走下一道道坡,跨过一条条沟,穿越在空旷的原野里,大风呼啸着、怒吼着、所到之处一片狼藉,唯有波光粼粼的无名小湖泊此时在奔涌着,追逐着,尽情地嬉戏着,不时传来零零散散的清脆声响,像一首歌,似一支曲儿。

当然,官兵们最难以忘怀的是夜晚睡在帐篷里呼啦啦、噼啪啪、呼噜噜有节奏有韵律的响动。到底是大风吹过来了,是泥沙旋转撞击,还是小石子扣在帐篷上的吵嚷?一会儿低沉,一会儿高昂,嘻唰唰、稀里哗啦,唱和着,吟诵着,大家都捂在被子里揣摩着、想象着,感觉大风就像一曲低沉的曲子,在黑夜里奏鸣和欢呼,更让人惊惧。

青藏高原，喜马拉雅山脉的雪山脚下，一秋经常划着牛皮船来到可以远望家乡的地方。站在那座故事丰满的小小吊桥上，迎着清风，任由桥面吱吱嘎嘎晃晃悠悠，心里荡漾漾，一秋便将思绪扔进了冰河，让她随风而去，漂流到远方。

远去的声音

多年以后，寒星还记得那个深秋午后的场景。面黄肌瘦的一拨农村小年轻，从紫云的乡下冒雨赶到位于县城西北面五峰山上的纳凉轩。每人背个大书包，一位个子瘦高、健步如飞的男子打头阵。他们不像游山玩水的旅行者，更像前来歇脚的“苦行僧”。

进了纳凉轩，大家不敢说话了。因为在纳凉轩的正中，一位文化学者模样的中年人坐在石凳上，左肘撑着石桌手掌托举腮帮，右手正在翻阅诗书，姿势潇洒，一派文雅。

初生牛犊不怕虎。几个稚气未脱的后生居然上前与“老者”搭腔，询问此屋为何叫“纳凉轩”、此屋言何这般“优雅”等不痛不痒不大不小的问题。

在这个清凉的半山崖上，“老者”谈到了紫云的人文地理，谈到了紫云的风俗民情，谈到了五峰山与足球的缘……声音高亢而悠长，宛若格凸河咆哮的水流声，气派而又深沉，不凡中散发着穿越时空的魅力。

其实，二十多年前，“老者”就告诉人们，“紫云，是现代都市人最想去、最要去，且又‘少知’的一方净土和宝地……”

在那些岁月里，攀越五峰山，云雾在脚下飘飞，诗人一般的感悟。那样的腹饱万言仿佛是朦胧的月光和繁星点点，纵使青山吞没，溪水奔流，远去的款语温言已冲进岩石的罅隙里，却仍在拨弄着山崖的壁垒撞击游子心弦。

据宋代高承编撰的专记事物原始之属的《事物纪原·博弈嬉戏·吟叫》所记：“京师凡卖一物，必有声韵，其吟哦俱不同，故市人采其声调，闲以词章，以为戏乐也。今盛行于世,又谓之吟叫也。”足以见得,叫卖声在北宋京师可见一斑。

不同的叫卖声,吟出不同的韵律。南腔北调也好,淳朴正音婉转盈耳也罢,经过文人的艺术化处理,成为各地可供娱乐的戏乐。遗憾的是,这千年的戏乐与叫卖声,“因各种吟叫的词语罕有遗存”,如今已然听不到了。

紫云,小贩走街串巷,从城头到城尾叫卖“瓦耳糕”“甜酒粑粑”“甜糕”,似乎与宋朝都城“凡卖一物,必有声韵”一脉相承。

“瓦耳糕、瓦耳糕……”清脆的叫卖声似乎要把沉睡的小城吵醒,又要把喧闹的人声抹平。这样的声音,代表一个时代的印迹,象征着一种文化。

这失去的声音哪里找?

或许你不曾看见,或许你不再想起。正街上,夜幕降临,白天叫卖“瓦耳糕”的中年男子却在自家门前拉京胡唱京剧。

试想,白天系着小围裙,时而扛着时而端着一簸箕的瓦耳糕到处叫卖,怎么看也是一个地地道道的小商贩。此时此刻却端个小凳坐在家门口唱戏,虽没有迷人的脸谱,没有手舞足蹈的动作,没有漂亮的头饰,更有可能连一个观众也没有,或许,人们只是在街边屏气聆听京腔的婉转和京胡的舒畅。这样地传唱中国文化,用这样津津有味的方式消除一天的疲劳,缓解一天的困乏,于己于人都会身心愉悦。在那静静的夜幕下,无疑是紫云街头一道亮丽的风景,这是什么样的意境,这是什么样的意蕴?此处无需赘言。

远游他乡,两三年回一趟紫云,一次次在找寻这样的声音,一次次在寻觅这样的意境……可是,那样催人奋进、激荡人心的声音已经远去,唯有歌舞升平觥筹交错杯盘狼藉的搅扰与浮躁,让人火急火燎。

还好,在紫云这块风水宝地上,多少远去的声音似乎仍在脑海里漂泊。

那年8月27日,一秋从乡下进城务工。一切新鲜事物让一秋东张西望,闹了不少笑话,挨了不少鄙夷,甚至那平和的语言里还夹杂些讽刺的声腔……这种鄙视的笑声已经远去,只能在心里回味。

转变思维进入角色后,一向敢于批驳的一秋慢慢改变了对城里人“小市民、高傲自大、自不量力、狐假虎威、自以为是、阳奉阴违、刚愎自用、装腔作势、好逸恶劳、缺乏爱心和同情心”等极端片面的看法。

也许是兴趣和爱好相投的缘故,或许是他们对人生理想有着共同的美好憧憬。

一天下午,工棚里,一秋、厉娜、庸东、曹玉梅、于在乎五人却在“秘密开会”。

这五位员工,三男两女,神不知鬼不觉,他们开什么会?到底要捣什么鬼?

召开这个“秘密会议”是庸东提出来的,来自不同地域、不同家庭背景的这五位员工一呼即应。

会上,他们争论不休,帅气的庸东振振有辞地说:“今天召集大家开个会,主要是我们这几个兄妹都是年轻人,都有活力都有朝气,我们成立一个‘文学社’,主要刊登诗歌、散文、小小说、随笔,用蜡纸刻印成册,让我们的思想火花尽情地燃烧”。面对任何人都是笑嘻嘻的于在乎抬高嗓门:“不管有鱼无鱼,先撒一网,捞着两只虾,也是收获”。一秋、厉娜几乎是异口同声地喊出:“拿起我们手中的笔,记录我们身边的事。”平时不爱说话的曹玉梅总是一声不吭,脸上轻描淡写的微笑着表示同意。

气氛没有冷场,大家你一言我一语纷纷编织自己的梦想。

最后“秘密会议”形成决议:要求每人每周写一篇文章。

一个星期后的周末下午,怀揣着自得满意的文章,他们如约相聚在县气象站旁边的那片松树林里。

微风轻轻地吹拂,树梢上的松针发出嘤嘤嗡嗡的声响,并传来些许松油的清香味,着实让人心情舒畅、心旷神怡。他们在松树林里畅谈理想、憧憬未来,各自把自己的文章拿出来朗读,读完一篇,就你一言我一语讲评一篇。

人人都要朗读自己的文章。也许,多少年后,他们这群人里,一定不会是每一个人都会再去写再去读。但是,这样的声音尽管是稚嫩的,绝对是前瞻的。

那欢快的谈论声、笑声不时在山野里回响,那么的执著、真诚、专注。后来,他们的行踪遍及磨来冲的山间、干海子的纵深处、浪峰关林场的树荫下、亘蛋水库的岸边、四大寨的历史遗址、候场的奇石秀水旁、猫云的大理石厂、中洞的村落和火花的田坎。哗啦啦、嘿啦啦、吼咙咙，清脆、悦耳、响亮、尖细、急促、沙哑、浑厚……一串串回音在山谷间飘荡，那些远去的声音至今仍在脑海回荡。

有人这样预言："这样的探讨、笔耕，这样的交流、聚会，不可多得，这是超越梦想的追逐、这是时代推崇的角逐。可以想象，在艰辛的文学路上，一定能看到他们历经风吹雨打而不断跋涉的足印。"

在那如诗的年华，他们的每一次集会就是一首诗。他们每一次都选择一个风景如画别有洞天的小环境。无论是谈论写作的事，或者是厉娜为给大家改善生活背起家当和柴米油盐上山搞野炊，他们都是"打一枪换一个地方"，动作大方而行动又极其隐秘。

嬉笑打闹搜寻，挖苦讽刺探讨，强词夺理论事，一针见血批驳，大发雷霆叫板，指手画脚收场，如此摸索文学路、揣摩生活路的声音已经远去，这样的声音将不复存在。

在公司里上班，自己吃饱喝足，还能勉强养活一家人，往返的上班路光彩照人，何乐而不为?

世事无常。三年后，不知是为啥?他们中的四人各奔东西，在那个信息闭塞的年代，谁也不知道谁的去向。物是人非，只有一秋自己继续留在公司上班。

这样的离去，没有牵挂;这样的别离，没有怀想;这样的分开，没有思念。

一天夜里，正当大家准备睡觉，突然来了一位满头垢面、运载水泥的陌生司机，说自己累得快散架了，非要一秋、秋雨、广云帮忙不可，筹码是给每人支付5元钱。对这三个穷小子而言，就是来了意外的惊喜。说干就干，三人挽起袖子和裤腿，一车水泥足足卸了两个小时，三个"灰人"喜笑颜开，谈笑风生，不觉苦累，在公司院子的水笼头上清洗干净倒床就睡。

一秋是个睡眠不太好的人，刚睡下没几分钟，广云发出的鼾声就像打雷一样。窗户洒下月光的银辉，双眼紧闭难以入眠的一秋躺在另一张床上，真切地感受到了广云的鼾声中那熟悉的伸手、动腿，还夹杂一些呓语，似乎要将月儿的光辉搅成晶莹流动的碎片，任其在梦中流淌。

紫云，回想起曾经一起睡地铺、睡课桌、睡地洞的鼾声，是那样的天真无邪，是那样的粗旷豪放，是那样的历练人生。

时间就这样悄悄地过去了二十年。二十年，不知要发生多少事情。

春风吹，战鼓擂，你来我往谁怕谁。期待的时间仍然是漫长的，前去的道路总是艰辛的。

二十年的期盼，算是一种煎熬。二十年，无论如何都是一种纯洁的、怀旧的、无杂念的向往和美好的回忆。

二十年，那是一种声音的回响，又是另一种声音的期冀。

青藏高原，喜马拉雅山脉的雪山脚下，一秋经常划着牛皮船来到可以远望家乡的地方。

站在那座故事丰满的小小吊桥上，迎着清风，任由桥面吱吱嘎嘎晃晃悠悠，左一摇右一晃，心里荡漾漾，一秋便将思绪扔了进冰河，让她随风而去，漂流到远方。

拉鲁湿地,与拉萨市民的生活息息相关,维持拉萨城市生态平衡、保持生物多样性、改善城市环境质量、调节局地气候、增加空气湿度等方面具有非常重要的作用,有“拉萨之肺”“天然氧吧”之称,而且还有广阔的发展前景。我只想感受它的静,抚摸它的柔,贴着它的温暖,聆听它的心跳。

徜徉在拉鲁湿地旁

拉鲁湿地,享誉国内外的高原宝地。

拉鲁湿地,位于拉萨市区西北面,属国家级自然保护区,海拔3645米,是中国国内海拔最高、面积最大的城市天然湿地,被誉为拉萨的“大氧吧”。

因为工作需要,这里几乎成了我每天的必经之地。

一次次从拉鲁湿地旁穿越而过,微风透过车窗,轻轻拂在脸上,感觉比在拉萨的任何地方都要柔和清新。

一次次从拉鲁湿地旁徜徉而过,空气中弥漫的气息似乎能让人闻到一股芦苇的清香,还有葛蒲、嵩草、龙胆草、灯芯草的味道扑面而来,有一种说不清道不明的舒畅沁入心脾,让人感觉美滋滋、无比惬意。

在拉萨,唯有此地能找到这样的感觉,唯有此地能让人如此的悠闲自得。

这里湿润的空气就像是被洗过的一样,没有一点浑浊,没有一点杂质。蓝天下的阳光也看不到一丝丝尘埃,即便偶尔飘过来一片片流动的浮云,也是洁白无瑕、冰清玉润。每当这个时候,哪怕用一串串的“心旷神怡、心花怒放、赏心悦目……”来描述内心的感受,都难以抹平眼前的宁静与壮美给人带来的欣喜。

西藏高原,美无处不在。或许这就是很多人来了还要来,来了就不走,一干就是一辈子的真正原因。

也许,人们能从布达拉宫、大昭寺等名胜古迹中寻觅到历史的厚重感,感叹建筑艺术的伟大成就,心生敬畏。

然而，在拉萨二环和三环的中间地带，这个面积达6.2平方公里的拉鲁湿地，会让人找到碧波荡漾、绿水环绕、思绪万千的感觉。这种感觉是舒坦，是悠然，是畅快，是怡情。

“绿水青山，就是金山银山。”多年前，偶然发现湿地的溪流边沿、池塘深处、芦苇丛林、草丛幽境里，或垂钓捕捞，采割水草，或引诱候鸟，捕捉蚕食，还自称收获不小。当然，观光旅游看稀奇者也不在少数，许多游客是带着好奇心和对大自然的热爱进入湿地，感怀湿地，有的只是为了拍摄湿地的悠远风貌、拍摄远处的布达拉宫或拉萨的夜景。

如今，湿地保护区管委会监管督促严密，在湿地周围加固了围栏，让湿地内的水草更加丰美，动物更加悠闲自得，环境更加优雅迷人，游客也能隔栏观望，让美景尽收眼底。

那天，天空格外的湛蓝，罗布顿珠和达娃央宗围绕湿地转了一圈，怎么也找不到可以进入湿地深处的门道，后来他们只有盘坐在湿地围栏外的一块草坪上，眺望肥美湿地。

风轻轻地吹来，撒落在地上，依偎在人的身上，这样的滋味妙不可言。躺在软绵绵的草地上，可以清晰地看到，随着风向的转移，绿油油的赋有诗情画意的一片片芦苇叶一会儿向东偏倒，一会儿向西摇摆，一会儿又转向南北，在飘摇中形成一道道亮丽的风景。这一丛丛高原上为数不多的芦苇，阿娜多姿，亭亭玉立，风韵无限，给人的联想总是那么的悠长久远，总是那样的耐人寻味。

这对年轻人就像发现新大陆似的欣喜若狂。他们在拉鲁湿地旁轻唱、呼叫、呐喊，表现的是对家乡的热爱和对未来幸福生活的向往。

他们不曾想到，西藏也会生长芦苇。这是高原啊！还有这么别致的景象。从小就到内地上学，曾经到过江苏省苏州市常熟沙家浜芦苇荡风景区的这对年轻人，似乎回到了常熟的那片芦苇荡，心里泛起一阵阵涟漪。

风轻轻地吹拂着高原的声响，这是和畅的声响。无论你来自何方，在西藏，都是朋友。西藏的人民真诚待人，从不设防，心底总是那么敞亮，那么光明磊落和无私坦荡，时时都能让人感受到亲切的美。

风轻轻地传颂着高原的声音，这是天籁的声音。“会走路就会跳舞，会说话就会唱歌。”这绝不是谣传。无论是在原野还是在街头，无论是在草场还是在小河边、溪流旁，西藏的歌声和话语总是那样的清脆干净、纯洁无邪。

拉鲁湿地，真是个风水宝地。罗布顿珠和达娃央宗屏住呼吸，将绿茵的水草和湿润的气候拥入怀中，静静地听着湿地里传来的流水悄声，似乎还有鱼儿的欢动声，昆虫的鸣叫声。这里固然没有“蛙声一片”，但湿地里也是充满喧闹，洋洋盈耳，娓娓动听。

坐在那块软绵绵的草坪上，天空不时飞来赤麻鸭、黄鸭、毛腿沙鸡、斑头雁、棕头鸥、百灵鸟、云雀。就在那摇摆不定的树枝上，一只只戴胜鸟来回穿梭，上下逗留，精灵的身姿尽显自身的高贵与华丽。

由南向北贯穿的一条公路，将湿地西边一块偌大的草场隔离开来，同样围着厚实的铁围栏，百余头牦牛、犏牛正在啃草和撒欢，漫步在牛群左右的一只只黑颈鹤、白骨顶、胡兀鹫一边啄食，一边不停的抬头张望。似乎很有警觉性的它们，不知道是担心谁会侵占了那片属于它们的领地，还是防备与它们抢夺地上食物的外来者。

这样的场景，无疑会给人无限的畅想……又是一幅人与自然和谐相处的生动画面，又是一幅幽静舒坦的高原美景。让人不禁要为拉萨点赞，不禁要为拉萨鼓与呼。

平均每天有8小时15分钟太阳照射的拉萨，阳光充足，空气干燥。这个风景如画，植物种类繁多，野生动物和鸟类经常光顾、栖息的拉鲁湿地，就是拉萨市氧气的主要补给源。湿地能够吸附空气中的尘埃，吸收有毒气体，湿地就是拉萨市的空气净化器，能让拉萨变得更加美丽、更加诱人。

拉鲁湿地，我在徜徉中感悟你与拉萨市民的生活息息相关，你不仅在维持拉萨城市生态平衡、保持生物多样性、改善城市环境质量、调节局地气候、增加空气湿度等方面具有非常重要的作用，有“拉萨之肺”“天然氧吧”之称，而且还有广阔的发展前景。

其实，感悟拉鲁湿地的底蕴，领略拉鲁湿地的风采，不需要寻寻觅觅，不需要生拉硬扯，更不需要翻越攀爬，就在二环路边沿，靠近围栏观赏，便是最佳去处。围栏只能围住人，却围不住人的心。要到拉鲁湿地去找感觉，靠的是用心、用情。

常常往返徜徉在那条游客稀少的人行道上，你会慢慢觉得，拉鲁湿地展现的不仅仅是一种景象，一种物美，它给人的感觉完全是一种心情，一种意蕴。

有人说，不到西藏，这一生会留下很多遗憾。也有人说，到西藏，可以有遗憾，但不能留下牵挂。拉鲁湿地，承载多少人对拉萨的依恋，让多少人留下遗憾，又让多少人怀揣牵挂？无法去想象，无法去揣摩。

我只想感受它的静，抚摸它的柔，贴着它的温暖，聆听它的心跳。

宁静的夜晚，到底拉鲁湿地的里里外外会发生什么。我期待着那个夜晚的到来，我期待着那个夜晚属于自己。

尽管葡萄架下有很多难忘的故事、浪漫的故事，也比不上母亲在葡萄架下扶育希翼，姑娘在葡萄架下收获如愿。

葡萄架下

远在异乡，那曲《吐鲁番的葡萄熟了》常常让人梦魂萦绕，更加思念栽种葡萄的母亲。

那年夏天的一个早晨，朝阳还未蒸融薄雾，清朗的空气中盛满了新鲜的泥土气息，度假的姑娘手提竹篮，与清江来到葡萄架下。

或许是母亲的艺术造化，或许是大自然的随意雕凿，壮实的葡萄藤弯弯曲曲、自由伸展、劲健洒脱，从墙上绕过阳台，蔓延到窗台、房角，枝藤撑着绿叶漫漫盘旋，沉稳攀爬，婀娜多姿。绿叶间的果实，琳琅满目，晶莹剔透，宛如一颗颗水晶，又似一串串音符，旁边的山楂树上也缀满了数不清的“红玛瑙”“黑珍珠”……真是美不胜收。

是谁创造了如此丰厚、令人心醉的果实，是谁描绘了如此美丽动人的画卷。

文静的姑娘被这美好的景致迷住了，指划着“这串熟了、那串熟了……”清江小心翼翼地摘下一串水淋淋的葡萄，摘一颗就会发出一声动人的声音，掏一串就会有一连串的美妙声响，有种天然的美妙音乐令人陶醉，有种大自然的神奇魅力和物化的天真浪漫令人感叹、惊讶。

偶尔掉下一颗，就会发出“咚”的一声，偶然散失的那一串，就像断线的珍珠落在地上发出“叮叮咚咚”的脆响。“哎呀！小心点啊、小心点！”姑娘心疼地拾起撒得满地的“黑珍珠绿玛瑙”，俏皮嬉笑声荡漾在葡萄架下。

高处的葡萄迷人，阳台上的葡萄醉人。姑娘爬上小楼，推开窗户，用小手摘下一颗葡萄含在嘴里，说这葡萄胜过吐鲁番的葡萄……

清江似从梦中醒来,又回到梦中。葡萄是甜的,母亲的心也是甜的。

又是葡萄成熟的季节。母亲会在葡萄架下扶育希翼,姑娘会在葡萄架下收获如愿……

许多汗水在那片开阔地上冷却，许多故事在那块开阔地上源起。冷的边关热的血或许也是从那块开阔地上讲述开去。

难忘那片开阔地

早已脱下军装，在某印钞厂干得红红火火的张继品，一辈子都忘不了西藏边陲——墨脱大山里的那块开阔地。

那年冬天，他带队对某高地实施武装巡逻，就是在那条巡逻路上，就是在那块开阔地上，他差点丢掉了性命。

海拔3600米的高寒山地，巡逻小分队来回穿插，异常活跃。时任墨脱边防营副教导员的张继品不时给战士们出情况、设险情、布置军事地形学课题，弄得第一次参加巡逻的几名战士一时摸头不着脑。

卧倒、隐蔽、匍匐前进，一路口令下个不停，从"假情况"的科目下达到组织实施，巡逻官兵"假戏真做"，模拟得很逼真，让大家累得够呛。可是，巡逻官兵普遍反应"有兵味、有战味"，这样的生活能让人回味无穷。

许多年轻人都在感叹：这辈子没当过兵，是一大遗憾。

穿上军装，在祖国的边防线上磨炼人生，体现的是一种价值、一种境界、一种况味。人生曾经有这么一中经历，那是真的值得。

跟随张继品副教导员去巡逻，有意思、有收获。他为人正直，胸怀坦白，性格开朗，爱讲故事，又懂得关心人帮助人。每一次，只要听说张继品副教导员带队去巡逻，大家都争相报名，踊跃参加。

那天，巡逻小分队执行完任务，返回途经一块开阔地时，余兴散尽的官兵脸上露出疲惫不堪的面孔，大家都想在那块开阔地上把温暖的太阳当被子好好睡上一觉再走。长期在基层一线带兵的张继品副教导员最懂得战士们的心思，战士们的一举一动只要从他的眼前一过，他就明白其中的意思。

于是，张继品副教导员就索性破例一次："同志们，原地睡觉，时间40分钟"。

原地睡觉，40分钟。对巡逻官兵来说，是特殊的也是奢侈的，更是难得的享受。

官兵们双手合抱钢枪，原地躺下就睡了。

可是，精力旺盛的大个子兵王礼高躺下没多久就爬起来，端着枪往西北侧的一棵"藤缠树"下走去。

他去干什么？谁也不知道，谁也没看见。

走在祖国的边防线上，战士们心中有种荣耀、肩上有份沉甸甸的责任。一旦完成任务，踏上返回的道路，难免腿脚不灵便、四肢发软。

然而，这个脚穿由厂家订做52码的鞋子、被称为"王大脚"的战士王礼高随时都在用自己的傻瓜照相机东拍西照，似乎精力旺盛，累不垮、压不倒。

难得碰上巡逻路上有休息机会，人人都躺在草坪上闭目养神，养精蓄锐，"王大脚"却在左手扒开草丛、树枝，右手拿着相机"咔嚓咔嚓"拍照。正当他准备拍下那棵漂亮的"藤缠树"时，一不小心被一根手腕粗的老树藤绊倒，自己来个人仰马翻。

牵一树藤而动一窝毒蜂。"王大脚"这个不太敏捷的动作惊动了"藤缠树"上的毒蜂。就在这时，一个水桶一样大小的蜂窝映入了"王大脚"的眼帘。"妈咦，晚了。""王大脚"顿时胆战心惊。只见那黑压压密密麻麻的群蜂在蜂窝上蠕动，快速来回"巡查"，似有"胆敢侵犯我领地，我就将他消灭干净"的架势，一只只毒蜂很快飞离蜂房。

毒蜂哪里去？前出侦察？观察动向？准备作战？一切皆有可能。

"轰炸机！轰炸机！……""王大脚"尖着嗓子喊。

这样的喊叫，无异于紧急集合，很快惊醒了酣睡在开阔地上的战友们。

这个来自农村的"王大脚"知道毒蜂的厉害，有经验的张继品副教导员感到"厄运"即将降临，战士们逃脱不了这场"恶战"。

处在亚热带气候的边防一线，被毒蚊毒蜂叮咬对战士们来说已是家常便饭,群体被毒蜂追击叮蜇也发生过多次。

“王大脚”一时束手无策,不知所措,他迅速摘下头上的迷彩帽,一边在扇着风、一边擦着汗,还准备把迷彩帽当成防蜂武器。就在他正准备悄悄离开这个是非之地时,三只毒蜂从天而降,在他头上当即蜇了三个包。

毒蜂盯住了“来犯之敌”,找到了侵入领地的不速之客,毒蜂的选择只有殊死搏斗。连中三“炮”的“王大脚”疼痛难忍,双手抱头在草坪上乱吼乱叫乱跑。这样的疼痛,只有被毒蜂蜇过的人才能领教,只有曾经受过此痛的人才能知道那是什么滋味。

张继品副教导员看在眼里痛在心中。

怎么办?

为了保护巡逻战友,在张继品副教导员的命令号声中,一场没有硝烟的“自我保卫战”打响了。

张继品副教导员组织官兵散开、隐蔽,并指挥大家迅速从背包里取出雨衣将头部蒙住。官兵们迅速钻进四周的草丛、树林里,很快隐蔽起来了,避免毒蜂的群起追击和“死缠烂打”。

只顾忙碌组织指挥战士们隐蔽,却忘记了自己如何避开毒蜂的围追堵截。于是,张继品副教导员成了众毒蜂集中“火力”重点打击的主要目标。

为了战士们的安全,张继品副教导员坚决不进树林和草丛,而是围着大草坪跑,被墨脱官兵称作“轰炸机”的毒蜂紧盯张继品副教导员不放,层层包围。张继品副教导员一次次被毒蜂叮蜇,又一次次爬起来,他解下腰带、脱下外衣与毒蜂顽强搏斗,最终因寡不敌众,被毒蜂蜇倒在地,到处打滚,惨不忍睹。

抗争大约一个小时后,毒蜂发现“来犯之敌”并非恶意,似乎对它们毫无侵占、掠夺之意,便不再纠缠、不再恋战,渐渐散去。

官兵们陆续从草丛里、树林中钻出来,将张继品副教导员从地上扶起。只见张继品副教导员面部浮肿,神志迷糊,有气无力地告诉战士们,感觉天在旋地在转,并有恶心呕吐的感觉。话音未落,张继品副教导员一头栽倒在地。

据说，有一种毒蜂能把人蜇死，但蜇人后的的毒蜂已耗尽精力，活命不长。今天的毒蜂，是不是能把人赦死的毒蜂？大家都在担心张继品副教导员的安危，一旦他有什么三长两短，如何是好？

平常就像大哥哥，又有领导风范，深受大家喜欢和敬重的张继品副教导员为了保护战士们，自己却遭受如此折磨。目睹张继品副教导员的难受模样，大家心里很不是滋味。

多次参加巡逻的机要参谋汤明辉当机立断，让战士们将张继品副教导员按住，把大家身上带的风油精、正红花油都拿出来涂抹在副教导员的受伤处。可是，也没能解除张继品副教导员胀痛、刺痛、穿心的痛、头都要炸开、肌肉要裂开的痛。而且他的脸部、头部逐渐在肿大，几乎把眼睛都遮住了，他那痛苦不堪的表情让官兵十分着急。许多战士哭着喊："副教导员！你千万要挺住啊！……"战士们再次把他按在地上，脱掉他的衣服，硬是从他身上、脸上、头上拔出71根蜂针。

71，这个数字，不会引起太多的人注意。但是，71根毒蜂针扎进肉体，着实能让人毛骨悚然。

这次遭遇毒蜂袭击，只有大个子王礼高在事前被蜇了3下，其余官兵均未被叮蜇，战士们更加钦佩副教导员的人品——宁愿自己受苦，也要保护战士们的安全。

张继品，在墨脱边防工作10余年，参加边境巡逻百余次，那块开阔地在他心中留下了深深的烙印。

时间的流逝，永远抹不掉深刻的记忆；时间对人的考验更能激起经久不息的感情波澜。

那块开阔地，时时在张继品心中荡漾；祖国边防线，时时在张继品心中起涟漪。71道伤痕，时时牵动着张继品对战友的情和意。

这山那山，其实，每一个人的心里都有一座山。这座“山”就是责任。说大一点，是对社会、对人民的一份担当；说小一点，是对自己、对家人的一份负责。

心里有座山

心里有座山，那是终年不化的洁白雪山。常言说，日有所思，夜有所梦。曾几何时，梦里的一座座山，一座座冰川，一朵朵弥漫在冰山上的白云，飘飘洒洒，如云似雾，是歌似赋，迷茫而又清馨，壮阔而又诗意。叫我如何去描述这样的意境，叫我怎么去表达这样的场面？

美丽西藏，美的享受时时涌上心头。

梦境里的画面清晰可见，冰山上的浮云千变万化，像波涛汹涌的海浪，似奔腾狂啸的骏马，如轻轻飘动的面纱，偶尔大风扬起，群峰来潮，云遮雾罩，流动的云朵波澜壮阔，堪称仙境奇观。梦醒后，灵魂深处无不感叹祖国的大好河山，那朦胧的意向似乎还可以执手轻抚，江山竟是如此多娇！

曾经在帕里逗留过，后来又一次又一次从卓木拉日雪山脚下路过，发现这座雪峰有着傲人的身姿，她直入云端，因其周边地势平坦，显得格外突兀陡峭，虽名不见经传，却是最美的雪山之一，有“仙女峰”之美誉。好一个诱人的名字。

在西藏走一趟，雪山美景着实让人受用不尽。

心里有座山，那是亘古绵延的喜马拉雅山。这里有高耸云天、世人向往的珠穆朗玛峰。

那年那月那日，我们绕过一座座盘山路，穿越珠峰大本营，攀爬在沟壑纵横的山路上，好不容易来到珠峰脚下海拔5800米的观景台。用手轻轻抚摸那块石碑和石碑上那一串串鲜红的大字小字，抚胸仰望珠峰，一腔敬畏的气息从眼里迅速流淌到心里，再扩散到身体的每一根毛细血管，让人热血沸腾，这是一种对大自然鬼斧神工发自内心深处的敬畏。

尽管与那些登顶珠峰的勇者相比，我还差得很远很远，甚至可以肯定地说，此生的我，连珠峰的半山腰都上不去。但站在珠峰脚下就已经感受到了严重缺氧迈步艰难的滋味，我仍然激情满怀，热心奔放。我下意识的用心去感怀珠峰的伟岸，用情去感恩大自然的奇迹，掏心窝的感谢与珠峰近距离的一面之缘。

“珠穆朗玛，是那古海的巨浪，我为你神奇的传说深情歌唱。”如此拨动心弦的歌声，每次响起都是那样的令人震撼。珠穆朗玛峰威武雄壮昂首天外，高大巍峨屹立群山之上，一直在世人心中有着巨大的影响力和吸引力，一直是人类要想证明攀登能力的圣地。不知有多少攀登者留下多少脚印，不知有多少攀登者在珠峰那座冰山上留下多少汗滴。四千万年前的海底，埋藏着那遥远的记忆。

有些等待值得我们去坚持，有些等待需要我们一生守候。

就在喜马拉雅山东端，有一座被称为“羞女峰”的南迦巴瓦峰。据说南迦巴瓦峰从不轻易露出真面目，是中国最美的雪山。我曾经多次站在不同位置远眺南迦巴瓦峰的壮美，虽然每次都只有短暂的几分钟、十几分钟，但能清晰地看到，南迦巴瓦峰犹如一个睡美人，是那样的纯洁、宁静、安详和神秘。

邂逅如此美丽的风景，需要一次次的坚守和等待，需要有足够的耐心。为了亲眼目睹南迦巴瓦峰的脸庞，曾经经历多少期盼，又即将迎来多少个日出云破。

与南迦巴瓦峰隔江相望的加拉白垒峰，常年冰雪覆盖，美得让人心醉。过去的那些时光，不知拍摄了多少胶卷。因为多次搬家，那些近乎封存的记忆也不知要到哪里去翻箱倒柜。

心里有座山，那是终年白雪皑皑的念青唐古拉山。这里是青藏高原东南部最大的冰川区，传说这座山脉里面有一个神秘的水晶宫，宫门上镶有各种宝石，这些宝石光芒四射，水晶宫底是甘露之海，中部缭绕着霞光彩雾，宫顶有白云，雨露时停时落，无数鲜花盛开在它的周围，最引人注目的纳木错就在它的脚下，他是多么的英俊挺拔，绮丽动人。

念青唐古拉山的北面就是辽阔的羌塘草原，它是世界上海拔最高的草原，生活着距离太阳最近的游牧民族。广袤的原野上空气湿润清新宜人，一座座山脉倒映在湖泊中，像一面面散落的镜子，点缀着美丽的大草原。每当夜深人静时，浩瀚的星空与众多的湖泊彼此深情凝视，好像是在投送迷人的秋波。

在那一望无际的草原上，到处都是牦牛和羊群，处处可见游牧民色彩不同、大小不一的栖息帐篷。牧民们在这里创造了梦幻迷离、色彩斑斓的游牧文化。他们的心灵总那样的敞亮。他们纵情歌唱，音域是多么的宽广和雄浑。他们尽情舞蹈，舞姿是多么的豪迈和奔放。这里不仅有远古岩画、古象雄遗址、格萨尔王的足迹和故事，还有著名的唐蕃古道也从这里经过。

人的记忆里，总会留下一些美好的事物。

雅鲁藏布江下游，闻名遐迩的米堆冰川冰洁如玉，景色秀美，形态无常，身段诱人。冰川下端是针阔叶混长林地，山上皑皑白雪终年不化，山下阔叶森林四季常青。常言说，走过路过，不要错过。我只想说，有机会一定要去一趟。去一趟，你就会知道什么是风景，什么时真正的摄影。

心里有座山，这座山就是勤劳善良的藏族人民，心胸宽广的藏族小伙，羞涩美丽的藏族姑娘，神奇迷人的西藏高原，云朵飘渺的如洗蓝天，纯净悠然的人间仙境，人人向往的高天厚土，心底真爱的吉祥圣地，还有西藏这个此生必去的最美地方。

当然，出门在外，谁也忘不了小时候攀爬的那些无名小山。常去砍柴割草的猴子山；富有传奇故事的椅子山；风景秀丽的青龙山；还有孤峰高耸、气象雄奇的丹霞山；原始生态保持完好的梵净山；独出于云霄之半，云雾缭绕，奇峰丽水，探险寻幽，自然和人文景观独具特色的云台山；登临远眺，青山、绿水、农田、村舍风景如画的天台山；森林覆盖率达88%，以保护秃杉等珍稀生物为主的自然资源并具有综合经营效益的亚热带山地森林生态公园的雷公山；傲然屹立在贵阳市中心，山幽林密、湖水清澈、峰峦叠翠、古木参天、景致清远、集自然风光、文物古迹、民俗风情和休闲娱乐为一体的黔灵山……

走过很多地方，饱览了祖国的名山大川。“我看见一座座山一座座山川……那可是青藏高原。”悠扬的歌声经常在耳旁唱响，感觉山川的影子不仅仅是从身后闪过，更多的是在心里浮现。

这山那山，其实每一个人的心里都有一座山。这座“山”就是责任。说大一点，是对社会、对人民的一份担当；说小一点，是对自己、对家人的一份责任。

每一个人的肩上都有一副担子,这副担子有多重,自己最清楚。身为一名边防战士,他们肩上的担子有多重,他们能掂量。

肩上有担子

“逢山开路,遇水架桥”是工兵部队的职责所系、任务使然、形象写照。

对于驻守在拉萨的工兵战士来说,每一次修筑道路,无异于一场激烈的战斗。2017年,注定是一个难忘的岁月。面对恶劣的自然环境和艰苦的施工条件,战士们都知道自己肩上的担子。

堆砌渗水池

“这里的山路十八弯,这里的山路九连坏……”歌手李琼唱出了山路弯弯曲曲的特点,也显示出了修路工人修筑山路时的艰难与不易。

在西藏,胜过山路十八弯、超越“二十四道拐”的山路比比皆是。尤其是在海拔相对较低雨水较多的山路中,凡转弯幅度较大的弯道下面都有一个确保雪水、雨水汇流通过的涵管,埋设在道路下面的涵管两端需各设置一个渗水池,而渗水池的方位、大小、排流量以及它的坚固性都很有讲究,否则将直接影响山路的整体质量。

每次遇到修筑这样的山路,四级军士长李寿黄都会向连队主动请缨,担负填埋涵管、堆砌渗水池的任务。

作为一位老兵,在每一次填埋堆砌任务中,李寿黄都要带着几名新战士,认真给他们讲解堆砌渗水池的方法和注意事项。

雪山上流下来的水冰凉刺骨,有时还夹杂着泥沙和枯萎的杂草或树叶。《吕氏春秋·尽数》说:“流水不腐,户枢不蠹。”可是,在当今社会现实生活中,特别是在森林地带,情况并非如此。

森林里的渗水池，因为雪水、泥泞、枯枝、腐叶长时间积淀，战士们在修筑、维护盘山路时，经常遇到腐烂发臭，浑浊不堪的渗水池。

每当遇到这种情况，李寿黄总是第一个踏入恶臭的渗水池中，用铁锹或铁耙子将腐烂的植物掏出来，晾晒于渗水池的旁边。为了清理干净，让渗水池更加洁净，他主动伸手去掏腐烂物，时时处处展现一个老兵的风范。

在涵管堆砌方面，李寿黄更是仔细认真，他将每一个涵管露出的尺寸，堆放的位置以及初次堆放的角度都做了认真而详实的分析、记录，每放一个涵管必是李寿黄第一个撸起袖子冲上去抬上肩膀，第一个挽起裤腿踩入置放涵管的泥坑里。放好涵管后，他还要仔细地进行端祥，认真与地形地物结合起来查看是否美观、是否符合人要求，如发现任何一点瑕疵便会立即纠正。

在李寿黄的带领下，官兵们齐心协力，个个争先恐后地干活，提前5天时间完成87个弯道渗水池的铺设和涵管堆砌任务。如今，沿着山路行驶，经过弯道时你会发现，那些渗水池和涵管已然构成了一道亮丽的风景线。

手机逛村庄

“媳妇，我们将要去一个没有手机信号和网络服务的地方施工，不能每天给你打电话了，家里有什么急事可以发短信告诉我，看到短信后我会及时给你回电话的！”这是王小明在出发前的那个晚上与妻子的通话。

就要去预定的地方修筑道路了，大家向家里说得最多的是，要去的地方没有信号，打不了电话。

整理好行囊，驱车进入山野，来到一个背风的山坳里搭建起住宿帐篷，安营扎寨。一有空，官兵们便拿着手机沿着修筑的道路及开阔地寻找手机信号源，结果大家是高兴而去，扫兴而归。

这个鬼地方，真没有信号呀！

现在是信息社会，手机没有信号，远离家乡的战士们一夜之间似乎回到了解放前。

如果家里有急事咋办？如果女儿生病了咋办？说好了，下周回去结婚，未婚妻联系不上咋办？……一个个问题困扰着战士们。

军人上路，义无反顾。没有祖国这个大家庭，怎么会有自己的小家庭？战士们上路了，到了施工现场，声音，只有战士们的话语；信息，也只有从战友们的口中得知。

到了近乎封闭的世界里，官兵们心里想着的是工程任务，肩上扛着的是军人的那份责任。

施工从不分心走神，工程质量追求高标准，深受肯定。

为此，连队干部把官兵们手机收集在一起，保持开机状态，让每天下山去拉饮用水的驾驶员带上。

离施工地30余公里的村庄手机信号满格，水车灌满水，手机也接收到了家人发来的短信。虽然信息来得晚了一点，但官兵每天都能了解到家人的基本情况。

连队规定每晚8点半至9点可以查看手机短信。

一切事物，都有一个发展变化过程。

起初，官兵们只是接收家人发来的短信，后来官兵又将回复家人的信息编辑好，让水车驾驶员到村庄后将这条未发出的手机短信重新发放一次。这种短信来回的漫长过程，常人可能难以理解。对于处在施工一线的官兵来说，晚一点慢一点并不重要，重要的是，无论时间有多长，他们都与家人保持了心理上的沟通，得到了精神上的安慰。

手机每天都跟着驾驶员下山逛一次村庄。官兵们兴奋地说"手机逛了村庄，我们与家乡和亲人距离拉近了。"

提前归队为修路

"明明知道你那里没有手机信号，但还是不停地给你打电话、给你发短信，希望能够尽快联系到你。原因只有一个：父亲病故请速回。"灌满饮用水的军车刚刚开到住宿帐篷，去年入伍的新战士唐泓岑早已等待在帐篷前，第一个从驾驶员手中领回自己的手机后，迅速查看短信内容。

住宿和工作的地方没有手机信号，获取短信内容的方式只有靠拉水车的驾驶员，拉水过程中手机在信号覆盖区域获取亲戚朋友或家人发来的短信。通过近几天家人发来的短信内容，唐泓岑知道了父亲病重住院的消息，本想着把这阶段修筑任务圆满完成后再向连队请假回家看望父亲。一是好好给父亲治病，二是好好在父亲面前尽孝。

可是，让唐泓岑万万没有想到的是，父亲竟然走得那么快，自己与父亲的最后一面都没见上。

看着家人发来的短信内容，唐泓岑感觉天都塌下来了。他迟疑了几分钟，总在扪心自问，不可能，不可能，父亲怎么走了呢？父亲身体是不怎么好，可是上次休假的时候，父亲说叫自己在部队好好干，他要等我回去，要看我把媳妇娶回家……经过一番激烈的思想斗争，唐泓岑已是泪流满面，失声痛哭了起来。

连队干部得知情况后，一边向营里和机关汇报情况，及时按程序呈送休假审批报告，一边开专车将唐泓岑送往机场。

沿途刚刚有了网络信号，连队干部便拿出手机上网帮唐泓岑订购回家的飞机票。他们还没来到机场，唐泓岑的10天事假已经批复下来了。

回到家里，唐泓岑满怀悲痛的心情处理完父亲的后事，便立即购买了归队的机票。这样的举动，一般人很难理解。父亲刚刚离开，总要抽点时间陪陪母亲，再说归队的时间也还没有到。

亲人走了，但是肩上还有一份沉甸甸的担子，唐泓岑购买了提前返回的机票。到达单位后连队干部让他先休息几天再上山修路，他却坚持不休息，拿起工具便和战友们一起上山修路。

工作干劲足，士气不减，丝毫没有一点家庭发生重大变故的迹象。战友们纷纷疑惑不解地问，唐泓岑一脸悲戚而又十分沉稳的说："人死不能复生，悲伤能解决什么问题？不如化悲痛为力量。再说，连队不但给我订购回家的机票，而且还用专车送我到机场，人要知恩图报。”

三十二面小红旗

头顶是陡峭的大山，脚下是深谷悬崖。道路弯弯，处处是险山。据上山放牦牛的群众介绍，这条路多处弯道都曾经发生过车毁人亡的交通事故，不是车在转弯处开下悬崖，就是在转弯处突遇道路沉陷或泥石流。

初来乍到，对地形地物不太熟悉的筑路领导决定按兵不动，让大家放松一两天，休息好，才能够更好的工作。面对险情，只听一面之词，也不符合事物的发展规律。

毛主席曾经说过：“没有调查，就没有发言权。”盲目施工不可取，蛮干下手不可取，不掌握情况只会埋头苦干就是缺乏科学运筹的头脑和智慧。

他们首先派出技术骨干驱车沿途察看道路状况，逐步了解实情，做到心中有数。

弯急得很，路边靠悬崖处茂密的树木就是一道道美景。对于一支长期驻守在拉萨的部队来说，更是难得一见的风景，容易给驾驶员造成可以安全行驶的假象。在这云遮雾罩的山野里，夜间或阴雨天驾车，驾驶员常常会误认为这些急转弯处与其它弯路一样，一不小心就会出现意外。

了解清楚情况后，不是为了赶工期，而是可以行动了。一群人，不能总是放松管理，无事就容易生非。

大家一路拉开，真是人多力量大，拓宽、加固、平整，慢慢地向前开进，慢慢地向山头进发。

大家发现，在这个多雨的季节里，由于这些路段土质较为松软，雨水一来，从山坡上汇聚流下的一股股流水经过弯路时，一并将刚刚铺上的泥土卷走。随着流量的增大，路面上的土质和沙石流失就越大，路面急速沉陷，可通行的安全路面迅速变窄，有的甚至完全不能通行。

怎么办？必须克服困难。

逐个统计弯道,21公里的山路居然有32个急弯道。

统计情况上报到作业组组长手里后,帐篷里的第一个协调会开始了。

负责统计的技术骨干讲述现地勘查情况,更多的是描述路陡弯窄的危险,提议加大人工、建筑材料的投入。

既来之,则安之。投入是必须的。大家一起出谋划策,人多智慧多,广开言路,集思广益,最终决定在顶层设计等物资到位前,在每一个弯道处插上一面鲜艳的红旗。

说办就办,要办就办好。第二天每一个急转弯处竖起了一面红旗,给经过此路的车辆以警示。

经过几个月的艰苦作业,路修好了。一辆辆经过此路的地方车驾驶员都会发出“啧啧啧”的感叹声。都说“有解放军在,我们感到更安全了。”

除雪途中遇险情

四月,内地已是春暖花开,气候宜人,而在西藏官兵修筑道路的施工现场仍是积雪覆盖。有的地方积雪没过膝盖,有的地方深度齐腰部,这样的场景相信很多人没见过。

要在这样的环境里把路打通,更好地为群众生活提供方便,是这一群筑路人员的主要任务。

可是,来到施工现场,摆在官兵面前的困难更比大家想象的还要艰难得多。弯曲的道路、悬崖、峭壁、积雪、泥泞……有些地方根本看不出哪里是道路,哪里是山坡。

看不清道路的轮廓,推土机就有可能掉入悬崖,积雪太厚摸不清路面冰冻情况容易发生意外。部分官兵胆怯了。

四级军士长龙飞奇主动请缨,开着推土机冲在最前面除雪。

危险地域,危险路段,什么情况都有可能发生。要在积雪覆盖的山野里开路,等待着龙飞奇的无疑是隐藏的险情。在施工中,推土机出现漂移、打滑、侧翻都是经常遇到。

那天，来到一段积雪深厚的道路上，开着推土机的龙飞奇握紧操纵杆，加大油门往前推，谁知道积雪下面还暗藏着12多厘米厚的暗冰，暗冰下面就是大约70厘米厚的冻土层。推雪的过程中，履带式推土机被前方一块石头阻挡，在暗冰上突然往路的外侧滑移，几乎要坠下悬崖，在场的官兵大吃一惊，纷纷感叹“太危险了！太危险了！”。

待龙飞奇校正推土机位置停稳后，官兵们走上前去细看，履带半米长的部位已经悬空，如果再往前一点点有可能就会掉下山崖，机毁人亡。龙飞奇迅速从推土机操作室里跳下查看详情，悬空的一幕让他心惊胆颤，全身瞬间发热。

苍天在上，老天有眼，幸好没有掉下去。

几分钟过后，龙飞奇的意志、身理、感官恢复了正常，他告诉周围的战友说：“这个没事。”此时此刻，大家心里都明白，龙飞奇急出了一身冷汗，大家也跟着龙飞奇急出了一身冷汗。

龙飞奇没有多余的话语，就这么一句“这个没事”，而后又跳走上操作室，将悬空的推土机摆正推进到了安全位置，继续推着积雪往前走。

主动推迟订婚日期

三月，官兵们浩浩荡荡向施工现场开进，一干就是几个月时间。

中士驾驶员苏新孟原计划四月份休假回家，与女友按家乡风俗举行订婚仪式。

因为没有手机信号，苏新孟与女友和家人的通信联络仅靠水车驾驶员每天将手机带到山下的村庄接收短信，这样的联络可谓断断续续。家人和女友都无法搞明白，这是什么年代了，还信息不通、电话不通。

身为驾驶员的苏新孟，驾驶技术在连队数一数二。

修筑道路任务重，但每天驱车十几二十几公里去施工，崎岖的山路对于驾驶员的驾驶技术、心理素质也是一个考验。连队干部给苏新孟安排了三名驾驶技术一般的助手，专门交代让苏新孟在执行车辆运输任务中搞好传帮带，多给新同志技术上的指导，要让这些新成员尽快能够担负急难险重任务，特别是在这样的险峻道路上能够独立完成车辆运输保障任务。

受领任务后，苏新孟一有出车机会便带着三名徒弟，一名扛大箱，两名轮换乘坐驾驶室。苏新孟手把手的教，每到一处危险路段他就不停地讲解驾驶时应注意的问题，是否可以换档加速，大约速度开到多少最为合适，驾驶员的视线应该观察到什么位置，遇有突发情况应如何处置等等。

时间一天一天的过去，约定的订婚日期一天一天的逼近。

连队的施工任务艰巨，动用车辆运输的物资越来越多，能够单独执行任务的驾驶员明显短缺，缺少一个人也会影响到整体的施工进度。

一名士兵的作用有多大？一个老兵的姿态，在这个节骨眼上显得尤为重要。虽然战士们都十分辛苦，但还得具体问题具体分析，尽量为大家排忧解难。

为了能让苏新孟按时回家订婚，连队干部向上级说明了情况，准备安排这位始终战斗在第一线的老兵休假。

可是，当听到这个消息后，苏新孟找到指导员罗方平。“我已向女友和家人说明了情况，推迟订婚日期，等施工任务完成了再回去举行仪式，女友和家人也都同意了我的决定。”

识大体，顾大局，以施工任务为重。苏新孟是西藏军人的一个典型代表，是“老西藏精神”的缩影。

如今已是七月中旬，也不知道任务什么时候结束，苏新孟按照家乡的风俗习惯，什么时候与女友举行订婚仪式？我们期待着。

在边防公路上为爷爷捧一抔土

罗敏恒，广东籍上等兵，父母因为也长年在外做生意，只有像过年这样重要的节日才能回到家里，他与父母在一起的日子少之又少。

罗敏恒从小就和爷爷奶奶生活在一起，由爷爷奶奶照顾长大。在罗敏恒的心目中,爷爷奶奶就是顶梁柱,他与爷爷奶奶的感情也特别深厚。每次回忆起小时候的美好时光,罗敏恒总是想起奶奶为其做的可口饭菜,爷爷俯下身子让他当马骑着在屋里爬来爬去的欢乐场景。

这天,罗敏恒也像其他战士一样打起背囊,跟着战友们一起来到山坳中搭建帐篷,白天到施工现场修筑道路,晚上便在搭建的帐篷处宿营。这里山高路陡,树木茂密,多为原始森林,道路经常遇到泥石流阻碍或冰雪覆盖,驻地群众只是将这里作为放牧的地方。

宿营地和施工现场都没有手机信号,这是困扰官兵业余生活的一大障碍。

一天,罗敏恒像往常一样操作着压路机压实刚刚铺设好的道路,天黑回到住宿地吃过晚饭,水车驾驶员拉着满满一罐车水回到了住宿地,大家纷纷走上前去领回自己的手机查看家人发来的短信内容。罗敏恒打开手机短信,第一眼就看到了爷爷去世的消息。他刚才还与战友们有说有笑的表情顿时忧伤起来,眼睛湿润,默默掉下眼泪。

第二天,连队干部了解情况后,主动与罗敏恒谈心,几名干部都劝罗敏恒回家一趟,办完爷爷的后事再回来。

罗敏恒却坚决不回,他告诉连队干部昨晚自己想了一夜,随时都想到爷爷生前的音容笑貌,但连队工作施工任务正是紧要关头,在位的压路机操作手又少,不能因为自己回家而耽误了施工的进度,拖延了完工时间。

罗敏恒想到的是集体荣誉,想到的是连队的施工任务,思想境界多么的高尚。

罗敏恒请求到山下有信号的地方给家人打个电话,说明原因,希望在天上的爷爷能够理解和支持。他还告诉家人,他一定在边防路上为爷爷捧上一抔土,为爷爷祈祷……

与家人通完电话回来后,罗敏恒像往常一样开着压路机在基本成型的道路上来回碾压……

五月的烤火炉

初夏的五月，内地已是衬衣短袖，短裤短裙上身，有的地方可能已经炎热难耐，不得不在空调中度过酷暑中的每一天。

而在西藏，修筑道路的官兵们宿营地，几乎每天都在下雨。先是雾气升腾，弥漫整个山坳，然后就是雨露降临，有时细雨蒙蒙，有时倾盆大雨，有时阴雨连绵，潮湿难耐，阴冷难受。

虽然这里云雾萦绕，美如仙境，但因为潮湿阴冷，官兵们都穿着绒衣棉袄，即便是在睛天，这里的气温也只有13摄氏度左右。由于潮湿，被褥湿润冰凉，无法烘干晾晒，不少官兵身上都不同程度地出现了湿疹等不适应症状。

为了解决潮湿冰凉的问题，一名负责施工的领导带着一名藏族干部走进帐篷里，向藏族群众了解情况，寻求解决办法。

藏族群众的办法真好，他们在牦牛蓬内生个烤火炉，既可以提升夜间室内温度，又可以让屋内的空气保持干燥。

修路官兵借鉴了群众的做法，每个帐篷配发一个铁制烤火炉，五月天，取暖的问题解决了。

夜遇狗熊

深夜，天空一片漆黑，晰晰沥沥的小雨持续不断地滴落在筑路官兵的宿营帐篷上。

五号帐篷里的战士李成最近身体不适，总是起夜小便。这天凌晨两点左右，身着秋衣秋裤的李成又一次走出帐篷，迷迷糊糊径直朝着五十米开外的厕所帐篷走去。

方便的过程中，李成总感觉厕所帐篷外有动静，似乎咀嚼的声响，偶尔又听到狂躁喘粗气，还有悉悉索索的脚步声。

如此可怕的响动，让李成心惊胆颤，吓出一声冷汗。李成飞快地跑回就寝帐篷，并虚掩着帐篷门帘仔细观察，发现在距离帐篷左侧不远处有两个绿色的东西在晃动。在这伸手不见五指的夜里闪烁着光芒，虽然身后就是正在睡觉的战友，李成还是感觉到自己身上的毛发都快要竖立起来了，刚才还睡意朦胧的他此刻睡意全无。

李成判定两个闪着绿色光芒的应该是两只眼睛，它们不是牦牛的眼睛，因为牦牛基本和人的作息时间一样，晚上也是窝在地上闭着眼睛睡觉休息。它也不是山羊、绵羊的眼睛，因为在这里只有牦牛每天不用赶回家，而羊总是被主人每天赶回家圈养。尽管经过一系列的排除，但还是让李成琢磨不透那到底是什么。

在这深山老林里，在这漫漫长夜，是老虎？是豹子？是狗熊？还是其它的野兽？李成站在虚掩的帐篷门前一动不动，那闪烁光芒的两只眼睛也一动不动，李成盯得越紧，那两只闪烁光芒的眼睛好像在逐渐向李成靠近。李成不敢再看了，确切地说是不敢紧盯着看了，他迅速用双手将帐篷的门帘扣紧粘牢，蜷缩在床上，将被子压紧压实自己的身体。小雨中，似乎帐篷外面走路的声响越来越清晰，那拖泥带水的脚步声很快来到了帐篷门口，瞬间一掌拍打在帐篷门帘上，没有把战友们惊醒，因为白天大家太辛苦了，都睡熟了。只有李成惊慌地从床上弹跳起来，但是他没有出声，只怕影响战友们睡觉。李成在等待野兽的下一步动作，可是野兽很快就离开了帐篷。

第二天一起床，李成就迫不及待地描述起昨夜的情景，战友们纷纷发现了狗熊的脚印。李成感叹，幸亏跑得快，否则自己可能已经被狗熊撕裂吞食了。那天以后，连队便在帐篷周围架起了半人高的铁丝网。

这里有一群穿雨衣的士兵

一日过四季，十里不同天。

上午，艳阳高照，蓝天白云，分外晴朗。一到中午，半山腰上云雾缭绕，风起云涌，迷迷茫茫。到了下午，宿营地和施工地段不是大雨纷飞就是冰雹肆虐或雪花飞扬。

施工官兵的雨衣从不离身。

这一群穿着雨衣的人，早晨从山底出发前往山顶，温暖和煦的阳光洒向大地，在蓝天白云的映衬下，让人倍感清爽、和煦。

那天，已是多次到达施工地域，每次呆上两三天时间就走的机关同志，疑惑地望着施工官兵的身子，继而抬头仰望像大海一样深蓝色的天空，还有那稳稳停留在蓝天下洁白的云朵，深感迷惑不解。

有必要都穿着雨衣吗？天气不是很好吗？……似乎机关同志的一连串问题即将蹦出口。指导员祝朝显急忙解释："山里的天气就像是娃娃的脸，早晨太阳午时雨，下午不是冰雹便是雪。不信我们就一起上山，见证一下这像娃娃脸一样的多变天气。"

跟随着施工队伍往山上走，山势崎岖，路陡弯急，树木茂盛。按常理，应该是越走身体越暖和，甚至出汗发热，可今天的情形是越走越凉，气温逐渐变低。越走越感觉似乎需要加件衣服暖和身体，绕过一道又一道弯，爬过一座有一座山，忽然雾气升腾，迅速弥漫了整个山谷，是云还是雾？人已经到了仙境般的景地，是踩着云还是踏着雾，朦朦胧胧之中，很快头顶就现出一片乌黑的云，没过几分钟便下起绵绵细雨。

官兵们迅速戴起雨衣背后的雨帽。没有时间躲雨，没有躲雨的场所，脚踩大地，头顶云天，雨中干，雨中歇，这就是工兵的生活。

那天，快到山顶时，小雨变成了冰雹，再往上走就是漫天飞舞的雪花，远处的山顶一片白茫茫。无论雨有多大、雪有多厚，大家依然忙碌着手中的活儿。

这是印度洋暖湿气流与高原寒流交汇的地方，几乎每天下午都有雨水降临。轻巧的雨衣穿在身上，雨时避雨，晴时遮风御寒。

"主角"到场

李大桑，腰板直，身体壮，干劲大，在连队是个有影响、有实力的公众人物。无论是训练场、工地上，还是开展文化活动、公差勤务，只要李大桑在场，主角一定是他。

这天,李大桑刚刚休假归队,得知连队任务紧人手少,他就主动请缨参加构工任务,并毛遂自荐兼任排爆队员。

这样的担当和责任感,与“主角”称号名副其实。

可是,藏北某施工场地海拔4500多米的高度,对于身体彪悍的李大桑来说,也成了难以逾越的障碍。刚上山的李大桑就患上了严重的高原反应,尽管他强忍着撕心裂肺的头痛、恶心、呕吐,但还是倒下了。

身体素质好就是不一样,李大桑倒下半天,输液半天,第二天爬起来就活蹦乱跳,让战友们刮目相看。

尔后,李大桑每天坚持带领全班战士挖堑壕、搭地堡、修工事,作为班长,他什么都要干在前、抢在前,不甘人后,高质量、高标准,事事追求完美。

在那片宽阔的场地里,一边是工兵在构工,一边是炮兵在发射炮弹,遇有搜排哑弹任务,李大桑带着两名“徒弟”就冲上去了。

连队战士们都知道,排哑弹危险系数最高,操作人员不仅要胆大心细,认真负责,还要懂专业。“徒弟”下士王小奇,每次跟随李大桑进行排弹作业时,都是胆战心惊。这样的经历却让他记忆犹新:为了寻找1枚未爆火箭弹,他跟随师傅李大桑顶着烈日在落弹区搜寻了4个小时,将整个落弹区一寸不落走了4遍,直到找到并排除才放心离开。遇到假哑弹,李大桑就按照排真哑弹的步骤现场教学,让徒弟当主角,自己当配角,一旦遇到真哑弹他就是当仁不让的主角。李大桑经常挂在嘴边的一句话就是“主角到场,谁都别抢”,让徒弟们闪开,他坚持自己一个人留下引爆。李大桑说,排哑弹谁都怕,面对危险,如果我不上,谁上?如果有万一,我宁愿把这个万一留给自己。

把危险留给自己的绝对是“主角”。整个作业期间,3次哑弹搜排任务,每一次都是李大桑带着两名战士在落弹区域小心翼翼来来回回搜索了四五个小时,甄别真假哑弹26枚,引爆13枚,成为官兵公认的“排弹专家”。

我的“铁哥们”，我来陪

在工兵部队里，无论是工程装备操作手，还是汽车驾驶员，大家都喜欢称自己手中的装备为“铁哥们”。

“铁哥们”给力，完成任务如虎添翼。

一天晚上8点，4447米高地，天色渐暗，持续作业了一天的战士和机械都十分劳累，特别是操作手们早已筋疲力尽，似乎人都要散架了。“最后10米交通壕，干完就收工。”连长张栖海扯着沙哑的嗓子给疲惫的官兵鼓劲。

突然，旁边的某型山地挖掘机停止了轰鸣，几次重启毫无反应。操作手王振十分着急，心里嘀咕着：“在这个节骨眼上掉链子，太扫兴。”王振赶紧从操作室跳下来进行仔细查看，原来是启动机损坏了。

机械停止作业瘫痪在山顶上，怎么办？夜色临近，大家心急如焚，不知如何是好。此时下士杨中贵主动请缨，要求留在山上看守机械……还没等他说完，经过多天亲密合作，已经熟悉这个无所不能的铁家伙的王振急忙接上话茬：“我的‘铁哥们’，我来陪。”

为了一台机械，多名战士主动要求夜间守候陪伴在高高的山岗上——这就是战士的情怀。

似乎这个夜晚更加漫长，狂风呼叫，寒冷刺骨。操作室里，两名战士裹着棉被瑟瑟发抖，还互相打趣说：“进退同步、有难同当才是真的铁哥们”。就这样，他们互相鼓劲，在山上共同陪伴了“铁哥们”两天两夜，直到“铁哥们”被修复，他们才下山。

雅鲁藏布流域美丽富饶，孕育出的文化源远流长，是藏族人民文化的摇篮，是西藏人民赖以生存的源泉。

仰望雅鲁藏布

雅鲁藏布，我来了，为你守候，为你歌唱。

——这是很多年前我刚进藏时面对波澜壮阔、波光粼粼的江水，向着雪山承诺的誓言。

其实，知道雅鲁藏布，是在中学时代的课本上。曾记得，老师在课堂上滔滔不绝，绘声绘色，甚至是手舞足蹈地描述雅鲁藏布的美丽和神奇……从此，雅鲁藏布就在我心里留下了深深的烙印。

认识雅鲁藏布，已有二十余年。权当是受老师的启蒙和影响，而后带着一腔热血和对雅鲁藏布的仰慕来到了西藏。

虽然不曾到过深藏于喜马拉雅山北麓、海拔5300米的发源地——杰马央宗冰川，追随雅鲁藏布奔跑，顺着雅鲁藏布流淌，或是乘上一叶扁舟漫游在江水，或是驾驶一只快艇航行，即便只是一张牛皮船也可漂流而下，与雅鲁藏布亲密接触，携手共进。也不曾跋涉到近两千公里的上游去观望成群的洄游鱼游回江河源头产卵的震撼场面。更没有徒步穿越著名的雅鲁藏布大峡谷，抵近海拔只有100多米的墨脱县巴昔卡村目送滚滚江水流出境外。

但是，雅鲁藏布流域美丽富饶，孕育出的文化源远流长，是藏族人民文化的摇篮，是西藏人民赖以生存的源泉。

第一次与雅鲁藏布近距离接触，是在1996年的夏天，从林芝县里定村到米林县派乡60余公里长而又十分宽阔的水域上。

那是一个阳光明媚、天高气爽的日子，载重50余吨的货船沿着哗哗流淌的雅鲁藏布向前驶去，一路鸟语花香，景色宜人。沿途两岸鸡鸣犬吠、牛羊肥壮，村舍富庶，田园美丽。是谁撒下这条绿色的飘带？缓缓流淌飘向那遥远的地方。是谁献上这根洁白的哈达？为人们带来祝福吉祥。

从内地走进高原，行船雅鲁藏布，有种说不清道不明的感觉：是到了仙境，还是这个人成了神仙？情景交融，沉醉着迷，神驰物外。似乎心灵已被江水洗涤，思想已被江水净化，身心已被时空和景象感染熏陶不能自拔。这样的感慨，是来自大山深处的灵魂感应，是对贫困山区干旱缺水滴水贵如油的童年记忆。

雅鲁藏布，充满新鲜和神秘，向着召唤的方向奔流、向着辽阔的海洋出发，一路奔腾一路欢笑。多少人站在高山脚下、草场边上、平缓地带仰望雅鲁藏布的波澜不惊、水平如镜，又如千军万马奔腾不息、气壮山河的英姿。多少人俯首帖耳聆听雅鲁藏布的欢唱，感悟着流水潺潺的声响，抚摸大自然的静美，捧起冰清玉润的江水，感念内心的欣喜。

面对雅鲁藏布，我词穷了，千言万语都不足以表达我对她的热爱。我只想说，我的一生注定要和雅鲁藏布血脉相连，长相厮守。

雅鲁藏布的流淌，就是高天厚土的呼吸，雅鲁藏布的生生不息，就是雪域大地的命脉。无论时间过去了多久，也无论还要经历多久的等待，我都无法捕捉到雅鲁藏布的细腻与生动，但我能感觉到雅鲁藏布的快乐和激情。我无法为雅鲁藏布写下一万年的沧桑，也无法为雅鲁藏布描绘一万年的未来。雅鲁藏布就像高原上的万丈霞光，把我心照亮，我将守候着雅鲁藏布的隐秘和那亘古的思念。

那个夏天，是一个撩人的夏天，让我与西藏和雅鲁藏布结下了一生的情缘。

行船劈波斩浪，顺流而下，逆流而上，航行雅鲁藏布来来回回十几趟。无论是在风平浪静的深水区，碧波荡漾的滩涂上，还是狂奔怒吼的狭窄水域，感觉自己与姿态万千的雅鲁藏布越来越近了，心与心的碰撞更加敞亮。领略到了雅鲁藏布的神秘，感觉到了雅鲁藏布的亲和与温顺，敬仰、崇拜的情怀油然而生。醉美雅鲁藏布一路走来，浸润多少良田、开辟多少山川、堆叠多少辽阔、播撒多少幸福……

那天，就在行船上，我分明看见一朵朵浪花拥抱着一朵朵浪花，他们千里跋涉，相互追寻，是那样的兴奋和缠绵，就像一朵浪花对另一朵浪花的倾情诉说，要把对雅鲁藏布的爱的心扉悄然打开。我想，这些跳动的浪花一定是快乐的，并且我已切身感受到了它们是那样的知足和幸福。

有了第一次长时间刻骨铭心的亲昵，以后的岁月里，接触雅鲁藏布的次数更多了，亲近雅鲁藏布的机会纷至沓来，络绎不绝。工作和生活让我与雅鲁藏布彼此间的关系越来越亲近，感情越来越深厚。

可以肯定地说，是雅鲁藏布太迷人了，是人们离不开雅鲁藏布，是人们追寻着雅鲁藏布，是人们依恋着雅鲁藏布。

因为职责所系，任务使然，一次次站在岸边仰望雅鲁藏布，一次次穿行在横贯雅鲁藏布的浮桥、门桥上。感受钢铁巨龙，一桥架通南北，天堑变通途的壮观场景，无不令人动容折服。此时此刻，人们都会竖起大拇指赞赏舟桥战士的快速反应能力和战斗力，更为雅鲁藏布的神奇魅力呐喊，欢呼雅鲁藏布的浩荡。

雅鲁藏布在人们心中比星辰更遥远，雅鲁藏布流淌的总是充满炽热的温柔，奉献给人们的却是坚韧和善良。雅鲁藏布承受着深厚的意蕴，带给人们悠远的光芒，托举的是挚爱是夙愿。

雅鲁藏布，生命的源泉，滋养万物生息繁衍，从古至今一直伴随着人类文明的足迹奋勇向前。人们从雅鲁藏布的恩赐和辛勤的劳作中获得生活的必需品，也从中创造了无比的快乐，雅鲁藏布和西藏人民的生活有着千丝万缕的紧密联系。雅鲁藏布，哺育了雪域大地，雅鲁藏布所到过的地方，是人们最喜爱的地方，是人们安居乐业的好地方。

雅鲁藏布的流经之地充满神奇之美，震撼了每一个人的心灵。

一次次，站在拉萨市曲水县城以西20余公里的岸上仰望雅鲁藏布，对面村庄的高音喇叭总是播放着“一条绿色的河流在天上，带着千年的梦向东方……不灭的信念在心上，世世代代不会忘，雅鲁藏布，我的爱为雅鲁藏布祝福为雅鲁藏布祈祷，亚拉嗦，我的情怀为雅鲁藏布不会改变……”

几年，几十年，几百年，几千年，对于雅鲁藏布来说，或许就是一瞬间。流淌进人们的内心，勾画出辽阔的人生，正是这一条大河承载着一代代人的梦想。

雅鲁藏布像一条银色的巨龙，养育着雪域大地的人们，同时也用水的灵性滋润着人们的心田。你是西藏人民心中的天河，你给西藏人民带来的不仅仅是过去，还有光辉灿烂的未来。

雅鲁藏布，来了我就不走了。我将用毕生的精力感知你的过去、现在和未来。

走过那片坟地，不是每一个人都能适应，其实当初的我也极不适应，只是不得已而为之。那个雨夜，阴深而恐怖，令人毛骨悚然。从此，我才相信世上没有“鬼”，“鬼”并不可怕，可怕的是人。

雨夜，走过那片坟地

曾经学习过鲁迅先生的一篇文章《踢鬼》，文章讲的是有一天下午，当老师的鲁迅因在学校办理一些事情，天黑了抄小路回家，路过一片坟地，看见一个白影。开始鲁迅也有点害怕，他在想，这是不是人们常说的“鬼”呢？于是，鲁迅的好奇心促使他去看过究竟。鲁迅走上前去，那“鬼”不停的向后退，鲁迅想：“鬼”还怕人吗？“鬼”最后躲藏到一个坟墓旁不动了，鲁迅见那“鬼”不动了，上去就是一脚，那“鬼”还发出“哎哟”的一声惨叫，原来那“鬼”是个盗墓贼，装鬼吓唬人。

走过一片坟地的经历也在顺祥身上发生，而且还是在阴雨绵绵的黑夜里。

那是一九九六年十二月的最后几天，当上军官刚刚半年的顺祥奉命移送数十名退伍老兵并携带他们的档案到贵州省册亨县。

“有朋自远方来，不亦乐乎。”册亨县民政局七八个人，从驾驶员到局长全是从部队转业回来的，都是当过兵的人。顺祥的到来，大家更加亲切，更加热情，自然免不了受到当地民族风俗习惯和酒文化的熏陶。

对顺祥来说，休假带送兵，新官就领到了一份好差事，他高兴得不得了。在册亨县，半天的公事，一天的民政局、退伍战友运筹。速战速决后，顺祥就回到了离别一年之久的长顺老家。

顺祥回来了，亲戚朋友想见见他，乡武装部长也想见见他。那个年代，手机还没有普及，回到距离武装部七八里路远的父母身边才两天时间，武装部长就捎信到顺祥的家里。

一张发黄的信签纸上写着：

顺祥同志好!

欣闻你锦衣回乡探亲,甚是高兴。你是我担任武装部长以来征接到部队第一个当上军官的人,这是你本人努力的结果,也是我的自豪,更是家乡的荣光。你把时间安排一下,明天下午到我寒舍叙叙旧,也让我这个老兵分享一下你成功的喜悦。

顺祝平安幸福!

郭良 有请

一九九六年十二月二十七日

当年为顺祥戴红花、送祝福的乡武装部长把话说到这份上了,时间刚到下午两点,顺祥的父母就催促:"早点去吧,早点回,别让人家部长等久了。"顺祥出门坐上中巴车,径直朝着鼓杨桥头武装部长的家驶去。

进了铁门进大门,而后又进一道开着的小门,来到国亮部长家里的火塘边,暖烘烘的蜂窝煤火苗正旺,靠近木板墙的案桌上,两盘白黄相间的豆腐条和一筲箕嫩绿的豌豆尖紧紧围住一大钵切好的白里透红的新鲜猪肉。顺祥心中立马意识到,曾经参过战的国亮部长善于打包围战。

活泼开朗的部长动作娴熟,一边说话一边拧着黑锅放到火炉上,一大瓢白花花的猪油炒猪肉,半碗酸辣子倒进锅里,撒一撮紫红色的花椒,香味扑鼻而来。部长话语风趣幽默,酒过三巡,俩人都打开了话匣子,左一杯右一杯,你来我往,神情逐渐模糊起来。

处在贵州省黔南州西部的长顺,属中亚热带季风湿润气候区,雨热同季,冬无严寒,夏无酷暑,历史厚重,民族风俗独特。冬天里,总有那么十几天时间阴雨绵绵,阴冷缠绵。这天,在部长家里海侃军营生活、战友情谊,叙述家乡风貌和生活的滋味,部长家里酿造的土酒让人面红耳赤兴高采烈,但家乡的发展变化让人激动欣喜远胜部长家的土酒。

不知不觉,时间已到了深夜十一点半,部长硬要挽留顺祥留宿,顺祥硬是要冒雨抄近道回家。于是,部长转身进卧室取来了一只手电筒,递到顺祥手里。

面对这条熟悉的小路，虽有六年多时间没走了，但顺祥还是底气十足的一再推脱："不用电筒，我熟悉路。"

部长硬是将电筒塞给顺祥："带着吧，以防万一，穷乡僻壤，遇到什么情况还可以当防身武器……"顺祥心里想，这七八里地，都是熟悉的村庄熟悉的山路，能有啥事？

顺祥似乎忘记了，这一段路要穿过两块不同的坟地，而且都要从坟墓前经过。有的坟墓竖起了墓碑，有的坟墓只是一堆土，大小不一，高低不同，方位各异，横七竖八散落一地，就是白天经过这里，大部分人都会不寒而栗，心惊胆颤。

那是一个泥滑路烂的漆黑夜晚，虽说毛毛细雨并不会淋湿衣服，但行动确实很是艰难。刚走出部长的家门，顺祥就打开手电筒的开关，微弱的灯光让顺祥感觉很不是滋味，顺祥拧开手电筒的后盖，把电池退出来颠倒一下顺序，重新装填，有意识的捏一捏，两节电池都是软绵绵的，灯光不暗淡才怪。

这怎么能怪部长呢。也许这只手电筒部长好长时间没用了，或许部长根本就没想到要给手电筒更换电池。毕竟，部长家里已经装上了电灯电话，使用手电筒的机会少了。

就是这条路，错不了。顺祥沿着弯弯曲曲的小路前进，来到了第一块坟地。微光里，一座座凸起的坟墓出现在眼前，顺祥的双腿有些发软，脚步放慢了，此时的空气凝固了，似乎迈开一步都是那样的艰难。

顺祥挪开一步再挪开一步，到底是先有路还是先有墓？路就在墓碑前。这路稍稍远一点，或者这墓稍稍远一点，都不会让人感觉如此的惊悸和恐怖。就在顺祥一步一步的挪开来到那块必经的墓碑前，手电筒灯泡"咔嚓"一声碎裂了，手电光一下熄灭了。用常人的话来说，就是手电筒灯泡短路烧掉了。早不烧掉，晚不烧掉，偏偏在这块坟地上烧掉。

今夜，将会发生什么事？此时，空气变得更加阴森了，顺祥的神经一下子紧张起来了，心里扑通扑通地狂跳，身上直冒冷汗。因光线突然变暗，眼前一片漆黑，顺祥要做的就是在原地站着不动。足足过了两分钟的时间，他的眼睛才调整过来，昏昏沉沉的看到自己就矗立在一片坟地里，有种被坟墓“包围”的感觉。神情镇静下来后，顺祥试探着倾听周围环境的动静，看看有没有所谓的“鬼”出现。就在那一刻，顺祥的心情是复杂的：万一有一个“鬼”从坟堆里爬出来，万一有一群“鬼”向顺祥围拢过来，万一有一个趴在地上的“鬼”突然抓住顺祥的双脚……一切皆有可能，顺祥惧怕的心理在斗争着。时间一秒一秒地过去了，可是，一切担忧都是徒劳的。黑夜还是一片沉寂，顺祥感到凝固的空气有些缓和了，气氛不再那么凝重了。

什么事都没发生，只是人的心理在作祟。

在这可怕的地方，在这可怕的时刻，没有发生什么可怕的事情，顺祥知道此地不可久留，迈步继续前进。

人在运动着，身上的冷汗很快变成了热汗。当顺祥又一次来到另一块坟地时，空气就不像刚才那样死气沉沉了，他坚信这个世界上不会有“鬼”。

保安队长权力不小,管一个方向、管一个片区、管一帮人。月亮湾的保安队长更是不得了,呼风唤雨,或许在他的管辖区域,有更多精彩的故事。

月亮湾的保安队长

毛柳做保安队长梦好久了,终于盼到了机会。

毛柳在月亮湾公司保安队任保安三组组长,从部队退伍后,走南闯北谋生计,最后来到该公司任保安已超过六年,天天加班加点,工作兢兢业业,带领本小组五名保安昼夜巡逻在公司的里里外外,不辞辛苦,任劳任怨,四十八岁了才混出个保安队长。

因为62岁的公司保安队长王老五即将退休,这次看到自己被列入保安队长提拔的候选名单,而且是十余个符合条件的三个提升人选之一,毛柳很是兴奋,就像铁锅烙麦粑,翻来覆去睡不着。

正值公司保安队成立二十周年纪念日来临之际,毛柳的妻子杨柳劝说丈夫:“公司保安队成立二十周年纪念日就要来了,你去领导办公室坐坐,汇报汇报一下思想,把自己的想法向领导讲一讲,要充分展示个人理念。”

毛柳沉思了五六分钟才不紧不慢的说:“我们领导倒是一个比较开明的人,非常有正义感、正能量。给我们的感觉是不看关系,只看工作。”

文学系毕业的杨柳抱着一本像词典一样厚的书《毛泽东读西游记》在看,和正在擦桌子抹板凳的丈夫有一句没一句得聊着,当她读完“在八卦炉里锻炼”又来到“孙悟空会腾云驾雾”时,硬是一口气看完十多页的叙述,不冷不热又冒一句:“这些年,你转战了多家公司,在这个岗位上干的时间最长、进步最明显,原来是跟上了一个好领导……”

第二天,毛柳带着手下几名保安把管辖区域彻底巡察了一遍,像在部队当班长时那样又把兄弟们集合起来讲评一下,用赞赏和满意的眼光看着大家,规定半个小时后巡逻队在指定的位置集合，而后转身走进公司办公楼。

二楼第一间就是人事部赖部长的办公室，见只有赖部长一人坐在办公室里，毛柳喊了一声报告，赖部长并没有回答，只是笑脸相迎，点头示意毛柳进屋。

还没等毛柳开口，赖部长先说话了："我正要找你谈谈呢，不请自到了？有啥想法？"

"报告部长，没有啥想法，只想把工作干好。"毛柳装着若无其事的样子。

"那就对嘛，把工作干好。"赖部长一边和毛柳说话一边正在翻看着只有两页纸的保安人员花名册，在不经意间，毛柳定睛一看，自己的名字旁，被铅笔画了一个圈，他急忙把眼睛收回，把晶亮柔和的目光投向赖部长。

当过兵的人就是不一样，毛柳感觉赖部长此时的主要精力是放在花名册上，就知趣的给赖部长敬了一个标准的军力，很有分寸的说："若部长没有指示，我就先撤了，去转一转。"

转一转，其实就是保安的职责。

两天后的周六晚上，保安队二组组长赵七斤请客。说是周六大家该料理的家务事都料理了，没事聚聚，平时工作忙，难得在一起说说话。

其实毛柳心里比谁都清楚，赵七斤是为提拔保安队长民主测评拉票。

毛柳知道赵七斤工作还行，而且能说会道，一直被人事部赖部长看好。

这饭，不去吃，影响团结，去吃吧，心里难受。赵七斤酒壶里装的是什么药？

一段时间以来，赖部长会时不时"这不错、那不错，就这样干"的表扬赵七斤几句，明白人一听就知道，一看眼神就懂，大家都心知肚明，如果没什么意外，这个保安队长赵七斤这次当定了。

去了才知道，原来饭局由赖部长主持，气氛热烈而又和谐。诸如"感谢大家对工作的支持""同志们辛苦了""公司的安全保卫全靠大家了"之类的客套话。

酒过三巡，就自由组合。大家纷纷端着酒杯敬部长、经理、组长，赵七斤也说了一些体面的话语，话语在向保安队长的站位靠拢。

这人啊，一端酒杯，就酒话连篇，不过，今天晚上，大家在欢呼声中，似乎话语不痛不痒、不轻不重,但谁都对这个饭局的意思心领神会。

毛柳自然兴致不高,只是闷着头喝酒,他还有些拘谨,赖部长却好像什么事也没发生,对毛柳的言辞、表情一如往常。没让人看出什么破绽,没让毛柳看出什么玄机。

第二天一大早,毛柳还在睡梦中就被手机铃声惊醒了,居然是赖部长来的电话。

“毛柳,昨晚你是不是拿错皮夹了? 我的皮夹不见了,我在饭店查看监控录像,看到你夹的皮夹像是我的。”

“部长,您稍等,我看看啊。”毛柳的睡意一下子全无了,一边跳下床,一边去找自己的皮夹。

“部长,我没拿错啊。”毛柳检查皮夹,确认这个皮夹是自己的,对着免提电话说。

“那好吧,我再找找。”电话里传来赖部长亲和的声音。

毛柳想说些什么话,赖部长把电话给挂断了。

毛柳愣了一会儿,叫妻子赶紧起床,两口子开车去了昨天晚上的那家饭店。

听了毛柳的来意,饭店大堂经理说赖部长刚才查看过了监控录像。

毛柳说:“我再查查,我再看看。”

大堂经理又一次打开监控录像,回放了一下昨晚宴席结束时的视频。毛柳看到大厅里走过来的宾客蹦着跳着,相互推嚷着,东倒西歪一个个从视频中闪现,确实只有自己左腋下夹着皮夹。毛柳不甘心,几乎是用企求的口气请大堂经理调出他们进店时的监控视频。反复折腾了好几次,毛柳终于从监控视频里看到了自己。紧锁的眉头顿时舒展了,但很快他又皱起了眉头。他被一同前往的两个同事挡住,根本看不出他拿着皮夹。毛柳有些沮丧,查不出证明自己进酒店时提着皮夹的视频,就没法说清赖部长的皮夹不是自己拿的。

毛柳傻帽地站在大厅里冥思苦想了好一会儿,又快步走向昨天晚上的那个包间、走向自己坐的那个位置。

大堂经理跟在毛柳的屁股后面说:“我们服务员打扫过房间,没有看到皮夹,皮夹肯定不在这里。”

毛柳说:“我再找找。”

房间干净整洁,枣红色的桌布整齐地从桌面铺到地毯上,大圆桌中间的玻璃圆盘正中鲜艳的塑料花看上去水灵灵的。毛柳环视了一下这个包间,径直走向圆桌掀开桌布。

“啊,原来部长的皮夹在这里儿。”

毛柳打开皮夹,一串钥匙,两张成都至拉萨往返的机票,还有2000元的现金。

毛柳即忙把皮夹送到赖部长家里:“部长,您看看皮夹里没少啥东西吧?”

赖部长打开皮夹看了看,毫不犹疑地说:“没少,没少。谢谢你帮我找到皮夹啊。”

毛柳吹着口哨回到家,得意地说:“总算还自己一个清白了,不但给部长找到了皮夹,皮夹里的东西还没少……”

几天后,公示栏里显示:新提拔的保安队长是毛柳。

西藏云天，是让人看一眼就会无限遐想的云天。在这里，你可以看到世上最纯净的蓝天白云。即便文人墨客能够纵情描绘蓝天白云的诗情画意与生动活泼，也抵挡不住这个让人抬头仰望心情就会像潮水一样起伏的西藏云天。

西藏云天

西藏云天，是美丽的云天，是让人看一眼就会无限遐想的云天。

在这里，你可以看到世上最纯净的蓝天白云。即便文人墨客能够纵情描绘蓝天白云的诗情画意与生动活泼，也抵挡不住这个让人抬头仰望心情就会像潮水一样起伏的西藏云天。

谁能说得清，西藏云天的表情，是溢着满足的喜悦，还是陶醉的笑脸、惊心动魄的美丽、花朵一样的秀美和灿烂。谁能说得出，西藏蓝天上每一片云朵的来历和去向？无穷浩瀚，云卷云舒。难道应验了“雪域之外的人们来自四面八方，仙女般的空中小姐翩翩而降……是谁在天地间自由飞翔……我已告别昨天，找到了生命的亮光。”

怪不得有人说大草原盛产悠扬的牧歌，而西藏高原盛产动人的云天。西藏天上那些千姿百态的云朵，似乎只会在黑夜里隐匿，只会在为数不多的雨天休憩。哪怕是在明月从东山升起西山落下的整个夜晚，也能模糊看到西藏云天的风采。

西藏的天，蓝得让人着迷，蓝得让人沉醉。这样的蓝无可比喻、无可挑剔，就是画家笔下的蓝也比不上西藏的天。至于女人耳坠上、戒指里镶嵌的蓝宝石就不值得一提了，深蓝的大海又怎能比得上西藏天空的微妙。光洁的蓝天，阳光明媚，晴空万里，一碧如洗，只要看上一眼就能让你无比舒适、心胸无比敞亮。就在此刻，忽然想到明代诗人王宠的《湖上》“石湖春色太可怜，却似美人明镜前。锦甸平铺鸭绿水，白云飞动蔚蓝天。”虽说这首诗联结的是诗人内在的心绪，白云朵朵，似同屯聚在山峰顶上一般。可是，西藏云天展现在人们眼前的一切生机、欢快明亮的景象，美得令人心醉，美得让人情不自禁地回忆和畅想一些美好的事情。我敢肯定地说，这样的湛蓝，这样的透亮，没有谁能与她媲美？

西藏的云，洁白无瑕，气势磅礴，恢宏壮观。即便拈来一群群白羊、一缕缕炊烟、一朵朵浪花都无法与之匹敌。西藏的景致诱人，西藏的纯净感人。许多游人是奔着西藏的景致和纯净而来，却被西藏的云天迷住。君不见，游人在那宽阔的草原上，或是在那高高的山崖旁，架起看似长枪短炮的摄影摄像器材，从巡像镜里遨游天空，目睹白云朵朵把蓝天点缀得如此美丽撩人，时而轻韵飞舞，像一座座山峰、一个个海岛，瞬间又似奔腾的骏马、威武的雄狮，时而铺天盖地，弥漫充溢，像游走的山川、静卧的睡莲、茫茫的海面、平静的湖水……千姿百态，妙趣横生。虽没有唐人崔颢站在湖北武昌黄鹤矶上“黄鹤一去不复返，白云千载空悠悠”的感慨，但西藏云天凌空而出，喷涌飞泻，恰似大诗人李白“飞流直下三千尺，疑是银河落九天”的空灵活泼，若真若幻，令人遐想无限。

多少年了，西藏云天一直感动着我，我曾经把西藏云天缩小在相册里，定格在成堆的照片上。无论走到哪里，那个变化多端，从天亮到天黑每一分钟的色彩斑斓，以及万千变化的神态，一次次触动毛发，思绪涌动。我在思索，有没有一位摄影家专门拍摄一本西藏云天的画册？这样的考量已经流淌在血管里，常常抽打此起彼伏的仪态万方。

清晨，家住林芝松林山谷的尼玛占堆起床打开房门，山野里就飘来一股股烟云，飘飘洒洒，触手可及。这是白云常来作客，漫山飘飞，轻盈飘渺。事物的发展变化，总要给人们带来一些好处，随着时间的推移，人们逐渐懂得美化自己的生活。就在这青山绿水间，游人也要来做客，干脆就住在尼玛占堆的家里，等待次日云彩的到来。大家手挽云朵，相拥而动，翩翩起舞，那种飘飘然的感觉，让尼玛占堆的半山圆农家乐生意越来越红火。

那年在墨脱过冬，一天早饭过后，我们一行五人便踏上从背崩乡去墨脱县城的小路，沿途云雾弥漫，白云悠悠。走在亚壤村、干河沟以及德兴乡政府对面的山脊上，有种轻韵柔美不知所云的滋味，到底是踩着云还是踏着雾在前行？让人琢磨不透，我姑且尽享这奇特的直觉，尽量把步子放慢一些，尽情揽云入怀，任凭云雾轻抚，水灵灵、嫩滑滑，尽享切肤之美。这是一种争取，这是一种占有。毕竟，这样的获得感是短暂的，甚至有种虚无缥缈的幻觉。

西藏的云天，是有故事的云天。有的故事，感悟了西藏的云天才开始，有的故事，因为西藏的云天就匆匆结束。

没有哪一种理想会缺乏激情，感动西藏云天的人，激情和理想常常在西藏的天空中映现。哲人思维，激情和理想应当努力找到那些源于自我而且又高于自我的存在意蕴。西藏云天是一种期待，一种透彻骨髓的回溯，她不忽略每一个人的琐屑感悟，始终将这样的感悟融入到激情与理想的天桥上，不断揭示着理当致力的方向与可能。

似乎，西藏的蓝天能够唤起人们的热血和更多的激情。人们始终记住自己注定艰难的道路，走向远方，走向梦想的地方，迈着永远延续的那些步履，一天天一年年在追赶。

在西藏，天空有多蔚蓝，人们的内心就有多平凡。不一样的东西总是令人惊讶，何况西藏蓝天白云的不一样实在太不一样了。给人的印象总是惊叹！惊讶！哪里去找这样的清澈、这样的广袤无垠，无论是天空或是云彩似乎都远在天边，又似乎近在眼前，总在召唤着人们。

那一片一片的洁白云朵，飘着飘着，慢慢就被风幻化成了一丝丝一缕缕的流苏，渐渐地涌向深邃的蓝天里。偶尔会有几片薄薄的白云，如阳光晒化一般，随风缓缓浮游，博大清亮的天空，一次次激起曾经和未来的美好。此刻，怀念和期盼交织，韵味和精彩融合，给人安静而又肃穆的联想。

在西藏，很少看到乌云堆积的天空，很少看到黑云聚集的场面。或许，在这清朗的高原，人们忽略了曾经也有黑云飘飞的瞬间、淡忘了乌云涌动的时刻。

唯有湛蓝天空飘荡着的洁白云朵令人难忘，感人至深。天上山上漂浮的白云，时而滚着一团团的棉絮，时而化着悠悠长长的缕罗，绕着这座山峰飘然而来，奔着那个山头悠然而去，流云奔涌，直泻深谷。特别让人异常兴奋的是站在林芝、亚东、察隅、吉隆等地的制高点上，那青翠的半山腰上，云蒸霞蔚、云雾缭绕，如诗如画。

西藏，有望不尽的蓝天白云，干净，纯洁，美丽。

仰望西藏的天空，游动的云朵会把祝福和思念传颂到远方，传颂到你心仪的地方。

方向盘,管的是方向,管的是安全,它是驾驶员的第二生命。方向意蕴人生的理想,追求的目标。在生活中,人只要不失方向,就不会失去自我。

他们手里的方向盘

“在西藏给我找一名司机,驾龄要十年以上,从西藏部队退伍的……”

“这是为什么呢?非要在西藏部队找不可?北京你生活的地方不是有很多技术能手吗?”

“西藏环境条件艰苦,部队驾驶员长期在边防一线奔跑,他们的吃苦精神强,驾驶技术过硬……”

这是几年前北京某重量级单位的知名人士与在藏工作二十余年的一位现役军人交流的小片段。从他们交流的话语中不难看出其对西藏驾驶员的信任和青睐。

的确是这样,在拉萨西郊某工兵部队的营区里,就是有这么一群优秀的驾驶员:他们既能驾驶运输车、指挥车,出色完成上级赋予的运输任务,而且还能在重大任务来临时操作各种类型的挖掘机、推土机、装载机、水上冲锋舟、动力舟和汽艇,完成边防道路、工程建筑、抢险救灾、桥梁架设等重大任务。

这样的技术能手,无疑是很抢手。

蒋　可

蒋可,四川资中人。在他儿时记忆中,最高兴的事就是父亲带着他去看工人师傅修建高速公路。因为工地上能看到很多机械、汽车,有时候还可以爬上驾驶室去玩一玩、摸一摸。读初中时,蒋可喜欢数高速公路上的汽车,渐渐地迷上了汽车。上高中时,他每次看到路边报刊亭有最新的《汽车杂志》,都会情不自禁地买上一本,每当看到路边有新款汽车,都要凑上前去张望一番,看款式、看外形、看装饰。久而久之，他竟成了汽车方面的“小专家”。

为了圆自己的汽车梦，2003年高考时，蒋可毅然决然报考了解放军汽车管理学院，并以优异的成绩被录取。军校的四年，他完成了从一名地方青年到军人的转变。

2007年8月8日，蒋可来到拉萨，第一次看到这么蓝的天，第一次呼吸到这么清新的空气，仿佛又把他带回到儿时的记忆中。

来到工兵部队报到时，迎接新学员的人居然是汽车管理学院毕业的师兄李明。他乡遇故知，蒋可内心无比高兴。

蒋可从排长到连长，在汽车连一待就是8年，直到2015年3月才调到机关从事军运油料工作。

每个人都有很多经历、都会发生很多故事，有苦有乐，有欢笑有泪水，蒋可也不例外。

刚到汽车连时，有人说，新排长蒋可不会指挥、不会带兵、不会开车，是典型的“三不会”，不被班长、老兵们看好，还按“惯例”把他安排在上铺，让他跟新兵一起出公差。

那个时候，蒋可是一肚子的不服气。俗话说“不蒸馒头争口气”，终于有一天机会来了。连队有一辆康明斯运输车坏了，没人会修。蒋可看了看，判断可能是线路问题。于是，他主动请缨，并向连长保证修好运输车。

从此，蒋可每天中午泡在车库里，查资料、理线路、拆仪表，一会钻在车底，一会爬上车顶，一条线路一条线路、一个电器一个电器地排查，仅用两天时间就把这辆车修好了，从此让全连人员刮目相看。

“这个排长不简单，还真是有两下子……”全连官兵议论纷纷。

一次在执行任务时，连队奉命夜宿荒野，六七十号人只能睡在冰凉的草地上。没有帐篷、没有床板，被子就铺在地上。风萧萧，夜茫茫，进藏不久的蒋可怎么也睡不着。

第一天挺过去了。第二天有了帐篷。第三天，一位藏族排长不知从哪里弄来了一壶甜茶。用蒋可的话说:“这可是救命的甜茶。”这是蒋可第一次喝上甜茶,也是让他感到最温暖、最难忘的甜茶。

一个星期后,连队移防。移防后的生活条件相对较好,任务却更加繁重。在急难险重任务面前,蒋可始终站在最前面,勤勤恳恳,任劳任怨。当了排长两年就提升为副连长,干了两年副连长就当了连长。

2011年9月,担任连长还不到五个月,蒋可带领的连队就接到了前往阿里的长途运输任务。正是这趟任务,让蒋可和他的连队知道汽车兵是怎样练成的。

出发前的晚上,按照上级通知要求,蒋可他们要派遣10余辆运输车前往集聚地H机场编队。车队行进过程中,K部队的指挥车和L团的大客车跑得很快,才出发50公里就把蒋可带的车队远远的甩在了后面。蒋可他们只好稳中求进,慢慢开到H机场。

第二天,蒋可所在的车队装满物资从机场向S兵站出发。这一路上,他看到了很多奇妙的风景,第一次翻越海拔5000多米的高山,一天之中感受了风、霜、雨、雪的自由切换。由于没有跑长途的经验,下长坡时长时间踩刹车,导致刹车片过热,引起车辆轮毂发烫发红、车轮冒烟。但幸运的是他们安全到达了S兵站,没有拖大部队的后腿。

第三天,天刚蒙蒙亮,他们就出发了。刚开出三十多公里,对讲机里便传来一阵嘈杂的声音——“车轮掉了……车轮掉了。”蒋可当时就蒙了,“车轮掉了”是什么意思?当他们赶到事发地时,一辆斜在路上的重型运输车正被人围得水泄不通。突然间,一声“连长来了”,所有人回过头来看着蒋可。三秒钟,整整三秒钟,周围一片寂静,大家都在等着蒋可说话。

蒋可醒了醒神,对驾驶员说:“有没有人受伤?”

“没有。”

“轮子呢?”

“跑到河沟里去了。”

“还等什么,还不去捡?”

这时,一个大校指着将可说:“连长,现在怎么办?”话音未落,周围就炸开了锅。

“是不是从R地调个车过来?”

“时间来不及啊。”

“车上拉的是飞机电源,这可怎么办!”

“是不是先给领导报告一下?”

蒋可没有时间跟他们解释,一个卧倒钻进了车底。先摸摸轮毂,好像没坏,再看看后桥,没有漏油,就是螺丝坏了,应该能修好。

等蒋可从车底钻出来时,一位将军走了过来。

“你是连长,怎么样了?”

“请首长放心,这车我能修好,保证不耽误任务。”

“好!连长,我们大部队先走,你们留下修车,修好以后迅速赶到P镇。”

一声令下,其余车都走了,蒋可只要求留下一台救援车。于是,蒋可就可以带着战士们甩开膀子开始修车。从早上九点多到下午二点,他们七八个人分工协作,终于把车修好了。然后便一路狂奔,前往P镇与大部队汇合。

到达镇上已经是晚上九点多了,将军听说抛锚的车辆修复追上来了,特意来看望大家并表示了祝贺,还和战士们一一握手,肯定战士们的吃苦精神。听到首长的表扬,蒋可一行的战友都笑了,笑脸上的机油也格外亮丽。

第四天,他们从P镇向阿里昆莎机场出发,一路既要承受高原反应的折磨,又要确保承载的物资能够安全顺利抵达目的地。使命是光荣的,任务是艰巨的。

2015年3月,蒋可调到机关工作。离开了工作8年的汽车连,让蒋可极不适应,一个人的生活和一大群人的生活完全是两种感觉,管油料与管方向盘又是两种截然不同的状态。

孙厚江

在军嫂陆荣俊的眼中，身为汽车连连长的丈夫孙厚江，是一位好儿子、好兄长、好连长，更是一个好丈夫。

曾经有人轻描淡写地问：“你是军嫂啊？你很喜欢嫁给军人吗？”

陆荣俊掷地有声地说：“我丈夫是军人，我喜欢他的时候，他还不是军人。”

认识他的时候，他还是一个调皮捣蛋的小男孩，我的小学同桌；喜欢他的时候，他是一个成绩优异、清瘦、阳光、斯文的高中生；恋爱的时候，他是一名能吃苦、刚毅的军事院校学员；结婚的时候，他看起来已是憔悴、沧桑、甚至老成但更加帅气成熟的西藏军人。——这是军嫂陆荣俊对丈夫孙厚江的总结。

究竟是怎样的生活环境和工作状况能如此的历练一个人？

结婚后，陆荣俊来到西藏，来到这个让她丈夫心智沉稳、面容沧桑的地方。

进藏后的陆荣俊感慨，西藏既不像想象的那样美好，也没有人们说的那样恐怖。

“人间圣地、天上西藏”其实是一种精神境界。

所谓的“地上不长草、天上无飞鸟、风吹石头跑、氧气吃不饱”都是无稽之谈。来到丈夫身边后，陆荣俊发现，在这个高寒缺氧的地方，军人的奉献也根本不是所谓的躺着，而是高强度的工作。

虽然住在一个院子，但孙厚江担心连队的工作，晚上经常住在连队，不常回家属院来住。由于公差勤务较多，他走路、吃饭的时候在接电话，甚至大半夜也会接到电话，每天至少有50个以上的电话，每个电话都是工作上的事，大半夜的信息更是常有的。“为什么大半夜会常有信息？到底藏着什么猫腻。”陆荣俊质问道。原来，汽车连每天都会有派车任务，驾驶人员完成任务半夜才回到连队是家常便饭。孙厚江要求，不管多晚，驾驶人员回到连队后必须向他报平安。

原来，他的心一直在路上。

每晚带着这样的牵挂又怎能睡得踏实？到底需要多么强大的心理才能习惯这样的生活？这样的工作压力怎能不造就一个汽车连连长沧桑、憔悴的容颜？

运输是汽车连的重点工作，陆荣俊每每听孙厚江说起运输途中的那些事，仍然觉得难以想象、不可思议。用他的话说：高原汽车兵因为牺牲奉献而铸就伟大，他们发扬着用生命和鲜血创造“艰难多吓不到，条件差难不倒，任务重压不倒”的精神，驰骋在雪域高原上，谱写着一曲曲英雄赞歌。

有多少人知道在西藏高原上，汽车兵经常一天只能吃到一顿热饭，晚上还经常住在狭小的驾驶室？又有多少人知道，在以险著称的高原路线上发生事故或车辆抛锚是什么情形？

为了爱情，陆荣俊辞掉内地的工作来到拉萨上班。孙厚江每次执行任务回来，都会跟她讲路途中遇到的困难和惊险：

那是2015年的10月，连队组织拉萨至岗巴1200公里远的驾驶员复训，70多人但不足30辆车。枯燥乏味是每天的必修课，车队每天有严格的作息时间、狭小的活动范围和一成不变的任务。一路上都很紧张惊险，除了要应付道路上的暗冰、雨雪、塌方、飞石等危险，还要应付人畜突然冲上路等各种突发状况。

驾驶员复训主要是新手驾驶车辆上路，危险系数高，处置不好就会出现意外。作为复训车队的负责人，孙厚江一路上诚惶诚恐、如履薄冰。可有时候怕什么来什么。第一天到达GL兵站还顺利，第二天往GB行驶的沙石路上，尘土飞扬，浓烟滚滚，车队只能按照每小时50千米的速度行进。2小时后，连长孙厚江在对讲机里直呼：“准备停车休息，各车注意减速，靠边停车……”车队缓缓靠边停下来了。突然，车队最后的那车辆猛然冲出了公路，侧翻在了路边的土沟里。孙厚江的心顿时提到了嗓子眼，飞速跑向侧翻的车辆。

在那灰尘连绵的土路边上，走出侧翻车辆的学兵两腿打颤、脸色苍白，说话也是磕磕巴巴，所幸没有人受伤。经过几个小时的努力，大家好不容才把车弄回路面，还好车也无大碍，能够正常行驶。在之后的复训路途中，孙厚江一直提心吊胆、战战兢兢，深怕再出半点闪失。

有一次，孙厚江回家的时候，妻子陆荣俊几乎都认不出他来了：昨天才出去的，怎么今天就变成一个“黑炭团”了呢？孙厚江说：“昨天去训练场运物资，自重35吨的拖挂车运载压路机上不了桥，从河里过的时候陷在了河中间，怎么也出不来，水流漫过了发动机，导致车辆熄火。友邻部队自重数十吨的装甲战车赶来帮忙，可没想到因车子太长太重，陷得太深，装甲车也无济于事，最后大家直接把那条小河改了道才把车拖出来，要不然还困在那里呢。”

那天，黑黑的孙厚江在妻子面前擂了胸脯：咱们工兵“逢山开路，遇水架桥”，让河水改道自然不在话下。

其实，那天车辆陷入河道的时候，有道路连队在一公里远的地方施工，有装甲部队在附近休整，天时地利人和都全乎了。经过大家的共同努力才终于把河水改了道，然后用坦克把车子拖上了岸边。孙厚江在小河边暴晒一天，脸上的皮晒脱皮了，不黑才怪。

还有一次，孙厚江执行完任务回来就对妻子说，今天车队刚上二环路，在一个红绿灯路口，绿灯还亮着，一辆大车突然停车，在它身后的一辆小货车差一点追尾，他只能在车上眼睁睁的看着，这辆小货车直接就“飞”到了另外一侧的车道上，还掉了180度的头，他当时心都凉了，以为要出人命关天的大事。车停稳后，小货车的驾驶员下来了，没有受一点伤害，车辆完好无损。孙厚江感慨，从排长到连长，几乎天天开着车在拉萨城里跑，这样让人惊心动魄的场景还是头一次看到。

还有一次，大约是在2017年3月下旬的一天，一辆车到百余公里远的某训练场执行任务返回途中，为避让一条狗，驾驶员处置不当，导致车辆与停放在路边的一辆大货车碰撞。当时连队正在开晚饭，接到电话，孙厚江放下碗筷，立马上路前去处置情况。那一次，妻子见到他回来，已是第二天的下午。

听了丈夫孙厚江的讲述，妻子陷入了长久的沉思。以前，妻子并不知道丈夫连长和他的连队有多苦、多累，也不知道丈夫每天的心理压力是如此之大，所面临的情况是如此的让人心惊胆战。

也从未想过同龄人是否也像孙厚江和陆荣俊一样过着完全不同的生活。

夏天，一些人在空调房里工作学习生活，在商场逛街吃饭吃甜品时，高原军营里的汽车兵却在闷热的车里向高山进发，冬天一些人在暖气房里抱怨干燥和寒冷时，高原军营里的汽车兵却要冒着零下十几度甚至是几十度的严寒睡在车里；无论是严重的高原反应，还是高原荒漠的孤寂折磨着他们，他们都能按时堪称完美的完成各种运输任务。不管是新兵还是老兵，跟他们的同龄人相比，他们吃的苦最多，收获的经历也最多。

孙厚江讲述当年的"苦差事"依然谈笑风生，他的妻子陆荣俊怎么都无法释怀！

这是一个幸福的时代，陆荣俊在心里默默的揣摩着：这样的经历要不是听这些汽车兵亲口说起、亲眼看见手机里的视频，是众多地方青年是难以理解和置信的。

是什么让你们有如此大的勇气直面这样的困难？是什么沧桑了你们的容颜？每每看到国外战争中那些无家可归、流离失所，一路颠沛流离不知所终的群体，才明白有国才有家、国泰安民的深意。高原军人的勇气和执着背后，正是那颗强大的爱国心。

李建中

2001年12月入伍的李建中，凭借着入伍前读职高时军训打下的军事基础，队列、射击、体能等很快受到了新兵班长和干部的青睐。作为一名新兵，他能够经常在全班甚至全连面前做示范动作，他相信自己就是一个当兵的料。

用李建中的话讲，这并不是炫耀。他心中唯一所想，既然来当兵，就要当一个好兵，决不让自己的期许化为泡影，决不失信于对自己寄托厚望的人。

2002年新兵训练结束后，李建中被分配到伪装二连。一个崭新的人生起点即将开始。

那时候，西藏蔬菜品种少，连队都有蔬菜大棚，种得好收得就多，连队生活就改善的好。

官兵们都说，种菜是个体力活更是门技术活，单就施肥都是有讲究的。西藏的土地十分贫瘠，开春前要把地翻一遍浇上农家肥，种上菜之后也还要浇很多次。

种菜属于农副业生产，正课时间不得占用，八小时以外的主要活动才是挑粪种菜。老兵们把油桶锯了当粪桶，每个班都有任务，粪还得抢着担，老兵带着新兵抢，直到把粪坑掏空。特别是冬天，气候寒冷，菜浇不透，收成就不好，连队伙食就会差，大家吃不饱，训练场上就没杀气。

身为列兵的李建中，虽然没有技术，却有一身力气。他经常笑着对班长说，自己干些粗活，能为连队建设多出一份力。于是，他毫不犹豫的第一个拿起自己的脸盆跳进粪池，一盆一盆地往桶里舀粪，其他人负责抬粪，每次他们班都是最先完成任务。

当兵担大粪，无可厚非。可是到了冬天，麻烦就大了。从粪坑里爬上来，双脚湿透，冷得让人直打颤，全身都是粪味，奇臭无比，用香皂肥皂怎么也洗不掉。开饭时，李建中担心自己身上的臭味影响战友们的食欲，他狼吞虎咽的赶紧吃完就离开。有人却在悄悄议论："李建中是傻子，不够机灵。"李建中始终认为，如果一个人怕苦怕累，做事老是往后躲闪还来当什么兵？就从这些小事中，干部骨干把李建中看在眼里记在心里。入伍不到一年，驾驶学兵选送的时机来了，李建中被推荐到司机训练大队学习。

在司训大队一呆就是一年，李建中最难忘的是不抽烟不喝酒的启蒙恩师——陈班长。

跟着班长学技术，李建中总想套近乎，千方百计讨好班长，为的是得到"真传"。于是学车没两天，李建中就买了一件红牛放在车上，第二天蛮有把握地把红牛拿出来请班长喝。

但这下却惹怒了班长。

"我不喜欢喝饮料。你来自农村，家里有多少钱？自己一个月又领多少津贴？不要搞这些名堂，今天训练结束后去把饮料退了。罚你蹲一天大厢板，今天不准开车。”班长非常严厉地说。

对于一个每月只有200元津贴的战士来说，班长怎能让他去买一件红牛？

为了缓和气氛，班长又补充说：“我只喝白开水，从明天起你每天给我带壶开水就行了。”

人，都有感恩之心。深受班长严格自律和言传身教的影响，李建中时时怀着感恩的心情，总想通过自己的努力，用工作来回报班长、回报连队。于是，在课余时间里，李建中总是往温室大鹏里钻。凭借着在老单位种菜的经验，2个多月后，李建中他们班负责的大棚蔬菜产量全连第一。班长虽然什么也没说，但他心里知道这是李建中的功劳。

能为集体荣誉着想并为之付出艰辛劳动的战士值得信赖。于是，陈班长毫不保留地将驾驶技术传授给了李建中。

终于等到了毕业的那一天。李建中驾驶专业考核名列前茅，班长告诉李建中：“这成绩稳拿驾驶证。”

李建中的内心十分激动，对前途充满信心。

可到了发驾驶证的前一天，班长找到李建中：“小李呀！你的驾驶证在办理过程中出了点麻烦，我知道你会想不通。但是军旅生涯的路还长，要学会吃亏，学会忍耐。”

那天晚上，李建中买了一瓶一斤装的二锅头，一饮而尽，上床就睡。第二天醒来，班长关切的说：“醒了？醒了就起来干活。今天抽空去拍一张证件照给我。”

李建中不知何意，按照班长的指令把照片交过去了。几天后，驾驶学员们都各自回到了原单位。

又过了漫长的大半年时间，就在一个周末的中午，陈班长突然来到李建中所在的连队。

李建中远远地就看见陈班长穿着笔挺的西装，黝黑的肤色依然那么发亮。

李建中很是惊诧：“班长怎么来了？”

“你猜我今天给你带什么来了?”班长始终一脸笑容,手却背在后面。

李建中摸了摸头,一副不知所云的样子。班长迅速把背在后面的双手移到前面,驾驶档案和驾驶证瞬间展现在李建中眼前。此情此景,让李建中热泪盈眶,抱着班长哭了起来。

没想到,才当李建中几个月的班长,能把一个新兵的事放在心上。

从此,李建中也暗暗告诉自己,如果有一天能当上班长,也要好好爱护自己的士兵。

正是陈班长的教诲,李建中当驾驶助教的时候,也从不向学兵索取什么,倒是倾囊相授。李建中说自己只能把这一点好的东西传承下去。

时光荏苒,岁月如梭。一晃,李建中选改士官都到了中士军衔。恰逢兵源调整,他从伪装连到了汽车连。

在汽车连,就得开车。每天都有出车的机会,要么是技术过硬的老兵,要么就是被班长推荐的年轻同志。自从司机训练大队学习归来,李建中已经有好几年没摸过方向盘了。

初来咋到的李建中从不把自己当士官,而是以一名新兵的身份出现在各种场合。他始终坚持多做事少说话。班长是连队的驾驶尖子。每次班长出车回来,李建中做的第一件事就是取来钥匙,带着义务兵一起把班长开的车从头到尾、从里到外的洗一遍擦一遍。有一次,正是过年期间,班长也正好出车回来,新兵在炊事班帮厨,李建中要来钥匙,提上水桶,拎起冷水管就开始干,洗完车,鞋子湿透了,裤腿结了冰硬邦邦的。李建中所付出的一切,最后都得到了回报。春节过后,班长推荐李建中去开皮卡送菜,后来又让李建中驾驶康明斯拉泔水。慢慢地,李建中的驾驶技术有了明显进步。

2009年8月,李建中与连队两名驾驶员被派到近500公里远的林芝直升机场站参加调试设备运输保障任务。出发前,相关领导反复强调:你们操作的都是精密仪器,十分贵重,在运输途中不能出半点差错。李建中深深感受到连队对自己的信任。

由于是第一次长途出车，对路况不了解，长途驾驶经验也不足。李建中一直提醒自己："一定要完成好任务，不能有任何差错。"就在翻越海拔5000多米的米拉山时，李建中感到了头胀恶心，但他还是强忍着疼痛开车，而且还用对讲机一直呼叫头车放慢速度以确保安全。翻过米拉山口后，是连续的下坡路，路面窄，弯道多。为了有效防止车辆在连续下坡路上容易出现轮毂发热、车辆制动失效等状况。下坡途中，头车的老兵一直教方法、问情况、提要求，李建中牢记于心，这一趟积累了不少经验。

2011年9月，李建中又被派到阿里昆莎机场参加调试设备的运输保障任务。沿途翻越了十余座海拔5000米以上的高山。当时，因任务重，没有配备副驾驶，一路上都是李建中一个人开，寂寞与疲倦交织着，责任与使命鞭策着。连续的驾驶让人腰酸背痛，为了守护好设备，吃的是干粮，睡的是驾驶室。三天三夜，有时开几个小时都不见村庄不见人。李建中要么点一支烟，要么用水壶里的冷水浇下脸，醒醒神。

李建中是个闲不住的人，尤其在连队任务较少的时候，他会主动申请驾驶泔水车教徒弟。有人认为他是好表现，有人认为这担责任的事傻子才主动去做。但李建中觉得做点事才能使自己充实。他所带的徒弟有的现在也当上了班长副班长。李建中认为个人好不是真的好，能为单位建设出一份力，看到了自己的价值所在，这才是人生中最有意义的事。

2014年3月刚休假回来，就遇到军区组织驾驶比武，李建中被选送参加比武前集训。面对驾驶技术、体能、射击等军事科目，加上李建中刚从内地回来的高原反应，明显感觉跟不上其他队友。为了迎头赶上，李建中加大了训练力度，首先是慢跑克服高原反应，尔后是逐渐加量练强体能，别人一天一个武装5公里，他跑两次武装5公里，两个月下来竟瘦了16斤。在最后的考核中李建中拼尽全力，武装5公里成绩名列第二名，冲至终点的那一刻，他都没想到会有这样的成绩。在驾驶员比武科目上，比武的难度进一步提升，要求车辆连续行驶直角"S"路，而且道路仅比车宽仅30cm，转弯时只有找准位置转弯，才能不压线，不碰杆,但即使都达到这些条件,那速度就是第一位的要求。

刚开始时,李建中慢慢开,也不能过关,偶尔只能过一个直角。要想达标甚至取得好成绩,只有经过反复的练习。队友们首先在纸上通过计算转弯半径、转弯切入点等要素,精确在实地定点划线,然后反复练习,终于达到了快、准、稳的要求。最后,李建中综合成绩名列第三,对于一个已经超过30岁的老兵来说,实属不易。

2016年7月至9月,任务较重,既要组织驾驶员,又要担任边防物资运输保障任务,连队专门抽调驾驶技术最好的战士组成了物资运输保障小组。李建中是小组成员之一,隔三差五就要出车跑边防,经常是早上六点钟起床,晚上十一二点而归。路况比较复杂,先高速,后省道,再县道,还要翻越海拔5000多米的山口,虽说单边只有200多公里,却要开6个小时左右。特别是正值暑假,家属和小孩来到连队,自己却整天在路上执行任务。每次出车时,家属都会说:"安全回来!家里不用担心。"整个暑假陪伴家属和小孩的时间也不到半个月。一到周末,家属总是对李建中说:"你累了一周,就在家里休息一天,不出去逛街了。"

眼看16年军龄即将满期,李建中始终觉得最愧对的还是家人,自己长年在雪域高原工作,没有他们的默默支持和对家庭的无私奉献,自己又怎能安心工作。小孩今年6岁了,和她待在一起的时间仅有1年,上个月女儿打电话问:"爸爸,你今年就可以回来和我们一起过年了呀?"听着女儿如此的期盼,李建中告诉她:"爸爸就快回来了,在家听妈妈的话等着爸爸。"

回想16年的军龄,李建中担任班长8年,带出优秀学兵40余名。无愧于自己的内心,无愧于军人的身份,李建中尽到了一个战士的职责。

袁运福

2005年12月入伍,来自河南省开封市兰考县的袁运福,一到部队就发现语言不通,做事比较难。

2005年12月21日，袁运福被分到拉萨市曲水县舟桥营三连。刚从地方来参军的小青年到了部队这个大家庭里。当时袁运福什么都不会，就连四川话都听不懂。

一天，班长叫他去把“孩子”拿过来，袁运福跑得很快，在营区转了几个圈也没有找到孩子。

纳闷了，班长李刚是江苏宿迁市人，说的却是一口四川话。最后袁运福只有无可奈何地回来向班长报告：“没有找到孩子。”

“你昨天洗的放在哪里，你不知道吗？”

“班长，你不是让我去找孩子吗？”

“四川话说孩子，就是我们平时说的鞋子，知道吗？”

吃一堑长一智。从那以后，班长再说什么，袁运福只要听不懂，就会多问一次，以致后来他也慢慢的说上了四川话。

离开家来到部队，袁运福一开始就明白：农村人只有努力工作，争当优秀士兵，才会有前途。

因为表现突出，加之1米82的个子，新兵训练刚结束，袁运福就被分配到团警调排。

到了警调排，袁运福的工作每天就是站岗、打扫卫生，他曾一度也感到工作枯燥无味。不过，袁运福始终没有忘记自己当初“要当一个优秀士兵”的想法，每天早上6点半就起床，整理内务、打扫环境卫生。无论是班长、排长或者老兵们安排的事情，他都高标准、高质量去完成，让大家非常满意。有时候，就连他自己看到的事情，自己都会主动去做。袁运福几乎是一个闲不住的人、做事停不下来的人、做事完美到了极致的人。

因为工作出色，袁运福在警调排工作三个月后，被选送到司机训练大队去学习驾驶——机会总是留给有准备的人。

袁运福在司机训练大队的师傅是康飞，四川双流县人。

师傅第一次带着袁运福出车到林周县，在翻越纳金山时，因为袁运福的换挡速度慢，师傅就拿了一个大扳手打在袁运福的右手背上，瞬间手背上就冒起了青包，袁运福疼痛难忍。

“还能不能换挡？”师傅十分严肃地问。

“还能，师傅！”袁运福柔弱的声音，一副惧怕的表情。

其实，袁运福换挡速度慢，是因为他来自平原，没有开车上过山，更没有走过这样的山路，不敢往悬崖下面看，一时紧张就挨了师傅的敲打。

晚上回到单位后，袁运福情绪低落，对换挡慢挨打的事想不通。可是，憋屈了一个小时左右，自己还是调整过来了——很多优秀的战士都能换位思考。

袁运福认为挨打是一次教训，师傅是为自己好，是为了让人克服困难，是让人提高自身驾驶技能，而不是报复，更不是泄私愤。

如今想起来，如果没有师傅当初的严格教学和严格要求，就没有现在技术过硬的袁运福。

如今的袁运福，运输车、指挥车、长桥车、大客车、吊车推土机、挖掘机、装载机样样精通，无所不会，无所不能。

真是严师出高徒。

入伍以来，袁运福谦虚谨慎，不骄不躁，工作积极，刻苦学习，勤奋钻研专业技能。“既来之，则安之。”袁运福发誓一定要争当一名驾驶技术过硬的人。

在2009年12月份的驾驶助教选拔中，袁运福被破格录用。当时的袁运福很高兴也很激动，同时，他也有些许担心，感到肩上的担子很重。在当时的驾驶教练队伍中，袁运福兵龄最短、驾龄最短、年龄最小。

袁运福的畏难情绪被连长看出来了。连长拍拍袁运福的肩膀：“兵新不怕，只要敢于努力付出，就一定会有收获。”

有连长的这句话，袁运福的底气更足了。这一次当教练，袁运福收获很多，在复训结束后，袁运福得到了机关领导的肯定和表扬。但袁运福并没有骄傲自满，因为他知道，要当好一名技术过硬的工兵，仅靠汽车驾驶是远远不够的。之后，袁运福更加刻苦钻研工兵的各种专业，苦练各种本领。

严格训练，严格要求。袁运福一刻也没有放松，他一心只为练精兵。

自从晋升为中士担任班长以来，袁运福在日常工作和生活中对班里的同志都是严格要求、严格管理、严格训练，特别是在专业技术方面对同志们的要求更加严格。甚至有时候还会对新同志动动手，有的时候也会拿起扳手、楔子，甚至还会有用撬棒敲打徒弟。袁运福深知，作为一名驾驶员必须精通驾驶专业技能。大家也知道驾驶这个职业关系重大，有的时候一脚油门或者一脚刹车就有可能导致一个人或者一车人受伤甚至牺牲。

只有严于律己高标准，行车安全才能放心头。

每年在海拔4000多米的某训练基地驻训演练，或是在距离营区上百公里的雅鲁藏布江上训练，袁运福都能严格按照上级所下达的命令，出色的完成每一次运输任务。在完成任务的同时，袁运福也会把标准提高，为了在行车过程中确保人车的安全，他始终坚持车机出场前检查，日常多保养，严格做到了“人病看医生，车病不上路”的好习惯。2017年，在往亚东方向运输施工物资过程中，路途遥远，路况复杂，汽车连担任运输保障任务十分繁重。汽车连既要翻山越岭，又要穿越平地，还要通过雨雪天气和冰雪路面，任何时候都不可粗心大意。袁运福带领徒弟们先观察再通过，近十个月的物资运输保障过程中，做到了万无一失、一路平安。

各级领导都说袁运福是个好兵，困难面前有他在，工作面前不含糊。仅在2013年至2014年这一年中，袁运福驾驶重型车辆运输车出色完成了训练基地工程机械运输任务。在近百公里的山路上，袁运福克服了各种路况困难和机械抛锚等问题。有时候，袁运福连续工作12个小时不出任何差错，出色地完成了各项保障运输任务，为演练部队修筑道路、开挖工事、修建宿营地、搭建野外伪装营房提供了及时高效的运输保障。

袁运福给大家的印象是不仅完成任务出色，而且工作不惧危险，始终奉献在前。2015年尼泊尔“4.25”大地震波及西藏聂拉木、樟木、吉隆等地。在后勤保障运输任务中，袁运福驾驶重型运输车在318国道上往返二十余次，每次出车就是他和一名带车干部。有几次袁运福几乎24小时都在开车,他也知道不能疲劳驾驶,可是前方救灾抛锚的工程机械等着需要及时维修,加之当时整个连队里就只有他一个人能开重型运输车,为了确保救灾任务顺利完成,他硬是凭着坚强意志坚持昼夜行车。

袁运福还有一个性格特点,那就是无私奉献勇于担当。尽管参加抗震救灾自己吃了不少苦,袁运福下定决心要多带几个重型运输车驾驶员出来。袁运福主动和连队主官说了自己的想法,得到了大力支持。袁运福一批带了5个徒弟,经过一年时间的努力,就把这5个徒弟带出来了。如今这个连队连同袁运福已经有6名重型车的驾驶员,而且都能单独执行各种重装的运输保障任务。

古人云:“学无止境。”在工作中,袁运福和徒弟们经常也会遇到许多新情况新问题,他们唯一的办法就是不懂就问,互帮互学,共同提高。

2016年9月的一天,连队接回了4辆50吨的重型运输车。刚看到新装备的时候,袁运福和几个徒弟都很高兴,同时也感到茫然,因为对装备不熟悉。

可是,让他们万万没有想到的是装备到达连队的第二天,机关就派新装备到几百公里以外的驻训场执行任务。

不太熟悉新装备的性能,袁运福带着徒弟们还是上车了。一路上他们边开车边学习,不懂的就用对讲机说出来,大家共同研究,不会就打电话询问地方重型车辆驾驶员,或打电话向厂家咨询。

边走边学习,走一路请教一路。通过一段时间的努力,他们掌握了操作技能。如今,袁运福他们已能够熟练操作24个大轮胎的庞然大物,并且对装备性能和技术状况能够做到了如指掌,多次圆满完成了急难险重运输任务,没有出现过一次事故和机械问题。

刘清华

2004年12月入伍的刘清华,来自四川达州。

已在部队服役13个年头的他,虽然是一名工兵部队的驾驶员,与其他驾驶员掌握着同样的方向盘，也经历了许多风风雨雨，却与其他驾驶员的经历大不相同。

2004年，在刘清华的生命里，注定是一个难忘的岁月。在刘清华原来的生活环境里，人们都觉得他是一名不懂事的小青年；在亲朋好友眼里，他是一个不争气、不好管教的小伙子；在老师眼里，他是一个不学好的坏孩子，刚进高中的大门，就经常逃课。

最后，刘清华的父母选择让他当兵。当时的刘清华心里想：只要不读书，干什么都行。

经过一系列的考核、筛选、体检，刘清华匆匆忙忙地来到了部队。可是，部队的生活却和他原本想像的完全不一样，刘清华感觉反差非常大，非常后悔来到部队。

刚到部队，在新兵训练期间刘清华就感觉到这简直就是“非人的待遇”，什么紧急集合、战术、摸爬滚打、站队、整理内务……极不适应。“既来之，则安之”。刘清华心想，干完两年走人。

部队是一个有着铁一般纪律的大家庭，令行禁止。做任何事情都是有组织有纪律的。曾经一段时间，对部队的不适应也让刘清华成了所谓的“刺头兵”。遇到任何事情都喜欢跟领导班长问为什么，如：为什么天天都要做这些毫无趣味的事。每天都是叠被子，打扫卫生，打扫厕所。刘清华心想，难道当兵就是来干这些事情吗？

每当刘清华问为什么，班长都会细心给他解释：“当兵干的事情可多了，就拿我们工兵单位来说，工程兵十几个专业，什么推挖装，驾驶员，排雷布阵等。”班长经常开导刘清华说：“你连平时的小事都干不了，还指望你去干什么？”听了班长的话，这下刘清华来了兴趣，于是就在心里开始盘算起来，是不是新兵下连了也去学个技术，学什么好呢？对，就学挖掘机，那么大一个家伙坐在上面好威武，好有气势。

转眼间新训三个月结束了，刘清华终于松了口气，心想这下日子就好过了。分下老连队也不用天天受新兵班长的唠叨了。反正在部队干两年就回家，去学个技术也不错。刘清华心里打起了小算盘。本来要去学挖掘机操作，可是阴差阳错的选择了驾驶专业。刘清华当时心里还非常不情愿，驾驶员没什么前途不学也罢，还不如就在连队过两年算了。最后，在连队指导员的耐心说服下，他还是极不情愿的去开展驾驶培训了。

参加驾驶培训，还真是遂了刘清华的心愿，多少有点混日子的味道，基本上天天都是在翻土种地。助教班长让这些不想驾驶的人天天出去干活，刘清华也喜欢这种没人管的生活。

愿意学习的人就多练习操作，一旦道路驾驶的时候，几个“臭味相投、不思进取”的人就坐在“大箱”里面吹牛看风景。到毕业的时候，刘清华也只学会了基本起步和最起码最简单的操作。就这样得过且过、得天混日的刘清华毕业后回到了原单位，还被分配到了汽车连。

对于当时的刘清华来说，呆在哪个单位都无所谓。

来到汽车连后遇到的第一件事，就是班长教育大家怎样把车开好，刘清华的态度却是不以为然。汽车兵的传统都是传帮带，每个师傅都要把自己所学到的技术一代一代的传下去。在一次执行运输任务时，班长带上了刘清华。刘清华心想，那就当出去兜兜风吧。一条汽车长龙就这样驶出了大门，闪光灯不停地闪烁，也是刘清华第一次见到这样长的车队。

从这天开始，刘清华对驾驶兵有了新的认识。

班长对刘清华悉心教导，还手把手地教他怎样把车开好。刘清华终于被班长无私和热忱所感动。从那以后，刘清华似乎变了个模样，发誓不再是浪费光阴。刘清华认识到了自己的价值，心里面暗下决心：一定要练好驾驶技术，将来一定要像老班长那样帮助别人。

功夫不负有心人。在这两年义务期的时间里，刘清华不断地努力，驾驶技术有了很大的提高，也成功进入了士官队伍。

当了士官，刘清华也能单独执行运输任务。一次，拉萨至青海格尔木的运输任务来了，刘清华主动请战。出发前，连队干部再三强调这次任务的艰巨性，中间会经过唐古拉山等高海拔地带和复杂路段，又给驾驶员反复讲了注意事项。刘清华心里想，这条路在学驾驶的时候已经走过了，虽然是坐“大箱”经过的，但也见识过了这条线路的真容，没什么危险。

车队一路上非常顺利，没遇到什么意外，不到三天就到达了目的地。经过两天的短暂休整，车队准备返回拉萨。返回的路上，也没什么变化，感觉这一路没有什么危险可谈。可是，当他们行驶到唐古拉山下的时候，带车干部组织停车小休息作动员，说话的语气却是十分凝重。原来，前面的山口下雪了，风也很大，让大家谨慎驾驶，还再三强调了冰雪路该怎样驾驶，让大家切忌要轻踩刹车，不能猛打方向，拉大车距。作完动员，大家就上车出发，上车的时候，刘清华看见领导的脸色和以往有所不同，充满了焦虑和担心。

车队行驶了一个多小时，温度急剧下降，天空果然飘着鹅毛大雪，大家都沉迷在雪景之中。突然，前面的车停下来了，刘清华他们的车“砰”的一声就撞上去了。“怎么回事？刹车不管用了，不听使唤了。”这时候刘清华才回想起带车干部刚刚说的切忌不要猛踩刹车。追尾了！刘清华当时就懵了，急忙下车一看，这下完了，前面的车变形了，车也走不动了。连长走过来也没说其他，问了一句：“人没事吧？”刘清华也只是点了点头轻声说道：“没事。”站在雪中，刘清华看着两个老兵不停地调试刹车油门，心里暗暗自责：“为什么不听连长的强调，这下回去有麻烦了。”

经过保障分队老兵一个小时左右的抢修，车又重新上路了。回到连队后，刘清华主动去找了连长，本以为连长会大发雷霆，以后都不会让自己开车了。可是，连长非常冷静，先是问了整个追尾的经过，还耐心讲解冰雪道路的驾驶技巧，鼓励刘清华放下思想包袱好好干。

经过这件事之后，刘清华在专业技术方面虚心请教班长，班长也毫无保留地传教，始终不求回报，一直持续到刘清华默默地送班长离开部队。

浪子回头金不换。五年时间，刘清华成为了连队的技术骨干，经常被派去执行各项急难险重的任务。只要有拉萨至格尔木任务，都由刘清华执行。各种型号的运输车上都有刘清华的身影。在一次施工的运输任务中，刘清华练上了挖掘机，这是他在新兵的时候就想学的专业。经过几个月的勤学苦练，推挖装的一些基本操作他也学会了。有一天推土机操作手生病了，刘清华临时补上了操作手的位置，并按时完成了任务，保障了工期。

转眼到了第六年，刘清华也成为真正的技术能手。在一次选拔驾驶助教班长的时候，刘清华也报名了。当时机关领导知道刘清华刚刚进入第六年兵龄，非常不满地对刘清华说："你个新兵蛋子，还是先回去把车开好吧，凑什么热闹。你看看别的班长助教哪个不是三级四级，你才学了多久？"后来连长给机关领导说情，保证刘清华能胜任驾驶助教班长。经过两个多月的驾驶助教训练，刘清华也的确没有辜负连长的期望，他手把手地教新兵开车，让新兵知道了"来到部队干的事情还多。"

回想起老班长说的话，刘清华心里感慨万千，他决心要把自己所学的东西交给新战士，搞好传帮带。

转眼间，刘清华干到了四级军士长，也跑遍了大半个西藏。随着近几年军事训练的不断强化，运输任务也受到了极大的挑战。随着兵龄年龄的增长，见到了太多的车辆事故，刘清华开车也越来越稳重。近几年来不停地往返边防运输物资，到了边防，让刘清华看到各种路况，山路起伏，弯多还有很多冰雪路段。特别是在任务繁重的时段里，连续几个月以来都是日行上千公里，心里绷着的那根弦紧而又紧，深怕出一点闪失。

记得在一次边防物资运输途中，两天时间赶到了边防的山脚下，一眼望去，悬崖峭壁，山路弯弯。要爬上这样的山路，心里实在没底。二十余公里的路程，走了三个小时，当看到了山顶，驾驶员一个个悬起的心才放下。第二天上级命令车队返回拉萨，在返回的路上又遇到了大雪，轮胎不停地打滑。指导员当机立断，严密组织二十台车倒车五公里。回到安全地带后，人车在路上慢慢等待，直到第二天天晴后才返回拉萨。

执行几个月的高强度运输任务，刘清华真正体会到了汽车兵的不容易，饿了就吃干粮充饥，渴了就喝一口冷水或在雪地上抓一把雪塞进嘴里，有时一天只能吃一顿饭。难怪人们都说：驾驶员吃得，饿得，累得。

经过这十几年在部队的锻炼。刘清华成为了一名合格的工兵部队里的汽车兵，带出了11名能单独完成任务的驾驶员。

在西藏拉萨的阳光棚里，见证了几株枇杷树从开花到结果，它们暗藏绿叶丛中，由青果一天天变成一串串金黄色的枇杷，让人垂涎欲滴。这是一个令人欣喜的奇迹。

枇杷熟了

枇杷，别名芦橘、金丸，其产地分为南亚热带品种群和北亚热带品种群。据资料显示，西藏尚无枇杷种植记录。身处拉萨的我并不知道曾经走过的处于亚热带气候的墨脱、察隅部分地方是否也种植了枇杷，是否也尝到了枇杷的鲜美。

古人讲："前人栽树，后人乘凉。"真的要感谢前任战友的辛勤劳动和艰苦付出。四年前，因为工作岗位变动，我从拉萨市江苏路繁华地段搬迁到了金珠西路某营区，住进一套两室一厅的小房子。好在紧靠后墙还有一个阳光棚，栽有枇杷、竹子、桂花、蟠桃、吊兰等植物，瞬间给人感觉天然洞开，一派生机盎然。

时光荏苒，岁月如梭。在这个小院子里，我一呆就是四年时间，难寻相互融合的田园优雅和书屋馨香、难找相得益彰的诗性生活与曼妙人生，但有蓬勃向上的大叶枇杷树相伴，一棵棵苦竹也迎风飘扬、静默解情，桂花月月绽放，满屋幽香，还有自己移栽的芭蕉树阔叶顶棚，枝蔓相拥。

宋人苏轼"罗浮山下四时春，芦橘杨梅次第新。"描写的是广东省博罗县罗浮山下一年四季都像春天，枇杷和黄梅天天都有新鲜的。在此，不必问及苏轼当时的岭南心境，只叹自然风光令人流连、体察风物意欣然许之事。

阳光棚里靠墙生长的枇杷树外形整齐美观，叶大荫浓，四季长青，春萌新叶白毛茸茸，给人喜出望外的感应。

两个月前的一天，突然发现一张张茸毛厚厚的椭圆形枇杷叶中间凸显花梗，密生锈色绒毛，花朵白色或淡黄色兼而有之。这个神奇的现象让人十分惊讶，这是几年来枇杷树第一次开花，欣喜之余我急忙端来方凳登高察看。在那竹叶与枇杷叶竞相扩展的绿丛中,枇杷花一枝枝、一簇簇、一束束、一团团,每一朵有五片花瓣,五至十朵成一束有之、八至二十朵成一枝有之,给人一种今天是何月的奇妙与梦幻感。

正当我在全神贯注感叹房内植物奇观时,两只小蜜蜂从天窗盘旋而来,稳稳停留在花蕊中央,扑扇着透明的小翅膀。亲眼所见,忙碌的小蜜蜂采东家、采西家,一朵朵过关,一枝枝采撷,一束束走遍,权当看客不存在。我就郁闷了,到底是忙着采捃,百花头上选群芳,尽快收拾香舆入洞房,还是小蜜蜂真的没看见我。此时此刻的我,是多余了,还是变成木头不动了?居然被精灵的采花使者忽略不计。大约持续了十分钟,小蜜蜂飘飞出天窗,飞向那遥远的地方。我相信,它们奔忙着去编织自己的美好生活,也为人类带来甜蜜的滋味。真是"但得蜜成甘众口,一身虽苦又何妨。"

通常情况下,枇杷树与大部分果树不同,它是在秋天或初冬开花,果子在春天或初夏成熟,比其他水果成熟较早。枇杷给人的印象是绿叶丛中,金丸累累,被誉为"果木中独备四时之气者。"堪称佳实。

在贵州家乡的大山深处,见过枇杷树开花、结果、成熟的过程,那可是一个"漫长"的等待。可这是西藏,我就搞不明白,从季节上看也不合时令,难道说高原上的这个阳光棚也具备了岭南气候?

在这忙碌的时光里,很多人都在寻找宁静。或是另辟蹊径尽量避开喧嚣的城市,走进穷乡僻壤,要的就是那份恬淡。

既然有一张凳子垫高,我姑且享用这难得的宁静。一个人的世界,静心观察枇杷花的神态和唯美,淡然的心态油然而生,陶醉的心情不用描述。此时此刻的枇杷花,并非只可作为蜜源作物,也不仅仅是能够让人联想果实成熟的喜悦,而是花中有我、我中有花,瞬间不知花是我、我是花。有种片刻之欢不如须臾之宁静的感悟,神乎其神,美哉!壮哉!

枇杷树,有可观的外形。唐代羊士谔诗句:"珍树寒始花,氤氲九秋月。佳期若有待,芳意常无绝。鳏鳏碧海风,濛濛绿枝雪。急景有余妍,春禽自流悦。"

描绘了枇杷树如亭亭玉立的少女，不与人争春，不让人抢眼，而是在万花凋零，秋叶飘落和晚秋季节里，才开始孕育花蕾到寒冬开放，迎着雾雪，独显高洁，留下金丸，令人印象深刻。

而屹立在这个阳光棚里的枇杷树，却是另一种景观：在海拔3600多米的西藏拉萨，深秋的季节开花又结果。怎能不让人欣喜？

绿叶丛中，一串串枇杷由青果一天天变成黄金果，真是让人垂涎欲滴。

成熟的枇杷果子，味道甜美，营养丰富。中医认为枇杷果实有润肺、止咳、止渴功效。枇杷叶也是中药的一种，以大块枇杷叶晒干入药，能清肺胃热、降气化痰，据说，川贝枇杷膏因此而来。

明代散文家归有光在自家的房前种植枇杷树，就是希望家庭美满、事业成功、品格高洁。

战友栽种枇杷树用意何在，不得而知。试想，增添绿意、饱和氧气、美化营院，或是对枇杷的钟爱，或许这里面会有什么故事。无论是什么目的，前人的付出值得赞赏值得敬佩，即便有一天我离开了这个院子，我也会对这几棵枇杷树产生无尽的怀念。

常怀感恩之心、常放欣赏之眼神关注阳光棚里的枇杷树。就在去年，我还摘下一片枇杷大叶，搭配南瓜、玉米棒子、苹果、雪梨摆放在书桌上，让儿子进行油画写生练习。如今枇杷树上已经是硕果累累，理应高看一眼、厚爱三分。

十一月二日（农历9月14日）枇杷熟了，我将采摘一点心意，让种下枇杷的战友尝尝鲜。

西藏的树,飘逸清幽,能为你遮风挡雨,能把自己默默奉献给人们,最为俊美。它们是救命的树,是幸福的树。

西藏的树

西藏的树,是救命的树,是幸福的树。

那天,从训练场返回,中速行驶到江孜三村时,一群绵羊突然从小树林里蹿到公路上。为了避让羊群,驾驶员小朱紧急刹车,造成运输车原地掉头,并侧偏到了公路旁,幸亏有树木匡扶,使得载重十余吨货物的运输车没有侧翻。

查看现场,只见一棵棵杨树、柳树、沙棘树硬撑着即将侧翻的运输车,场面惊人,壮举豪迈。

感谢西藏的树。

围观者无不感叹这些树木的惊人毅力,目之所及,它们只不过是手腕一般大小,这一棵棵一排排树木,怎能将载重运输车一般的庞然大物抵挡住?只听藏族群众"喔啧啧、喔啧啧"的感叹,应验了"人多力量大"的深刻意蕴。

是西藏的树救了这辆车,救了车上的三个人。

虽然西藏是中国植物最丰富的省区之一,也是中国森林资源的一大宝库。但因受高寒缺氧的影响,特别是在海拔超过4500米的一些地方很难种活一棵树,一旦这棵树种活了,无疑是充满灵性的树、充满生机和活力的树。

有一次,从林芝到拉萨领取文体器材,在格桑村附近的国道318线上,一场瓢泼大雨,让独自行驶在公路上的运输车倍受煎熬、饱尝苦水。狂风暴雨噼里啪啦吹打着车窗,雨刮器不停地转动着,吱吱嘎嘎作响,这样来来回回反反复复的超强度工作,车上的人都在怀疑雨刮器的承受能力。一旦突然停止工作或被损坏,稀里哗啦的水流拍打在挡风玻璃上,驾驶员怎能看清前进的道路。

突然,驾驶员感觉意识模糊、视线迷茫,一脚踩向刹车,180度大转弯,雨中的车辆近似漂移一样甩了出去。那一刻,所有的人都惊呆了,都感觉到了生命的渺小与脆弱,潜意识中认为或许就这样无法控制的到了另外一个世界。幸好车辆紧靠在路边的一棵大树上停下来了,巴掌那么粗的一块块树皮被刮掉,正在"流泪"的大树告诉人们:你们的车速快了。

惊险过后,驾驶室里的一对年轻夫妻跳下车紧紧抱着那棵大树。在雨中,他们拥抱的不只是一棵救命的树,他们拥抱的是快乐是幸福。

色季拉山——林芝向东的一道天然屏障。这里有许多动人的故事,有着许多心酸的回想,更有许多难忘的记忆。

那是一个寒冷的夜晚,乘车穿越川藏公路,眼看就快到林芝了。113道班附近的天空仍在飘飞着大雪,洁白的公路冻结了,客车不敢贸然前进,停靠在路边走不了了。这可把人等着急了,距离县城只有十多公里远,还有重要事情等着办,在这里等待到天亮,这车也动不了。没有带行李的七八个人索性走路下山——宁愿到小县城打尖,也不愿在雪山上受冻。

经历就是最好的经验。几个第一次进西藏的路友径直往公路中间行走,总认为公路的中间位置最安全。可他们哪里知道,整个公路都被一层又一层的冰块覆盖着,表面上铺着积雪,夜间行走最容易摔跤,稍不注意就有可能在硬冰上滑倒。尽管有人反复提醒,但仍有人不听劝阻,很快有的摔倒了,爬起来继续前进。有的直接滑向公路边沿,他们一次次倒下滑向路旁,一次次被路边的树木挡住……后来大家都靠边行走,四个多小时的夜路,走得更加稳实、更加坚定。

那年,一个风雪交加的上午,路上铺着厚厚的积雪,一辆满载水泥的大卡车从林芝驶向波密。

一路上会发生什么事,谁也无法预料。上路的人和没有上路的人都在祈祷一路平安。

就在色季拉山西面的盘山路上,这辆大卡车还能平稳前进、顺利行驶,给人的感觉非常安全,也非常稳当。可是翻越海拔4700多米的山口后,情况就变了。这辆卡车像一头怒吼的雄狮,快速下山,狂奔穿越,冒着深厚的积雪滚滚向前,后轮卷起的雪泥、雪花恰似一幅幅风景画。坐在大箱上的一男一女用手掌拍打着车厢板，使劲地高喊“开慢一点、开慢一点……”不知是真的没有听见，还是故意置之不理，驾驶室里的老阿妈，带着幼儿的年轻母亲，他们一家没有任何反响。车速越来越快，似乎有些控制不住的迹象。就在色季拉雪山至鲁朗林海的路上，这辆大卡车径直冲下山去了。这是一个惊心动魄的时刻，有种山摇地动的震撼。就在车辆冲出距公路10多米远的斜坡上，三棵大树死死堵住车头，左右两边的一排排大树对这辆车形成了包抄之势，20多吨的运输车此时就像瓮中之鳖，被雪地上的大树收入囊中。而坐在大厢上的一男一女差点被抖出车箱。

躲过一劫的人们纷纷从这辆几乎垂直倾斜前缀的车上下来，眼前的景象令人胆颤心惊：山下是悬崖峭壁，沟壑纵深，幸亏有这些救命的树。

说起西藏，并不觉得它像很多人描绘的那样神圣，但可以肯定，西藏充满神秘、充满纯净，既有人间烟火，又有地域本真。

说起西藏的树，在西藏有一定生活经历的人都会声情并茂、手舞足蹈夸赞它的弥足珍贵，常常用西藏树木比喻生命的顽强和执著、比拟生命的神奇和魅力。

多年前的定结县城，看不到一棵树。可是就在这个县城的角落某营区里，却看到一丛丛的高原红柳。马政委说，他在某边防连担任连长时，一天夜里奉命去执行一项特殊任务，他带领的小分队徒步在山脊上，又困又累，突然他被绊了一跤，滚到路边，是路边的一棵树把他拦住了。常常跋涉在那条山路上，他们都知道脚下是深不见底的峡谷，在那个关键位置，地上的石头把他绊了一跤，路边的树木把他拦住了。是西藏的石头和树木救了他。从此，马政委对西藏的树木寄托着更深的情意。后来，马政委来到这个寸草不生的营区里当政委，组织大家种植了一片一片的高原红柳，以感谢西藏树木的救命之恩，表达对西藏树木的崇敬之情。

西藏的树，飘逸清幽，能为你遮风挡雨，能把自己默默奉献给人们，最为俊美。

拉萨的美，无处不在，用心去感受，即便在黑夜，美也会悬挂在天上。有人说，拉萨冬夜的月亮是一个睡美人，她的睡姿饱蓄着意义的唯美，更让人心悦诚服。在拉萨，到底要呆多久，才能坦然离去？离开拉萨多久，就开始想念？有时候，对于旅行，目的地其实不重要，真正的愿望是想离开现在的地方，到很远的地方。

相聚在拉萨

追梦者，都把西藏作为最久远的梦境。

西藏，真的那么迷人吗？去了还要去，去一趟不过瘾，去几趟后每一趟的感觉都不一样。一次次有惊喜，一回回有发现，回味总是那么悠长那么撩人，每一趟都有想象不到的美。

谁说夏天才是游览西藏的最好季节？有人喜欢喧嚣，有人追求宁静，有人热衷浮躁，有人一向低调。

这一趟，曾经骑行、搭车、自驾、坐火车、乘飞机游过西藏，饱览西藏四季景色的燕子、喜鹊、画眉、八哥、鹦鹉分别从内地五个不同的城市相约聚会在拉萨。

这一趟，他们不再游览西藏的山山水水，不去回味林芝的惊艳桃花，不去观望西藏的第一块农田，不去回想藏北草原精彩的赛马场面，不去领略阿里的神秘圣湖，不去纳木错、羊卓雍错，更不想去看雪山。

就在拉萨，布达拉宫旁的咖啡屋里谈天侃地，就在这静谧的氛围里感悟天上西藏、圣城拉萨的纯净；感受雪域之都、高原明珠的冬日暖阳，用心享受万里晴空的高原壮美。

不为情感，不为商机，不为信仰，只想在拉萨神秘的冬阳里与你相见，让心灵飘向诗和远方。

好一份休闲自得、平静从容的心情。这也许就是自主创业者的随心所欲和想当然——潇洒、乐观、豁达。

拉萨的冬天里，气候似乎有些干燥缺氧，可是沐浴在这温暖的阳光下，人的心情倍感温馨和惬意。

品尝着浓浓的咖啡，体会着咖啡所带来的独有味道，虽有微苦，入喉却散发出淡淡清香。打开一扇小窗，布达拉宫的金碧辉煌，莫不瞩目。咖啡馆还有浪漫的音乐陪衬，她们把见面地点选在这样一个优雅别致的地方，内心却拥有比季节更为繁复的辽阔。

又一次来到拉萨，表情上看似平静，她们的内心却涌动着激越。入座在爬着藤蔓的咖啡屋，似乎时光不再像往日那样匆匆忙忙，凝望中攥紧记忆，人生和现实的美好，她们更相信这一切都是虚像。她们不在乎曾经的拥有，唯独珍惜现在的时光。

过去，人们都把西藏作为最遥远的地方、最不可能到达的圣地。如今，多少人却在西藏经历着许多西藏人难以经历的一切，浪漫着许多西藏人难以浪漫的一切。

进藏这条曾经被认定为最艰难的路，已不再艰难。从不同地域赴西藏喝杯茶、到拉萨聊聊天、品赏一口咖啡的人已为数不少。人们一次次追赶、一次次奔跑，就在布达拉宫旁反复守候，反复回望。不再把持自己的心绪、以及暗藏内心的秘密，深知回忆有多美就会有多令人心碎。只有到了这个纯净的地方，才能不再依赖，放下释怀。对不爱自己的人，最需要的就是理解，放弃和祝福。在这灵魂容易得到净化和洗礼的地方，虽不能像轻风一样来去自如，现在进出西藏也是方便快捷，在这里还找到了幽静、娴静，内心更为放怀、放松。

把目光抬高，布达拉宫头顶上的天空里一定会有自己想要的东西，比如阳光、白云、比如那在任何城市都看不到的诱人的蓝天，甚至突如其来的暴风雨过后，流淌的都是神奇的能量、跳跃的音符。

在西藏，能够让人深切地感受到一个个明亮的音符，仿佛是从天堂里传来的美妙弦乐，高原的吟唱，是多么的玄妙。

拉萨的美，无处不在。用心去感受，即便在黑夜，美也会悬挂在天上。有人说，拉萨冬夜的月亮是一个睡美人，她的睡姿饱蓄着意义的唯美，更能让人心悦诚服。

咖啡馆里人不多，在某种时间上还延续了一些寂寞。无吞云吐雾、烟雾缭绕的场景，有缕缕飘起的香氛迷离而又暧昧，似将心头所有的愁怨缠绕成结，令寂寞更加寂寞，无奈又添无绪，不由得令人迷失以至沉浸，只余一颗心悄无声息的起起落落，这时，你会发现另一个不一样的自己——不再彷徨、不再迷茫和低沉，咖啡的情怀里包容着心灵，包容着情感，也包容着未知的期盼。

这里的灯光很暗，舒缓低回的音乐酿造了一种甜蜜的氛围。咖啡的味道对她们而言有些奇怪，但她们却喝出了幸福的滋味。暖阳照在书橱上，散发出几分宁静气息，咖啡馆是悠闲之人的好去处，因为这里能将人的多样性表现得淋漓尽致。

她们知道这里有无线网，但绝不掏出手机。似乎手机都已调为静音，整个下午谁的电话都没有响动。既然是相约到拉萨，无疑有话要说，从遥远的地方聚到一起，不再去玩手机，玩的是心情，玩的是意境。

咖啡的作用，刺激着人的神经系统，慢慢地，人就会神采飞扬，即便稍有苦闷，顷刻间也会烟消云散。她们谈工作，讲生活，诉说近况，偶尔还会穿插个人的窃窃私语。

这一趟，似乎专程到拉萨看日出日落，领略布达拉宫脚下人群络绎不绝的虔诚。

其实，他们离开拉萨的时间并不长。此时又回到拉萨。这样的聚拢，表情淡定，内心却激情澎湃，人坐在拉萨的咖啡馆里，心却在拉萨街头漫游……似乎，这里才是人心回归的目的地、心灵释放的最高境地。

漫步在宗角禄康公园里，黑颈鹤、红嘴鸥、斑头雁、赤麻鸭恣意盘旋，随意飞舞，让人大开眼界。到拉鲁湿地、滨河公园转转，发现拉萨的冬天鸟类繁多。此时此刻，心情也会随着千姿百态的飞鸟放飞，一会儿飞向那遥远的地方，一会儿又飞回拉萨这个能让心灵震撼的地方。

冬天,选择去拉萨,就是选择一种生活。拉萨的天空湛蓝透亮、纯净明洁,让人内心更加敞亮,更加明快。

西藏宽广,西藏美丽,不仅仅是四季风景,还有西藏的人,纯朴善良能够让你的精气神得到升华。

到底要用多少时间才能真正领略古朴与纯真辉映、现代与民族交替、喧嚣与宁静共存的西藏?或许,人这一辈子也无法真正认识西藏。人们能够获得的只是一种心情、一种感觉,它的奥秘和奥妙深不可测。

在拉萨,到底要呆多久,才能坦然离去;离开拉萨多久,就开始想念。有时候,对于旅行,目的地其实不重要,真正的愿望是想离开现在的地方,到很远的地方。

有人说,不去西藏,就不知道山外有山,天外有天。

从此地跑到彼地,又从彼地跑回出发的地方,人们所有的奔跑,从出发到止步,都是为了寻找自己。

或许是仙女节到了,寻着拉萨人潮涌动的方向前行,她们来了。

从祖国飞赴加勒比海北边的哥伦比亚，对于王宝刚来说，心情是多么豪迈。但作为一名军人，王宝刚深知职责在肩，一阵兴奋过后，他很快转入严格正规的学习。

排爆尖兵

王宝刚，陕西洋县人，军校毕业后被分配到西藏某部队。因工作成绩突出，先后荣立二等功一次、三等功一次，王宝刚2017年于提升为连长。

人生总有许多难忘的事，军旅生涯也不例外，同样有很多精彩的故事。因在连队表现突出，经过层层选拔，王宝刚先后两次赴哥伦比亚工程兵学校学习简易爆炸装置排除课程。

从祖国大陆飞赴太平洋彼岸、加勒比海北边的哥伦比亚，对于王宝刚来说，心情是多么豪迈。但作为一名军人，王宝刚深知任务在肩、职责在胸，一阵兴奋过后，他很快转入严格正规的学习。

在学习期间，王宝刚认真查找自己与外军的差距，认真构思如何在实战化训练中贴近实际，带着问题学，盯着难点攻，不断提高爆破专业方面的能力素质。

王宝刚一直在想，只有把爆炸装置的作用原理与排除方式了然于胸才能在实际搜排中游刃有余。在课堂上，王宝刚更加注重对常用爆炸装置种类、构造组成及作用原理、常用炸药物理化学特征和爆炸效果、常用搜排爆技术和组织指挥的掌握。他专心听讲，认真做笔记，对教员教授的内容先全部记录，然后再利用课余时间消化吸收，对理论知识进行全面、系统、透彻的学习，不断提高个人的专业理论功底，加深了对一些国内不常见炸药的认知，填补了自己爆炸现场技术分析、搜爆犬训练及利用等在搜排爆技术领域知识的空白。

珍惜机会，学到真本领，是王宝刚此行的主要目的。王宝刚不负重托，通过认真学习，掌握了常见IED的作用原理与排除方法。他还自己动手设计、制作IED并在领队领导的组织下开展了讲解展示、互提互问，填补了设计漏洞和理论盲区，优化了排除方案。全面系统扎实的理论学习为王宝刚之后的近似实战化训练打下了良好基础，使他能够在各种场合成竹于胸、胆大心细地完成各项实搜实排任务。

只有在实战化训练中历练过硬技术，才能在实搜实排中处变不惊。此次学习，王宝刚全程参与了实战化训练，他不放过任何一次机会，也不放过教员在讲解过程中的每一个细小环节。

哥伦比亚军方在爆炸物排除方面经验丰富、技术成熟，但他们并没有因此而放松实操训练。相反，实操课以任务为牵引，以实战为背景。课堂上从没有地雷模型，没有教练雷管，没有TNT木块，一切教具都是使用真雷真弹，让受训者在训练时就养成一丝不苟、按章操作，注重安全的好习惯。每次野外实操课，都是按照受领任务，制定计划，武装押运，布置警戒，现场分析，展开作业的步骤进行，整个过程荷枪实弹，来不得半点马虎。

搜排课中，爆炸装置都是按照某特定指向的常用方式进行设置，位置巧妙，设置隐蔽，以此来考验学员的观察力。甚至还安排了人员充当特定指向员对爆炸装置进行遥控起爆，用以检验大家在搜排过程中的警惕性。爆炸现场的分析处理中，严格按照程序进行，设警戒线，穿防护服，带手套、口罩等细节必不可少。即使平时课上掷扫雷犁的投掷练习，也要在投掷前按照实战要求穿戴好防爆服和头盔。如果学员投掷后出现稍微向前移动了位置或卧倒动作迟缓，都会受到教员不留情面的批评。

这样的实操课来之不易，王宝刚在课上严格按照教员的实战化要求，一遍遍地对课目进行练习，尤其是对哥伦比亚军方的MARTE和EXDE两个排爆小组的装备以及工作流程进行了认真学习，反复琢磨，对EOD-8、EOD-9排爆服、水炮枪、钩绳组、排爆机器人等排爆装备和各种条件下简易爆炸装置的排除方法等内容进行了认真的训练。

哥伦比亚方面在爆炸物排除方面所表现出来的严谨与细致令人佩服。从爆破手起爆装药之前双手触地消除静电的严格规定,到对诱爆药块摆放方向的认真探究;从对计算药量每一步的细细演算,到对实操中不规范动作的坚决纠正。哥方教员总是会“斤斤计较”,不打折扣。开始的时候大家都不以为然,认为有些舍本逐末,直到王宝刚等一大批学员人在野外课中出现因个人违规操作而被宣布全体阵亡,在现场分析中因提取步骤粗糙而导致难以确定指纹嫌犯,于是王宝刚开始吸取教训、认真反思。爆破工作外粗内细,一个不起眼的细节做不好,很可能给任务的完成带来巨大的麻烦,正所谓“为山九仞,功亏一篑。”一位哥方教员说过这么一句话,排爆工作中,你所犯的第一次错误可能就是你最后一次错误,个人的细小失误可能会让自己置身险境,甚至对整个排爆团队的生命构成巨大的威胁,只有养成严谨细心的良好习惯才能在实搜实排中万无一失。

学成回国后,针对现实情况,王宝刚积极利用所学知识进一步完善了连队反爆炸预备队方案,对预备队人员进行简易爆炸装置(IED)的特点及发展趋势、安检器材装备、防爆排爆器材装备、爆炸物及液体炸药的安全检查与探测识别、重点目标与大型活动安检组织与实施、爆炸装置原理及处置方法等内容进行了系统的理论讲解。为了使同志们熟练掌握各类爆炸物制作过程与制作原理,王宝刚经常去垃圾场捡一些废弃的电子产品,将一些有用的电子原件拆下来,带领预备队人员制作各类简易爆炸装置300余个。为了提高预备队搜排爆的实际操作水平,在训练过程中,王宝刚把21个预备队人员分为两个组,训练中一组负责设置炸药包,另一负责组织排爆,两组轮流替换角色,使训练更加接近实战,安全性和操作性更强,激发了训练的积极性。

身为副连长的王宝刚,积极协助主官抓好各项工作落实,多次带队执行搜排安保任务,20余次出色完成各种军事演训及搜排爆和安保任务。

在一次抢险救灾中,上级命令用爆破的方法清除障碍,王宝刚带队迅速赶到现场。由于山体大面积塌方,经过分析,王宝刚认为,用爆破产生的震动可能会导致更加严重的山体再次塌方，产生次生灾害，甚至有可能会对矿山里造成毁灭性的后果。于是，王宝刚果断的向上级报告分析判断情况。最终，在王宝刚的建议下，放弃爆破，改用机械、人工清障，为后续人员大面积的展开搜救工作赢得了宝贵的时间，有效确保了人民群众及矿山工作人员的安全。

严谨细心的良好习惯，是完成搜排爆任务的关键。

2015年2月，王宝刚奉命带队配属友邻单位赴距离营区几千公里的训练基地参与军事演习。

战斗的号角已经吹响，当时的王宝刚，结婚才两天时间，接到上级的命令后，他义无反顾地告别了新婚的妻子返回部队受领任务。

本次演习，爆破分队担负破障及通路的开辟任务，通路能否开通直接关系着步兵的后续进攻战斗的成败，任务举足轻重。

接下来的任务尽快组织爆破分人员进行专业培训。

由于前期执行任务后，休假、学习、出差以及正在担负其他保障任务人员较多，便从友邻单位抽调10人配合连队组建了一个30人的爆破分队。

第一阶段，一个半月时间，主要对专业理论和体能的强化训练。

抽组过来的10人，体能倒是没啥问题，但他们对爆破专业的理论知识却一无所知，更不必说技能和操作方面的实践经验了。

在两三个月的短时间内，要让他们掌握地爆的专业理论显然是不可能的。针对这一棘手的问题，王宝刚经过认真的分析，把培训内容进行了精简，重点对爆破的常识、起爆与传爆发、装药的捆包与制作、构建土石方的爆破以及制式器材的使用进行了精讲。讲解时利用提问、讨论等开放式的教学方式，大大提高了同志们的兴趣及学习热情。王宝刚不放过每一个知识点，不漏一人过关，每一个环节、每一个细节都让每一个人掌握了、学会了，人人都能分解做动作、人人都能连贯完成任务后，再讲下一个知识点，让大家理论水平有了很大提高，直到人人都能捆绑、撤卸、隐蔽、实施爆破。

其实，这并不是一件十分顺利的事，王宝刚也遇到很多麻烦，特别是在操作课程上,一些看似简单的基础的操作还可以,但真正的实际操作起来,问题就多了。一些相应教练器材虽然经过了反复的练习,大家对此也比较熟练。一旦见了药块、雷管等真家伙,大家都会表现出一种不同程度的恐惧感,生怕不小心弄爆了,心虚、不敢触碰,而且退缩不敢靠近。看到这种现象,王宝刚主动上前做思想工作,帮助大家克服心理障碍,并用真器材进行讲解示范,对真家伙的性能、参数、威力、杀伤机理进行讲解,代领骨干指导每一名初学者参加实爆作业,确保一人不漏地掌握各种器材的使用和排除。

功夫不负有心人,经过几天的实爆训练,爆破分队迎来了连队组织的阶段性考核。在由筑城设置的障碍场中,大家表现英勇、果敢,战术应用得当,配合默契,对障碍物的爆破位置、选择药量的计算都恰到好处,表现出色。

体能训练方面,虽说没有太大的问题,但成绩也是参差不齐。参与实战化演训,要求必须是整体素质过硬,才能动作协调统一。这30名爆破队员中,有的来自步兵单位,有的来自技术兵种部队,甚至还有的来自炊事班,要想达到全面过硬并非易事。

如何让同志们的体能水平在很短的时间达到战术要求。王宝刚思来想去,突然想到读军校时的体能训练,主动联系军校里的军体教员,获得点拨后,王宝刚迅速制定了一套切实可行的短期速成训练方法。制定了每一项训练的专项准备活动,训练结束后有放松运动,既增强了训练的趣味性,又提高了训练的新鲜感。后来,这一套训练方法还在连队全面推广,一段时间后全连的训练水平有了大幅提升。

第二阶段,一个半月时间,重点是与主战单位进行协同训练。

海拔4300多米训练场,空气稀薄,条件恶劣。一天要经历春夏秋冬四种气候现象,大雨说来就来,风雪随时都挂在脸上,中午热得无法午休,晚上盖两床被子都感觉到寒冷。恶劣的环境给爆破分队带来了巨大的挑战,无论是对肌体还是在训练方面都有很大历练。

爆破分队的任务就是开辟通路。看似简单的任务其实并不简单,因为是抽组的分队，套路不同、方法不一，有些地方还存在着明显的错误。王宝刚及时发现问题，主动邀请另外两个爆破分队的主官一同讨论研究制定统一的训练方案。

在高原破障训练中，百米冲刺几乎都会让人感觉到窒息，更不用说400米的开辟通路训练。每天的训练就是带着沉重的破障器材，在“跃进、卧倒、爆破目标”中一遍一遍的重复。很多同志的手磨破了，膝盖擦伤了，军绿色的衣服变成了黑土色。休息时间，战士们唯有走出帐篷，坐在土堆上吹吹风看看光秃秃的山坡还有那遥远的雪山。

说实话，在那艰苦的环境里，看到大家士气有些低落，王宝刚非常担忧。面对每天枯燥无味的重复训练，再看离演习还有一段时间，王宝刚也是一脸茫然不知所措，还曾经想到了退缩，但转念一想，自己是一名指挥员，重任在肩，不能倒下，非但自己不能倒下，也不能让同志们倒下。

静下心来，就要好好训练。

训练间隙，机关送来了娱乐器材，丰富了业余文化生活。战士感到生活充实，训练热情高涨。看着战士们脸上洋溢着的笑容，王宝刚心中的疑虑也烟消云散，一片放晴。

五月中旬，爆破分队正式接受上级考核，此次考核按照以往跨区演习标准严格执行。王宝刚带领的地爆分队配属担任主攻方向的Y营W连进攻4778高地，对高地前沿200米处的雷场进行通路开辟为步兵冲击扫开路障。

这是一场实战化考核。

凌晨，随着两发信号弹升空，部队借着夜色悄无声息地潜入4478高地前方200米一土坎处，侦查分队潜出对高地前方进行侦查。拂晓时分进攻战斗打响，爆破分队利用黑暗的环境搜索前进至雷场前沿，在枪林弹雨中开辟通路。在开辟雷场通路中，四名同志被激光系统击中，一名因为战术动作的失误被判阵亡。障碍场中还有多少障碍？不得而知，但仅仅一个雷场就让爆破分队损兵折将。王宝刚意识到了事态的严重，于是组织骨干调整进攻方式，终于以牺牲十一名同志的惨重代价成功开辟出一条通路。但是随之而来的却是步兵W连的兵力在第一道浅壕伤亡过半，不足以继续进攻，但蓝军也付出了惨痛的代价。

战场机会转瞬即逝。步兵H连连长命令爆破分队加入步兵序列继续进攻。临危受命的王宝刚带领爆破分队从右翼山头迂回进攻，至蓝军山顶高地薄弱的侧翼配合步兵正面进攻，蓝军两面遭受火力攻击，阵脚大乱。爆破分队趁机进入壕沟一带搅扰蓝军，红军正面步兵瞅准机会对已成溃败之势的蓝军进行猛烈打击，蓝军首尾不顾，四面逃窜，蓝军阵营很快被红军断掉。

战斗结束后，爆破分队被称为“地爆精英，工兵中的步兵，步兵中的精英”。

第三阶段，7至8月初，为战前准备期，在海拔相对较低的林芝进行，主要任务是完成战前各种物资的补给，调整战士们前段时间疲惫的精神状态。训练方面主要以适应性训练为主，强度不大。

第四阶段，8月初至9月初，为战斗实施阶段。辛苦了大半年，终于到了爆破分队大显身手时候，同志们的战斗热情空前高涨。

8月9日，部队分梯队进行远程投送，采取公路、铁路装载与输送，于9月16日分批次进入早期疏散地域。

战斗一开始，爆破分队人均负重月30公斤器材随行步兵W连在两个半小时内奔袭15公里至障碍场前沿。但出乎意料的是爆破分队才走几百米，就遇到了蓝军的各种障碍。沿途每隔几百上千米就有毒气、路障、小股敌人、零星炮火、壕沟等情况，有情况就有导调员，就得有牺牲。等到了障碍场前沿两公里的地方时爆破分队30人只剩下9人。而且离障碍场越近蓝军就越多，这还没到障碍场就伤亡惨重，通路还怎么开辟呢？就在感觉快绝望的时候，一条小溪让王宝刚欣喜若狂，拿出地图一看竟然直通障碍场，小溪平均水深有1米左右，岸边树林茂密，周边地势较高易于隐蔽。王宝刚果断跳入水中冲在前面带路，搜索前进，在小溪拐角处发现蓝军山腰一线地堡群及火力点，形成交叉火力。王宝刚迅速命令大家在河坎一线寻找有利地形进行隐蔽，并与步兵W连连长往前进行观察，意外发现其他障碍物已被红军绕过，就在正前方仅有一道铁丝网横在道路中央。步兵连长根据蓝军阵地火力配系迅速制定方案，掩护王宝刚带领的破障队到达障碍物前沿30米处的隐蔽位置，进行障碍排除。经过反复观察，铁丝网至爆破分队隐蔽位置之间为一片开阔地，如直接向前运动目标太大且无地形可利用极易造成伤亡。但在小溪的对面有一土坎植被茂盛便于隐蔽，随着王宝刚一声令下，眨眼间七名爆破分队的兄弟在王宝刚面前相继“牺牲”了。步兵连长面如土灰，让爆破分队不要在去做无谓的牺牲了，跟着他们一起重新找路，言语之中透出失望与无奈。王宝刚看看表已经没有时间了，再说这里是步兵冲击的必经之路，他回头看了看，就剩排长汪健了。“我的兄弟们都战死在这了，要死我也要和他们死一起”汪健话音未落不顾步兵连长劝阻就冲了出去。蓝军火力立刻压制过来，汪健被压制在小溪左侧河床处动弹不得，虽然步兵连也使出了浑身解数进行猛烈的还击，但也无济于事。蓝军地堡依然无法攻克，战斗进入白热化，双方僵持不下，步兵连长杀红了眼，目标XX高地地堡群坐标……请求炮火支援，转眼间地堡群灰飞烟灭。汪健利用敌火力间隙瞅准机会一跃至河对岸，接着一个滚进爬上土坎快速跃进至隐蔽位置卧倒，低姿缓慢前进。所有人的心提到了嗓子眼，步兵的火力也更加疯狂。在漫长的煎熬中，汪健终于到了破障位置，放好装药刚要拉火，头上的激光系统冒出了红色的烟雾，被判阵亡了，希望再一次落空。

生命不息，战斗不止。

王宝刚背负着同志们的期望，抱着必死之志，拿起直列装药就往前冲，虽然只有30米的距离，但是王宝刚感觉是那么的遥不可及。经过漫长的过程，王宝刚终于到了铁丝网最后的隐蔽点，蓝军的火力依旧在疯狂的叫嚣，如果王宝刚去爆破的话也只能是白白送死，怎么办呢？迟疑片刻，王宝刚拉燃了导火索，握着直列装药冲向铁丝网，用身体将装药与铁丝网紧紧的接触在一起，用牺牲换来了通路。就这样王宝刚悲壮的“阵亡”了，但却为步兵后续进攻打开了一条生命通道。

2016年初，上级将某废弃的反恐大楼爆破拆除，这个任务落到了王宝刚所在的这支工兵部队头上。在两天的准备时间里，王宝刚协助某科研院校教员迅速准备器材做好爆破前准备。王宝刚对破孔位置的选择、楼道、房间内的预处理、填塞物的填塞、实验墙体的选择、线路的链接、大楼外围的防护措施等严格把关，确保另外大楼爆破顺利，做到了万无一失。

2016年10月，王宝刚应邀参与某项爆炸装置排除课程培训讲课。他针对国际上近年来比较流行的爆炸装置进行讲解，并制作各类爆炸装置60余个。在训练过程中，王宝刚细心讲解各类爆炸装置的排除方法、注意事项，处置原理及设置规律，深受好评。

王宝刚印象最深的还是2012年那次三实作业。训练场，正在进行某型火箭筒射击，之前王宝刚就建议，只要出现哑弹就立即停止作业，待哑弹排除后在实施下一轮的实弹射击，当时被现场指挥领导采纳了。

就在第十发火箭弹打出去后，意外发生了。可能是弹着点位置土壤坚硬程度不够，第十发弹打出去后成了哑弹，第十一发弹打出去又没爆炸。哑弹频出，如果一个一个的排除时间就来不及了。于是，王宝刚当机立断："先打完，最后再排。"王宝刚认真地观察每出现一颗哑弹就画出大致位置。

这一天，一共有9颗未爆弹。但到跟前一数却怎么也找不出9个哑弹位置。王宝刚之前观察的位置也被后面的弹打的不是原来的样子了，土壁上到处都是洞，外面漏出很多尾翼难以分辨是否爆炸，只能逐个排除。有些弹着点在崖壁处梯子够不着，王宝刚只能利用钢钎在崖壁顶的斜坡处打桩，再用绳索将自己掉在空中作业，用了三个多小时，终于将崖壁上的哑弹一一排除了。看看时间已经快晚上九点多了。但王宝刚算来算去只排了八枚哑弹，怎么都找不到最后一颗弹。崖壁一线只有一堆堆被炸下来的泥土。几个留下陪同的人员等得不耐烦了，但王宝刚还是拿着电筒到处寻找。

这时，一个干部走来劝说："是不是被别的弹打爆了？"说实话，这种可能性是有的，但它只是可能，王宝刚心里确实没有底。他宁愿亲眼所见、亲耳所听，也不相信任何推测因为，排爆工作不同于别的工作，如果没有亲眼看到亲耳听到，是绝不能相信这样那样的可能。

如果真的没爆被周围村庄的老百姓不小心踩到，那后果不堪设想，王宝刚还在坚持寻找，陪同的人员实在忍不住了，就让训练场就近的单位同志陪守，第二天再排除，王宝刚答应了。

第二天一大早，王宝刚就到了现场，准备在土堆里找，可土里到处都是弹片，探雷器无法使用，只能一点一点的用小工兵锹挖土。

功夫不负有心人，经过两天半的奋战王宝刚终于找到了哑弹。

从此，王宝刚对工作的那股执拗劲也出了名，陪同的几个机关领导也被王宝刚严谨的工作态度所折服。

2016年，王宝刚奉命带15余人前往西藏南部某训练场搜排爆。刚走没多远他们就发现了一枚“云爆弹”，当时王宝刚正在山沟里，手机信号时有时无，电台、对讲机呼不通。于是王宝刚就按照以往的方式准备实施诱爆，人员推至安全区域，就绪工作刚刚做好。王宝刚的电话响了，在另一个方向的一名排爆骨干向王宝刚汇报，他们发现一枚“云爆弹”，准备进行诱爆，王宝刚一听，惊出一身冷汗。

怎么都是“云爆弹”？他立即责令停止诱爆，人员在原有基础上再后撤300米等候。

“云爆弹”又称燃料空气弹，是利用第一次起爆将燃料物质在空气中大面积散开形成云雾状物质，利用空气中的氧化剂进行爆炸和燃烧的，威力是普通弹药的2.7–5倍。爆炸后，在爆炸点周围地区将会发生长达三四分钟的暂时性的缺氧现象。受到袭击的人、畜，由于呼吸不到空气中的氧气，容易窒息而死。

这么危险的动作，必须停下来。

王宝刚先将本区域的那颗“云爆弹”诱爆后，迅速赶到另一边将导火索的长度加长，以便于作业手操作完毕之后能够撤至安全区域。

王宝刚始终谨记“在排爆过程中你所犯的第一个错误，将是你犯下的最后一个错误。”

既然选择了爆破，就要风雨兼程。排爆工作异常危险，排爆手的危险就是为了让更多的人生活在不危险之中。

随时面临着生命威胁，每天行走在生死线上。“无声世界”是对王宝刚最好的诠释。除了训练和执行任务时的安静，每当家人问及他的工作时，王宝刚闭口不谈，因为他不想过多的让家人担心。每每想起那一幅幅危险的画面，王宝刚的大脑都会一片空白，他真的不敢想象有一天他会怎样，既然选择了远方，有一种宁静就叫诗意。

从事搜排爆工作7年时间，王宝刚给人的印象是：一个男子汉，一个责任心强、有担当感的合格军人。

红线蓝线牵着安危，排爆引爆连着生死。为提升排爆本领，王宝刚先后制作各类模拟爆炸装置1000多个，熟练掌握50多种反恐排爆装备。近年来，他先后多次前往边防一线、高海拔地区、训练场排除未爆弹药500余枚。一次又一次的较量，让王宝刚成为敢与死神握手的“排爆先锋”。

在西藏，听到每一首藏歌，心灵都会为之一振、眼睛都会为之一亮，每一个日子都有放飞心灵的冲动。特别是西藏人群里明亮、从容、友善、真实、透亮、虔诚的眼睛让我看到了，我读懂了西藏人民的眼神，它能够随着游动的人群带走一切，却带不走我的心。

一双明亮的眼睛

深深地爱着西藏，源于那双明亮的眼睛。曾几何时，那两颗炯炯有神、一往情深、光芒闪烁的眼珠总是让人心灵震撼、激情洋溢。

曾记得，从来到西藏高原的那一天起，就深深地感到，过去的二十多年算是白活了。上学、闯荡社会、当兵、上学，怎么就没有发现一双传神的眼睛?

难道传神的眼睛都在西藏，过去自己都是蒙在鼓里。处在不经意中，生活在一个人的世界里，是到了西藏方省人事，是到了西藏才感受到事物的美好?

当年，在那条清澈的小河里，年轻的姑娘双脚踩在水中央，弯腰揉搓花衣裳，双手拍打着浪花，飘过去飘过来一次次被提起又被放下的花衣裳似乎在追赶着一朵朵浪花，仿佛又在嬉戏着一朵朵浪花。

人的注意力在哗啦啦的浪花里，在流向远方的那条小河里。

姑娘一次次抬头仰望岸边的小伙，是在传神还是在传情？站在柳树下的小伙一次次感受到了姑娘的眼眶就像那条小河一样清幽纯净，那眼神传递着美好、善良、贤惠，充满诗情画意。

到底是那眼睛迷人，还是那条小河诱人。一时让人琢磨不透。

有些事情，说不清道不明。或许就是因为这双明亮的眼睛，促成了一段美好的姻缘。或许是因为这双明亮的眼睛，让人记忆深刻，留恋难忘，此生相守这片高天厚土的暖煦惬意。

那天，对好焦距、瞄准朵朵鲜花，就在准备按下快门的那一瞬间，镜头里突然闪现一张比鲜花更漂亮的脸，特别是挂在脸上的那双眼睛，是那样的传神和迷人。她的脸就像一朵漂亮的小花，水汪汪的一双大眼珠就像两片水灵灵的花瓣，是那么的干净整洁，又是那样的天真无邪。一个人，特别是一个如花似玉的女孩，能拥有这样一双晶莹传神动人的大眼睛、浓翘的睫毛和高挺的鼻梁，加上那柳叶眉和樱桃小嘴，真是天造地设的福泽。

回望走过的路，千辛万苦、坎坷曲折。这算不算是见过的最端庄、形象最完美的脸。可以肯定地说——算。

一条河，带给人的第一印象，首先是它滔滔不绝的流水声，继而是让人心动、翻滚跳跃的波浪，清新、明亮而又婉转，似乎在诉说着永恒的爱与忧伤，让人满目荡漾，心事重重。

月亮升起来了，守不住的那轮明月，就像守不住的青春容颜。风儿悄悄，月色茫茫，独自来到那条小河旁，只听到河水在轻轻地流淌，思绪伴随河水流向远方……不再去追逐月亮的匆忙，只盼明天这个时候她又来到身旁。

多情的人总会有清亮的泪水溢出眼眶，犹如一缕月光或一场春雨适时落地，驱走深不可测的疑虑，让千万种理由和推脱在心中回荡。

远古的呼唤，千年的期盼——是对雪域高原的眷恋。

想起那个忧伤的岁月，一次次举棋不定，一次次在迷茫中徘徊。突然有一天早晨从睡梦中醒来，决定到西藏去放飞期待，决定到西藏去拥抱阳光为生命喝彩。

西藏，拥有一尘不染的空气和蓝天，一片心无杂念的土地，有一种摄人魂魄的美感和韵味。西藏，更有一尘不染的一双双眼睛，总是那么真诚、智慧、热切、温柔、正直、刚毅、锐利。

雪山就在身边，我在风里你又在哪里。告诉我，你是不是那朵漂浮的云，每天让我仰望你，让我的视线追逐你。

不再是千古荒蛮的莽原，不再是万里冰封的雪域。那一群群人中，无论是上了年纪的老人、美丽的姑娘、帅气的小伙或是稚嫩的孩童，他们的眼神中闪烁着对未来的期盼，对生活的纯真和淡然，平静而又充满生机，可以包容一切。这是他们内心世界的独白，是他们对人生意义的追索和感悟，他们眼神的纯净，曾经拨动多少人内心深处隐秘的琴弦。

我也曾经无数次地问过自己，西藏吸引我的究竟是什么？有时候，西藏人的眼神令我震惊得说不出话，因为那些眼神真实而不做作、神秘而不迥异，因为陌生而对我更有吸引力。

一位哲学家曾经说过，眼睛是心灵的窗口，无声的语言，可以表现出人的喜怒哀乐。然而，在西藏看到的总是眉开眼笑，目不转睛。似乎，美的自然，美的人生，美的灵魂都显现在那一双双眼睛里，穿透空间距离，容纳庞大的物质世界，反映人的精神世界。

因为那一双双明亮的眼睛，多愁善感，曾经喜欢独自流泪的人，不再是一听音乐眼泪就掉下来，一看照片就会激昂慷慨，情绪不可阻挡。过去的隐隐不舍，未来却是惆怅迷惘。只有阳光、月光、街道人流如潮，那些明亮的眼睛总是那么纯粹。哪怕只是瞬间的回眸一笑，都有电光火花般的存在，都会如水一般透亮，都会让人获得美的享受、满满的暖意。有时候，从人群中穿过，一个简单的笑颜，一个善意的眼神，都会让人很有存在感、很有满足感。那是爱的眼神，只有爱我的人能懂，哪怕是在寒冷的冬天，那一双双眼睛就像烈焰在升腾。我确信，今生再也走不出西藏了。

战国时期伟大的思想家、教育家孟子说：“存乎人者，莫良于眸子。”意思是说，观察一个人，再没有比观察他的眼睛更好的了。孟子还说，眼睛不能掩盖一个人的丑恶。心中光明正大，眼睛就明亮；心中暧昧不明，眼睛就昏暗不明，甚至躲躲闪闪。西藏人的眼睛动人而无邪念，或许就是西藏人与生俱来的一种气质、一种品行。然而，雪山牦牛的眼睛撩人无险象，又有谁真正的领略过。

一次，在那高高的山岗上，一个人与一头牦牛对视。他是在看它的淡定，它是在看他的怪异。阳光一起一伏，它那双发亮的大眼睛忽闪着蓝绿的光芒。牦牛眼里，是虔诚是依恋，是善良是淳朴，无论水草葱茏或是漫山枯黄，春夏秋冬，牦牛眼里只有亲情的大地。有时候，牦牛就像一尊岩石，它能够在荒野中站着一两个小时不动，尽显它的高大与伟壮，或是在咀嚼山花野草的芬芳。人在牦牛视野里，不复存在，最让牦牛怀疑的是人对它有野性的对抗、或有驱赶的举动，否则，它也会对人不理不睬，低下头颅，转移视线，漫不经心地移动，啃食漫山遍野的花香野草。牦牛不是以静默的姿态微闭双眼，看淡浮云微光的飘渺轻轻落下，让人回味无穷，而是放射出一双蓝绿的大眼睛眷恋着茫茫草原，让生活的滋味更加绵长。它们坚毅、雄浑、悠闲、无私，脚踏实地，神游天外，于人有功，一直为人民，毫无怨艾。诗性浪漫的人却欣赏牦牛那双蓝绿的眼睛。

西藏是一个生产奇迹的地方。人间有真情，到底还是人间欢乐多。在西藏，聆听到每一首藏歌，心灵都会为之一振、眼睛都会为之一亮，每一个日子都有心灵放飞的冲劲。从那一双双明亮、从容、友善、真实、透亮、虔诚的眼睛里，我看到了、读懂了西藏人的眼神，它能够随着游动的人群带走一切，却带不走我的心。

那蓬金银花，我会时常想起它，不知主人是否变化，或已回到内地，人去楼空。也不知那蓬金银花是否依然繁花似锦，满园馨香。

怀想那蓬金银花

金银花，记忆里是造型美丽、色彩诱人、富有灵性的山花。

那是一个阳光明媚、清风和煦，芳华浸染、花香弥漫的季节。拉萨市药王山脚下的一个小院落里，一蓬生机盎然的金银花簇拥着，葱茏翠绿的藤蔓，在徐缓的清风中摇曳，飘逸着淡雅的清香。

这是西藏啊，怎么还有金银花？眼前美丽缤纷的景象吸引了我，同时勾起我对家乡、对儿时的回忆。

朋友的院子里，干净整洁，南边散落着几株樱花树、红叶李，北边独有一蓬金银花靠墙藤蔓缠绕，枝叶繁茂。不知是主人的精心设计，抑或是大自然的鬼斧神工，金银花蓬无荆棘杂草和其他树木支撑，它独立缠绕，跌宕起伏，风姿绰约。这一蓬金银花，没有山野里的参差不齐、杂乱无章之感，彰显的尽是蓬勃向上、欣欣向荣之美。

从那以后，时常回想那蓬金银花，密密层层，婀娜多姿，争奇斗艳，清风中荡漾芳草的气息，空气中飘逸的清芬。

金银花，中文学名叫忍冬，在我国是家喻户晓的传统中药材。《神农本草经》记载："金银花性寒味甘，具有清热解毒，凉血化淤之功效，主治外感风热、瘟病初起、疮疡疔毒、红肿热痛、便脓血诸症。"自古以来就有"久服轻身，延年益寿"的说法，被列为中药上品。"金银花"一名始见于明代著名医学家李时珍的《本草纲目》，因近代文献沿用已久，"忍冬"现已正名为"金银花"。

金银花，花初开为白色，经一、二日则由白变黄，故名为金银花。又因一蒂双花，两条花蕊探在外，成双成对，形影不离，状如雌雄相伴，似鸳鸯对舞，所以又有鸳鸯藤之称。

金银花的功效，是我们生活中不可或缺的。有人喜欢金银花的药用效益，有人喜欢金银花的经济价值。我唯一看重和欣赏的是金银花独特的美。在贵州老家的山箐丛林、幽涧清溪旁，藤蔓攀越，枝枝丛丛，不紧不漫，或井边地坎，刺丛灌木间，农舍屋檐下，菜地围栏上，金银花应时而开。那金黄金黄的色彩十分诱人，那绿叶间映衬白黄的景致十分迷人。从不同的角度去观赏金银花，花蕊就像跳动的五线谱，富有乐感，饱含动感。它尽情绽放生命的华章，悠然吐露淡雅的芳馨，为大地装点美丽的春色，为翠绿的山川增添迷人的韵味。

自从记事开始，我就一直赏识"中药知多少，花之高士者"——金银花这样的品格和清新自然的美。

金银花，不仅有内在的神奇功效，还有那如洗过的花朵冒出叶尖枝头，落落大方，亭亭玉立的入眼之美。

不知道，药王山下主人栽种金银花的用意，是观赏、疗用，还是"无心插柳柳成荫"。

小时候，因为好奇，加之对金银花色泽、温文尔雅的形态怀有独特的情感。这样的情感，缘于对山川大地的热爱。每当花开时，我也在问自已，是因为"金银"二字，还是因为"花"？我想，金银配上花，就是美，就是唯妙，就是诗意。对金银花赋予如此深厚的情意，还要感谢医学祖师李时珍啊。我又想，即便没有"金银花"，仍叫"忍冬"，面对"忍冬"的光明磊落和浩然正气，我仍会高山仰之，一往情深。

阳春三月，风景如画，常常深入大山的怀抱，采摘一枝枝、一束束金银花回家，亦或是背着父亲的小挎包摘回半斤八两，让母亲闻闻金银花的馨香，看看被采摘下来的金银花躺着一片金黄的色彩，常常让母亲乐得眉开眼笑。其实，在我们那个山野里的村庄，金银花开放时节，出门走在乡间的小路上，就能闻到清香的金银花味道，就能目睹金银花熠熠生辉的光彩形象。之所以一次次把金银花从深山里带回家里，也许是对母亲的一种依恋，或是为了博得母亲的溺爱娇宠,也不乏是对金银花的情有独钟。

将采摘回来的金银花放在太阳底下晒干,密封保存。待到盛夏时节,取出一小撮用开水冲泡,入口香气清新,令人口舌生津,神清气爽。有时候,也会将多余的新鲜的金银花送到供销社的收购站去卖,挣些许零花钱,买两本故事会和糖果之类的零食充饥。

一次,为了采摘到更加优雅、漂亮的金银花,我爬上一座石崖,从那不知是藤缠树还是树缠藤的枝条藤蔓绿叶丛中不慎掉了下去。乐极生悲,采花使者严重受伤,金银花没采摘到却弄得体无完肤:右手手腕骨折错位,头部受伤,左膀划伤,后背刮伤,左小腿12公分长的伤痕鲜血淋琳,疼痛难忍。一时间,空旷寂静的山野里,回响起我的嚎叫,幸亏正在山里劳作的兄长循声而来,把我背回了家。那情那景,至今记忆犹新。

药王山下的金银花,是否已被采摘?若是仅为美化家园,寻求香气四溢,让它自身自灭,岂不是资源浪费。

为了推广金银花的药用价值,顺便带动乡村农产品发展。多年前,一位在林业局工作的朋友,经过反复考察论证后,承包了200余亩的荒山种植金银花。每年回一趟家乡,我们偶有小聚,品尝着他的金银花茶,他向我讲述了金银花繁殖、栽培、除草、整形、病虫害防治、追肥、管理、收获、半成品加工等有得有失的辛苦经历,喜忧参半,实属不易。

在西藏墨脱、察隅、波密、巴宜的荒山里,也曾见过小枝细长,卵形叶片对生,褐色或赤褐色的金银花藤。或许是错过了开花的季节,或许它们本身就不能开花,每次遇见都有缺憾。这么美丽的地方,这么漂亮的藤条,怎么就少了一朵金银花呢?有种美中不足之感。

在拉萨西郊某校园里,曾经见过栽培的金银花绽放的姿态。三两枝一束,三两朵一捧,这些零零散散的金银花的憨态可掬不如药王山下的金银花耀眼,但它的细藤攀爬错落有致,缠绕脉络清晰,藤蔓均匀分布,好一幅风景画。花工的用意是要绿化矮墙,用其缠绕力强的优势制作花廊、花架、花栏、花柱,以美化园区。负责校园绿化的普布师傅介绍说，金银花根系发达，生根力极强，是一种很好的固土保水植物，山坡、院落墙角、河堤，阳光充足的地方和阴暗潮湿之地均可种植。难怪有农谚："涝死庄稼旱死草，冻死石榴晒伤瓜，不会影响金银花。"

对金银花回味至此，已是深夜，推开窗户透透气，一轮明月已至中天，惟有遍地清辉。此时无声胜有声。月光洒落在院子里那两朵金银花上，微风轻轻拂动，令人遐想。此刻，月圆、花好，一切都恰到好处。多么美丽的夜晚。

药王山下的那蓬金银花，我会时常想起它，不知主人是否变化，或已回到内地，人去楼空。也不知那蓬金银花是否依然繁花似锦，满园馨香。

其实，看花就是看自己，心头之花，就是眼里之花；养花就是养心，以花观心，心生万象。

淡然而遇，随意而行。回望朗色村，蓝天白云下，拂袖感受云卷云舒，多姿多彩。

回望朗色村

朗色村，座落在雅鲁藏布江与尼洋河交汇处的一个小山村，被缓缓的江河水缠绕着，曾经是著名的“小岛村”。

然而，如今的朗色村，不见了往昔的踪影，已被大多数人淡忘。

在那春风宜人、桃花盛开的时节，我们一行四人跟随利珠大哥乘坐牛皮船，来到了朗色村。

目之所及，朗色村的树还是那些树，草场还是那个草场，就连通往村庄的那条小路两边的荆棘围栏虽已腐朽不堪，但仍然依稀存在。唯一让人惋惜的是这个村庄已经变成了一片废墟，一块块屋基地上凌乱的散着残垣断壁，过去一块块肥沃的土地已是杂草丛生。村庄原址正中的位置，两个歪歪斜斜的牦牛蓬顶上轻描淡写地冒出丝丝炊烟。

站在废墟上感叹，已经找不回朗色村过去的生机与活力，已经感受不到朗色村人声鼎沸、鸡犬相闻的热闹场面，只有崭新的五彩经幡在随风飘动，飘荡出噼里啪啦有节奏有旋律的响声。

朗色村何以沦落到这步田地？话还得从十年前说起，那是一个难忘的日子，1998年夏月的一天，早晨起来，洪水已经涌进家门，鞋子、衣物、生活用具在屋内飘来飘去，粮食已被洪水浸泡，整个村庄一片汪洋。天刚蒙蒙亮，朗色村就陷入恐慌状态，老人小孩困在楼板上，不知如何是好。

眼看洪水在慢慢上涨，老百姓的心越来越着急。

在人民群众有困难的时候，人民解放军挺身而出。大约4个小时后，一艘“大型”物资运输船缓缓驶进朗色村，子弟兵来了，群众有救了。

只见100多名解放军战士分头进村入户。

救灾先救人。战士们有序将群众一一扶上船，然后再把群众家里的粮食和生活用具一一搬上船，并按户头摆放整齐，做好统计和登记。

战士们英勇顽强，奋力拼搏，泥巴裹满裤腿，汗水洪水湿透衣背。天黑之前，硬是把朗色村的人员、粮食和生活物资全部转移到了安全地带。

还能在这个村庄住下去吗？关于这个问题，朗色村的群众在想，政府的工作人员也在想，部队官兵也在想。

那个夏天过后，洪水消退，村民们陆续回家，重新布置温馨的院落。可是不到一个月的时间，村民家里的小麦、青稞纷纷发芽、长苗，此情此景，令人伤心。村民们揣测，自己的村庄可能留不住人了。

天有不测风云，人有旦夕祸福。为了人民群众的生命财产安全，政府工作人员多方做工作，帮助该村15户人家、近80人分流搬迁至就近或稍远一点的曲古、米瑞、嘎玛、布久、米林等村庄居住。

搬迁那天，大家依依不舍，人人含泪告别这个他们曾经有五代人生活的小岛村……

在这里出生，在这里长大，搬迁到河对面邦纳村的利珠大哥邀我来到朗色村的制高点上，他指点江山似的讲述朗色村过去和现在的故事。

搬迁近十年来，大家都想回到这个曾经其乐融融的小岛村，特别是年龄在60岁以上的老年人，他们回村愿望十分强烈。他们割舍不掉的是那和谐相处的真情实感，是那无须闭门出户相互信任、相互照应的一家亲氛围；他们留念的是那一家有事人人上前，全村共度难关的心理安慰；他们怀想的是那庆贺丰收或亲朋好友远道而来，夜里以歌舞方式敬茶敬酒到天亮，人不疲乏的精神状态……

或许是大自然和人们开了一个玩笑，在朗色村五代人居住的岁月里，虽然曾经有过水灾，但每户人家房屋进水也不过三四十公分，人们搭根木板、垫块石头就能串门。为此家家户户都在粮仓里搭建一个五六十公分的高台，以防存储的粮食不被水淹。

农闲时节，全村男女老少齐出动，修筑防洪挡墙，洪水一旦来袭，每一次都能派上用场。可是，1998年的那场洪水实在是太猛烈了，直接把人们赶上了楼、逼上了树。

群众搬走了，村庄不存在了。近十年来，这里风平浪静，没有洪水搅扰，平安无事。

为了拾回过去的欢乐，为了寻觅小岛村的那份欢快，在每年的工布节，村民们都会从不同的村庄相约返回朗色村过大年。每家每户都带着年货，身着盛装回到"生我养我的地方"，在那保存完好的白塔煨桑炉前，互献哈达、互敬青稞酒酥油茶，庆贺一天一夜，唱不完的歌，跳不累的舞，永不停歇的响箭比赛，诉说不尽的情谊。这样的尽兴聚会和祝福，有人喝醉，有人迷茫，有人回味。

说起这个村庄的歌舞，远近闻名。过去那些时光里，每一年春播时节，家家户户都把自家土地耕作完毕后，还要择吉日播种。播种那天，村里的人、牛、马都到现场排队集合，统一着盛装，统一播撒种子，而后就是喝酒、唱歌、跳舞。种子刚刚下地，就要庆贺秋天有好收成。通常是一整天的欢畅，不难看出农民朋友们对自己的未来多么自信。

牛皮船，对于这个村庄的村民来说，就是出行的交通工具。当年，这个村庄每家每户都有一只牛皮船。到乡里或县里去开会，别人是开着小车去，他们是划着牛皮船去。出门走亲访友或到地里耕作，天黑了也要划着牛皮船回家。村庄周围都是水，村民们天天水里来水里去，牛皮船划过缓缓的河面，搏击波汹涌的河段，早晚都与水打交道，从来就没有一人掉进水里淹亡。用村民们的话说，这是大自然对朗色村的眷顾和庇佑。

顺着利珠大哥手指的方向看去，一大片树林浮现在眼前。于是我们索性朝着那个诗意的地方走去，三人合抱、四人合抱的古柳健壮结实，比比皆是。柳芽刚刚露出尖尖角，花絮挂满枝桠，令人感叹不已。

在古柳林的南侧，是一棵参天的大桑树。在过去那些难忘的时光里，桑葚成熟时,大人小孩都会上树采摘果实,整个收获季节欢声笑语,不亦乐乎。如今,待到桑葚缀满枝头,树冠上只有群鸟光顾。

不知不觉,我们来到了另一片一眼望不到边的土地上。有的土地上已悄然冒出青稞苗、小麦苗,有的可能是村民搬迁较远不便返回种植,已变成了荒地和草场。利珠大哥家的宅基地旁的几棵核桃树,已无人问津,可是每年依然硕果累累,收获不小。

南边那块平坦的草地,实则为过去的良田,已荒芜近十年。地中央只有两颗山楂树紧紧地合抱在一起,从它们的根部生长出大大小小一连串的西藏木瓜树,恰逢粉红、鲜红的木瓜花绽放,十分招惹人的眼球。看似干枯的树枝相互簇拥着,朵朵鲜花在枝头上怒放。到底是春风的吹拂,还是江河的滋润,无不令人感叹生命的顽强与神奇。

一路上,我们两次乘坐牛皮船,经过七个牧场。利珠大哥一次次为我们开启柴门,有的柴门要把捆绑的铁丝拧开,有的直接拿下挂钩,有的反扣着的,有的要撤掉圆木方能进出。每户人家的柴门开启迥异,真让人感叹牧民的智慧。

两个小时的转悠,微汗已湿润衣领。

站在朗色村的废墟上,再也感受不到朗色村过去的灵气,更多的是孤独、寂寞和失落。

然而,对于一个写作爱好者来说,我却从另外一个层面收获很多很多。

淡然而遇,随意而行。回望朗色村,蓝天白云下,拂袖感受云卷云舒,多姿多彩。

每一位军嫂的人生道路不尽相同。然而，她们从祖国的大江南北、长城内外来到西藏边防探望丈夫的艰辛历程却如出一辙。这是一条什么样的路？这是一条军嫂情系西藏边防的漫漫人生路。

军嫂上路

这是一条什么样的路？这是一条军嫂情系西藏边防的漫漫人生路。

每一位军嫂的人生道路不尽相同。然而，她们从祖国的大江南北、长城内外来到西藏边防探望丈夫的艰辛历程却如出一辙。

生命里有了当兵的历史，一辈子都不会懊悔。生命中成为一名军嫂，值得珍惜一辈子。

1

进入墨脱的路，曾经令人望而却步。曾几何时，走进墨脱是多么的不容易。走过墨脱路的人，一路上的艰辛苦楚，即便过去了多少年，大脑里仍有清晰的记忆。

尽管近5公里的多雄拉隧道如今已打通，派墨公路通车为期不远。但曾经的那条墨脱路，仍然让人深深地思念着。

军嫂上路义无反顾。

1999年6月9日9时30分，军分区大礼堂前，人头攒动，数百名官兵在这里隆重集会，欢送志愿申请到边防服役的48名新战士徒步奔赴墨脱。

墨脱，藏语意为“隐藏的莲花”，地处西藏东南角、雅鲁藏布江下游。

那天，在长长的队伍中，除了48名稚气未脱、精神抖擞、斗志昂扬、怀揣满腔报国热情的新兵外，还有3名身着迷彩服的“女兵”，她们英姿飒爽，格外引人注目。

“墨脱边防，还有女兵？”站在露天主席台上、刚到军分区代职的一名领导在询问。

“那是三名军嫂，她们要到墨脱去探望自己的丈夫。”另一名领导在回答。

原来，这3名“女兵”分别是来自重庆的王俭、湖南的李玉兰和四川的阚秀群，她们不是女兵，是军嫂。

临行前一天，军分区专门为这三名军嫂配发了迷彩服、布袜子、绑腿布等行军路上的必需品。

听说横阻墨脱路的多雄拉六月能通行，军嫂王俭刚陪同女儿过完六一儿童节，就匆匆上路了。从重庆经成都，到拉萨再到林芝，王俭三天就赶到军分区。

毕竟王俭有一年多时间没见到丈夫了，对儿女情长的朝思暮想，一旦上路，似乎两颗心就会越来越近。然而，军嫂李玉兰和阚秀群的信息就不如王俭灵通了，她们俩只知道军分区和墨脱，对什么大雪封山、打不通电话、徒步走墨脱等情况一概不知。

当一个女人选择成为一名军嫂的时候，也意味着她选择了艰辛和孤独，生活中更多是与艰苦相携，与寂寞为伴。

既然来了，就要去走一趟墨脱路，看看到底山有多高、路有多险。

这三位军嫂不期而遇，千里迢迢从不同的省市来到西藏边防，她们将向着同一个方向走去，是巧合，是缘分，更是爱情的力量使然。

因受特定的地理环境和气候影响，墨脱多雨、闷热、潮湿，一路上有蛇山、蚂蝗山、毒蚊区、泥石流塌方区等危险地段。官兵们走在墨脱路上，衣服湿了又干、干了又湿。饿了啃几口干粮，渴了就喝路边的山泉。

军嫂上路何不是如此。

吃一点苦，又能算什么。丈夫长年在墨脱到底吃了多少苦？三位军嫂的心早已飞到了墨脱边防丈夫那里。她们“明知山有虎，偏向虎山行。”各自在心里默默念叨：再苦再累都要见到自己的丈夫。

就在军嫂们奔赴墨脱的前一夜，我到军分区墨脱边防留守处去协调其他工作，看见三位军嫂正在忙碌打整行装。像我们的战士那样，她们身着迷彩服，一件雨衣、一个挂包、一个水壶，就是她们前进路上携带的奢侈用品。几块761压缩干粮和几袋饼干，就是她们途中的食物。

我还见到军嫂们把一套套换洗衣服，用塑料布包了一层又一层，弄得方方正正、整整齐齐，真有些军人的韵味。

"包得那么扎实干啥?"我上前问军嫂。

"听说墨脱那地方根本就没有什么路，只有雪山、雨水和泥泞，几天都是在水沟里穿行，一日四季天变化无穷，走几天下来，双脚发白，没有一点点血丝，有的掉脚趾甲、有的掉皮肉。"三位军嫂不慌不忙、若有所思地说。从她们的眼神中，我看到了她们内心的恐惧和焦虑，同时也读懂了她们的那份自信和欣喜。她们并不认识我。于我来说，展现在我面前的也是三张陌生面孔。

随着话题的增多，三位军嫂告诉了我她们的想法，大概意思是，墨脱环境艰苦，她们也有责任去承担属于自己的那一份苦，她们有信心也有决心走完墨脱路，克服一切困难，三天不行，就走四天五天……"多么可贵的军嫂精神，为了爱，她们的内心是多么的坚韧，让多少热血男儿感慨万千。这到底是爱的力量，还是一种责任和担当的力量?

三天过后，墨脱边防传来喜讯：三位军嫂平安抵达墨脱，"孤岛"上迎来三位军嫂不倦的笑脸。

清风吹干了泪水和汗水，为边防的爱巢增添了浪漫。

2

"做女人难，做军人的女人更难。"这是军嫂们经常挂在嘴上的口头禅。

对这句话的理解，是在看了一部战争影片后，我才真正悟透的。影片讲述的是某国将士到前线参战，妻儿都在家里焦急地等待着他们平安回家。前线战火纷纷，后方亲人焦急万分。战争结束后，那一车车火车皮载回来的更多是厄运和不幸，看到那以泪洗面、泣不成声的场面，无不令人心酸。

本故事虽然描绘的是异国他乡的战争年代，和平时期的中国边防军人家庭又能少几分忧虑和担心？

1996年夏天，侦察参谋潘永奇通过书信的方式邀约女友李小泉到部队结婚。

接到书信，李小泉激动不已。恋爱三年了，她终于等到了这一天。当她看到“结婚”两个字时，有种难以言表的喜悦和幸福的滋味涌上心头。

李小泉利用一个星期的时间整理手里的家务、收拾行囊、做通家人的工作，就大包小包的拧着上路了——到西藏去结婚。

可是，她哪里知道，未婚夫潘永奇刚把那封书信寄走，就接到执行任务的通知。

李小泉的本意是要给潘永奇一个惊喜，悄悄上路，不知不觉出现在未婚夫面前。

军令如山。潘永奇闻令而动，来不及给未婚妻打电话、发电报。未婚妻已经上路，一个女人，这样的勇气单枪匹马行动，出乎潘永奇的想象。

当李小泉辗转3000多公里，历时12天，从云南大理风尘仆仆赶到军分区时，她的惊喜变成了失望。

她甚至有些怀疑部队领导说的话。男朋友潘永奇变心了？部队领导把他藏起来了？还是一年多没见面的男朋友出啥事了？种种猜测，火急火燎。

西行几千里，见不到未婚夫，是什么样的感觉？当天晚上住在军分区招待所，李小泉就像热锅上的蚂蚁，坐立不安，在房间里走来走去。

后来，司令部赵副参谋长专门出面告诉李小泉：“潘参谋生命安全、身体健康，你就放心。希望你能够理解和支持我们的工作……”

李小泉以泪洗面，向部队领导哭诉，认为自己长这么大，第一次进西藏，第一次吃这么多苦，一路上的颠簸、寒冷、饥饿、满身灰尘且不说，单是剧烈的高原反应就把她折腾得够呛。

李小泉曾经动摇过，也曾想打退堂鼓，放弃这段恋情。她心里想，在山花烂漫、风景如画的云南大理哪有找不着的对象，硬是要跑到西藏来吃这份苦、受这个累。

第二天，侦察科的同志把李小泉调整到潘永奇的宿舍里住。

李小泉看到机关干部宿舍每个房间的门框上都贴有姓名，并且看到潘永奇的房间里的衣柜内挂着一件她为潘永奇购买的衬衣。直到确认这是潘永奇的宿舍、自己的男朋友平安无事后，李小泉的心情才舒缓下来。

在不知底细的情况下，李小泉还以为未婚夫潘永奇很快就会回来。她满心欢喜，在机关干部的单身宿舍里筹划布置新房等筹办婚礼的事宜，甚至还找来临时到部队探望丈夫的几个姐妹商量，迫不及待地期望未婚夫尽快出现在身边，把终身大事给办了。

可是，李小泉又哪里知道，她在这里一等就是三个星期，她的未婚夫潘永奇始终没有出现在她的眼前。

西藏，是个美丽的地方，山上有云海，有日出，有轻风，这里离天最近、离太阳最近。然而，真正到了西藏，李小泉却没有心情欣赏西藏的山川、湖泊、河流的纯净之美。

“西行千里不见夫，叫我如何接受得了这个现实？”李小泉几乎是痛苦的挣扎着。

这时部队领导纷纷前来做工作。李小泉满脸无奈，心里极不舒服，自言自语道：“没想到，我九死一生千里迢迢赶到西藏，回报我的却是这个结果……”

没过几天，李小泉近似“灰溜溜”地踏上返回家乡的路途。进西藏时携带的行李索性一件不带走，她要留着这堆衣物等待未婚夫归来，感受人去房空的滋味。或许，是要把她的一颗心留在这里。

此行，没有见着未婚夫，到西藏结婚的事搁置了。

“有情人终成眷属”。在第二年潘永奇休假回到李小泉身边后，就在李小泉的家乡，他们的婚事办得热热闹闹。既给李小泉挣足了面子，又让李小泉领略到了女人的幸福滋味和人生的意义。

3

无论战争年代,还是和平发展时期,在对敌斗争中夺得的每一次胜利,在我军现代化建设中取得每一个成就,无不浸透着军嫂们辛勤的汗水和无怨无悔的泪花。

军嫂上路风雨无阻。

1996年9月,墨脱边防某连指导员周佳帝徒步三天到军分区参加党委扩大会,他在成都某印钞实业公司上班的妻子奚小艳从四川老家来到林芝,要去墨脱看望他。

那是一个信息闭塞的时代。周佳帝不知道妻子已经来到西藏,妻子也不知道丈夫要到军分区开会。

这是一个巧合,就在多雄拉山口上,一个出山,一个进山,他们相遇了……

“怎么是你呀！太巧了,在这风雪弥漫的高山上相遇”周佳帝几乎是用惊讶的口气笑着说。

“怎么就不能是我？你也是,跑得太快了,在这雨雪交加的垭口上我们相撞了。”奚小艳冷得瑟瑟发抖,还与丈夫幽默两句。

那个时候进墨脱。通常情况下,只要爬上多雄拉,就已经征服了墨脱路上的第一道难关。

到底是转身陪同丈夫去军分区开会,还是继续往前走？奚小艳在心里犹豫了一会儿后作出决定:绝不走回头路。反正会议结束后丈夫还得回到自己的连队。

奚小艳第一次踏上墨脱得路,迫不及待要跟随背运农民工去看丈夫,没想到在这高高的雪山上与丈夫擦肩而过。在那白雪皑皑的多雄拉山上,夫妻短暂的拥抱后背道而驰,约好了妻子到连队等待丈夫,会议结束后丈夫立即赶回墨脱与妻子团聚。

这是多么完美的约定，这是多么理智的选择，既节省时间和精力，小女子不必走回头路，不再吃更多的苦，又能让她独自去感受墨脱路的难、边防军人的苦和丈夫的不容易。

淳朴的军嫂不用泪水诉说心中的幽怨，不用呢喃吟唱情愫的缠绵，为了军人的责任，她们甘愿把一切奉献。

第一次到部队探亲回到成都后，奚小艳患上了贫血症。医生要求她住院治疗，因为家里还有老人要照顾，奚小艳坚决不住院，自己去抓了一些中药在家里煎熬服用，既方便又不误事。直到一年后奚小艳第二次徒步进墨脱，才被丈夫发现她吃中药的事。

1999年9月，奚小艳准备第三次徒步进墨脱探望丈夫。

父母知道女儿对女婿的痴情，不便多言。可是知情人和关系较好的亲朋好友都在劝说奚小艳："你一个柔弱女子，在墨脱路上的苦还没有吃够吗？还一次次去走墨脱路干啥？"

"我的心在西藏墨脱，再苦再累也不怕，嫁给墨脱军人不后悔。"奚小艳总是笑着对人们说。

记得，1995年7月23日，奚小艳和周佳帝在军分区招待所结婚的第二天，丈夫就带领60余名新兵进了墨脱。

奚小艳独自一人回四川老家。从此担起赡养公婆、孝敬老人的重担。洗衣做饭，端茶送水，邻居都树起大拇指说她是个乖媳妇、好媳妇。

新媳妇的勤劳善良，让公婆高兴了好一阵子，全家不亦乐乎。可是，半年后，祸不单行的事发生了。

先是奚小艳在车间上班时，右手指被机器轧掉两个指甲盖。厂里叫她休息一段时间，但为了挣钱过日子，奚小艳坚持带病上班，用一只手洗衣服，一只手洗澡，受伤的两个手指翘起做饭、洗碗长达三个多月。这些日子里，周佳帝却带着巡逻队走在祖国的边防线上，十分无助的奚小燕多么希望丈夫在身边陪伴自己度过难关。

不幸接踵而来，没过多久，婆婆突发风湿性心脏病，当时，老人的呼吸功能严重衰弱，从上午8点到下午4点，不能动弹，奚小艳急冲冲跑到医院请来医生，全靠输氧维持着老人的生命。4点钟过后，老人的病情有所缓解，奚小艳立即租来一辆面包车，将老人送到温江县人民医院。在老人住院的20多天里，她一口水一口饭照顾老人，为老人擦洗身子、端屎端尿，从不叫苦叫累。

后来，为了照顾婆婆，为了不让丈夫在边防担心家里，奚小艳忍痛割爱，硬生生辞掉了那份收入可观的工作。

一连串的变故，奚小艳曾经哭过，在许多不眠之夜，泪如雨下。

尽管吃了很多苦，奚小燕嫁给西藏边防军人的信念从来没有动摇过。家里所发生的一切和不幸，在给丈夫的信中只字未提，直到丈夫休假回来，才一一诉说心事。

奚小艳坚信，只有在丈夫身边诉苦，心灵才有寄托，柔弱的身子才有依靠。

一谈起妻子奚小艳所付出的一切，周佳帝感慨万分。有时候，他也会诗情画意地给奚小燕说："我的心，在冷的边关，时时用心敷热边关的却是你。"

"嫁给了墨脱边防军人，就要更多地理解、支持他"。这是奚小艳对丈夫的爱恋之情。

军人在哪里，军嫂的心就在哪里。

长期不在一起，军嫂总是想给丈夫一个惊喜。

又一年，奚小艳到墨脱去探望丈夫，为了不影响丈夫的工作，她与在墨脱县机关工作的几个女青年，结伴徒步进墨脱。翻雪山、过沼泽、走泥泞、险闯雪崩塌方路段，特别是在过老虎嘴时，头上是悬崖峭壁，脚下是深涧，让人触目惊心。奚小艳既不敢抬头仰望，也不敢低头俯视，只能乖乖地看着路朝前走。可怕的"吸血虫"——蚂蝗爬到她的脚上、手上和脖子上，身上多处在流血，也顾及不了，因为她怕一不小心掉进万丈深渊。

墨脱路上的苦，是诉说不尽的苦。此行，奚小艳和几个姐妹走了四天。

四天，一般人很难理解这四天的真正涵义。在墨脱路上，这四天是与死神抗争的四天，这四天是命悬一线的四天。衣服湿透、鞋子湿透，双脚发白，单就走路，生命接近透支，还要经受毒蚁、毒蛇、毒蜂、蚂蝗的疯狂肆虐……

“军嫂不能讲特殊、不能立架子，因为这里有我丈夫的战友和兄弟”。这是奚小艳钟爱丈夫、支持丈夫守边防的真实写照。

到部队后，奚小艳把战士们当成自己的兄弟看待，和大家一起种地、下田插秧、一起打扑克，更多地了解战士们的学习、工作和生活情况。

用奚小艳的话说，爱一个人，就要喜欢他的全部。有一次，奚小艳在和战士们闲聊时，得知广东籍的两名战士的生日就在当天，她立即跑到群众的菜地里去买菜，到门巴群众家里去买鸡蛋，晚上请那两名战士和他们的同乡战友一起来吃饭，为两名战士庆贺生日。

那天晚上，“雪域孤岛”的夜空似乎格外明朗。特殊的环境、特别的生日晚宴，两名“小寿星”热泪盈眶。

来自农村的战士小王从来没有尝试过生日的滋味，他端起酒杯泪流满面，连续给军嫂奚小艳敬了几杯酒，声声话语说不尽心中的感激之情。

有一天，副连长和奚小艳的丈夫为工作上的事吵了起来，奚小艳在屋里一声不吭，晚上丈夫忙完了静下心来准备休息时，她心平气和地给丈夫讲：“你当指导员，做的都是人事方面的工作，不管今天发生了什么事，即便是副连长的不对，你都必须去和副连长谈谈心，把矛盾化解了，以便工作更好地开展……”妻子的话就是管用，周佳帝按照妻子的“指示”真的和副连长把矛盾化解了，第二天又见他俩嘻哈打笑。

有人用责备的口气对奚小艳说，你嫁给一个在天边边当兵的人，长期过着“织女”生活，都三十一二岁的人了，还不要小孩，也不觉得生活中缺少点什么？为此事，奚小艳也曾经着急过，但为使丈夫能安心边防、安心部队工作，在征得丈夫和双方父母同意的情况下，曾经怀孕过两次的她都没要小孩。这或许是一个女人最遗憾的事，但在奚小艳的骨子里，支持丈夫的工作是首当其冲的，替一位身为边防军人的丈夫孝敬老人，是应敬之责。生小孩的事，晚一点，没关系。

心诚则灵。周佳帝升任副教导员三年后，调出墨脱，在林芝人武部工作期间终为人父。

“嫁给墨脱军人不后悔，如果下辈子我还做女人，我仍然选择墨脱边防军人做丈夫”！这就是奚小艳的军嫂人生。

4

谈起军嫂尚云飞走墨脱路的事，这个在古城西安长大的才女讲述了她进墨脱探望丈夫的精彩故事，把一路上的艰苦变成了诗意神话般的描述。

由于受恶劣气候和特殊地理环境的影响，当时的墨脱路，仍然是由一条羊肠小道连接着外面的多彩世界。

从空中望去，隶属于喜马拉雅山脉的多雄拉山，如一道巨大的屏障，将林芝和墨脱分隔在南北两侧。

进入墨脱的路线有两条，一条是从米林的派乡翻越多雄拉山口，经拉格、汗密、阿尼桥、玛尼瓮、背崩抵达墨脱，另一条是从波密经24K翻越嘎龙拉山口，沿着80K、达木进入墨脱。这两条线路从地图上看也就七八十公里，但走起来却远远不是那么回事，一般要走三到四天。

从多雄拉进墨脱，多雄拉山的险、墨脱路上的难、蚂蝗和蚊虫叮咬的苦能够把人折磨到变形，甚至有人会表现出无比的恐惧——这是没有走过墨脱路的人难以想象的恐惧。

那一次，天刚蒙蒙亮，军嫂尚云飞一行就驱车到达位于半山上的松林口——也就是米林县派镇前往墨脱的公路尽头。前一晚上的一场大雪，将多雄拉山严严实实的覆盖着，整个世界呈现出一片银白色。

就在松林口开始徒步的地方，看不到路，辨别不了方向，一片白茫茫，他们只有站在雪地里等待天亮。

大约半个小时后，天空放亮，雪山上的轮廓清晰了，大家都看到了希望，他们急忙拿出军事地形图，用指北针判定多雄拉山口所在的方向，便在齐腰身的积雪上前行，大家都有一颗激动的心：抓紧时间赶路，必须在十二点前翻过多雄拉山……

一般人很难想象，为什么要在齐腰深的雪地上行走，为什么不等雪化了再进山。

——这是西藏边防军人的职责所系和使命担当。前方有部队有任务，再险再难都要冲过去，再苦再累都要到达履行职责的第一线。多雄拉山上的积雪只会越来越多、越来越厚，使命不能等、天气不能等，一等就要等到明年去了。

此行，军嫂尚云飞同样是带着使命前行，晚了便翻不过这座山，这个冬天她就见不着自己的丈夫了。

多雄拉山口海拔4200多米，空气含氧量低，她们艰难地向山口攀爬。军嫂尚云飞没有登山队员征服高山的气势，没有旅游爱好者饱览大好山河的豁达，只有属于丈夫的一颗心在跳动，娇小的身躯在雪山上移动。

在西藏，多雄拉山口这个海拔高度并不算很高，但由于它是南北气流的交汇处，每年仅有5个月的开山期，长年冰雪覆盖，云遮雾罩，很难有晴天的时候。

通常情况下，翻越多雄拉山必须在中午十二点前，否则大雾一上来就很容易迷失方向。

和军嫂多雄拉山口一路同行的有军人也有背运民工，还有墨脱当地的门巴族群众，大家不分你我，走在一路，命运就连在一起，一旦上了墨脱路，就亲如兄弟姐妹。

为避免掉进冰河里，他们沿着山崖的左侧，你拉我、我挽你前进，你推我、我拽你向上攀爬，几乎是四肢着地，整整用了三个小时，才挺进多雄拉山口。

征服了墨脱路上的第一道难关，人人都会发出感叹，终于把皑皑雪山踩在了脚下。

来到多雄拉山口，所有的人都会有种胜利的喜悦涌上心头。可是，接下来要走的路程到底有多艰难，初次上路者并不知晓，曾经走过墨脱之路的人都明白一点也不轻松，甚至更比攀爬多雄拉山还要难。

只有爬过多雄拉山的人，才能在此时此刻，感知什么叫艰难、什么叫壮举、什么叫九死一生。

矗立在山口向北望去，远处的雅鲁藏布江在满山白雪的辉映下显得碧绿清澈，犹如一条绿玉带把群山连接起来。

向南望去，山腰以下的雪已经开始溶化，通往墨脱的小路，左边是峭壁，右边是深谷、冰湖，山下的原始森林连成一片，吹来的微风带有一丝丝暖意。

进墨脱能遇到难得的晴天，大家兴奋不已。

"我来了，雪山！"

"我们胜利了，多雄拉！"

"墨脱，你离我们不远了！"

一阵大喊大叫，大家忙着打开挂在脖子上的胶片机照像留影，轮番摆弄各种姿势。在那几分钟里，整个山川都热闹起来了，却不料引起了气流的振动，紧接着四周传来轰隆隆的雪崩声。

恰在这时，作为营领导的家属，军嫂尚云飞享受了"迎接"的特殊待遇。专门赶来接军嫂的墨脱边防干部印三茂全身湿淋淋的站在一块大石头上："嫂子！ 辛苦了！"

雪崩声响让印三茂感觉情况不妙，连忙催促大家抓紧下山。他说："多年前副连长张洪万带领6名新兵进墨脱，就是在这里遇到雪崩，全部壮烈牺牲。"

大家一听毛骨悚然。

在雪地上连滚带爬地匆匆下山，随处可见雪崩的痕迹。走得实在是累了，就双手撑着雪，抬头看看前方，感受大自然的神奇。

西南面是被冰雪埋没的深深河谷，东北面是悬崖峭壁，到处堆积着奇形怪状的坚冰，劳累中感叹这里风景迷人，山美水美，人的疲劳似乎在这山水间得到了缓冲。

感慨山川壮美的刹那，发现说话声音大一点就会引起空气振动，附近的雪山上不时有雪块滑落。

随着海拔的降低，受印度洋暖湿气流的影响，风化岩石与鹅卵石铺垫的小路在逐渐溶化的冰雪中忽隐忽现，雪水沿着小路曲折流淌。

翻过多雄拉山口后，呈现在他们面前的是又一条弯弯曲曲的羊肠小道，沿着向东南方向流去的多雄河谷缓缓伸向远方。

虽然时值初冬，小路两侧连绵不断的原始森林仍然显现出浅绿、翠绿、墨绿、深绿的醉人色彩，阳光穿透浓密的枝叶，恣意忘情地落在树叶上。

多雄河在两岸原始森林的掩映下时隐时现，沿河谷行进间，走进一片大森林，夹岸十余公里，甚是壮观。

眼前出现的是经过多年河水的冲刷，河床上巨石如林的多雄河，海拔高低形成的巨大落差，使河水从山石上咆哮着飞溅而过，在寂静的山林里奏响不同的旋律。

沿途河谷两岸的高山峭壁之上，还有不少瀑布，大的像哈达从空中飘然而下，小的如银色链条丝丝如扣。其景色足以和四川的九寨沟媲美。

对于赶路的人，景色虽美，却无心欣赏。

走着走着，路上蚂蟥、蚊虫逐渐多了起来，路人的精力还得放在走路上，否则，那些吸血虫会向行人发起攻击。

因为长时间走路，脚底疼痛难忍，既要防止坚硬的石头与脚板的碰撞和蚂蟥的侵扰，又要防止蚊虫、毒蜂对头部的叮咬。就连走路用的拐杖，也要经常敲打，不然蚂蟥会顺着拐杖爬上来钻进袖口里去。

其实被蚂蟥叮咬还不算可怕，蚂蟥叮咬出点血，还能帮助血液循环，促进人体血液新陈代谢。

最可怕的是被毒蚊、毒蜂叮咬。一旦被咬，伤口红肿，痛痒难受，长脓包、流黄水，长时间好不了。

迎接军嫂尚云飞的还有一位士官——骡马运输队队长丁一。他挽起裤腿露出肌肉，边走边说："我们墨脱的官兵人人腿上都有伤。现在是冬季，蚂蟥、蚊虫少得多了。前些年，我们老教导员张继品带队巡逻时遭受一群毒蜂袭击，事后从他身上取出74根蜂针……”

丁一牵着的那匹骡子据说已有19年军龄，官兵戏称它为“墨脱的沙漠王子”。这匹“沙漠王子”曾经在一次执行重大任务中表现突出，荣立三等功。

在我军编制系列中，牲口立功受奖确实少有。可是，这匹骡子荣立三等功的事，很多资料都有记载。

就是这匹“沙漠王子”，在墨脱路上的老虎嘴地段，也会踌躇不前。每一次，都得有赶马的战士走到了前面，它才跟在后面蹒跚前进。

有时候，它还会用前脚点一下点两下的试探道路的虚实稳当，然后踩下去，后脚再跟前脚走起来。

在老虎嘴地段，马匹相遇，如果互不相让，站在靠边的一匹无疑会被挤下深谷，然后就是粉身碎骨。

停一停风平浪静，让一让海阔天空。后来，无论是部队战士还是过往群众都有经验了。进出墨脱，到达300多米长的老虎嘴地段，大家都要站在显要位置观察对面是否有马匹走过来。若有，赶紧寻找一处稍微宽敞的位置拽住自己的马匹。

三天的艰辛跋涉，终于到了丈夫工作的部队营区。一路的坚持，让人备受煎熬。军嫂尚云飞在想，回去的路又如何是好，还能走回去吗？

在墨脱的时间里，军嫂常常站在山坡上，俯瞰着湍急的雅鲁藏布江，看到部队于1965年修建的长度200多米的雅鲁藏布江铁索大桥。

就凭军嫂尚云飞一个女子的思维，很难想象，在山路崎岖、道路泥泞、环境如此艰苦的条件下，官兵们是怎么修筑起了这座大桥。为此，回到内地后，军嫂专门查阅了有关资料，得知为了修建这座大桥，官兵们除了背钢筋、水泥、砂子等建筑材料外，仅大桥上方12根300米长的主钢丝绳，是由75名战士啃干粮，喝雪水，风餐露宿，整整3个月时间才把钢丝绳扛进墨脱。后来，官兵们用打迫击炮的方式把钢丝绳牵引过江，建成了这座闻名遐迩的解放大桥。

墨脱属喜马拉雅山东侧亚热带湿润气候区，即使在冬季，气温也在20摄氏度左右。

战士们告诉军嫂，他们每年开山后的第一件事，就是砍掉路上的杂草、树枝。所以当地门巴族群众把修路叫做砍路。门巴族的男子每人都随身带有一把弯刀，其中一个重要的作用就是外出时用于“砍路”。

翻过多雄拉，走过墨脱路，虽有路途的艰辛，可是，进入背崩地段时，道路更加宽敞，也有秀丽的风光赏心悦目。

其实墨脱路根本就不叫路，只不过大家都从这里走过而已。祖祖辈辈生活在墨脱的群众和一代代官兵，更是用他们的双脚，在祖国的边防线上走过了一条默默奉献的人生之路。

军嫂尚云飞说，她的丈夫用青春守住军营，她用青春守护她的丈夫。

军嫂这番传播知识式讲解，真是令人敬佩！

5

有人说：“做妻子难，做军人的妻子更难。”但机要参谋贺银平的妻子小谌不是这样理解的。自从嫁给了贺银平，小谌始终为选择军人做丈夫而感到骄傲和自豪。

小谌说，嫁给军人是自己的选择，作为一个女人，首先要自己尊重自己的选择。从走进军嫂行列那天起，她就下定决心要支持丈夫的事业。

结婚前的小谌家庭条件优越，是父母的掌上明珠、身边的千金小姐。结婚了，特别是小谌的小孩出生后，为了更好承担家庭义务，小谌辞职在家照顾老人和孩子，精心料理家务，撑起后方的半边天。

贺银平年近七十的母亲，患有高血压、心脏病，尤其是左脸患有严重的化脓溃烂，小谌在照顾婆婆时，不怕脏不怕累，婆婆有时对别人说：“我这辈子真幸福，多了个亲生女儿”。

2004年6月，因为工作需要，贺银平被调到墨脱边防。宣布命令时，贺银平先在机关工作，待到11月下旬跟随过冬工作组进山。

当了七八年的干部，还没到过墨脱，经常听到战友们讲述墨脱的苦，贺银平心里有些畏惧,但肩上有责任必须服从。

在这个节骨眼上,贺银平心里还有一件放不下的事,就是十一月中旬参加军区的专业骨干竞赛。

在平时的工作中,贺银平总是把工作干得十分完美,领导特别放心,同事们都感觉他是最优秀的。

机要干部业务竞赛,不亚于其他军事专业比武。

这次机要业务竞赛,不拿个名次,好像对不起自己的这份工作。

为了这份责任,贺银平放弃了休假的机会,他将这一情况告诉了母亲和妻子。

母亲说:“你都在部队这么多年了,我也已经习惯了,只要是工作的需要,我这个妈还有什么可牵挂的。”

可妻子听说这一情况后,开始还是有些难以接受。她知道墨脱是个十分闭塞的地方,环境条件十分艰苦,丈夫去了墨脱,夫妻分别的日子将会更长,望夫归来的心情更久更切。

小谌后来叹了一口气说:“反正你作为一个男人应以事业为重,去就去吧,安心工作,家里有我,放心吧。但我有一个请求,我能不能来部队探亲一趟?”贺银平告诉小谌:“我现在的训练任务很重,时间很紧,根本没时间陪你。这里的条件又有限,连个电视机也没有,你何苦呢?”小谌说:“如果你确实没时间,我可以少呆两天,哪怕是一周也行。”贺银平考虑再三,为了不让妻子失望,最后还是同意了。

小谌来到部队后,贺银平大多数时间都在训练室,很少陪同妻子。小谌内心十分豁达,从不计较,而是精心安排调剂好伙食,每天变换花样让丈夫吃好喝好,平时没电视看,她就看杂志,听音乐,二十天后就回家了。

在贺银平送小谌去车站的途中,小谌说:“在你们部队来队的家属中,我是最后一个来,最早一个走的。等你明年回来时,孩子不知有多高了,也许都认不得你了,但我会天天告诉儿子,你爸爸在西藏高原,是个边防军人。”

听了妻子这番话，贺银平很有满足感，又有愧疚感。深感十分对不住妻子，十分对不住孩子。

——做军人的妻子真不容易。

第一次到西藏来看望丈夫，住在这么简陋的地方，还没有丈夫的陪同。小谌想得开看得清，她认为，哪怕是生活简单一点，条件差一点，只要两心相悦、真心相爱，就是幸福的事。她每天细心照顾丈夫，直到最后独自离开部队回到家乡，始终阳光灿烂，笑容时时写在脸上。

军嫂对军人的爱，似一团圣火，淋漓尽致地燃烧，无怨无悔的奉献，甘愿把一切付出。

妻子离队没几天，贺银平就到军区参加机要业务竞赛，也许是高手太多，也许是准备不充分，贺银平只拿了个第三名，回到军分区的第二天，他就进了墨脱。

横阻墨脱路的巍巍多雄拉山大雪纷纷，寒气逼人，到过墨脱的人都知道这里是墨脱路上的"死亡地段"。爬过这道关，越走海拔越低，没有了高原缺氧的滋味，倒是给人"醉氧"飘飘然惬意荡漾心间的美感。

在海拔不足千米的墨脱，盛产桔子、香蕉、柠檬、甘蔗等热带经济作物，并出产经久耐用的石锅、乌木筷子和能防治风湿关节炎的脆蛇，人称"墨脱三宝"。

茫茫原始森林，高山峡谷，众多瀑布响彻山涧，风光秀丽，巍然壮观，墨脱的神秘色彩着实令人神往。

冬天在墨脱的山上行走，云雾飘飞过来，让人飘飘欲仙。有人说，云者看是云，雾者看是雾，晨雾一会儿滚滚而来，一会儿又荡然无存，千变万化，瞬息万变。贺银平和战友们走在大路上，踏着云踏着雾，与其说是在祖国大好河山深处遨游，倒不如说是身临一幅壮丽无比的画卷中。南宋诗人贾岛在《寻隐者不遇》中说："只在此山中，云深不知处"的感慨倘若是在这里，无疑又是一种更为生动的描述。

那些年，墨脱群众长期刀耕火种的生产方式并没有毁坏参天古树，墨脱的青山绿水，让人感觉风景如诗如画。

那时，因为大雪封山，人们感觉墨脱的冬天是漫长的。

在墨脱的每一天，贺银平都有许多新的感受，汉密兵站的夜晚、桥岗的水声、背崩电站古老的水碾子，让人感到新奇，地东、格林、亚壤民办小学，墨脱县戴帽中学，背崩希望小学，让人看到了希望。

6

2001年6月初的一天，陪同军分区领导赴多雄拉迎接从墨脱过冬返回的工作组，看见军嫂杨景瑞坐在一块石头上，有气无力地说“墨脱的天空很美，那是因为有飞鸟经过，青春很美，那是因为有苦涩流过……”

那天，是我第一次遇到军嫂杨景瑞，她说她已是第二次进墨脱了，虽然她事先已做好了充分的思想准备并且有了第一次的经验，但再次踏上这条着实是用双脚开辟的“路”时，仍然倍感那种源自生理与心理双重折磨下弥漫于全身心的难言苦楚……

衣服又湿了，说不清是汗水还是雨水浸湿的，也记不清这是第几次湿了，迷彩服湿了干干了又湿，像一块胶皮黏在肌肤上，让军嫂杨景瑞全身痛痒不堪。

“老墨脱们”说走墨脱靠的是“甩火腿”，男人要“烧裆”、女人要“烫皮”。这些“专业”术语，只有走过这墨脱路的人才明白其中的含义并能体会其中的滋味。

体温烘烤着粘湿的衣服。放眼望去，每个人的身上神奇地笼罩着一层薄薄的雾气，在原始森林里崎岖的山路上，“仙人”一般地飘移，在最累最难受的时候，难免怀疑人生。那么多人在这条路上遭受这般苦，为的啥？

三天的跋涉，军嫂杨景瑞的思维只剩下一片空白，两条腿机械而又木然地交替挪动。每走一步，从脚底透过针刺般的疼痛一次次地冲击着疲惫不堪的神经。随身的行李一路走一路扔，早没了影，唯独只有丈夫送的那个水壶，一步一摇地挂在胸前晃荡。原始森林遮天蔽日，阴影密布，几乎忘了自己的存在，世界仿佛也没了尽头……

在阿尼桥里侧的山路上休息时，炊事班黄班长就在距离军嫂杨景瑞不远的地方。军嫂杨景瑞看到树叶上滑落的水珠浸湿了黄班长的后背，不一会儿就变成一块块盐渍。

军嫂也一次次汗湿衣背。她想，自己身上无疑也是一片斑驳。黄班长回过头，递给身边的战友一支皱巴巴的香烟。在那光怪陆离的森林里，军嫂又看到黄班长的迷彩帽檐上一圈醒目的汗渍，黄白相间的帽檐下是一张挂满疲惫和汗珠的脸。她什么也没说，他笑了笑，露出一排不算整齐的牙齿。军嫂杨景瑞知道黄班长是老墨脱了，当新兵的时候就在墨脱，都快成“墨脱通”了，这次休假回去，准备去见女朋友。一路目睹嫂子这么辛苦，黄班长最担心的是自己结婚后，妻子会不会也像嫂子这样到墨脱去吃这样的苦。黄班长从心底深切感受到军嫂杨景瑞的艰辛和不易。

黄班长没有过多的考虑自己的未来，迅速把注意力转向军嫂杨景瑞腿上的绑带：“嫂子！你这绑腿要不得，走一走蚂蝗就会乘虚而入，那些软体动物可是见缝插针，无孔不入啊”。没等嫂子反应过来，黄班长就上前帮助嫂子重新捆扎绑腿。军嫂杨景瑞靠在石头上，挣扎着脱下鞋，那双白布袜子已经看不出它的本色，大脚趾的地方破了两个洞，两个脚趾盖已经完全发乌，侧面磨出了两大块老茧，被水浸泡发皱泛白。黄班长看着很是心疼，又十分钦佩军嫂杨景瑞的勇气和胆略。

这一趟从墨脱回来，杨景瑞感觉体力消耗严重，精神接近崩溃，潜意识里浮现“这不是人呆的地方，这不是人走的路。”可是，她的丈夫在这里，她的心也留在了这里。她说，只要边关需要她的丈夫，她每年都要到西藏来走一趟边关路。

墨脱的山路，就这样在杨景瑞鼓励的遐想和疲惫的自我挣扎中渐渐地走了过来。事后，当军嫂杨景瑞回忆这段历程的时候，说出了让人感佩的想法：走过墨脱路的女子真幸福，没有走过墨脱路的很难想象有此经历的人竟能成为一段艰辛跋涉的驱动力，陪伴着一个个疲惫的生命跨越自然的天险，经历人生巨大的考验。

军嫂杨景瑞认为，墨脱的美无庸置疑。在这里，造物主就像一位倾尽爱心的母亲,用四面的高山将这块绿色丛林层层包裹,小心地呵护在怀里。绿色的山,绿色的树,蜿蜒缠绵。曲折无尽的小路,墨脱边防的战士就在这重重的绿色中孤独而执着地守望着这里的土地和人民。

墨脱,那被高山环绕的澄净蓝天也圈划出青藏高原少有的气候特点。多雨而潮湿的自然环境,除了雕琢出繁茂的丛林之外,也阻断了人们与外界的交往。

走一趟墨脱路,还要走一走丈夫经常跋涉的巡逻路。

在墨脱的日子里,军嫂杨景瑞和战士们一道去巡逻,在崎岖的山路上曲折往复。有时候,膝盖就像脱了节的木偶不听使唤。有时候,军嫂甚至有放弃的念头,感叹这条路着实太难走了。

至此,军嫂杨景瑞更加理解和心疼丈夫身处边关的艰辛和不易。

巡逻路上,可爱的战士们除了全副武装,还要背负路途的食宿用具。每个人都精力旺盛,不知疲倦,一路不停地唱着叫着嚷着:“看,那有只鸟!”“松鼠、松鼠!”仿佛刚从太上老君的炼丹炉里钻出来的孙悟空,有了一双火眼金睛正没处发挥。“有猴子,那儿,快快!”又一个大叫起来。于是本来已动不了的双腿又不由得跟随着他们往前挪动。“算了,不见了。”十几分钟后,领头的谢排长垂头丧气地站住了,一脸的沮丧和失望。

军嫂杨景瑞劝说战士们:“人跑多快,猴子就跑多快,你们也不想想。再说,这路是人走的么?什么时候了,还有心思追猴子,真是的!”

“嫂子,你不知道,我们追猴子,不是没事闹着玩,那给激动的啊。”旁边的一个小战士插话了。军嫂杨景瑞张大嘴巴,半晌没说出一句话。

再次上路,杨景瑞为刚才的冒失而自责,她用一个女人一颗柔弱的心去审视边防战士,读懂了战士们长时间在野外的寂寥之感。

杨景瑞多次发现,每当连队停电时,战士们大都围坐在一起,相互闲聊家乡的风貌、风俗和土特产,用回忆温暖彼此的心灵,以慰藉思乡的苦楚。

杨景瑞终于明白,战士们巡逻时若能追上一只飞禽走兽什么的,那便是一种让所有人兴奋的幸福。

杨景瑞自责，一个局外人，有什么理由嘲笑边防战士的这份快乐和幸福？

在墨脱，军嫂杨景瑞惊叹于自然的鬼斧神工，更惊异于戍守这里的官兵的乐观。

也许时至今日，都市里的红男绿女没有谁会知道在地球的这个角落，还驻扎着这样的一群军人，用他们静如磐石的坚强守卫着这一块纯净的土地。

军嫂杨景瑞有时在想，战争可以是硝烟弥漫的厮杀，亦或是真枪实弹的较量，但在墨脱，它未尝不是人内心意志的抗衡。在和平年代的戍边军人心里，每天每时都在经历着这样的历练。军嫂杨景瑞还想，如果真的有一天战争爆发了，她能到前线为战士们做点什么吗？她还能走得动跟随参战支前吗？

执着与放弃的对抗，坚持与软弱的碰撞。当每一天新的霞光从青藏高原的山顶弥漫到每个军人脸庞上时，过去的一天，胜负已见分晓，未来的一天，等待着每一个军人去迎接新的挑战。

那天午后，军嫂杨景瑞在丈夫的带领下，步入背崩烈士陵墓园。这已是她第二次陪同丈夫来到这里，她和丈夫默默地伫立在芳草凄芜的坟前，凝视脚下这些正值青春便已逝去的生命。或许，他们的身躯和魂灵早以悄然融入了祖国这片山川大河，正以另一种方式驻守遥望着墨脱这片热土。

回到营区，再看看身旁这些依然年轻的战友，那一张张超越真实年龄的沧桑容颜，军嫂杨景瑞明白了一个道理：英雄是平静的，更是平凡的。用青春挥洒出的墨脱的绿色，何尝不是英雄那令人目眩的勋章！

谁是最可爱的人？原来的杨景瑞并不理解这句话的真正含义。但是走过了两趟墨脱路后，她懂了，她真切地明白了墨脱的军人们就是最可爱的人。

杨景瑞一次次在心里默念，那些已经离开墨脱回到内地，或正在守卫着墨脱，或已经长眠墨脱的可爱的战士们，一切都好。

7

喜马拉雅山脉和念青唐古拉山脉伸开巨大的臂膀，环抱着山清水秀的林芝。一进秋天，这块有着“西藏小江南”之称的吉祥宝地，更是五彩斑斓，尽显妩媚。

军嫂月岚常常想起墨脱那蓝天白云下、高山峡谷里的旖旎风光，还有那飘飘然惬意荡漾心间的灵光美感。

要不是为了今世缘，世事沧桑变迁，喧哗或耳语中流传的故事再也无法说清道明，只有军嫂月岚对墨脱多年未改的痴情轮回依旧。

天亮了，人醒了，心神往——我的墨脱啊！不是我的墨脱，是在那遥远的墨脱有我的人，常常会在激越中把墨脱说成我的墨脱。也许是爱得太深了，爱得太刻骨铭心了，一旦给予了、付出了，就不会忘记，就不会改变的心驰神往。

雨太大，雾太浓。眼花缭乱的色彩漾动里，看不明虚实，分不清是云是雾是雨，这雨里来雾里去，不知交织着多少人的情和梦。

就因为一个“爱”字，让多少军嫂毅然奔赴遥远的西藏，决然徒步走向边远的墨脱。

在这漫长而又短暂的岁月里沉浮变幻，一次次在那山路上几乎丢掉了性命。即便是在生命垂危的时刻，她们都清晰地记着西藏的山川和自己丈夫那白里透红的容颜。

军嫂月岚对墨脱的留恋执著只是因为与墨脱有过多次的亲密接触。不知多少次，她曾在远方眺望墨脱，在梦中亲近墨脱，声声呼唤墨脱。除了一个可以诉说悄悄话的人而外，墨脱的小路上、山野里、小县城里那些纯真的笑脸和动人的声音常在她记忆的时空中婉转回旋。

人生能有几个十年？军嫂月岚对墨脱的牵挂已整整十一年。孩子十岁了，可是丈夫就在家里过了两个春节。

虽说如今的墨脱已是车来车去，每天都可以进出。但是，那个年代的记忆怎能抹去。

军嫂月岚经常自言自语地或诗情画意地说，墨脱，你是否还记得，那些对世事不屑一顾的孤傲青年。那时的我的丈夫，那时的我，自以为能顶天立地，什么都不怕，三天的路程，两天走完。可是，那年夏天，当我又一次触摸你并感受你韵味时，我才真正体会到自己是多么的渺小、多么的脆弱，那一刻，你的魅力就刻在了我心上。

哪怕岁月苍老，倚在你身边就好。

人总是要有一点追求，满足心的依恋身的依附，追随雅致时尚或许会成为时下人们生活的一部分。每每在友人、路人的镜头里，恍惚看到墨脱动人的影像，仿佛听到门巴族朋友轻灵的呼唤和跳动的弹唱，那声音如此的梦魂萦绕。

五年前，军嫂月岚的丈夫已转业回到了南京，回到了她的身边。回想起和丈夫在墨脱的那些日日夜夜，月岚仍在思念墨脱，她相信墨脱的那些朋友也一直没有忘记过她。

在西藏的东南角，墨脱声声不停地呼应着多少人的向往。

月岚说她不再是那个青春靓丽的女子，她在揣摩，风景宜人、鸟语花香的墨脱是多么的妩媚动人。再走多雄拉进墨脱，可能不现实了，但她一直在寻找机会，一定要坐车进一次墨脱。

在与军嫂月岚的交谈中，我也深深感到：对于我来说，何尝不是这样的心境——墨脱，在我心里总是挥之不去、抹之不掉。在心里，可能今生都走不出墨脱了。

没有多少人知道，我是怎样深深地想着墨脱，凄风苦雨里怎样在炉火中找寻墨脱的温润，午夜梦回时怎样将窗棂间的树影读成墨脱。

总幻想着在某一个瞬间捕捉到墨脱的声息。一次次地朝着墨脱的方向，长久而无声地张望。

梦想车轮滚滚、花开满树，在淅淅沥沥的小雨中，景色尽收眼底，进入墨脱那片芳草地。

军嫂月岚想，纵然豪情万丈，也成全不了自己的命运，一腔热血只能被北风无情地吹冷。墨脱，我还能重回到你的温情里吗？

"你的影子就在眼前，心却离我那么遥远。"还是在那个寒风凛冽的季节，我就来到了你的身旁，这一等就是两个多月，你才露出你娇嫩欲滴的容颜——雅鲁藏布江畔的芬芳小花。

花开雅江畔

"你的影子就在眼前，心却离我那么遥远。"还是在那个寒风凛冽的季节，我就来到了你的身旁，这一等就是两个多月，你才露出你娇嫩欲滴的容颜——雅鲁藏布江畔的芬芳小花。

你生得如此的娇美，开得那样的凄艳，成片连天，沿着雅江南岸曲布曲姆冰川融水流淌的小溪，一直往雪山上开放。鲜红、粉红、金黄、暗黄、蓝色、紫色、绿色、乳白色，一朵朵花瓣上，一颗颗露珠晶莹闪烁，五彩缤纷，绝妙神奇，无不令人感叹：风景这边独好。

五月中旬，西藏的远山依然一片白茫茫。

这天，终于脱下了去年入冬以来就穿在身上的大衣，站在天底下，感受阳光明媚的高原气息，领略风光旖旎的高原美景。

山野里，蓝天上飘着几朵白云，初升的太阳照在大地上，紧紧裹在人的身上，一股暖流缓缓从背上串到脚底，流淌全身，那贴身的暖意多么舒心，那温柔的抚摸温暖入怀。

这是一片生疏地域，没有道路，从来没有人走过，就连牛群羊群也从没有涉足过，只能辨识大概方向。长长的队伍在那崎岖不平、忽高忽低、荆棘丛生的大山里行军拉练。

一路走去，映入眼帘的是白玉草、塔黄、苞叶雪莲、红蓼、蓝玉簪龙胆草、水母雪莲花、珊瑚苣苔、贡山蓟、山莓、匍地骆驼刺、高山龙胆花，还有纷繁复杂、种类繁多的绿色植物，各种花卉竞相绽放，妆点着苍茫大地。

这些生机盎然、活力四射的花花草草，仪态端庄，落落大方，色彩鲜亮，清秀宜人。

或许是被遮天蔽日的漫漫黄沙扑打得有些习惯了，或许是长时间没有见到绿色的缘故，这些独特的高原自然景观让人触景生情，喜上眉梢，大家几乎到了欣喜若狂、心花怒放的境地，对着山川高声呼喊，伸开双臂拥抱大地，累并快乐着。

物竞天择，适者生存。惊叹美丽，也为顽强的生命喝彩。

随着海拔逐渐攀升，最引人入胜的是粉红色的藏菠萝花，鲜艳夺目，光彩照人。

高手在民间，奇迹在西藏。

大家都在纳闷，纷纷驻足观赏，干燥的土壤里居然能生长出如此艳丽的小花，甚至它的周围没有一根微小的杂草，用手指轻轻一捏那土壤，干涸焦枯无点滴水分，唯独一朵朵藏菠萝花，亮丽优雅，令人着迷，沁人心脾。

一直在沙土乱石堆里摸爬滚打、在雅江上架设浮桥，多专业小范围练技能。同志们一旦走出野营训练区，走向大山，就会发现，美无处不在。

我心存疑问，西藏到底有多少不可想象的奇迹，到底有多少不为人所熟知的花朵，到底有多少令人惊叹的美丽。

正当此时，作训参谋查看地形图，显示现地高程海拔4500米。这样的高地，藏菠萝花是绝无仅有的植物品种，令人难以置信。生命原是一个不知来自何处去向何方的奇迹。存在，只是一个时空的偶然；相遇，才是特定的安排。向来情深，奈何缘浅。

不见叶片但见鲜花耀眼，山坡砾石逢里、枯干的土地上开出的藏菠萝花，姹紫嫣红，诱人眼球。惊讶它的娇美、赞叹它的品行。从沙石缝里冒出来的这些小花，其生命力就像它热烈奔放的颜色一样，给人以坚韧不拔的联想——如此漂亮的小花朵竟然在恶劣的环境中吐露芬芳，给人愉悦的享受。正可谓，只有底气，才能撑起勇气，只有沉淀，才能散发出魅力。

来自冰山脚下的藏族排长次仁介绍，藏菠萝花种子发芽后钻出沙石就能开花，一旦有一株发芽，它就可以成片繁殖，甚至可能一路生长到雪线附近，其花朵不过一周即败谢。

这样短暂的花期无不令人惋惜。真是“好花不常开，好景不常在。”

任何事物都有两面性。花开，为谁姹紫嫣红。花谢，为谁徒增悲伤。据说，藏菠萝花花期虽短，其根能治久病虚弱、头晕、贫血症等，有“自甘寂寞禅心养，也把生机善意珍”之美誉。

野外训练两个多月，寒冷、干燥、狂风卷起的层层风沙随时与人结伴而行，战友们个个脸蛋黝黑，肌肤活像粗糙的皮革。好在前些天降了两场雨水，给人带来一点安慰。近来暖阳眷顾，山坡渐披绿衣，如洗的花草光彩夺目。

这人啊，在野外呆着呆着就会慢慢明白，只有在风沙弥漫、飞沙走石的荒野里，才能真正体会到“水是生命之源”的准确含义。其实，在西藏高原，有的植物只需要一场雨，第二天就会遍野山花烂漫。有的却要等待很久，才能露出尖尖角，慢慢展现花姿容貌、月之皎洁。有的花开花谢也就一两天时间，存活的时间十分短促，但它们在这片高天厚土上仍以昂扬的姿态傲然屹立。它们坚信，存在就是美好，存在就是幸福。

利用行进间隙，或是短暂停留，赏心悦目“研究”完藏菠萝花的奇特与功效后，继续沿着雅江上游跋涉。

队伍来到另一片天地，目睹高山峡谷、荒漠腹地、冰封雪岭上许多不同色彩叫不出名字的野花，感慨一路走来，花样山川，欣喜不断，抑或生命其实可以别有洞天？

热爱大自然的人都会感慨，伴随着风的声音，这些念不够、看不够的小花将会距人越来越远。它们可能会给人留下清晰美好的记忆，或许这样的回味越来越淡，慢慢就消失了。

然而，在那遥远的地方，不知有多少人向往西藏的瑰丽神奇和独特的地理环境，他们做梦都想到西藏来一趟，有的甚至骑行、徒步而至，这样的勇气确实值得赞赏。因为这里有人们所不知道的花样西藏，这里能孕育出芬芳美丽的花朵。

看似娇嫩的花朵生长在西藏的高山草甸、茫茫雪原和荒山野岭等复杂自然环境中。他们凭借顽强的生命力，在一片片萧索中兀自盛开，矗立在冰封雪岭、荒漠孤岛、悬崖峭壁的小花形态各异、色彩分明，尽显淡雅、素静、秀丽，惊艳世人。

雅鲁藏布江沿岸的小花，开在花开时节，开在行军队伍到来的时候。你的笑脸多么甜美，你的身姿多么优雅，你却对我默默无语。你在这里，不需要等待，一年年、一次次，热爱西藏的人都会在雅江沿岸与你相遇、与你相恋，风吹草动，花动心动，清新的芳香飘荡起来，令人陶醉。

生命本无所谓有，无所谓无。怀想曲水望不尽的蓝天白云和油画般耀眼的美丽山川，留念曲水那片清凉幽静的杨树林。

曲水那片杨树林

五月下旬，正是西藏万木葱茏、绿荫环绕的时节，沿着318国道一路向西，走到拉萨市曲水县城附近，便是一片杨树林。

刚进入茶巴朗村，一片绿浪就在眼前晃动。只见左右两边高大的杨树枝叶缠绕，相互依偎，风来哗哗作响，或是簇拥，或是轻抚，似乎它们谁也离不开谁。

笔直的公路从树下穿越而过。车辆、行人就像走在宽敞的林荫大道上，喜出望外，喜上眉梢。走在这样的林荫大道上，一路闻着花香、听着鸟语、呼吸着新鲜的空气，世界顿时明朗起来。

一次次来回穿行在这片二十多公里的杨树林下，感慨颇多。

如果来到这里，你还踩着油门一股脑儿地往前走，而对这道风景熟视无睹、视而不见，那你也太着急了。何必去为短暂而又漫长的人生马不停蹄，怎么不来一曲“马儿啊你慢些走呀慢些走，我要把这迷人的景色看个够。”

你看那树荫左边或是右边，都有藏式村庄院落，杨树林的周围是一片片庄稼地，绿油油的一片，朝气勃勃，生机盎然。密密层层的杨树枝叶挡住了高原炽烈的阳光，微风轻拂，爽凉扑面，心平气静的感觉顿时涌上心头，无限美好令人开怀舒畅。

绝不错失每一次路过的机会，总是用心去领略曲水这片杨树林的唯美、用情去触摸它的温热。一次次感知烈日当空时，村民聚集在树荫下感受清风送爽、其乐融融的美好时光。夜幕降临，灯火通亮，狂风来到树梢就停下了游走的脚步，也要看看这片杨树林的枝繁叶茂与洋洋洒洒。

就在其奴村往西十余公里的公路上，杨树成排，青稞小麦田地错落有致，两边一片片、一簇簇的紫色骆驼刺花，耀眼夺目。这些被誉为沙漠勇士的骆驼刺，在人们的视线里顽强地焕发出生命的光彩，花团锦簇，芬芳四溢。

在西藏，难得见到公路两旁如此让人神采奕奕、春风满面的景致。那一瞬间，人的心情也像那青幽幽的杨树叶在微风中一样欢呼荡涤，触景生情的滋味在胸中涌动。我不时在心里感叹：这是西藏吗？这是高原吗？夏天的西藏如此诱人，竟然有这么多美好存在，竟然有这么多惊喜出现。

那天早晨，从这片树阴下路过，“小桥流水人家”浮现在眼前。不由自主停下车，漫步在杨树林里，尽情享受清风徐徐、炊烟袅袅、晨曦柔和的轻松与自在。

身入其境，心旷神怡。村头飘荡的烟雾里夹杂丝丝凉意，感觉置身云里雾里。来来往往的游人在很远的地方就下车，要从这里漫步走向曲水动物园，它们三五成群，眉语目笑，胜似闲庭信步，又像寻寻觅觅，淡然、惊讶、更多的是满脸的好奇。难道就像歌里唱的那样“传说这是神仙居住的地方……人们都把它向往……”给人太多的欣喜和欢悦。难怪早在200多年前一位伟人就说：“一切的和谐与平衡、健康与健美、成功与幸福，都是由乐观与希望的向上心理产生与造成的。”

或许是人们忙于事务，或许住在这里的人们早已习惯了这里悠闲舒适的生活，问问他们住在杨树下的感觉，几个人都说“还行”“没啥感觉”“挺好的”……可是，对于我这个几乎走遍西藏的人来说，却别有一番滋味在心头。

那一片杨树林，从茶巴朗村一直延伸到曲水县城、达嘎乡、茶巴拉乡，一路尽显郁郁葱葱、“风景这边独好”。清一色的杨树，一排排、一片片，几乎没有一棵其它树种，难道这是杨树生长的地方？就算是在风景如画的林芝也难得见到如此壮美的景观。

“一棵呀小白杨，长在哨所旁……”曾经的那首《小白杨》唱遍祖国的大江南北和高山海岛。然而，今天穿行在曲水这片杨树林里，再想想哨所旁的那棵小白杨，心里是多么的坦然和从容。这里虽然没有哨所旁那棵小白杨的感人故事，让人荡气回肠，却也有“微风吹得绿叶沙沙响，太阳照得绿叶闪银光”的优雅淡然。

在西藏这个风沙肆虐的地方，树或者植物的存在意义非凡。曾经在很多环境条件极为艰苦的边防连队或高山哨所，有个不成文的规定：种活一棵树，荣立一次三等功。可是，从来没有一名官兵因为种活一棵树而戴上军功章。

前人栽树后人乘凉。享受这份快乐！感受这个幸福时刻的应该是公路沿线这片杨树林下的村民。也许，那些栽种杨树的人已经变老，他们见证了这些参天大树的成长经历，内心是无比的欣慰。也许，正在享受这片树林给他们带来幸福生活的人们根本就不知道这一棵棵粗壮的一人抱不拢、二人勉强能合抱的杨树是谁栽种的。在更多人的意念里，感触最深的是自己的父母选择了这块风水宝地，让她们过上了幸福生活，幸福的滋味溢于言表。

那天，在与田副营长一道探寻这片杨树林的美妙风景时，听到了许多曲水老年人的声音："现在曲水的树比以前多了很多，西藏的山川越来越美了。"

曲水的这片杨树林，是西藏难得的一条风景线，那一棵棵高大粗壮的杨树，少说也有50年的树龄了，在它们的旁边还有大小不等、高矮不一的树干撑起一片片绿荫，明显的老、中、青、小、幼五代树形，这些不同批次的杨树，彰显的不就是"绿水青山就是金山银山"吗？

在西藏，树木的量变，需要多少年的期待才能促成人们生活质量的提高。没有一条放之四海而皆准的经验，付出往往远远大于受益，甚至很多投入可能颗粒未收。但是，一代代西藏人不懈努力，不抛弃、不放弃，硬是在荒山野岭栽活一棵棵树，在雪域高原创造一个个绿色奇迹。

如果来到这里，你仍在车上迷迷糊糊打瞌睡，无精打采梦游世界，对这片杨树林麻木不仁，无动于衷，又何须此行。

在这风和日丽的季节里，曲水这片杨树林遮天盖地，闪耀着绿色的光芒，像一片绿海，迷人的景致岂会逊色于唐代杜牧的《山行》"停车坐爱枫林晚"。

就在杨树林下的曲水动物园，百花齐放，万木争春。占地1200多亩的园区，森林覆盖率在80%以上，仅杨树就超过半壁江山。在动物园区和游乐场边沿，就有一片500多亩的杨树林，蔚为壮观。走在那千余棵杨树里，心胸赫然开朗，这样的人间美景，无不令人叫绝。

虽然不会讲藏语，可我深深地爱着西藏，虽然不住藏家小院，可我时刻眷恋着壮美的高原、十分留恋牛羊生长的地方。

生命本无所谓有，无所谓无。

怀想曲水望不尽的蓝天白云和油画般耀眼的美丽山川，留念曲水那片清凉幽静的杨树林。

哨位上的月光，让寂寞变得不再寂寞，把寒苦变成了温暖。无论夜有多深，总能看到轻风与雅江上的红嘴鸥搏击的旋律在钢枪与月光中辉映。

深夜，哨位的月光

深夜，哨位四周静悄悄，明朗的月光洒在哨位上，岗亭的倒影与哨兵同在，夜色多么美好。

在这个特别的夜晚，在这个特定的环境，如水的凉风轻轻弥漫在空气中，皎洁的月光何等迷人。

刚刚走上哨位的哨兵手握冰凉的钢枪，呼吸着过滤般洁净的空气，不由得时而仰望苍穹，时而环顾周遭。尽情享用这难得的夏夜……

站在哨位上，目睹朵朵黑云漫游，月亮时而藏身其中，时而又悄无声息的远去。哨兵看月飘移，看光与影在空旷的原野变换，看月光在枪刺上的折射，听低矮刺蓬里嘤嘤嗡嗡的那片虫鸣。

此时此刻，已听不到远处雅鲁藏布江的欢动，只见柔美的月光下江面波光粼粼，忽闪忽闪，呈现诗意朦胧的境象。

夜很深了，大地已经沉睡了。除了轻风吹拂，除了远山的村庄仍在亮着的灯光，清冷的哨位寂静无声。

静静的夜里，来自内蒙古的穆萨勒、重庆的撒布都、新疆的马那斯别克·海拉提别克连自己的呼吸声和心脏的跳动声都听得清清楚楚。

深处月光之下的这般景色之中，仿佛觉得这么委婉的夜空飘荡着一首清脆悦耳的小乐曲，吟唱着深夜里四处静悄悄的韵味。

月色弥漫，安宁静谧。巴扎嘿，哨所的月夜呀啦嗦。

今夜，月光轻韵，如一缕清风，似天使身披一面轻纱，寄托多少人的惆怅和愿望，遥望多少人的思念和向往。

今夜，月光清静，让人感到没有尘世的喧嚣，没有世俗的烦恼，只有一份宁静属于自己。

今夜，月光柔和，她笑容温顺，慈祥地望着大地，温暖而又唯美。夜色多么好，令人心爽朗。

如此清幽的月光，兴奋过后，让人有些颤栗。哨兵站在岗亭里深呼吸，肩有担，身有责，无闲暇去体验月光下那一份不可名状的心情。你赏你的月，我站我的岗。

那天晚上，透过帐篷的窗户，发现月光明亮，银辉闪烁。这么寂静幽雅的夜晚，叫人怎么能安稳入睡？我敢肯定，作为野外驻训的年长者，不是这人想得太多睡不着，而是那明媚的月光实在是太诱人。

年轻的战友已经熟睡，风儿吹过来，帐篷顶上的鼾声邀约徐徐轻风舞动轻韵，柔和的月光来到我身旁，牵着我的手，要对我诉说心里的悄悄话。这么令人兴奋、让人激情满怀的夜晚，还犹豫什么？

索性走出帐篷，漫步在那条铺满石子通向哨位的小路上，足底一路被挤压、捏拿，感觉格外享受。任凭月光漫照，月色不断轻轻地拂拭在我身上，心平气静聆听夜风吟唱，用心领略月明如水的美妙，突然有种“不知天上宫阙，今昔是何年”的感慨。

哨位左侧，是一条从拉萨铺向日喀则的铁路，忙了一天数趟承载客运货运的运输任务，此时的钢铁巨龙已在静卧休息。可是，铁路旁边那一片片白昼里金黄、奔放的油菜花，随着微风飘来阵阵清香。月色撩人，花香沁人。

人们都喜欢皓月千里、月白风清的夜晚，特别看好那沉鱼落雁、羞花闭月的意境。有人说：“月光是诗人心中酒的相思。”然而，西藏边防哨位上的月光，无疑不像诗人的情感那样情绪如练、长短不绝。雪域高原哨位上的月光没有忽痛忽悲、欲歌欲涕的怅惘。也不像宋代大诗人陆游“山重水复疑无路，柳暗花明又一村”那样心情变化无常。

哨兵只有一个信念：站好岗，放好哨。

小小的岗亭，遮不住哨兵挺拔的身躯。哨位的夜色多么美丽，哨兵手中的钢枪在月光下闪烁出一道寒光，人枪巧妙结合，神色威严。

其实，哨兵也会想念，在那遥远的地方，有一位好姑娘，还有他们迷恋的地方，属于他们的那些美丽。

多少次曾在迷茫中徘徊，今夜微风传递遥远的思念，哨兵的内心藏着多少期待。

此时与月亮同伴，眺望山那边，怀想远方的亲人和自己的成长经历；期待自己向着高原走来，人生春暖花开；牵挂父母、妻儿，牵挂你爱的人和爱你的人——在这美好的夜空下，哨兵思绪万千。

哨位的月光固然美好。戍边军人雷厉风行，坚决果断，而不会被这迷人的景象所缠绵、迷惑。在这幽静的月光下，哨兵想到的是责任与担当，他们姑且享用这清幽的月光，总是紧握钢枪，目视远方。

曾经一次次走进边关哨所，与众多哨兵战友促膝长谈，深知哨兵，深爱哨兵，最能理解他们对祖国、对边关的炽爱。他们一旦走进大山，进入哨所，就会深深地爱着自己的岗位和这边关明月，这种情感随着时间的推移越显厚重，甚至离开数年之久，对边关的那轮明月，仍会魂牵梦萦，切切在心。

哨所的月亮挂在天上，哨兵的心思铆在哨位上。月亮的光芒娴静而又安详，温柔而又大方，常常会引发哨兵的心绪，这种心绪是淡淡的、静静的。直到战友接岗来了，他们才意犹未尽的离开哨位，借着月亮的光芒走进帐篷……

哨所的月亮，就像母亲一样，时时在温暖哨兵的心房，月亮的目光注视着哨兵成长，母亲的嘱托记在哨兵的心上。

明月啊明月，是你陪在我身边，伴我走过一年又一年，直到我离开部队的那一刻。

哨位上的月光，让寂寞变得不再寂寞，把寒苦变成温暖。无论夜有多深，总能看到轻风与雅江上的红嘴鸥搏击的旋律在钢枪与月光中辉映。

夜深风凉，有月光相随，浩瀚无垠的情境多么奇妙。

一直以来，大自然犹如一位优秀的艺术家，巧夺天工似的不断创造出许多令人叹为观止的奇特景观，如非洲维多利亚瀑布、地球之巅峰珠穆朗玛峰等。而在西藏边防，那一次次高原月光下的美妙景观，总是那样令人陶醉，又让多少人心生仰慕、为之倾倒。

哨兵赞美月亮，常邀明月一起守边关。哨兵赞美明月装点团圆和谐的世界，更喜欢这幽静美妙的夜晚。然而，美好的时光总是短暂的，月光也不能总是陪伴着我们的哨兵，与我们的哨兵长相厮守，是不可能完成的任务。

不知不觉，天空中的月亮渐行渐远，月光下的哨兵变固定哨为游动哨，似乎要挽留住那温婉的月亮。

多么美好的夜晚，哨位的月光，令人心驰神往。

一片其貌不扬，不被看好的路边树林，掩藏着一棵生机勃勃、叫人驻足的红豆杉。不知道，每天有多少人从这里路过，有多少车辆在这里停下，人们都要看看这棵红豆杉的端庄仪容或是魁梧奇伟。

亚东沟的那棵红豆杉

知道西藏有红豆杉。也曾经见过墨脱军营里和察隅密林中的一棵棵红豆杉，高大健壮，苍翠挺拔，郁郁葱葱。

然而，让人感到印象深刻、奥妙无穷的是亚东沟的那棵红豆杉。

它直径不足三十公分，大碗口一般粗细，矗立在亚东那条弯弯的小河岸边。

有人问，亚东沟里到底有多少红豆杉。这个问题，可能连林业局的同志也只能说个大概，人们能够看得见的也就那几棵。不多，不多也。

一经接触，那长在下亚东河边上、前往拉马斯的路边上，一棵名不见经传的红豆杉，常常令人浮想联翩、思绪万千。

是什么样的情怀，会让人对一棵红豆杉恍然如梦，分心挂腹？

其实，想象很美妙。虽然有时很无奈，有时却又妙趣横生。想象在思维中欢动，往事在想象中云游，漫无边际，如梦如幻。

一片其貌不扬，不被看好的路边树林，掩藏着一棵生机勃勃、叫人驻足的红豆杉。

不知道，每天有多少人从这里路过，有多少车辆在这里停下，人们都要看看这棵红豆杉的端庄仪容或是魁梧奇伟。

我想，不管怎么样，走进红豆杉的举动，就是对大自然的热爱，就是对稀有数种的好奇，更是对红豆杉像士兵一样屹立在祖国边防线上信守不渝的精神敬仰。

因为生长在河岸边上，人们虽然不能围着这棵红豆杉转悠，但来到这里的每一个人都会发出“啧啧”之声。一次赞叹，次次都在赞叹，目睹被称为黄金树的红豆杉，似乎奇迹就在此刻诞生——西藏就是诞生奇迹的地方。

在拉萨工作的这十多年来，已记不清是多少次来到这里。密林中、树荫下，这棵被保护起来的红豆杉身披洁白的哈达，围栏护着，保护警示牌高高挂起，不止是一处旅游参观景点。

虽然在众多的树木中，这棵红豆杉不是傲立群雄，却也是独树一帜，独领风骚。

看好红豆杉光滑淡红褐色的树干，欣赏它被狂风吹拂或是自身生长撕裂成薄片脱落的树皮，还是赏识它纹理均匀，结构细致，硬度大，韧性强的品质。亦或是钦佩它屹立边防，不管阴晴风雨，不管环境如何阴暗艰险，总是坚守岗位为大家营造一方净土的执著。

人生都会有许多第一次让人记忆犹新。记得那年那月，因为工作关系，第一次到亚东去，爬上海拔4700多米的云中哨所詹娘舍采访之后把稿子写完后的那天下午，在那繁花似锦的营区里，蒙股长叫来一辆勇士车，硬是把我拽上车，说是去看看红豆杉。经过40分钟的颠簸，我们来到水流湍急的下亚东河边。

那河水，咆哮着，嘹嘹呖呖，嘶喊着，狂涛怒吼。

那河水，汹涌澎湃，激起的水花如烟、似雾、像云、犹雨。

只见红豆杉枝叶凌风飘扬，如诗如画，这是边防线上一曲美妙的乐章，那些溅起的水花就像一个个跳动的音符。

——那声音扣人心弦，听之动容；那声音令人辗转反侧，彻夜难眠。

蒙股长一副成竹在胸的架势，指着那棵红豆杉如数家珍：西藏红豆杉又称喜马拉雅红豆杉，叶为淡绿色，枝丫为淡褐色或红褐色，生长在海拔2500米至3000米湿度较大的地区。亚东县红豆杉主要分布在下亚东河谷一带及原始森林境内。红豆杉生境性耐阴，密林下也能生长，常见一棵独处或两棵相伴，不见成林。红豆杉木质坚硬，是建筑、桥梁、家具、器具的上好材料。其药用价值较高，以其茎、枝、叶、根入药，全身都是宝。主要成分含紫杉醇、紫杉碱、双萜类化合物。有抗癌功能,并有抑制糖尿病及治疗心脏病的效用,它不仅可以吸收一氧化碳、二氧化碳、尼古丁、甲醛等有毒物质,而且由于其枝条和叶片表面粗糙、分泌物丰富,还可有效过滤空气中的细小颗粒物,降低PM2.5浓度。

——好一个宣传股长,真是能说会道啊。

我不只一次在想,人和树是不是也会有感情?这无论怎么说,应该都是一厢情愿的事情。但是,当人去欣赏一棵树,对这棵树高看一眼厚爱三分的真实心理是存在的,姑且不去理论这棵树对这个人会不会有感情。因为我们向往绿色,我们崇尚绿色。

常常想起亚东沟里的那棵红豆杉,后来又去了亚东很多次。特别是难忘的2017年,四个月之内去了六趟,每趟少则五天,多则十天半月,每次路过,都会下车去看看那棵红豆杉,就像看望一位居住在深山里的老朋友。

为什么对那棵红豆杉的热爱这么深沉,为什么对那棵红豆杉的情感这么厚重。或许是因为对西藏的炽爱,或许是因为对西藏边防的钟爱。毋庸置疑,是对大美西藏的深深眷恋。

东寻西觅,南来北往,算是踏遍了西藏的山山水水,也深深地爱着这个纯净、神奇而富有魅力的地方,还有那牛羊生长的地方,诗情画意,令人着迷。

亚东沟里的那棵红豆杉,它所处的地理位置,与县城的距离,以及几个岔路口的走向和它周围独特的自然景观,都向酷爱西藏的朋友一一推介。

突然有一天,真的来了几个文友,茶余饭后,扛着高山反应的痛苦,他们萌生去亚东看红豆杉的念头。

这样的勇气值得赞赏,这种对新鲜事物的追随和感应与我同声相呼。可是,一个星期后,电话的另一端告诉我:因为高山反应严重,他们已回上海。

一次遗憾的旅行。

向往西藏,就要到西藏去走一走,热爱生活,就要到那片广阔的天地里去体验去感受。亚东沟里的那棵红豆杉等待着更多的游客去观赏。

据有关资料显示,红豆杉是世界上公认濒临灭绝的天然珍稀抗癌植物,是经过了第四纪冰川遗留下来的古老孑遗树种，在地球上已有250万年的历史。中国的红豆杉数量占世界红豆杉总量的一半以上，现已被列为一级保护植物，每一棵红豆杉都有卫星定位，禁止采伐。

期待亚东沟里的那棵红豆杉在不久的将来长成参天大树，为亚东撑起一片蓝天、形成一道独特的风景。

2015年4月25日14时11分，尼泊尔（北纬28.2度，东经84.7度）发生8.1级地震，波及我边境地区。灾情十万火急，大军雷霆出击。解放军官兵在救灾一线挺起钢铁般的脊梁，与灾区群众同呼吸、共命运、心连心，在抢险救灾与守护生命中让群众看到了希望。

解放军来了……

2015年4月25日14时11分，尼泊尔（北纬28.2度，东经84.7度）发生8.1级地震，波及到了我边境地区。

地震发生后，3个小时，仅仅3个小时。

作为西藏自治区"抗洪抗雪应急队、地震灾害紧急救援队、工程应急抢险队"三支应急力量的西藏军区驻拉萨某旅611名官兵、136台机械已在营区集结待命，随时准备开向尼泊尔8.1级强震后波及受创的樟木镇和聂拉木、吉隆、定日等地。

接到上级命令后，1个小时，仅仅1个小时。

身为政工主官的旅政委梁真海就带领部队驰援而去。灾情发生后的第三天，正在内地休假的旅长周静出现在了救灾现场。

灾情十万火急，大军雷霆出击。这次行动，是一次生死时速攻坚战。

近40天的紧急救援，该旅官兵历尽千辛万苦，在救灾一线挺起钢铁般的脊梁，与灾区群众同呼吸、共命运、心连心，在抢险救灾与守护生命中让群众看到了希望。

聂拉木，转移群众生活用品6万件

历经17个小时的长途奔袭，梁真海政委带领的先遣队58人、13台装备于4月27日22时到达重灾区聂拉木县。

漆黑的夜晚，灾民在呼喊。微光中，看到一队驾驶着挖掘机、装载机、推土机的军人走来，村庄里的大人小孩双手合十迎了上来。“菩萨来了！救命恩人来了！”

受灾现场就是战场。时间不等人，救援时间一分钟也不能拖延。能征善战的工兵劲旅官兵，来不及休整、来不及喘息，赶到现场就立即投入紧张的抢险救援。他们操纵着大型工程机械，在灾区一线攻坚克难，发起一次次工兵突击，被灾区群众称为“灾民的暖心人”。

作为一名主官，在旅长休假回内地不在工作岗位的情况下，政委梁真海始终牢记身先士卒是一名指挥员的基本操守。

扎西宗村，一个受灾严重、面目全非的小山村。

74户民居垮塌，群众期盼、焦虑的目光像针一样深深地刺在该旅先遣队官兵的心上。

紧要关头，梁真海政委立即将救援人员和机械分为4个小组，迅速组织官兵开始抢救受灾群众的生产生活物资。

在紧张的忙碌中，他甚至不顾次生灾害频发的危险，第一个冲进垮塌民房，带领基建营房工程人员认真勘察每一栋房屋的结构和损毁情况，科学制定救援方案，将再生危险降低到零。

他第一个抡起铁锹去挖，第一个用双手去刨，在废墟中寻找生命的希望，在废墟中抢救灾民的生活用品。

他第一个扛起灾民家里的青稞袋子，150斤的麻袋，一口气接连扛了15包。

他还冲进扎西次仁家里垮塌的牛棚里扛出即将春耕的一麻袋种子。老百姓都在夸赞说：“也只有一米八几的梁政委才能扛起200斤重的种子，这可是我们来年的口粮啊！”

从早上8点到下午4点半，他没有坐下来歇一口气、没有停下来喝一口水。嘴唇干裂了、脸庞晒脱皮了、手掌磨破出血了也不顾，与官兵一道抢救出受灾群众的生活物资3.5吨、衣物和被褥2600件、家用电器和炊具3000余件，牲畜饲料

10000余公斤。

驻在扎西宗村的干部、聂拉木县委组织部部长强巴旦增拉着梁政委的手激动地说:“非常感谢解放军,大难当头,雨季又将来临,如果群众的财产不能及时转移,今年的春耕将无法投入生产,老百姓的损失会更加惨重,解放军来得太及时了,是你们挽救了群众的生产生活物资呀!”

4时38分,带领官兵完成两个村庄的抢险救灾任务后,梁政委立即带领先遣队的官兵前往江岗村搭建帐篷。

不到20分钟,11顶宿营帐篷矗立在江岗村旁,村民站在村口,向解放军投去敬佩和感谢的眼神。

藏族人民的呼喊牵动着金珠玛米的心,灾区群众的安危连着西藏军人的心。

地震发生后,聂拉木县进入樟木镇的咽喉要道被堵塞,各路救援大军被阻于镇外。

4月27日拂晓,担当先遣分队的该旅50余名突击队员,争分夺秒清理路上乱石。大型机械在轰轰烈烈的操作,官兵们则使用简易工程机械清理废墟,昼夜奋战,当天就清除路障3公里。

一切按计划进行,一切按照《地震灾害紧急救援预案》行动。

该旅奔赴樟木、聂拉木、定日、拉孜救援的人员、装备一一作了分组,并按作战序列指定负责人。

陆续奔赴各点的百余台大型专业化救援装备火速驰援而来。

挖掘机巨臂扬起来了。

装载机扬手动起来了。

推土机使劲顶起来了。

官兵们很快便疏通了这条“救援生命线”。

沿着刚刚铺就的新路,一辆辆军用民用指挥车、救护车、运输车紧接着呼啸而入。

疏通道路，搜救财物，这个旅的官兵始终奋力拼搏在救灾第一线。

就在聂拉木县的江东村，一位藏族老阿妈找到官兵求救，她家的“传家宝”——唐卡和经卷被埋在地下了。

梁政委急忙带领一台挖掘机和一台推土机紧急赶往老阿妈家已经坍塌的房子。

随着“轰隆”“轰隆”数声巨响，房屋顶部被挖掘机掀开了，存放唐卡和经卷的“保险柜”被挖掘出来了。

抱着失而复得的唐卡和经卷，老阿妈老泪纵横地说：“金珠玛米是我们的救命恩人啊，救了我的老命，还帮我抢回了宝贝！”

一座座断壁残垣的废墟，一个个冲锋在前的身影。

挖掘机操作手郝建，连续三天三夜奋战在搜救一线上，每天休息时间不到4个小时。在他心里，灾区每一名受灾群众都是亲人，每一个灾民焦急的表情都牵动着他的心。

作为一名优秀的机械操作手，他要用自己精湛的技术好好为群众服务。

情况依然万分危急。

4月29日9时，聂拉木县副县长索朗旺堆急冲冲地跑来，向部队通报灾情：“全县受灾情况较重，特别是附近的江东村和扎西宗村已造成98户人家房屋垮塌，500余名群众只能暂住部队临时搭建的帐篷里。村民的粮食、牲畜的草料和春耕的种子以及家中的贵重物品全部压在倒塌的房屋里，村民只能靠政府赈灾物资维持生活……”

梁政委二话没说，带着170余名官兵、21台挖掘机、装载机分两个方向前去救援。

截至当天下午7时50分，共转移春耕种子、粮食和牲畜饲料6.5吨；衣物3500余件以及各种生活用具、电器12000余件。

目睹自己生产生活物资从废墟中救出，堆放在安全地带，受灾群众脸上露出了微笑。

深夜，狂风嘶吼，寒冷刺骨。

在聂拉木县江东村救援场地上，作训参谋杨凯与官兵们战斗正酣。村长尼玛次仁一边给官兵们送来热气腾腾的酥油茶，一边劝说官兵休息，等天亮再干。可是，这些随时能应急的年轻战士，始终视灾区为故乡，把灾民当父母，顾不上高原反应和休息调整，加班加点，高强度施工，凌晨6点30分，天空出现鱼肚白的那一刹那，道路疏通，任务竣工。

灾民的事，再小也是大事。任务一个紧接着一个，困难接二连三。

救援没有停歇。官兵们又开着大型工程机械，来到扎西宗村。

陈工程，是个十分优秀的装载机挖掘机操作手。来灾区的第二天，他一岁零两个月的孩子生病住院。这个消息曾经让陈工程心急如焚。但是，看到了那么多的受灾群众，他内心的那杆秤立即分清了孰重孰轻。他除了每天给妻子和孩子打一次电话，其他时间都工作在救灾现场。一次次听到妻子在电话的另一端说“孩子好多了，你安心救灾，家里有我呢。”陈工程的眼泪一次次滴落在冰冷的机械上流向干涸的泥土。

救援始终是难题，灾区群众安置又是一项重大任务。

4月29日18时，樟木镇至聂拉木县的生命通道打通，大批群众需要转移。

一边要继续抢险救灾，一边要转移受困群众。在这个难以取舍难以决断的紧要关头，政委梁真海果断决定，由在现场参与救援的旅政治部杨赛拉副主任带领5台运输车前往受灾重镇樟木转移灾民。

一路上滚石不断，险象环生，精干的指挥员严密组织，技术过硬的驾驶员科学规避。8小时之内，125名群众被转移至210余公里外的拉孜县，顺利入住临时搭建的帐篷。

5月2日9时30分，抗震救灾前方指挥组又一次发来指令，该旅余洪兵副参谋长和政治部杨赛拉副主任，再次带领143人、15台运输车前往聂拉木县扎西岗村、江岗村、塔杰村，帮助受灾群众转移生活物资。

人民检验子弟兵战斗力的时候到了。

6个小时，官兵们转移193户1050人的生活物资11吨，衣物7000余件，家用电器21000余件，另有唐卡、佛像、饰品540余件。

残壁，废墟，破损的玛尼堆，摇曳的经幡，经书、法器等被压在废墟下，急需抢救。手刨，镐挖，只能挖掘到浅表层的文物，于是这个旅的工程机械便成了攻坚利器。

寒风中，官兵们的脸都被冻得通红。坐在冰冷驾驶室内的挖掘机操作手张玉存，依旧紧握着操纵杆，一刻也不肯停歇。

张玉存累了，马利斌便上，马利斌累了，王能科上。操作手袁兴斌、孙军，军医彭阳阳，副指导员李衡轮番作业。机械从不停歇，人员从不停歇。

为了人民的生命财产，哪怕再苦，哪怕再累，救援官兵都心甘情愿。

好几个村庄群众的数千件佛像、经卷等贵重物品被一件件挖了出来。仅4月30日这一天，官兵们便用挖掘机，挖出400多座佛像和11台保险柜。

一流的操作手就是一流的操作手。

官兵小心翼翼，确保挖出来的每一件物品完好无损，绝不损伤佛像等贵重物品，绝不伤害藏族群众的心。

人民军队为人民。通过几天的紧急救援，该旅官兵为灾民抢救出的生产生活用品及各种贵重物资价值超过1000万元。抢救、搬运的整个过程，人员、装备、物件安全，深受当地政府和广大群众好评。

拉孜，连夜搭建千顶帐篷

军人无假期。灾情就是命令。救灾现场，就是军人的又一战场。

4月27日，是一个难忘的日子。

该旅抗震救灾又一个分队奉命向日喀则吉隆灾区进发。

这天，原本是该旅旅长周静从西藏休假回四川绵阳的第三天。

然而，当天15时50分，周旅长的身影已经出现在了前往吉隆灾区的路上。

军人，始终在关注着祖国和人民的安危。

地震发生后，该旅在3个小时内便完成了救灾所需的物资器材、车辆机械准备，只待上级一声令下便可出动。

此时，周旅长休假回到老家还不到1天，通过电视新闻知道尼泊尔发生8.1级强震波及中尼边境后，他立即拨通了梁政委的电话。梁政委非常肯定地说："我们已经做好了一切准备，只等军区一声令下。"

周旅长又拨通参谋长董锋的电话，得到的回答是："请旅长放心！"

这些声音让周旅长暂时松了一口气。

可是，在接下来的一天时间里，周旅长始终心神不宁，始终放心不下灾情和救灾的事。

4月26日，当部队接到出动的命令时，周旅长真的坐不住了，立即订了连夜返回拉萨的机票。

回到部队后，周旅长来不及换上军装就跑到抗震救灾后方指挥办公室，进一步了解部队救灾情况，并决定立即向灾区出发，奔赴前线指挥官兵救援。

4月27日18时40分。

周旅长心急如焚，追上旅里派往灾区的另一支救援分队，与大家一同向吉隆灾区开进。"终于归队了！"在车上，周旅长自言自语，心里的一块石头总算落了地。

得知旅长也赶来了，带领先遣队正在灾区忙着救援的梁政委在电话里打趣说道："欢迎归队！就知道你这个急性子'熬'不过今天。"

抗震救灾的又一个方向，一个个挽救人民生命财产的战斗正在打响。

"这几天平均每天睡眠不足4小时，现在只要一闭上眼睛，我就能立马睡着。"4月29日，上士周英明在谈及参加抗震救灾三天以来的感受时，他神色略显疲惫，但从他的行动中却看不出丝毫的倦怠。

不用质疑，不必猜测。该旅像周英明这样战斗在灾区、积极参与救援行动的官兵还有很多很多。

拉孜县与尼泊尔强震受创重灾区——樟木的直线距离200余公里，这里地势平坦、未受地震影响，设置在此的安置点将接受樟木灾区和来自尼泊尔的部分受灾群众。

根据统一部署，该旅连同救灾的友邻部队和地方群众，将于4月30日前在拉孜县的野外搭建完成1500顶帐篷，并配套相关生活物资，作好接受2000名受灾群众临时安置的准备。

29日凌晨，正赶赴吉隆灾区的该旅救援分队途经拉孜县城时，临时接到上级任务转接、搭设安置区帐篷的命令。

兵贵神速。拉孜的旷野，冷风飕飕。现场受领任务后，旅长周静带领副旅长刘恒，在半个小时内便完成了任务编组、器材准备等工作。

为了能够按时完成安置点4个区域的帐篷搭建，该旅官兵不顾连夜赶路的疲劳，火速投入到新的任务中。

现场的天气变幻异常，前一刻还烈日炙烤，下一刻又风雪交加，但是官兵们丝毫不受如此恶劣天气带来的影响，场地开设，帐篷搭建，整个过程井然有序。

一组负责搭建篷杆框架，另一组负责架设篷布，最后还有一组专门负责整理加固。分批次的"流水线"作业，避免了相互干扰，加快了搭建速度。解放军的活，分工明确，忙而不乱。

跑上跑下的四级军士长吕胜松，此刻本已该是在家休假，但灾情就是命令，他主动提出推迟休假的申请，和战友们一起来到了救援现场。

在搭建帐篷的过程中，他带领的小组，以3分钟搭起一副篷杆框架速度带动了官兵们不甘落后的干劲、拼劲。

晚饭后，吕胜松累倒在帐篷包上睡着了，看到他手上的伤口和因为长时间站立而浮肿的双腿，战友们都不忍心打扰他片刻的休息。

夜幕降临时，一场大雪袭来。旷野上也传起了一阵阵口号："苦不苦，看看满天雪飞舞；累不累，搭完帐篷就去睡。"

这就是救援官兵的苦与乐。

这就是救援官兵为民无私奉献的精神。

一切为了救灾，一切为了救援。来不及动员，来不及休息，拉孜的旷野帐篷拔地而起。

5月2日，是拉孜安置点建成使用的第三天，这里已经安置了来自樟木灾区的受灾群众上千人。

拉孜安置点俨然是一座小城，医疗点、通信站、水电设施等已经投入使用。帐篷的一角，有妇女在洗衣、有小孩在嬉戏。走进帐篷内，崭新的锅碗瓢盆、棉衣被褥等生活物资应有尽有，整整齐齐映入眼帘。

安置在这里的灾区群众生活安稳、情绪稳定。

拉孜旷野的一角，一群“沙漠迷彩”的身影格外引人注意。

据该旅司令部作训科科长刘润生介绍说，这是他们旅的救援分队帐篷。

官兵们自4月29日起，就开始在这里马不停蹄地搭建救灾帐篷，经过两天一夜的奋战，1000余顶救灾帐篷现已全部达到入住标准。

救援就像打仗，天气是战斗力的又一个检验者。

变幻莫测的天气，时而漫天飞雪，时而狂风大作。

正当此时，一阵狂风刮起，了解老天脾气的官兵们并没有马上离开，而是继续留在帐篷里作最后的检查和加固，以确保万无一失。

就在迷彩帐篷与绿色帐篷之间，一位老阿妈正在清洗衣物，从她身后经过的官兵正带着工具对帐篷进行逐一检查加固。老阿妈的神情里透出一份对家的思念，又或许，她正心念着对救援官兵的感激。

语言不通，但老阿妈此刻的表情让官兵心里更加踏实。

藏族战士普琼次仁的家就在吉隆县，他的家里同样受灾，但当他得知家人平安无恙后，他只字未提，一心一意地投入到救援任务中。

整个安置点里，受灾民众祥和安定，钢铁战士无私奉献，救援工作开展得有条不紊。

查阅该旅作战值班记录，这样的数据令人震惊。

4月27日晚，该旅304名官兵、69台车机用时不到24小时，昼夜兼程赶到拉孜县任务地域后,立即投入到救援工作中。

4月28日22时至次日4时许,出动219名官兵,连夜完成了野战兵站100顶帐篷的搭建。

4月29日晨起,出动560人次参加拉孜安置点帐篷搭设任务,共搭设救灾帐篷470顶、开挖帐篷排水沟5084米。

4月30日,出动挖掘机1台,完成野战兵站4个厕所、5个野战垃圾场的构筑。

4月30日13时,出动指挥车1台、运输车4台,协助拉孜安置点向日喀则转运受灾群众47人,转移群众衣被等物资2600余件。

4月30日至5月1日,出动卫生车1台、军医2名、卫生员3名,连续对进驻拉孜安置点群众进行巡诊,为57人提供医疗服务,对1500平方米安置区域进行了消毒,2名心理咨询师对10户入住群众40余人进行走访询问,积极开展心理疏导4次。

5月2日,平整野战兵站场地100平方米,开挖防洪沟200米。

5月3日,开挖土石140立方米,填埋平整帐篷驻地。

5月3日,主动派出官兵215人、运输车8辆,帮助安置点600户受灾群众搬运生活物资8000余件。

5月6日20时,开设第二个野战兵站。

同时,还利用两天时间出动官兵1120人次,对救灾帐篷进行维护。出动推土机、挖掘机、装载机各1台,修筑安置点6米宽道路50米、8米宽道路50米,平整场地6000平方米。

与此同时,他们还协助地方政府转移受灾群众,主动为入住安置点的群众提供帮助。

雪山连绵,大爱无疆。灾难面前,方显英雄本色。部队所到之处,灾区群众无不动情。人民永远是军队的靠山,灾区群众都说,解放军来了老百姓就看到了希望。

定日，疏通维护道路两百公里

疏通维护抗震救灾道路的任务由专业对口的某道路连完成。

该道路连挑选了2名干部、60名战士、近20台机械车辆，按照地震灾害紧急救援方案装载物资。

灾难降临，作为工兵劲旅的一员，该道路连的参援官兵冲锋陷阵，把大爱洒向灾区，将温暖传递给灾民。

该道路连4月26日19时30分从拉萨白定出发，全程机动734公里，于27日21时50分到达聂拉木县聂拉木镇。

救援路上艰难重重，但挡不住西藏军区救援官兵突击的脚步。面对灾情，时间就是生命。官兵们来不及休息片刻，随即转入抢险救灾。

面对险坡峡谷、沟壑纵横的复杂地域环境，指挥员、操作手、安全员沉着应战、密切配合，宿营救援，忙中有序。官兵们穿越泥石流、塌方路段，冒着雨雪徒步10余公里，将药品、食品送到灾民手里。

4月29日至5月4日，这个连队编成三个救灾小组分别对聂拉木县聂拉木镇的6个村庄进行救援。

在救援过程中，宁愿自己喝不上热水，也要让群众喝上热水；宁愿自己吃不上热食，也要让群众吃上热食。官兵自己啃干粮、喝小河沟里的冰水。大家力争做到多救一个人、多转移一名群众，让受灾群众吃饱睡暖。

数据最有说服力。一周时间，这个连队累计为257户灾民转移生产生活物资3.5吨、家具3000余件、家电955余件、青稞18500公斤，运送175名群众到拉孜安置点。

救援场上，丝毫不能懈怠，丝毫不能放松。任务随时在等待着救援官兵。

5月7日，根据上级命令，该连机动120公里至定日县岗嘎镇，编成四个救援小组和一个保障小组，担负岗嘎至戎辖、嘎玛沟、曲当三条道路的保通任务。

经过道路勘察小组抵近侦察，220公里的道路处处断裂垮塌，一片坑坑洼洼，说是维护，倒不如说是重新修筑。

困难重重，但指导员郭守昌在救援官兵面前大声说：“不管任务有多艰巨，我们一定啃下这块硬骨头。”

清除道路冰雪共计112000方，运送土石13000方，回填沙石90000方，堆砌堡坎、加固公路基脚1100方，最高工作平台海拔5500米——这些难题，对号称“超级工兵连”的道路连来说，都不算难题。

让官兵们感到头痛的是缺氧引发的胸闷、头昏、脑胀、乏力，吃不下、睡不好……

5月18日完成道路保通任务后，该连机动140公里至拉孜县，角色转换为旅救灾预备队。

任务的转换，意味着人员的思想和行动将随之转换。连队干部、骨干及时调整心态，做好战士们的心理疏导工作，随时准备处置突发情况。

6月6日，从拉孜旷野机动430公里顺利返回营区，本次救灾任务圆满完成。

在谈到这次抢险救灾的收获时，西藏军区驻拉萨某旅各级指挥员胸有成竹地说：

这次抗震救灾，综合检验了部队完成多样化军事任务的能力。从出发到安全撤回营区共计42天，累计行车1800公里，百余台机械行驶距离达到1000公里。充分展示了部队的应急处突能力、指挥员的灵活处置能力以及驾驶员、操作手的技术水平。

长途机动，作业环境复杂陌生，救援难度大，但指挥员、操作手共同研究对策，默契配合，对作业环境进行认真细致的安全评估，制定安全可行的施工方案。各级党委（支部）对施工中遇到的问题进行不断总结分析。干部、骨干身先士卒，冲锋在救灾的第一线。

面对新情况、新问题，官兵们能大胆灵活处置。特别是在冰雪路面施工、悬崖路段清理落石的风险评估、高寒山地道路排水的注意事项等，通过克服一个个难题和不断总结，部队完成多样化军事任务的能力得到不断提高。

这次抗震救灾，在忠诚使命中彰显该旅官兵的重要作用。

工兵是抗震救灾的主力军，工程机械就是他们的主战装备。通过这次救援行动，官兵们更加明白，熟练掌握主战装备是每一名工兵战士的看家本领。

这次抗震救灾，无论是施工环境还是任务本身对于大部分机械操作手都是第一次。

在海拔5500米的普士拉山口路段，大型工程机械一次次侧滑，官兵们沉着应对，克服种种困难，成功打通了5年未通车的岗戎公路。

5月12日发生7.6级余震的那一瞬间，官兵们正在戎辖沟抢修道路，面对滚滚而来的山体滑坡和几十台地方车辆被困，官兵们第一时间组织人员、装备清理路面落石，解救被困车辆。

不到十分钟时间，顺利通关的车辆驾驶员都向工兵战士竖起了大拇指。

这次抗震救灾，官兵的战斗精神在使命感召中得到磨砺。

抢险救灾本身就是军人忠诚使命的最直接的体现，广大官兵树牢长期作战、连续作战、艰苦作战的思想，全力以赴参与救灾，热心服务灾区群众，在救灾现场树立了威武之师、文明之师的良好形象。

藏族战士拉层随连队出发的前一天，奶奶去世了，原来他第二天准备到色拉寺为奶奶点酥油灯。可接到救灾命令后，拉层擦干泪水毅然投入到救灾的队伍中，并主动充当翻译。

在转移群众财产过程中，许多战士在给灾民背青稞的过程中把肩膀磨破了，但从不叫苦叫累，班长杨春福的手不小心被划破，他简单的处理一下就继续加入到抢运灾民物资的队伍中。

在道路保通任务中，路通到哪里官兵们就在哪里宿营，风沙常常是官兵们每顿饭的佐料，雪山脚下河沟里的雪水简单处理一下就作为饮用水，尽管保障困难，吃不到绿色蔬菜，官兵们从不叫一声苦。

这次抗震救灾，在实战任务牵引下管理，使大批技术骨干得到锻炼。同时，救灾给官兵们提供一个考验自己的平台，许多新情况、新问题在不断考验着工兵战士的技术水平。

操作手、驾驶员通过长途机动任务后，懂得如何更好的爱护和保养自己的机械；面对复杂危险环境，懂得如何灵活处理及正确规避安全风险。

安全就是责任。在救援小组行动中，小组长对责任有了新的认识，充分发挥了主观能动性，能够大胆管理、大胆负责。干部、骨干的责任意识和组织指挥能力也在任务中得到充分的锻炼。

这次抗震救灾，在不断的总结反思中守住了安全底线。新的任务给安全工作带来巨大挑战，广大官兵参与安全评估，共同守住了安全底线。

长途机动中，有的驾驶员用扳手敲击自己的大腿，让自己时刻保持清醒。驾驶员、操作手不断总结机械在高海拔冰雪路段安全操作规则，不断摸索出大型机械在行驶过程中突发情况的处置。

拉孜安置点，地处风口，风沙弥漫，在能见度不到一米的情况下，旅长周静和副旅长刘恒坚持站在一线指挥。

在对岗嘎方向地震受损道路进行现地勘察时，周旅长和刘副旅长选择了任务艰巨、危险系数较高，甚至部分道路已经开裂的绒辖方向和曲当方向组织指挥。

在翻越普士拉山口进行现地勘察、作业测算时，干部靠前指挥，亲力亲为的做法，激发了士气，调动了官兵的积极性。

一个好汉三个帮。这次抗震救灾，旅长、政委十分重视与地方政府和友邻单位的协调配合，有效提高了工作效率，为救灾工作争取了大量的时间。

在这次救援过程中，该旅广大官兵充分发扬“老西藏精神”“两不怕”精神和“抗震救灾精神”，自觉践行听党指挥、能打胜仗、作风优良的强军目标，以雷厉风行、敢打硬仗、不怕牺牲的精神投入救援中。牢固树立持久作战、长期作战的思想，不断调动官兵的积极性、自觉性。干部、骨干带头干，哪里有重活、累活、苦活、脏活，哪里就有干部、骨干的身影，大家齐头并进，各项工作高质量、高标准、高效率完成。

官兵们还针对工作任务特点，见缝插针，抓住点滴时间集中动员、车厢课堂、睡前会议等形式，不间断开展思想再动员，发动大家以随时准备打仗的状态做好当前工作；以一声令下，能够迅即出动的状态做好应急工作准备。

军人只有服从，必须绝对服从。为确保定日县道路维护保通，他们主动与地方政府协调，积极推进岗绒公路、岗嘎至曲宗公路、扎西宗至曲当公路三个路段的维护保通任务。

在随伴保障基础上，综合保障分队前出，保证各施工分队油料、给养、药品的及时充足到位。

郝建，该旅二营某道路连一名优秀的机械操作手。

第一次来到海拔超过5000米的高寒山地施工作业，面临的种种困难是他从来没有遇到过的。

因为缺氧，机械经常打不着火。因为地域生疏，工程机械多次侧滑。郝建驾驶履带挖掘机在雪山上连续工作5天，他晚上就睡在冰凉的机械上，为保证白天施工任务顺利开展，他每间隔两小时就发动一次机械，饿了就吃单兵自热食品。

海拔5500米普士拉山口，常年积雪，地势险峻，路况复杂，原有道路5年没有通车，当地群众只能避开这个“鬼门关”绕道从更加险峻的匝道通行。

正当机械从山脚作业至山顶时，大家都认为继续作业会带来很大风险，郝建看到一辆辆地方车辆在匝道上陷入泥潭，他认真分析地形及积雪情况，向指挥组提出切实可行的施工方案，硬是开着履带挖掘机成功打通了岗绒公路58公里处路段，受到当地群众的一致好评。

郭守昌，作为连队指导员，他带领连队机动至聂拉木县聂拉木镇后，一刻也没有休息，随即转入抗震救灾工作。

5月1日，在抢救灾民物资过程中，发生余震，郭守昌现场灵活处置，成功躲避余震风险，确保救援行动安全无事故。

5月7日，接到上级命令，郭守昌带领12名官兵参与岗嘎至戎辖的公路保通任务。施工路段条件艰苦、环境恶劣，平均海拔在5000米以上，但官兵们不畏艰险，累计清除道路冰雪共计19000方，运送土石500方。

6月6日19时30分，一个永远令政委梁真海激动难忘的时刻。

参加抗震救灾的所有人员、车辆、装备凯旋而归，回到了阔别一个多月的营区。

没有鲜花献英雄，没有掌声表心意。什么也不说，祖国知道我。

天灾可以毁掉我们的家园，但摧不垮我们追求美好生活的信念。艰难困苦中，让我们更加坚强，为了那些爱着我们的人，为了那些我们爱着的人。“大灾有大爱”的呐喊永远激荡在每个人的心胸。

西藏军区驻拉萨某旅随时准备上战场、随时准备参加非战争军事行动、随时准备参与应急处突。他们始终高度重视“三支应急力量”的建设，定期对“三支应急力量”方案进行修订、定期组织对所属装备进行检查保养、定期对装备器材进行更换维修、定期组织官兵进行专业培训考核，随机组织拉动三支应急力量。通过这些方式，随时能做到一声令下立即出动。

笔落至此，不单是对亡者的悼念，也不仅仅是对生者的庆幸，更重要的是对生命的深刻理解，还有一种是对精神震撼的刻骨铭记。

回忆在樟木、聂拉木、吉隆、定日、拉孜救灾的40多日日夜夜夜，不管是抢通滑坡山体的壮举，还是每天连续工作16个小时的敬业，抑或是面对滑坡飞石危险的临危不惧，都证明西藏军区驻拉萨某旅广大官兵是“老西藏精神”的传人，是“有灵魂、有本事、有血性、有品德”的新时期革命军人。

有些事，不需要躬逢盛世。有的人，不需要唇齿相依。有一种经历，只需要心有灵犀。有一种牵挂，总能穿越千山万水，有一种怀想，总能历经岁岁年年。

秋天里的邂逅

央珍第一次见到次仁，是在二十年前的一个秋天。

她记得是在拉萨新华书店里看到次仁的。他们都盘坐在书店文学类书架下，各自捧着一本书。

那天，次仁穿着是一件秋季的藏装，脸色有些黝黑，高高的鼻梁下面是棱角分明的嘴唇，让人记忆深刻。至于央珍，那就更加引人注目了，一身多花色、翻领无扣藏式衬衫，似旗袍又像筒裙，把整个身段衬托得楚楚动人。

其实，他们并不认识，但是那天，他们聊了很多文学方面的话题，央珍说得最多的是钱钟书的《围城》。因为前些天她刚经历了一件可笑的事，央珍与一个邻居的男孩子一前一后同时出门、同时归来，人们就从口中蹦出流言蜚语，有些让人抬不起头。央珍引用了钱钟书《围城》里的话："流言这东西，比流感蔓延的速度更快，比流星蕴含的能量更巨大，比流氓更具有恶意，比流产更能让人心力憔悴。"央珍觉得这段话就像是在为自己鸣不平。

那天，他们对于文学的见解英雄所见略同之感，彼此有种相见恨晚的感觉。直到下午新华书店下班关门的时间，他们才不舍离开。谁也没有问谁的联系方式，从此一别，就是二十年。

这个秋天，在将儿子送到内地上大学后的半个月。半个月来，央珍每天都思念儿子。一到这个时候，她就用出门去转转的方式来抚平自己内心的涌动，或者用自己对美食、小吃的情有独钟来让的思念平淡下来。此刻，她又想吃阿妈云朵的藏面了，便缠着大姐卓玛左拐右拐来到拉萨市宇拓路步行街与江苏路连接的一个小巷子里的藏面馆。

就在藏面馆门前那块水泥地上，只见次仁站在藏面馆门前局促不安，一见到央珍，他似乎要故意躲闪，转身就想离开。央珍叫了一声次仁的名字。听到这熟悉的声音，次仁回过头。央珍看到次仁面无表情，眼神空洞无内容。目光停留在自己身上，人却一动不动。

怎么这么巧？次仁一点也不惊讶。他确信，喊他的人就是央珍。

有些事，不需要躬逢盛世。有的人，不需要唇齿相依。有一种经历，只需要心有灵犀。

央珍脸上泛起柔和的笑容，款款地向次仁走过来，满脸微笑地对次仁说："我没猜错，你就是次仁。"央珍把手伸向次仁。

"这么复杂的问题，难道还需要回答吗？"次仁幽默地说。他的手握住央珍的手轻微的抖动了两下，便闻到一阵香气从这女人身上弥漫过来。这香气是一款丰富醇厚的琥珀木香东方调香水，参杂着境外蛇油味。好像没化妆呀，这香味怎么这么浓烈？次仁在心里嘀咕。

没等次仁说第二句话，央珍轻轻地问道："自从那次在新华书店一别，多年不见，这些年你都哪里去了？"

其实，央珍哪里知道，这些年来次仁一直在寻觅她的踪迹。都是那个信息闭塞的时代阻隔了一对志趣相投的年轻人。因为生活、工作的环境以及地域不同，让他们的人生轨迹与文学分道扬镳。

站在央珍身旁的大姐卓玛昂了一下头，将眼光偏到一边去了。次仁特意用鼻孔试探，原来那股香味是从央珍的大姐卓玛身上传来的。

央珍觉得大姐的神情未免有些不太礼貌。便说："这是我多年前的一个熟人。"同时向次仁介绍说："这是我的大姐。"

大姐卓玛的脸上立马阴转晴，露出一排整齐洁白的牙齿，仪态端庄地移动自己的身体。

其实次仁是个健谈的人，但此时此刻，在央珍面前，他突然拘谨起来。他注视着央珍。央珍穿戴朴素，尽显庐山真面目。次仁越看心里越有跌宕，慢慢在心底生出好感来,便放下肩上的背包,取出两盒青稞糌粑饼干,递给央珍。

央珍兴高采烈地说:“啊,是青稞糌粑饼干?我最爱吃了,那就不客气了。”在将饼干盒递给央珍的时候,次仁发现央珍的眼角已有了明显的皱纹,但依然明眸善睐,气质不凡。

央珍回过身,次仁看见她墨绿布条缝制的藏袍随着身体的移动簌簌响了一下。

“央珍你好有颜质。”次仁停了一下又说:“不知道我明天拉萨东郊的商品展览会,你肯不肯赏脸来看看呢?”

次仁现在做西藏土特产商品展览了。这实在让央珍感到有些意外。

虽然这么多年没见面,但是央珍其实一直知道次仁的情况。次仁先是在一所中学教书,后来改行进了地区文联、工商联,不断更换单位,似乎风光无限。怎么又做起了展览?

央珍眼前的次仁,脸上的表情由沉默到微笑,可是苍老、头发稀疏、神色黯淡已有显现。央珍突然感觉岁月不饶人了,虽然每天都在微笑着面对生活,但彼此青春的容颜都已黯然神伤。

也在这一刹那,央珍发现,在她与次仁的对视中,大姐卓玛又一次保持沉默了……

多年以后,央珍想起她与次仁的初次相遇,是多么的美好。那个曾经在新华书店里抱着书本一看就是一天的场景,让央珍心底荡漾起一点暖意。当时他们都是已经大学毕业参加工作的人了。

不知道是时光在折磨人,还是人在蹉跎岁月,一些巧合的事情反而到最后很不凑巧,或许是上天安排好了的。央珍的面目渐渐模糊,令她对过去的事情念念不忘,或许央珍更加怀想那个充满理想的年华,似乎过去又重新清晰与丰满起来。

对于央珍与次仁的相遇,央珍有许多的想象。直至现在,她仍然觉得这想象的诸多版本,并未有一个是真正可说服自己的,只能让若即若离的惆怅释怀。

央珍每每想起次仁，当初一次次缠着大姐陪她去新华书店看书买书，实际便是她另有心事。

第二天，央珍如约来到拉萨东郊商品展览会现场。这是拉萨又一座地标性建筑，是一道靓丽的风景线，这样的商品展览会，已经举办几年了，央珍还是第一次来这里。

在高原的地界上，出现这么一处地方，多少堂皇得有些让人兴奋。宽敞的室外展场、大型人工湖和音乐喷泉等附属设施，以及琳琅满目的特色产品一应俱全，一字排开，热闹非凡。

在人山人海中，几乎转遍了所有展览摊位，才找到次仁。央珍微微扬起了嘴角，是对次仁能在人海里经营的赞许信服。

有一种牵挂总能穿越千山万水，有一种怀想总能历经岁岁年年。

每一座城市都有着属于它的独特味道和气息，当你来到这里，触摸她的如雪肌肤，聆听她的似水细语，感受她的古朴细腻，你会发现，过去和现在，这里都深藏着许多温柔的故事。在这里，有人在等待奇遇，有人在等待缘分，有人等待的不再是等待。

央珍是个有情调的人，也是一个怀旧的人。除了工作认真、孝敬老人、相夫教子而外，还经常一个人徜徉在落叶曼舞的小径上，任凭思绪伴随秋风渐吹渐远。

央珍坚信："野外的东西就是野外的，你休想将其占为己有，也不要幻想得到什么……"

即便如此，那秋风、秋色、秋月、秋水，仍然让央珍一往情深，内心不欲挣脱。

有人惧怕黑夜,担心黑夜深不可测。我却喜欢黑夜,喜欢黑夜静静的意境,大地沉睡,月明星稀,独行为快。

深夜来客

西藏有灿烂的阳光,洁白的云朵,纯净的天空,给人力量,令人震撼。还有延绵的雪山,清澈的湖泊,让人感觉天地竟是如此敞亮。

每到夏秋时节,人们纷纷从四面八方慕名而来,蜂拥而至。是来避暑,是来感受圣洁高原的纯净之美,更是体察西藏人民的真善美。只要稍加留意就会发现,无论是在街头、野外,还是在漫漫长路上,只要有行人的地方,都是一张张面带微笑,慈祥善良的面孔,心无杂念,包容一切,多么暖心,多么和顺。

然而,这个寒冷的冬天,上高原的人就显得出奇的稀少。在一些海拔超过四千米的县城或是旅游景点,已是人去房空,一排排、一栋栋房屋大门紧闭,人迹罕至。

可是,越冬的候鸟却在西藏最寒冷的季节、在含氧量最少的时候光顾西藏。它们从遥远的北方飞越千山万水来到西藏,要在这里度过一个短暂而又漫长的冬天,再回到北方去繁衍生息。

我在想,越冬的鸟叫"候鸟"。那些只做几个月生意,就关门离开西藏,待到来年风清日暖时又回到西藏的人,还有冬天太冷就不到西藏去的人,是不是可以叫"候人"?

其实,早在前些年西藏山水间冬天候鸟就开始增多。一次次在不经意间发现黑颈鹤、斑头雁、黄鸭、赤麻鸭、天鹅、棕头鸥栖息或飞跃在雅鲁藏布江、尼洋河、年楚河畔以及拉萨的宗角禄康、罗布林卡、拉鲁湿地、林周县城附近的小河滩上。它们戏水、觅食、追逐,自由自在,无拘无束。山川、河流美如画卷,人鸟相依,形影相随,何乐而不为。

近半月来，因为工作，我的办公地点临时由城北转移到了城南。依偎在拉萨河边上，倒是个看水观鸟的好去处。没住上几天，就在深夜里听到窗外"呱……呱……呱"、"哇……哇……哇"不停地叫声。这样的声音，断断续续，几乎是固定在夜间十一点半钟至凌晨一点钟左右，超出这个时间，似乎天空和大地都是一片寂静。

人们都知道，这是候鸟迁徙而来的欢呼声。它们从遥远的地方飞翔过来，找到了一块适合自己栖息越冬的纯净土地。

对于这些夜飞的候鸟来说，或许深夜里从城市上空掠过，更让它们感到飞行的安全与无忧无虑，同时也能感受到城市灯火辉煌的新奇和别致。

有谁知道鸟的世界？有谁了解鸟的习性？我把这些候鸟成群结队在黑暗中展翅高飞发出的声音视为欢呼声、哀叹声、寻找伴侣的乞求声、累并快乐着的释放声、飞行过程中快一点慢一点的招呼声、一旦翱翔天空就会发出的嚎叫声……其实，我心里也没底。有谁能告诉我，这究竟是鸟声还是鸟语？相信人们对未知世界的好奇心一时半会难以了却。

鸟是生灵，不言而喻。鸟能给人们带来喜讯，让人大饱眼福，为生活增添乐趣。尤其是它们在空中自由飞翔，翩翩起舞的身影，会让人遐思迩想。

冬日的拉萨艳阳高照，观看候鸟、抓拍候鸟、感受候鸟与人和谐相处的壮观场面，无疑是当下一些人寻找生活情趣、热爱大自然、面对天地呐喊的时尚追求。

候鸟热衷于夜间飞行，也许这是它们深夜里的一支乐曲，是它们一次旅行的吟唱，一次遥远的飞歌。

那天晚上，夜深人静，月色朦胧，有多少人已进入梦乡，还有多少人心事重重，难以入眠，我不得而知。躺在床上迷迷糊糊，若明若暗从窗外飘来节奏分明的婉转曲，这曲调似从头顶上飞过，又像是在窗前流淌，时而欢快，时而嘶鸣，有些拥挤，有些柔和。辽阔的星空，嘹亮的声音由远而近，在人的身边稍作停留而又渐渐远去，这么美妙的夜晚，多么惹人心醉。

有人惧怕黑夜，担心黑夜深不可测。我却喜欢黑夜，喜欢黑夜静静的意境，大地沉睡，月明星稀，独行为快。于是，一个鲤鱼打挺从床上起来，迅速穿上衣服，披上大衣，匆忙下楼走出院子，站在那条小河边仰望星空，搜寻北来南往的候鸟。只见一拨拨、一群群黑压压的飞鸟在天空自由翱翔，它们飞得并不高，或许它们中就有曾经飞跃珠穆朗玛峰的高原神鸟。关山重重，河流道道，它们不怕路程遥远，不怕迷失方向，年复一年，飞来飞去。云里雾里，苍茫一片，在静静的拉萨城郊奏响夜鸣曲。此时，若有诗人在，夜色弥漫，悠悠荡荡，飘洒脱俗，定是藏不住诗人的秘密，藏不住诗人内心的喜悦。

这就是西藏，无论何时何地，她的美都能给人们那充满渴望的心带来惊喜。

当然，人们在西藏的白天里也能看到候鸟人字形、纵队形、一字型的飞行状态，偶尔也会听到飞鸟畅游天空发出的叫声。但是，很快就被大地上繁杂的噪声湮灭。大白天，能有几个人去追逐飞鸟的行踪？能有几个人去聆听飞鸟的歌声？漆黑夜里更是寸步难行，只能用心去感受候鸟飞过上空的风采，用情去领略候鸟自由飞翔的乐趣。唯有深夜里候鸟发出的响声最撩人，唯有深夜里候鸟撒下的歌声最动听。

黑夜里，没有花香，却有鸟语，怎能不让人思绪万千，浮想联翩……

好花不常开，好景不常在。美好的东西停留总是短暂的，该来的都来了，要走的留也留不住。就那么一两个星期的时间过去后，无论夜有多么宁静、多么深沉，再也听不到候鸟飞越高山发出的响声，再也看不到候鸟夜间飞行的队伍划过天空的一道道痕迹。

候鸟已在高原安营扎寨，何须飞来飞去，寻寻觅觅。难怪如今的夜空平静如水。

我在想，候鸟随心所欲地在空中飞翔，它们的飞行姿态出奇的一致、壮观，它们发出的响声规律可循，韵律分明。领头的就是风向标，始终牢牢掌控前进的方向，伴随的绝不越位，始终保持队形紧紧跟随。看得出来，它们时而惊喜时而沮丧，时而欢呼时而听令而动，累了就找个安全的荒野地带休息、觅食，休息好了继续探寻越冬栖息地。

不管飞行多长时间，无论飞行多么遥远的距离，它们都保持平稳的态势，就像文艺大师丰子恺说的那样“不乱于心，不困于情，不畏将来，不念过往，如此安好。”

感叹健康的茶叶有多少、商业化的炒作有多少、传统文化的渲染有多少。回味着易贡茶的纯正，揣摩人们喝茶的初衷。易贡茶，源自生态的茶，喝了易贡茶有种说不出的精神愉悦。

踏访易贡茶场

十多年前，因工作需要，在泥泞路上一路颠簸后，好不容易到了位于易贡茶场的将军楼下，肃然生敬的感触一番红色文化后，浮现在眼前的是零零散散、稀稀疏疏的一丛丛茶叶，放眼望去是其貌不扬的片片茶山。

这就是易贡茶场，西藏唯一的茶场。

2018年秋分这天，我又一次来到这里，所闻所见，内心涌动着许多感想。

一切都在发展中，一切都在变化中。当年苦不堪言、险象环生的那条土路已经变成了如今由多个隧道连接，一马平川、通行顺畅的柏油路。沿途景色怡人，青山绿水尽收眼底。

那天，从通麦大桥进入易贡地界后，走着走着，公路两旁便是翠绿油润、嫩香高长的茶树。秋风吹拂，绿浪翻滚，令人喜溢眉宇。

或许是对茶树的外观形状比对茶叶本身的价值兴趣更浓厚的固有习惯，关键时刻让利珠师傅停下车，我们靠近那一抹抹绿，抚摸那一簇簇嫩，用心去感触大自然的馈赠、用情去领略西藏山川的秀美。海拔不到2000米，绿树丛中尽情享受绿色、富氧的滋味，久久不愿离开。

然而，为了赶时间，只有依依不舍登车上路向前进。我们首先走进了易贡的第一个村庄——茶叶三队。

来到占堆大哥家里，也许是占堆大哥当警察的女儿旺姆通报了信息，一进门，一串串山野里生长的黑色小葡萄、高山上采摘的成块蜂蜜、自家种植的苹果和梨子，还有酥油茶，已经摆满了桌子。

但见果盘上的小葡萄黑里透亮，大碗盛装的成块蜂蜜浸透着金黄色的蜜汁，令人垂涎欲滴。香甜可口的山果和蜜汁下肚片刻，主人接着就端上了烤大饼、青椒炒牛肉、土豆炖排骨、凉拌削皮老黄瓜、煮鸡蛋。这些原汁原味的生态食品，和着木楼里的热情洋溢，其乐融融。

占堆大哥不停地为我们介绍茶叶三队的地理位置、基本情况。饭后，占堆大哥专门为我沏上一杯易贡红茶，我们的话题继而转移到了易贡茶。

为了更多地了解易贡茶场的规模和茶叶的生产、经营状况，赤脚医生退休的占堆大哥领着我们驱车3公里找到了易贡茶场原副场长普布次仁。

精神焕发的普布次仁主动为我们讲解将军楼的历史背景。他手里提着一串钥匙，一一打开房门引导我们参观红色易贡、触摸历史文物、声情并茂地讲述历史文化。

此刻的我，再次聆听这堂传统教育课，崇敬之情油然而生。

普布次仁以他流利的话语和对易贡茶场的熟知，滔滔不绝的介绍：易贡茶场始建于1960年，现有茶地6000多亩，已投产3000多亩，每年4月中旬至9月中旬为采茶期，年产茶10多万斤，产值900万元左右。

这一连串数字，是多还是少？是高还是低？

这样的丰收成果，得益于沿着雅鲁藏布江大拐弯河谷通道长驱直入的印度洋亚热带湿润气候，使这里雨水充沛，阳光充足，气温适宜，为茶树生长提供了便利生长条件，也为茶场1500余人带来了殷实的生活保障。

这里空气清新，水源洁净，茶农采用冰雪融水和自然降水浇灌茶园，无农残、无化肥、无污染，产量虽低，但品质极好，人们都说“品藏茶、看易贡”。

举步茶园，似在绿水青山间穿行，又像游走在蓝天白云下，轻松愉快，心情爽朗。远处的易贡湖碧波荡漾。茶场周边森林茂密，云雾环绕，空气清新。茶场院内花香鸟语，芳香四溢。

据普布次仁介绍，现在易贡茶场的一些零星土地基本不再种植其他农产品，茶场人以茶为主，靠茶为生，茶场人乐于种茶，乐于采茶，乐于制茶，是名副其实的西藏茶农。

尽管这里曾经是原十八军军部所在地、西藏自治区党校校址。但每一个来到这里的人,都在自问:这是西藏吗?西藏还有国营茶场?

没有到过西藏的人无法想象西藏的神奇和美丽。一旦走进西藏,一切迷惑都会释然。易贡茶场只不过是一个缩影。

就在我们准备离开茶场的时候,茶叶二队的一群男女老少正向茶园走去,他们有的手拿镰刀、铲子,有的拎着小箩筐、背着小背篓,是去茶园除草。

中国二十四节气分明,秋分过后气温逐渐下降,一天比一天冷,逐渐步入深秋、寒露、霜降、入冬季节。他们将在这一天把茶树林里的最后一批杂草拔掉并将其覆盖在茶树根部,以让茶树过一个暖冬。同样在东边、南边的一座座茶山上,茶农人头攒动,集体劳作的场面热火朝天。

当然,最热闹的无疑是将军楼,来自全国各地的参观车辆、人员一拨接着一拨,纷至沓来,络绎不绝,在我们停留的两个多小时里就没有间断过。

品读红色经典,书写精彩人生。或许这就是红色文化的时代魅力。

返程的路上,我在车上思索。其实,茶叶没什么了不起,它只是一种饮料,人们喝茶,喝的是一种口感,是一种尝试。有些只不过是商业包装和文化渲染给茶叶披上了一层神秘的面纱,令普通消费者难以辨识一款真正的好茶。

真正的好茶,不需要包装,不追求产量,无需过分修饰,不打农药,不施化肥,天然本色,只需要守好它作为入口之物的“健康本分”足矣。也许是占堆大哥看出了我的心事,一定要带我们到茶场机关附近他妹妹家里去一趟。

车子开到一个院落边停下,推开围栏中间的一扇铁门,里面一个宽大的院子,离地三尺的全木质吊脚楼映入眼帘。

“有朋自远方来,不亦乐乎”的热闹场面又一次上演。酥油茶、易贡绿茶齐上阵。只见绿茶经过开水的冲泡后,在杯中慢慢舒展开来,叶片鲜嫩,汤色明亮,端在手上香气持久,味醇回甘。

易贡茶场,是塑造纯香茶叶的生产基地。这个茶场没有人为打造茶树生长的整齐划一，没有炫弄规划茶树的美观悦目，而是让普通茶树生长在高度渐进的坏坡地带，使地面热流随环坡上升而逐渐减弱，让茶叶在这样的小气候区域中热度不减，与易贡铁山漂流过来的冷气流交替循环。茶叶片通过暖气流与冷气流的拍打，频繁骤变的温差促使易贡茶叶的儿茶素、咖啡因、矿物质、维生素和其他机能成份更为丰富，呈现出藏地甲红(红茶)、藏地乌金(黑茶)、藏地青绿(绿茶)以及传统藏茶、砖茶等茶韵品牌。

当一切回归本真，你才能辨清好坏。茶叶是用来喝的，一尝便知。过度包装就是浮躁，只有那些不切实际追求利益最大化、爱慕虚荣故弄玄虚的人喜欢体面、热衷包装。

离开了易贡茶场，我一直在回味着易贡茶的纯正，揣摩人们喝茶的初衷。易贡茶，源自生态的茶，喝了易贡茶有种说不出的精神愉悦。

感叹健康的茶叶有多少、商业化的炒作有多少、传统文化的渲染有多少。

车越跑越远，人距离易贡茶场越来越远，心却仍停留在易贡茶场的山水间。

期待着与易贡茶场再次相会的那一天。

等着等着，核桃树就发芽了，难免让人想起核桃树下那些往事。核桃树下，空气清新，时时弥漫着馨香的泥土气息。

核桃树下

等着等着，核桃树就发芽了，难免让人想起核桃树下那些往事。

核桃树下，空气清新，时时弥漫着馨香的泥土气息。起床号响起时，站在核桃树下抬头望一望远山，薄雾升腾，流云似水，宛若仙境，诗画一般，无不令人感叹大自然的美妙景致。

西藏到底有多少核桃树，在我的记忆里一直是个未知数。

在我曾经工作过的那个院子里，核桃树不是最粗壮的，但它却是最高的。它有着鹤立鸡群的优越感，在它周围拥有任何树种都无法比拟的宽大树叶，以及所有树木都十分羡慕的高度和俊俏。

我知道，山南的加查县，林芝的巴宜区、米林和朗县的核桃在西藏是出了名的，有的还打造成了品牌，成为产业支柱。

然而，在一棵棵核桃树下，能有多少收获的喜悦、能有多少传奇故事，说不清道不明。

唯独让人难以忘怀的是，我在林芝工作期间，在等我同事战友居住的单身宿舍旁，那棵粗壮高大的核桃树下经历的一幕幕，时时在脑海萦绕，清晰可见，就像昨天发生的故事一样。

那棵核桃树，长在一块两米高的地坪上。它的主干、枝丫倾斜延伸到我住的二楼房角，推开窗户就能触摸它的枝叶、采摘它的果实。我曾经一次次惊喜它的枝繁叶茂，又一次次仰望它的壮实与伟岸。当然最陶醉的是它果实的清香与纯正、甘甜与回味。更为神奇的是它把果实藏在绿油油的嫩皮里，用宽厚的叶子遮盖起来，树身还分泌出一层滑溜溜的白色粉末，让人很难攀越上树，如此的自我保护装置,何等神秘。

看到核桃树,就像看到了希望。夏天的时候,在核桃树宽大的树叶下躲避烈日,享受清凉,已经让大家习惯成自然,不会勾起人们太多的思绪。可是,一旦到了丰收的时节,即便眼观星辰大海,胸有丘壑万千,心有繁花似锦,都比不过在那棵核桃树下捡到一个核桃的兴奋劲儿。记得核桃成熟的季节,同住在这一栋二层平房的都是政工干部,每天出早操回来,大家都会不约而同地在核桃树下转悠,希望能捡到一个核桃。捡到一个算一个,一个捡不到也无所谓。

所得就在短短的分秒内,两手空空如也就只能放眼枝头硕果悬挂,但愿它们自然下落或随风飘飞的时刻碰巧遇见,有所收获。在那里,从未有人手拿竹竿猴子上树似的攀爬拍打果实。这一点,或许就是军人良好的作风和过硬的素质使然,亦或是大家对这片多情的土地的热爱不便攀枝摘叶,顺其自然,乐享自然。我在这栋楼里一住就是十二年,同志们和谐相处、同志们与核桃树朝夕与共,这样的坚守,令人佩服,暖心。

有时候,王哥、桥哥、向哥他们也会带着孩子在核桃树下寻寻觅觅,看似在捡核桃,实则是在培养孩子的劳动能力。在那偌大的草坪上来来回回、反反复复,既锻炼了孩子独立思考问题的能力,又能让孩子的身心愉悦、兴趣和爱好同时得到提升。每当孩子们捡到一个核桃时,那种成就感和获得感远远超过咀嚼核桃仁的滋味,欢呼声、嬉笑声顿时在核桃树下升腾。或许是过程确实比结果更重要。

有时候,就在房间里呆着都会听见核桃树下噼啪作响。此时,伶俐的爱人就会领着儿子直奔核桃树下,每一次都会捡来一捧核桃。时间长了,就连儿子也探索出一条捡拾核桃的经验:核桃落地是要滚动的,有些成熟的核桃和核桃叶同时落地,核桃容易掩藏在宽宽的核桃叶下面,不用把眼睛盯着地面,也不用弯腰去掀开那一张张铺在草地上的核桃叶,只管来回走动,当你感觉足底接触坚硬物体时,那一定是一个核桃。这个办法很灵验管用。

每一个人的存在,都离不开亲人、朋友和社会。更多的人都是带着一颗感恩的心情在做事做人。记得那年秋天,为了感谢一位北京的朋友,我每天出早操回来,都在与我相依相偎的那棵核桃树下捡拾核桃,尔后利用洗漱、开饭、上班的空隙时间破壳垫上报纸摊放在窗台上晾晒。每天少则二三个、多则八九个,一天天积累,凑少成多。其实,每天上午大家都在寻觅捡拾,直到核桃树上的果实掉完。

当我把数量不多干脆可口的核桃仁捎到北京朋友的手里时,能够让我想象得到的赞叹声与笑声穿越时空来到喜马拉雅山脚下:"这是我有生以来品尝到的最好吃的核桃仁,这是来自西藏高原最珍贵的礼物……"此言当真,何尝不是如此。从不剪枝施肥、近乎百年古树结出的果实,未经任何加工,不和颜料,不参添加剂防腐剂,从树上掉下来就捡,捡起来就破壳晾晒,新鲜爽口、营养健康,美味不可言喻。

这样的食品还有争议吗?这样的核桃仁还值得怀疑吗?就像一位作家说的那样:"美若没有几分遗憾,如何能有那千般的滋味。"人总是要留下一些遗憾的。就在第二年年初,还没有等到核桃树吐露新芽,我就被调动了工作岗位,从此便离开了这个营区,不再有手脚并用捡拾核桃的机会。

当然,我们所处的那个院子,曾经是全军营院绿化先进单位,核桃树遍布军营的每个角落。就在离我们住所不远的小院里,或许是老前辈的特意种植,或许是那里本身就有那些出类拔萃的核桃树。百余棵核桃树的伟壮挺拔无法与小院的那几棵核桃树相比。难怪在二十多年前,我就发现,每到夏天,军嫂拖儿带女来队探亲时,核桃树下就会有一拨拨老朋友、小朋友其乐融融。琴棋书画者有之、围坐在一起捻毛线织毛衣者有之、谈心交心者有之、躲猫猫捉迷藏者有之,个中的欣喜,只有他们能领略。

也不知是巧合,还是刻意安排,在小院里并排而居的两位主官的房顶上,就笼罩着一棵茂盛的核桃树。丰收时节,欲享用核桃仁的美味,不用到房前屋后的水泥地上或草坪上去寻觅,只需上楼到房顶,喜人的场面就会让人情不自禁。捡上一个或两个捏在手里,轻轻用力就能破壳,淡黄色的核桃仁瞬间能让人垂涎欲滴。这是一种美味，更是一种来源于大自然的纯正和依恋。

无独有偶，不偏不倚。就在这个小院的每一栋楼房的门前或房后都有一棵令人仰视的核桃树，可谓人人有份，家家可尝。曾让多少入住的人欣喜、多少尝过的人难忘、多少离开的人怀想。

就在那一片营院里，关于核桃树的故事和在核桃树下所发生的一切，我所知道的和不知道的有很多很多，想起来的和想不起来的都是人生的一段经历。可以肯定的是，核桃树下会有人生的改变，会有成长的记忆，会有爱情的收获……

只盼与你相见，你却视而不见。期待与你握手言欢，你却不太理会人们的热情。你在哪里？人们都很想见你，你何时能到来。这是远古的呼唤，还是千年的期盼？

等待

“你的影子就在眼前，心却离我那么遥远。”你穿越千山万水，来得多么不容易，你磨穿铁鞋，历尽艰辛，一步一步走向高原，当敞开胸怀、展开双臂拥抱西藏，大声呐喊：“西藏，我来了。”可是，你硬是藏着、匿伏着，总怕有人看见你、总怕有人触碰你。这样一来，似乎你就会远离日益浮躁的社会、躲开大多数人焦躁不安的状态。其实，该来的都来了，该走的已离我们而去，你躲猫猫捉迷藏似的还不出来，这到底是为什么？是因为山有多高，水有多长，通往西藏的路太难，还是因为……

只盼与你相见，你却视而不见。期待与你握手言欢，你却不太理会人们的热心热情。你在哪里？人们都很想见你，等待呀，等待，你何时能到来。这是远古的呼唤，还是千年的期盼？

丑媳妇总得要见公婆，你早晚都要出来。“千呼万唤始出来，犹抱琵琶半遮面”的勉强自己、作贱自己，是要彰显你的高贵、展露你的尊容、慢慢浮出你的颜质，还是要让人等得花儿都谢了。

人生不过一场戏，姹紫嫣红为哪般？你的幸福路人皆知，何必让苍生忸怩不安、自惭形秽。你就这样沉沉地存在于某个人并不知晓的狭促空间里，以静寂、平躺的姿态，一时不被人们发觉，而让人无尽的猜测，让人渴望永久的梦幻，用不变的庄严，传唱赞美的歌。你如此的潜伏，暗含太多悬念，让人满腹疑团，不知如何是好。

无奈，只有等待。

虽不像作家陈元武在一篇文章里写到的那样“漫长的冬天，让植物的生长变得困难，因此，每一棵树都是英雄和诗人。”

不过伴随漫漫时空、茫茫宇宙流逝的一切，总会让人留恋、总会让人彷徨。

永远太远，我们都承受不起。一等再等的时间，变了的恐怕不只是容颜。有的人，把最美的时光放在路上，有的人却把最美的时光放在心上。或许曾经共许的山高水长，可能只剩下一个人的地老天荒。

红灯停，绿灯行。红绿灯的每一次闪烁，既是机会，又是警醒，它引发人们对生命意义的思考，引领人们向着生命的高地，不断前进。

2018年12月18日天亮后，醒来的我发现拉萨一片雪白，难得近距离接触的冬雪让多少拉萨人感叹。这天，纷纷扬扬的雪花落个不停，多少人冒着雪踏着雪行走在街上，心情格外舒畅。空中飘荡的只有飞雪和寒流，人们的穿着略显厚实，在这个冬天，看到了大雪，心里异常清澈明亮欣喜。

没有一点暖意，但心里却很温和。没有雪光反射在眼里，却有喜悦流淌在心里。

大雪的到来，并非是孤芳自赏，而是把自己交给世人，让大家来评判，让人们无尽的滚雪球堆雪人，欢声笑语，其乐无穷。

下了一夜的雪。第二天，地上的积雪更厚了，拉萨周围的高山更白了，感觉天地就像被清洗过一遍似的，人们的心情爽朗无比。以至于有人发出感叹：今天的拉萨，除了难得一见的雪景让人兴奋，还有什么呢？这是现实的评说，这是等待的思念，更是苦涩的期盼。

原来的一座座荒山变成了一座座银山，太阳照在这一座座银山上发出闪闪金光，恰似一座座金山。但愿瑞雪兆丰年，神州万象新。

等待一场雪，就像等待一场雨。雨，在该来的时候总会来。可是，拉萨冬月的这场雪却等待了多少年。

等待，需要付出多少艰辛。等待，是多少人的祈盼。你的悄然到来，声音多么甜美。你的姗姗来迟，笑容总是那样的让人眷恋。无论你怎样默默无语，无论你怎样置之不理，人们都不能把你忘怀，人们渴望夜夜与你相依相偎。

现在，人们的生活殷实了，周末或节假日，拉萨的大小咖啡屋都挤满了人。大家喜欢的一款咖啡叫卡布奇诺，它有等待爱情期待爱情的意思，其味道甜中带苦，预示着等待就是甜中带苦，需要等待的人怀着忠实的真心，不变的诚心翘首以盼，始终如一地等待。卡布奇诺，香甜又苦涩，可以让人领略人生的滋味，明白人生的路途注定不会平坦，知晓人生没有一件事情能够轻易实现。否则，又怎么会有孟子的“故天降大任于斯人也，必先苦其心志，劳其筋骨，饿其体肤，空乏其身……”

不能等待春天的呼唤，不能等待黎明的曙光，总有一些人苦苦追寻、默默耕耘。抢在前、做在前是他们不变的信念。

然而，任何事物都有它的共性和个性。

有的事情可以等待。等待需要付出，需要探索。发明大王爱迪生一生为人类提供了二千多项大小发明，他成功的秘诀就是勤奋和耐心。仅就发明钨丝灯，他就花了二十年时间。元末时期，陈友谅、张士诚每攻下一个巴掌大的地方，就宣布定为国都，并自立为帝，结果四方群起而攻之。朱元璋则牢记高人所授箴言：高筑墙、广积粮、缓称王。沉下心，耐住性，默默积蓄力量，徐图发展，待消灭陈、张等割据势力，天下大事已定，方在应天称帝。后来挥师北上，一统江山，创立大明王朝。历史已经雄辩证明，走得快未必能走得远，只有耐心等待的人，才能最终取得胜利。

有的时机就不能等待。古人总结的“少壮不努力，老大徒伤悲”“寅时不起误一日，少时不学误一生”不无道理。“一年之计在于春，一日之计在于晨。”是告诉人们，要抓住机遇，绝不能等待。抓住和利用好新一轮科技革命和产业变革，不能等待、不能观望、不能懈怠。是在告诫人们，机不可失，失不再来。看看我们生活中的等待和观望，难免让人悔恨交加，噬脐莫及。就拿买房来说，十多年前，通过朋友的帮忙，就有机会在成都购置住宅楼，但因各方面条件不够成熟，顾虑太多，秉持等待观望心理，总是抱着等等再说，日子越来越好，机会越来越多，就这样一次次错过买房机会，一再等待观望，一再房价飙升，最后只有望洋兴叹，鞭长莫及。这样等待的结果是后悔莫及。

“等待呀，等待呀，你何时能到来，怎能把你忘怀……”行走在拉萨蓝天下的人们，聆听藏族歌手深情演唱这首熟悉而又深沉的歌曲，是品味，是欣赏，也是享受，更是放松。

人，有时候就是这样，当语言无法表达情感时，歌曲能让你寻找到心灵的滋味和内心的慰藉，在美妙的歌声中能寄托心里的那份希冀，在轻歌漫曲中，感觉那些经历过的事情，就是一种美好的回忆。此时的等待和期盼，或许就是一种幸福。

“小不忍则乱大谋。”等待，从某种意义上说，是盼望，是忍耐。忍得一时之气，免得百日之忧。

一个人在轻蔑和侮辱面前，要忍得住，必须拥有宽广的胸怀和气度。逆境中需要忍辱负重，顺境中需要潜心做事，低调做人。找回心中迷失的欢乐，于静处细心体味生活的点滴，在利益与荣耀面前学会忍耐，让生活还原本色。

良机不可以等待，当它来临时，一定要抓住，因为有些事真的不能等待。

如果大家都保持沉默，你永远不会知道人们一直深深地把你放在心里。除非遇见你，否则大家无法明白等待的意义。

你是人们等待最久的，也是人们最想要的。

卓玛看到父亲面无表情，目光瞬间停留在自己身上。卓玛什么也不说，她在想象着回家后可能会被收拾的场景。

牛 二

卓玛第一次见到牛二，是在二十五年前。她记得清楚。

她是在拉萨八廓街的入口处看到牛二的。她先看到的是父亲仁青巴松。父亲宽宽的臂膀，国字型的脸，还有干净整洁的一身墨色边角缝隙露出白色羊毛的藏式长袍，一看便知。

按理，卓玛很少走这条巷子。这一天，是因为她突然很想到新世界图片社去找一周前在罗布林卡溜达时认识的心仪之人穆可欣，便缠着大姐拐到了这里。这时候，大姐央宗觉出卓玛的手心里渗出了细密的汗。几步之遥，她本能地唤了一声，“阿爸。”

无论卓玛怎么躲藏，还是被阿爸看见了。她僵持在原地，听到这声音却手里一紧，牵着大姐就要转身，似乎要回避父亲那双炯炯有神的眼睛，但一切已经来不及。

卓玛看到父亲面无表情，目光瞬间停留在自己身上。卓玛什么也不说，她在想象着回家后可能会被收拾的场景。却见与父亲同时出现的一个似曾相见而又陌生的女人，脸上泛起柔和的微笑。还没等卓玛回过神，这女人就款款地走过来，躬下了身子，对她说，我没猜错，你就是卓玛。老听你阿爸说起你。

卓玛闻到一阵不知名的香气，从这女人身上弥漫过来。这香味十分丰熟温暖，竟让她不觉间嗅了一下鼻子。

没等卓玛回答，女人站起身，轻轻说：“这位是大小姐吧！”还没等大姐回答，卓玛接过话来便问对方是谁。

女人笑了，露出白美的牙齿。她握住卓玛的手，让卓玛打开手掌，在卓玛掌心写下四个笔画。卓玛笑了，因为手心很痒。

这女人说：“这是我的姓，我叫牛二。”

“你姓‘牛’啊。”卓玛辨认出了这个字，她很兴奋，原来还有这个姓。跟西藏牦牛的牛一模一样。

“牛阿姨。”卓玛重复了一遍，故意突出牛字的重鼻音，觉得这声音的厚重，是很符合这女人此时此刻的身份。卓玛在“牛”声上加重并拖长，应该是有些抵触和轻视的情绪。

牛二倒是觉得自己虽然性格里有些铿锵，但此“牛”非彼“牛”，卓玛的这声音让她听起来有些别扭。

这时候，卓玛才发现这女人便是活在父辈同事们口中的演艺女牛二。这实在是有些意外。跟着父亲，看过她的演出。台上那个人的光彩，身段与唱腔，美得不可方物。虽则长辈们提起这个名字时，口吻都十分微妙。但在卓玛心里，却好像是仙界下来的仙女一样。然而此时，却让她意外了。

卓玛甚至注意到，这女人手上戴的一粒水钻，陈旧剥落，整个人似乎也有些黯淡了。

卓玛终于明白什么叫台上台下。或许，这就是真实的人生，这就是真实的生活。

一天，卓玛在一张发黄的报纸上，看到了牛二的照片。这张照片拍得十分好看。牛二烫着波浪的卷发，顾盼生姿。一副明星的样态，笑脸很好，并且在这含笑的眼睛里，卓玛又看见了当年的那一点“讨好”。

对于牛二与父亲的相识，卓玛有许多想象。直至长大以后，她仍然觉得，虽然没听到什么风言风语，但这想象的诸多版本，没有一个可说服自己。

卓玛记得小时候跟随父亲去看演出，那是她最开心的时刻。布置富丽堂皇的大舞台，气势非凡，尽显藏族传统文化特色。偶尔尾随父亲走上台去，感觉真是别有洞天。宽敞的舞台上，展示西藏风格的艺术背景，竟然全是手工绘制，光影熠熠地波动，每个节目都具有浓厚的民族特色，能让人心潮澎湃，跌宕起伏。

卓玛感觉新鲜，观看十分入戏，特别是在观看舞蹈《洗衣歌》后，她为舞蹈表现的军民融洽、互助友爱艺术展现深深地感染着，那欢快的节奏，真挚朴实的感情，风趣活泼的戏剧场面，让卓玛荡气回肠。

这天，牛二演的却是《热巴》的领舞。只见牛二左手持鼓右手持弓形鼓锤，在热烈、激情、奔放的歌舞中来回穿插，舞姿轻捷、动作娴熟，与男演员粗旷豪迈、英武豪放、稳重大方配合默切，表演具有较高的艺术性、趣味性和观赏性。

卓玛张着口。当她确信不枉此行，值得一看的时候，闹闹哄哄的人群迅速离开，才回头看了一眼自己的父亲。她看到父亲在昏暗中，点起了一支雪茄，同时脸上泛起了淡淡的笑意。令卓玛来不及消化父亲的笑，甚至来不及作任何惊异的反应。她只记得那雪茄的味道，浓烈而辛辣，挥之不去。

观众都走了，父亲仍然坐在那里抽烟，他吐出来的一朵朵烟圈里，若有所思，若有所盼。卓玛也停留在那里等候父亲。父亲坐着不动，她只能在远处等候父亲。

待到演艺场子空无一人时，只有父女二人的大厅显得格外寂静。父亲突然说，想去看看牛二阿姨，但必须让女儿一同前往。卓玛沉思了片刻，表达了自己不愿意跟随父亲去的理由。父亲用茫然的眼光看着卓玛，什么也不说。

她宁可这么想，父亲与这个女人之间，肯定存在着某种盟约。这种盟约里一定有一些秘密，或许非关男女。

这样想着，卓玛心平气和起来，她微微扬起了嘴角，表情依然，一副孝顺神态，让父亲自己去见牛二阿姨。

或许，仁青巴松是在顾忌其他的什么，走出演艺大厅，他径直跟随卓玛回到了家。

仁青巴松知道的事，卓玛一定不知道。父亲的内心世界，卓玛更是一概不知。

然而,二十多年过去后,当卓玛渐渐感觉自己也变老了的今天,她再想起这位牛二阿姨,总觉得这样的回味有些安慰的成分。这或许是一种本能,或许就是上天注定的。卓玛并不知晓,就在昨天晚上,牛二在内地意外去世了。这天晚上,卓玛又看见父亲在书房里抽雪茄。抽了几口,就把雪茄捏在指缝间,冥思苦想,反复点了三次火,也没把那根雪茄抽完……

在人类文明的早期，月亮代表神秘和智慧。我想，无论是过去、现在和将来，一个热衷梦想的人，对月亮始终有着深深地敬意。一个热爱生活的人，无论是在白天或晚上，看到月亮都会怦然心动。

在西藏，感受日月同辉

在西藏工作了二十四年，记不清多少个日子里，东边山上，一片红彤，金色的阳光普照山脊，温暖在一步步向人们靠近。然而，就在此时，放眼西边千里横黛，常有一轮明月挂在山顶上。天空清朗，大地静好。

在西藏，一次次感受日月同辉，一次次心花怒放。

这天，已是上午九点，刚走出房门，又被那轮明月吸引住了。那么明亮、那么美丽的一个圆盘，似一汪清澈的泉水，又像卓玛姑娘明亮的大眼睛，是那么遥远，却又那么深情。她是在展示西藏的美，映现西藏良好的生态环境和自然风光，还是在表现自己的妩媚？

朝着饭堂的方向走着走着，挂在天边的那轮明月就跳进了心里，顿时有种“月亮不下山，城里闹哄哄，风儿吹起来，玄子声声响，我们相依在一起，听听月亮诉说心里悄悄话”的感觉。

眼看太阳就要照在身上了，我想伸手去抓住那轮白白的圆盘，挽留住那柔和的月光，让美丽围绕身旁——这样近乎浪漫、幻想的感触不知经历多少次，一次次让人赏心悦目，神采飞扬。

难道说在只有西藏才能看到如此让人迷恋的天象？惟有高原这般令人感慨？其实不然。记得小时候在老家的山村里，也曾经见过日月同辉的景观。只不过，小时候的感想没有这么强烈，找不到如此令人惊诧的场景，没有那么悠旷的记忆，没有这么深沉的感知，更不能像现在这样刻骨铭心、沁人心脾。

据有关资料介绍，太阳和月亮同时出现在天空中，是月球绕着地球转，地球绕着太阳转，它们三者之间可能出现一种位置关系，使得人们在地球上可以同时看到月亮和太阳。

月球本身不会发光，有时候它背面对着地球，或者太阳光线太强，人们看不见它。有时候月亮和太阳位于天空的同一方向，或相隔不远，白天太阳在天空中出现的时候，月亮就在它的旁边，但在强烈的阳光照射下，人们也无法看到月亮。

一般情况下，月亮都是出现在太阳初升或者即将落山、大地上光线清爽通透的时候。

有人说，这个现象并不奇怪，在西藏经常出现，每个月的上弦月和下弦月时段，大白天也能看到日月同辉。

然而，西藏这个特殊的地理环境，尽管日月同辉的自然现象频繁出现，仍有许多人视若无睹，习以为常。同时又让多少人欢呼雀跃，怡然自得。有的用摄影机记录下那震撼的瞬间，有的却把那精彩的画面留在心里，让理性战胜感性，感性超越理性，周而复始，循环不息。

那么，在西藏，到底一年有多少天太阳和月亮会同时出现在天空？唯有专业的天象观测员才能给出答案。带着这样的疑问走进自治区气象局，专家的回答是，日月同辉天象被肉眼直接观测到需要一定的条件，在天空晴朗、能见度好的月份可在大白天同时看到太阳和月亮。西藏洁净、清爽的空气中，太阳和月亮同时出现，这是常有的天文现象。如果按照太阳和月亮同时在地平线上出现计算，三百六十五天恰好是一半的时间。但是，由于大气层对光线的折射作用，实际能看到太阳和月亮同时在地平线上的天数稍多一些。西藏大气层透亮，能见日月同辉的天数就会更多。

美好的事物，总是出现在美好的地方。

西藏，地势高峻，地理环境特殊，有着独特的自然生态。这里野生动植物、水和矿产资源丰富，不仅是南亚、东南亚地区的“江河源”和“生态源”，还是中国乃至东半球气候的“启动器”和“调节区”。国家高度重视西藏的生态建设与环境保护。改革开放以来，雅鲁藏布江、拉萨河、年楚河、尼洋河持续得到国家投资建设。荒山、荒坡、荒滩地区植树种草，相继开展并完成了对土地、野生动植物、昆虫、湿地资源等生态环境现状监测和跟踪保护，生态环境大为改善。

广袤的雪域大地上，虫草、藏红花、雪莲花、红景天、贝母、手掌参等藏药才和大量的草原湿地、冷空气、阳光调理着西藏的山脉和气场。牛羊在野草和药材密织的缝隙里，贪婪地找寻适合自己肠胃的食材，饮用从雪山上流淌下来的近似纯净的矿泉水，无忧无虑、自得其乐的追逐着。

在人类文明的早期时候，月亮代表神秘和智慧。我想，无论是过去、现在和将来，一个热衷梦想的人，对月亮始终有着深深的敬意。一个热爱生活的人，无论是在白天或晚上，看到月亮都会怦然心动。

有人说，去西藏，有很多理由。也有人说，仅仅“西藏”这两个字，就足以令人魂牵梦绕。

深夜的拉萨，零下十一度，寒风刺骨，月朗星疏，人们都窝守在家里，偶尔趴在窗户看一看那迷茫的夜空。一旦出门转一转，可能会冷得颤抖，冻得直哆嗦。可是，皓月当空，此时不看，更待何时？又有多少人舍得离开这清辉月朗的夜，又有谁愿意放弃揽月入怀、风云际会的天赋良缘。一次次独坐茶几，一次次端茶邀明月，无喧嚣浮躁之音，无情迷扰心之困，惟有明月来相照。

明月本无心，任凭清风吹，漫步夜空下，遥望月光明。常被家人嘲笑为“夜游神”的我溜进黑夜里，仰望月明如水万千变化。能看见什么道道、能看出什么名堂？只是一厢情愿的感悟——又一次被家人视为啄木鸟飞上黄莲树，自讨苦吃。

2019年元月28日11时30分，拉萨的天空万里无云，苍穹一片湛蓝，一轮明月仍然挂在天空上，这个神奇的自然现象，无不令人叫绝。

我绝不会质疑自己对这片热土的爱恋，但我爱的不是显而易见的震撼游客的风物地貌和更多人为打造招揽人们的特色产业，我爱它的纯真与质朴，爱它的透明和温润，爱它朦胧温婉从不将自己的肉体和灵魂剥离开来的灵动，爱它缠绵柔和清韵的身影总是附着于看得见的阳光、雨水和那些晃动的树林，并在树林里窃窃私语诉说西藏的变迁。

高山、云朵和日月碰撞到一起，它们闪耀的就是如此壮烈的美！岁月静好，现世安稳。云彩瞬息万变，与高山上的冰雪、阳光、明月遥相呼应，这就是一个瑰丽的世界。

大自然的随意组合与天象的无穷变幻，都是对人间美的恩赐。美好的地理环境、良好的自然生态造就了西藏经常出现日月同辉的景观。

月光映照西藏欢快的锅庄，月色铺满高原村落的墙角。相传与相爱的人一起看到日月同辉的景象，就可以恩爱相伴一生。

太阳出来，山尖上金光闪闪，人在地上走，仍见月在天上游。为了生活，人们忙碌着，身前身后都是月光，一幅日出高山、月照长河、诗意蒙蒙的画卷在高原徐徐展开，美的滋味涌上心头，还有什么不能让你满足。这天，明月悄悄说："我都注视你二十多年了，怎么还不动笔？"

不去西藏，你永远感受不到日月同辉的美景，更难想象西藏山川的美丽和纯净。

五星红旗是一面胜利的旗帜，从枪杆子里冉冉升起，从中华人民共和国诞生的那一刻，就高高飘扬在世界的东方。

热泪洒在五星红旗下

五星红旗是一面胜利的旗帜，从枪杆子里冉冉升起，从中华人民共和国诞生的那一刻，就高高飘扬在世界的东方。

岁月的漫漫长河，带走了许多记忆，却冲刷不掉我热泪洒在五星红旗下那激动人心的一幕幕。

五星红旗是一面光辉的旗帜，经受了多少风雨的洗礼，依然鲜艳无比。鲜红的经纬线编织出美好理想，金灿灿的五星闪耀着希望之光，照亮中华民族的心房，为神州大地带来崭新气象，给千家万户送来吉祥安康。

光阴荏苒，岁月如梭。30多年前，我从乡村徒步进县城念书。那天，秋阳灿烂，长空碧澈，全体师生聚集学校操场，举行了庄严的升国旗仪式。大家高唱国歌，向徐徐升起的国旗行礼致敬。当国旗迎风飘扬在旗杆的顶端时，我激动得流下了热泪。

那一刻，自己终于看到了国旗，才真正懂得国旗、祖国的神圣和崇高，更加真切地感受到国家的尊严！幼小的灵魂受到了一次精神洗礼！

平生第一次见到鲜艳夺目的五星红旗。从此，便与五星红旗结下了不解之缘，每当国旗升起的时候，都会有两行热泪涌出双眼。

国旗的鲜红注定是我生命中唯一珍爱的色彩，国旗上的五星无疑是我儿时就在心灵深处珍藏的最亮的星星。从小到大，无论走到哪里，每一次升国旗，我的心脏一直和国歌的昂扬旋律一起律动、我的血液一直与国歌声一起荡漾。

在我心里，五星红旗是丰碑，是国魂，是中华民族向世界的庄严昭示。

高中毕业那年，顶住层层压力和诸多闲言碎语，我毅然决然报名参军。从云南边防到春城昆明、从天府之国到雪域边关，站在祖国的边防哨所，接受正规的学习教育，来到雪山之巅，在飘扬的五星红旗下成长进步，我感到无比的神圣和自豪。

我不是一个喜欢流泪的人，但我肯定是个情感丰富的人。部队每周一次的升国旗仪式，次次令我激情澎湃、热泪盈眶。有人说，时间长了，看淡了，也没那份激情了。可是，这30多年来，面对国旗，还有那雄壮悠扬的国歌声，我始终慷慨激昂、热情未减，热泪每每夺眶而出。

一九九九年的那个冬天，我到西藏边防某部过冬八个月。在那信息闭塞、环境封闭的日子里，能够激荡人心、催人奋进的就是每周的升国旗仪式。一百多人的方阵里，有军人、当地群众和少许农民工，激昂的国歌声在喜马拉雅山下的深沟峡谷里飘荡，每一次都让人热泪盈眶。

也曾记得，一次到北京天安门去看升国旗，前一天友人提醒，去晚了挤不进去，远距离观看，缺少震撼。

内心有什么向往，行动就有什么追求。那天凌晨两点我们就起床往天安门赶，还好，站在前三排。只见高耸云天的国旗杆周围挤满了人群，场面十分感人。据说，在那雄伟的天门广场，每天都是人山人海观看升国旗，长年都有人从遥远的地方赶来观看升国旗。我相信，那绝不是看热闹、看稀奇，那是一颗颗爱国心的碰撞、一片片赤子情怀的依偎。

仰望国旗缓缓升向天安门上空，再次让我百感交集，双眼模糊。

那年十月一日，我在海拔5300多米的查果拉哨所参加官兵们举行的升国旗仪式，没有壮观的场面，只有高高飘扬的五星红旗，尽管有高山反应，依然让我泪流满面。

数不清有多少次热泪洒在五星红旗下，但让我记忆犹新的是，每一次伫立在五星红旗下，“起来，不愿做奴隶的人们，把我们的血肉筑成我们新的长城……”

歌声震雪山，五星映红旗。无不令人从心底深切感受到中华民族的凝聚力是如此的强大。

清晨，当一轮红日从东方地平线上冉冉升起，伴随着雄壮激昂的国歌声，五星红旗沐浴在金色的阳光里，在祖国的大地上迎风招展。人们惊喜发现，随着改革开放的不断深入发展，五星红旗更加灿烂辉煌。

五星红旗像熊熊燃烧的火焰，温暖寒冬，点亮金秋，点燃中华儿女奋发图强，报效祖国的激情和愿望。无论是在书声琅琅的校园课堂、机声隆隆的厂矿海港、边疆海防的钢铁哨所、龙腾虎跃的运动场上，到处都有青春的风采、挺拔的脊梁，到处都有勤奋的身影、专注的目光。

从世界最大广场——天安门广场，到中国登山勇士站立的珠峰顶上，从冰天雪地的南极中国科学考察站到神秘的宇宙太空，从香港的紫荆广场到澳门的关闸边检大楼，从祖国内地到西藏高原家家户户的房顶上，到处都能看到五星红旗最美的容颜和飘舞的英姿。

看到五星红旗，中华儿女心潮澎湃，自豪之情油然而生。

热爱新中国，为五星红旗增辉添彩，为中华民族的伟大复兴奉献智慧和力量，是热血儿女们的忠诚情怀和共同愿望，是骨气、是幸福、是荣光。

西藏高原，欢歌笑语的新农村在五星红旗的映照下展现出最绚丽的容颜。流光溢彩的城市在五星红旗的衬托下映现出最灿烂的光辉。经济发展，科技教育硕果累累，社会民生改善……中华民族伟大复兴的步伐在五星红旗的指引下迈得更加坚实稳健。

思绪万千，脚步未止。“五星红旗，你是我的骄傲，五星红旗，我为你自豪，为你欢呼，我为你祝福，你的名字比我的生命更重要……”

春风徐徐吹来，花儿轻轻绽放。听着嘹亮的国歌声，仰望徐徐升起的五星红旗，心中充满无限遐想，仿佛看到了祖国美丽的山川、波涛汹涌的大海、高高的喜马拉雅……

在广袤辽阔的大地上，中华人民共和国已走过了70年的光辉历程。目睹五星红旗的飘舞，民族自尊的血液就会在千千万万炎黄子孙的血管里沸腾。

爱国，是一个永恒的话题，是每一个中国公民的承诺和坚守。

站在雪域高原上，总能感受到帮助和鼓励，友善崇敬的日光总会向你聚集。在历代先人驻足的地方期盼着东方红日喷薄、腾升。

经历风雨，品味甘苦。今天，欣逢盛世，国泰民安。展望未来，祖国的明天必将更加美好！这是祖国儿女们的心愿。

伫立在五星红旗下高唱国歌，恰似血管里流淌着中华民族远古深渊的历史长河，宛如骨骼中装满祖国的大好河山。

伫立在五星红旗下享受人生，让我深悟到祖国母亲的尊严，一次次洒下激情的泪水，轻轻地呼喊：我的祖国，为了你的神圣与尊严，我愿意接受血与火的洗礼。

这是一个奋斗者的时代。青春，扬帆启航。奋斗，永无止境。当你“身经百战披金甲”之时，定是“柳暗花明又一村”之日。

惹嘎拉山下，青春闪耀

你走过多少烽火硝烟的岁月、历尽多少沧桑和艰辛，待我慢慢追本溯源。这里要说的是，1949年秋天，那个举国欢庆的岁月，正当人们欢欣鼓舞沉浸在新中国成立的美好日子里，在四川盆地东部平行岭谷褶皱低山丘陵区，川东军区直属医院成立了。

从此，人们便知道，这个身着白衣的部队与祖国同岁。

为了五千年文明的泱泱大国，为了苦难深重的中华劳苦大众，你转战南北，多地迁徙，多次更名，义无返顾艰难跋涉在祖国和人民最需要的地方，始终分担伤病员的痛苦，分享伤病员的快乐，不断为祖国的日益强盛辛勤地奉献着自己的青春和热血。

1955年1月，奉命进驻西藏后，同样历经数次搬迁，最终落户拉萨北郊惹嘎拉山下。1962年2月1日，被正式命名为中国人民解放军西藏军区总医院。

从此，你始终不渝，认真履行雪域天使职责：心系战友安康，情暖藏家百姓。

你向来悬壶济世，救死扶伤，一路凯歌一路憧憬，始终是官兵生命的保护神、精神的助推器，稳定民心的压舱石。

想想那些艰难的日子，想想那些艰苦的岁月，你一路走来，风雨兼程，先后历经了解放大西南、进军西藏、拉萨平叛、中印自卫反击作战、西藏民主改革等重要历史时期，编制体制经历16次较大变更。

伟大导师列宁说：“忘记历史意味着背叛。”无论世事如何沧桑巨变，无论经历多少艰辛努力和暗中摸索，你始终初心不改，信念不变。

有什么样的信仰，就会有什么样的追求；有什么样的追求，就会有什么样的青春。

“自古军旅多艰难，从来为武少安闲。”军队医院姓军为兵，军医何尝不是如此。在惹嘎拉山下，你的青春整整闪耀57年。

一次，雨雪纷飞，出征藏北，前路迷茫，尽显荒芜与凄凉，带队的老医师思绪渐行渐远，心里总惦记着重病的罗布次仁，接连催促，能不能再快一点……

遥想当年，那个雪地上追命的日子，老医师深知，在西藏高原，有的事情可以等，救命的时间却一刻也不能缓。

径直前行，临至藏北草原纵深处，忠守不忘，跑了一天的路，来不及喝上一口热乎的酥油茶，下车就抢救病人。

依稀记得，除了医疗技术、药品的运用，那是用一个生命的热度去温暖另一个生命的热度，是用一个灵魂去唤醒另一个灵魂，展现的是血性、拼闯、不惧的青春资本。

又一次，在巡诊路上，经过长时间的颠簸，而后又亲历塌方、飞石、雪崩的惊恐，医疗队大部分人员头疼、胸闷、惊慌，突然有群众拦车，告知村庄有危重病人……

或许是使命所系，或许是职责使然。已经精疲力尽的医护人员急忙冒雪赶往5公里以外的病人家中。经诊断，病人阑尾炎穿孔化脓，医护人员迫不及待将病人抬上手术车。

野外的深夜，3个小时的手术，患者家人十分淡定，因为他们知道，金珠玛米就是活菩萨，一定会保佑他们的亲人。

这样的事例，不计其数。数不清多少次，奔袭在巡诊就医的风雪路上，为兵为民送去健康，虽弗如打一枪换一个地方，但也是居无定所，频繁换防，机动执行医疗、卫勤保障。

这样的故事，不甚枚举。数不清有多少次，奋战在抢救危重病人的手术室内，主刀医师汗流浃背，其他医护人员心力交瘁。疑难杂症手术一次次破高原记录、一次次破世界纪录。医护人员对生活的热爱、对职业的尊重超越了对自己的呵护，每当一个个鲜活的生命重新站立起来，他们从表情到心灵的欣慰难以言表。

医者仁心，西藏高原阳光灿烂。进驻惹嘎拉山以来，从小到大、从弱到强，一代又一代的军区总医院人始终不畏艰难险阻，默默奉献着自己的青春，同时用自己的青春感化着广大官兵和驻地群众的青春。

“幸福是奋斗出来的。”你奋斗，你幸福。俄国作家果戈理曾说过：“青春之所以幸福，就因为它有前途。”是的，青春本身就是一种魅力，一种希望，也是一种奉献，总医院这个响亮的名字，始终风华正茂，迎接着露珠阳光、雪雨风霜。

“世上没有平坦的路，只有认真走路的人。”回头去看看身后那一串串脚印，你一路走来，砥砺前行。记得进藏初期，只能对一些常见病、多发病进行诊治。

可是，随着社会的进步和时代的发展。几十年来，总医院一辈又一辈高原医学专家，硬是啃下了高原病分型、高原肺水肿和高原脑水肿防治、高原红细胞增多症发病机理等系列研究的硬骨头，令世人叫好、让同行瞠目。

多少个日日夜夜，总医院秉持以病人为中心、以任务为牵引、以为军为先导、以训练为基础、以管理为重点，历经多年探索与临床实践，享誉军内外的全军高山病防治研究中心、全军高原战创伤救治中心、全军先心病防治中心、采供血中心、制剂中心等高原综合性医院服务新模式异军突起，科研成果一个接一个。

特别是在广大医务工作者的共同努力下，近年来，全军高山病防治研究中心现已完成高原肺水肿、高原脑水肿、高原心脏病、高原红细胞增多症的病理生理、发病机理及其防治措施的研究，其诊断、治疗、抢救成功率达99%以上，创世界领先水平，利用光量子治疗高原红色细胞增多症、高原心脏病技术在国内独占鳌头、一枝独秀。

经过医院专家团队多年潜心研究，多项医疗技术着手成春、胜人一筹。于2006年成立的全军高原战创伤救治中心，是国内唯一从事高原战创伤临床救治和相关基础研究的专科中心。经过多年研究，形成了一套完整的高原寒区平战时火器伤外科处理方案和时效解决办法救治体系。目前,高原火器伤早期治疗、高原不同人群创伤失血性休克救治、高原创伤感染治疗等技术均达到国际领先水平。高原四肢创伤、高原脊椎骨盆外科和高原关节重建外科的救治实现与内地同等医院的同步发展,在国际同类地区占据明显的技术和规模优势。同时,对高原火器伤弹道学特点、高原战区细菌学调查、高原骨延迟愈合机理及其防治系统研究,已迈入世界先进行列。高原浅低温心脏不停跳心内直视手术创世界首例。特别是近年来先后开展的肾移植、角膜移植、活体肾移植等器官移植,填补了多项世界医学空白。

西藏军区总医院,这个享誉世界屋脊的名称。以军事医学、高原医学和临床医学为重点,以高原野战医学为主攻方向、兼顾临床应用和开发研究成绩斐然,先后承担了总部和西藏自治区各类课题24项。以野战医疗队和军队国家级应急医疗救援队为代表的16支机动卫勤分队,能够随时遂行平战时多样化卫勤保障任务。

就在最近,为给病人开辟绿色通道,由急诊、心血管、介入中心三个科室整合的胸痛中心应运而生。这样的资源凑集、资源共享,能够及时、准确、快速筛查心梗、主动脉夹层、肺栓塞等疾病,并进行精准诊断治疗,减少死亡率。

一代军人有一代军人的风采,一代军人有一代军人样子。多年来,总医院因地制宜、因材施教,走出去、请进来,不断引进新知识、新技术,积极与内地进行学术交流,从90年代初的1名硕士研究生,到现在7名博士后、23名博士生、50余名硕士研究生,临床一线医生人人达到本科以上学历,学科建设水平逐步攀升,陆续为基层培训的数百名卫生骨干,均能挑起重担、独当一面。

雪域大地,临床护理整体水平始终一马当先。在历次抢险救灾、医疗保健、边防巡诊、民族医疗和野战医疗演练中不同凡响,超群绝伦。

总医院始终立足高原实际,艰苦奋斗,勤俭建院,用高尚的医德、精湛的医术、为战的意识、爱民的情怀,与新时代共舞、与新西藏同行,在圣地拉萨屡建奇功,闪耀着万丈豪情。

总医院一直继承老十八军的优良传统，充分发挥西藏优势，牢牢抓住高原特点，不断创建特色医学学科，1995年顺利通过国家“三级甲等”医院达标验收，成为西藏自治区第一家“三甲”医院。

“信仰认定了就要信上一辈子。”从组建到如今，在各个历史阶段，总医院姓军为兵永不偏，救死扶伤永不弃，精业创新永不停，永远是西藏人民健康的守护神，维护民族团结的纽带，践行我军宗旨的模范窗口，时刻把共产党和人民军队的光辉形象镌刻在西藏军民心中。

回首过去，虽历经风雨，也曾灿烂辉煌，如今身影依然伟岸而矫健。

新时代，踏上新征程，必然要担当新使命、奉行新要求。改革发展时不我待，新面貌新形象任重道远。这个朝气蓬勃、斗志昂扬的医疗队伍，正在团结一致，同心同德，立足把西藏军区总医院打造成中国西部卫勤桥头堡，决心把西藏军区总医院建成亚洲中部特色领先、保障一流、国际知名的品牌医院 。

这是一个奋斗者的时代。青春，扬帆启航。奋斗，永无止境。

相信，当你“身经百战披金甲”之时，定是“柳暗花明又一村”之日。

遇见达娃，出乎预料。空旷山野，达娃从何而来？朝霞满天、晨光熹微，达娃如何这般早见？几个进山的人面面相觑，瞠目结舌，不得其解。

遇见达娃

遇见达娃，出乎预料。空旷山野，达娃从何而来？朝霞满天、晨光熹微，达娃如何这般早见？几个进山的人面面相觑，瞠目结舌，不得其解。

在这深山老林，达娃突如其来，令人措手不及。

人在军中，身不由己。“欲游千里外，奈何百事琐。”探访月亮山，久久不能成行，心里一直是个结。

为了这个多年的约定，应好友乌兹索朗、坚参旦增再次邀呼。一个清新怡人的早晨，我们一路奔袭，一会儿穿行在一片片薄雾中，一会儿又进入一团团滚动的浓雾中，一路颠簸来到坐落在喜马拉雅山南麓深处的月亮山。

这里居高临下，一片生机盎然，人的心情一下豁然开朗。

月亮山，其实不叫月亮山。这个人烟稀少，人迹罕至的地方，它的真名叫什么？无人知晓。月亮山得名于这里地势险要，高高的山峰就像半轮明月，传说一位猎人迷路夜宿这里，在那凉风潇潇、彻夜茫茫的夜晚，猎人一次次睡着又一次次醒来，轻柔的月光一直照在他的身上，他静观默察，顾影自怜，几乎见证了月亮升起来到落下山的全过程。那是一个让猎人迷茫的夜晚，是一个让猎人难忘的夜晚，又是一个诗意朦胧的夜晚。从此，这里便叫月亮山。

近年来，随着“游在西藏、玩在西藏”持续升温，相信打造人们心目中的月亮山和人们想象中的月亮山不再是奇思妙想、天马行空。

或许，是对那方水土的钟爱，是感悟那片纯净土地的奇特，是向往那一带青山绿水的壮美。这人啊，总是要把一个个美好的愿望付诸行动，不走遍天下誓不罢休，不走遍人间誓不为人。但凡时间、条件允许，心有所念、心驰神往，周游江河、环游山川已成时尚。有的把这种玩乐当作一种生活方式，有的把这种消遣当作一种情趣和爱好，肩挎长枪短炮，人人都是一副摄影家的模样。感叹社会进步、经济发展，摄影家数量陡增，才艺起色形势喜人。远的不说，就在布达拉宫前白塔旁的半山腰观景台上，每天都会上演十分壮观的摄影大会战，那场面不亚于某些大会的记者见面会。当然也有人把这种坐不住的感觉当作纯粹的吃喝玩耍，他们追求走过路过、绝不错过，热闹过后，印象模糊、不知几许，甚至忘乎其形，忘其所以，只求一时痛快，不必费神回味，凡此种种，不亦乐乎。人就是要这样快乐的活着。

那天，来到月亮山，微风轻拂，不由见景生情，内心格外舒坦。那种远离办公室的天然释怀，那种走进大自然，拥抱阳光雨露、沐浴朝霞晨曦、仰天展臂呐喊的落拓不羁，让人美了醉了魂飞了。一旦走进野外，心胸敞亮、心扉顿开的感觉实在是太美了，满心欢喜、满脸春色。自由自在无所拘束的神态，恰似“昔日龌龊不足夸，今朝放荡思无涯。春风得意马蹄疾，一日看尽长安花”。我在想，如若允许，我愿在这“千山鸟飞绝，万径人踪灭”的地方停留到永远。如果还允许，我将借它山之石在此建造一个温暖的窝，就在窝边开垦一块土地，播撒心仪的种子，待到春暖花开、开华结实的时候，邀约些许友人赏心乐事、相映成趣。

在月亮山，遇见了达娃。准确地说，达娃的出现，是在晨雾刚刚散开，青幽幽的树叶上还显露着一层薄薄的湿气，偶尔有几颗露珠从顶端的叶片上滚落到低矮的叶片上，又滑落到土地上，露珠滴落这个细小动作不轻易被人发现，一旦发现，就能让人产生许多联想，是无奈，是从容，是神奇，更是生命的轮回和依恋。

达娃从茂密的树林里走出来，在她的身后跟着两个小朋友，她冒出树林的那一瞬间，我就看见了她，娇嫩的面容水灵灵，姿态落落大方。

还没等我们开口，达娃就自我介绍：“我叫达娃，我们在找牦牛，你们看见牦牛没有？”

达娃，藏语意为月亮。因为对月亮的崇拜，西藏许多人取名为达娃，男孩多为达瓦，女孩多为达娃。

面对达娃，我们一脸无奈，说不出让达娃满意的话语。还没等我们回过神来，达娃便钻进树林里去了，继续沿着山野寻觅，不一会儿便消失在我们的视线里。正在此时，乌兹索朗的手机铃声响起来了："月亮啊月亮，美丽的达娃卓玛，告诉我，你为何走得那样匆忙……"巧合的事总是在美丽的地方发生，撩人的事总是在美妙的那一瞬间出现。悠扬的歌声在微风中飘荡我们的目光投向远处晃动的树林和草丛，内心却在揣摩达娃寻牛的艰辛路。

达娃的离去，并未让人减少雅兴，在月亮山上席地而坐，喝啤酒、吃卤菜、啃干粮，几个爷们儿简单的过个林卡，这样远离喧嚣、尽享幽静、敞开心扉的畅谈实属难得。

"西藏旅游应打造生态之旅、西藏文化之旅、高原特色之旅……"一个个话题，跳出坐在办公室材料堆里键盘男的迷茫，思绪格外清新明朗，天南地北，放言高论。静谧的场面时有发生，谁都不去打破僵局，而是静静地坐在温暖的阳光下，过去那些岁月里的点点滴滴、现在工作上的丝丝缕缕以及未来可能遇到的茫然若失，让它们被风吹走吧，忘掉烦恼、丢掉烦躁，心就变轻了。

悬崖上的奇花异草、中药材以及崖壁上眼看圆润、饱满的蜂房，仍有群蜂围绕的蜜团，让它们安好。

早出还得晚归，就在天空逐渐暗淡下来的时候，我们只有装点垃圾、收拾残局驱车返回。

就在接近公路的树林里，我们又一次遇见达娃。这一次，达娃更加阳光灿烂，清纯可爱，头发不再那么蓬松凌乱，而是衣着整齐，楚楚动人，一种胜利的喜悦跃然脸上。

或许，我们都是那种笨口拙舌的人，达娃又一次占了上风，招手拦车，底气十足地说："我们找到牦牛了，已经把它们赶进群了，现在牛群爆棚，它们应该不会退群了……"

遇见达娃，我们看到了淳朴、善良和美丽。

走吧，不要问山有多高、路有多长。走吧，不要问这样走下去，到底什么时候才能走到头。其实路的尽头，就在脚下，不管路有多长，天总会亮。

路有多长

路有多长，决不迷茫。

人的一生，要走多少路，二万五千里、十万八千里，或者更多，无从计数。走吧，不要问山有多高、路有多长。走吧，不要问这样走下去，到底什么时候才能走到头。其实路的尽头，就在脚下，不管路有多长，天总会亮。

在西藏边防路上跑了20多年，总有许多难忘的事。

记得那是2000年5月中旬，已在墨脱过冬达6个多月的我，奉命跟随护送"墨脱戍边模范营"6名战士考生的小分队出山，去执行其它任务。

我们一行13人，从海拔700多米的墨脱营区出发，整整走了两天才赶到多雄拉雪山脚下的拉格食宿点。多雄拉山封冻了一个冬天，按照惯例，那个时候可以强行过山。可是，那天大雪铺天盖地下个不停，就连我们夜宿的拉格，也是雨雪纷飞。

大家都有预感：今天的路难走。

天空还未完全敞亮，我们就打点行装迈步上路。

海拔在逐渐升高，道路在逐渐模糊，我们的喘气在逐渐急促，腿脚也一步步的在发软。

仰望海拔4800多米的多雄拉山，我们几乎是攀爬着往前行，从拉格到多雄拉山背面的二平台，不过六七公里的路程，走了4个小时。

来到二平台，大家欣喜若狂，感觉越过山顶唾手可得。可是，事实告诉我们：高兴得太早了。只见眼前一片白茫茫，上山的路找不到了，前进的步伐不知怎么迈开。此时，每个人都是胆战心惊，心里没底。

没有去路，怎么办？如果沿路返回，还得走三天的山路才能回到连队。如果强行翻过雪山，下山就有车坐，当天下午就能到达军分区。正当大家一筹莫展时，带队的副教导员杨浩宇站了出来："同志们，我们13个人分成3个小组，按照预定计划分批分次穿越雪山！……"就这样，我和排长毛松涛、班长李广华、副班长刘锋、战士杜延军5人被编为第三组——收容保障组。

往前走了大约800米后，我们就被前面号称"飞毛腿"的两个组甩得远远的。偏在这时，体力不支的我开始"掉链子"。最初是感到心跳加快、呼吸急促、头晕脑胀，继而走两步歇一下、走一步歇一下，走着走着，一步也挪不动了。看着那高过人头的雪墙，有种喘不过气来的压抑感。正在飘飘洒洒的鹅毛大雪，让我面颊发红、两唇发紫，绝望的念头油然而生。

"快走，这里不能停留！"毛排长和刘副班长一人抓住我的一只胳膊，拖着就往前走。被他们拖着挪动的时候，我明显也感觉到了他们的恐慌和惧怕——这是一种求生的渴望，更是一种对生命的拯救。

雪山上真的容易发生意外，这不是危言耸听，曾经有过血的教训。

一步一步地走，一个平台接着一个平台过，迷迷糊糊的我，就这样被一步一步往上拖。好不容易越过三平台，距离山垭口只有一公里了。这时，由于雪道太窄，三人并排非常难走，刘锋一不小心就掉进了一个冰窟窿里去了，一米七二的个子，瞬间就看不到人头了，只看到他两只手在雪窟窿口左右摇晃。生死关头，毛排长赶忙把我放开，扑过去抓住刘锋的手，挣扎了六七分钟才把刘锋拽上来。

看到此情此景，一种战胜死神的强烈愿望顿时涌上我心头。我双手往地上一撑，站起来正准备朝前走，不料两眼一黑，"扑哧"一声便摔倒在雪地上，怎么也站不起来。后来他们两人硬是把我搀扶着，生拉硬扯拖着我向前走，一前一后拉着推着我继续前行。此时此刻，四肢软弱无力、冰冷发麻的我突然想起"战友战友亲如兄弟"这句歌词，禁不住两行热泪滴落在雪山上。

在距离山垭口50米远的地方，我们又一次迷路了。齐腰深的皑皑白雪堵住了去路,让人迷失了方向。

通常情况下,来到此地,人们都有胜利在望的喜悦。因为越过垭口,全是下坡路,不再那么吃力了,也不需要在缺氧的状态下攀爬了,人人都会感觉如释重负,轻而易举。

可是,这天的这个50米,很难征服。

飞雪不停地吹打着脸庞。趁大家站立休息的时机,毛排长先头去探路,第一次从墨脱返回的毛排长在雪地上一瘸一拐蹒跚前行20米左右后回话:“雪太大,找不到方向!”

“那就别再走了,赶紧回来。”我急忙说。

就在毛排长回到我们站立的地方,正准备让班长李广华又一次去打探时,我们清晰地看到,毛排长先前的脚印已经全被飞雪覆盖了,毛排长“踏雪无痕”,此路不通,越过山垭口的形势不容乐观。

脚下的积雪太深太厚,头上的飘雪太密太大。四周雪白,一片茫然,一时分不清东南西北。实在不能动弹的我用同样的方法,从不同的角度,让每个人都前去探寻一次。可是,前去探路的每个人走一段就停了下来,不敢往前走了。他们的回答都是“找不到去路。”没有去路,决不能贸然前行,否则后果不堪设想。

神志逐渐清晰的我,凭借多次翻越多雄拉山的经验,隐约知道山垭口的位置。在战友们的搀扶下,壮起胆子朝着判定的方向跋涉。似乎脚下千斤重,每迈动一步,都是那样的艰难。真是疲于奔命,死里逃生。

在那高高的雪山上,50米的一段距离,不亚于一趟5公里的武装越野,更像一次生死边缘的抗争。

或许是我们求生的欲望让老天爷大开了眼界。我们五人张口结舌,如鲠在喉,尽管动作比蚂蚁还慢,但走着走着,飞雪越来越少了,当我们费尽九牛二虎之力到达山垭口时,天空突然放亮,温暖的阳光照在身上,生死关头豁出来了。幸运!

其实，翻过多雄拉山口，这不过是越过了第一道“鬼门关”。往下走也并不轻松，同样险象环生，岌岌可危，稍不注意就有可能掉进万丈深渊。

为了确保安全，正准备下山时，毛排长从背囊里取出两根背包绳，把5个人依次连接在一起，让大家团结一致，相互照应，慢慢下山。

直到登上在公路尽头松林口等候多时的车，大家才松一口气，纷纷感叹：“总算过来了。”

是啊，拉格到松林口不到20公里的路程，整整走了8个小时，这是什么样的一条路？只有走过的人才知道其中的艰辛，只有亲身经历的人，才知道这条路有多长。

熟悉的路，已然全无。很多时候迷路，不是因为路太长，而是指路的人太多。你指你的，我走我的。

这条墨脱路，并不是用三言两语就能说清楚的。不走一趟，又怎能知道崎岖的山路带给你的震撼。

前行不忘来时路。翻过多雄拉山，脚下的路还得走。

走过一些路，才知道辛苦。只要迈开脚步，即便在同一条路上走，也会走出新的感觉。

有的人为了远离城市，收获的是宁静。一位友人曾经推心置腹地说，他工作和生活的环境太繁杂，吵吵嚷嚷，总让人不能心静，甚至到“烦死了”的地步，他每年都会利用短暂的假期去一趟西藏，以求心平气静。

收获心的宁静

在西藏，真幸福。

一天天一月月，收获满满的内心的宁静。一年一次回到内地休假，带着心的宁静奔赴遥远的山乡，身心的适度调整，年年休出新感觉，次次觅得新气象。

用心去做事，你就会耳闻目染，无论是坐在清凉幽静的小山村，或是下榻城市气息浓厚的小山城，都会遇到一些“西藏发烧友”，他们对西藏的追逐不亚于对大中城市的向往。

有一些人，多年苦心经营西藏之行，年年琢磨西藏之旅，他们谈论西藏的话题甚至超过一切，字字句句倾吐着对西藏的神往，更有甚者表露出“此生不去西藏是一大遗憾”之感慨。无论有钱无钱，都在为去一趟西藏作准备，以了却此生这个奢侈心愿。

是的，不去西藏，怎能知道西藏的神秘？不去西藏，怎能知道西藏的宽广与博大？不去西藏，又怎能找到内心的宁静？

人，也只有经历了一些事，才会去找一个宁静的地方好好感受心的宁静，也只有活出了人生的真谛，才会想到去找一份内心的宁静，也只有活到了一定的境界，才会想到去西藏接受心灵的洗礼与净化。

苏联著名作家奥斯特洛夫斯基说：“人的生命似洪水在奔流，不遇着岛屿、暗礁，难以激起美丽的浪花。”

李启才是一位向善从善、尊老爱幼享有盛誉的热心人士，他向往西藏多年。因琐事缠身,直到近日,有陈、宋二位仁兄陪同,终于成行。

原计划坐火车去拉萨,可是,当他们从物华天宝的多彩贵州驾车到达天府之国成都时,快人快语的李启才当机立断改乘飞机进藏。

两个小时的空中飞行,李启才神采飞扬,豪情万丈。离开贡嘎机场,不绕道、不在中途停留,径直朝布达拉宫奔去。

对于常人来说,身体再好也会有些许的高原反应,即便是在西藏工作多年的人,回内地呆一两个月再返回拉萨,身体多多少少都会有些不适。可是这天,李启才如履平地,大步流星,风驰电掣般登上了雄伟的布达拉宫。更让人瞠目结舌、面面相觑的是在行进中,遇到一位老太太一步一摇,举步艰难,一种怜悯之心和敬仰之情在他心里油然而生。在征得老太太同意的后,李启才撸起袖子弓身背着老太太就往布宫顶上走。一米七一的个子,背着百十斤重的老年人上布宫,即便是在攀爬连接金顶倾斜七十多度的木梯上,李启才也是脚底生风,步伐矫健。最后还赠予老人数张百元大钞表示慰问。这样的善人善举,引来多少人围观赞扬,在场的人都用手机拍下这个感人的画面,都为李启才的行动竖起了大拇指。

几天里,他们还参观纳木错、大昭寺、八廓街、西藏博物馆……岂止是游山玩水?他们收获的岂是蓝天白云、美丽山川湖泊和勤劳善良淳朴的藏族人民?答案是否定的。他们收获的是对藏族人民的认同,更多的是内心的宁静。

圣洁的地方能净化一个人的心灵,同时需要人们带着纯净的心灵去接纳。

背着素不相识的老太太上布宫。到底是什么样的动力驱使一个人这样去做?"人之初,性本善。"面对藏族人民那颗虔诚的心、那双坚定的眼眸以及那副和善的面容。有人感慨:在人心浮躁的地方不一定能找到幸福,而在人心宁静的地方往往能够发现幸福的足迹。

难怪有人说:"人生所谓的选择,都需要从善心出发,对错都需要时间来证明,既然做出了决定,就要努力进行……失去或许就是机遇,希望就在前面。"

话题又回到休假。秋雨绵绵，落叶在空中盘旋。走在面貌一新的乡间大道上，心中满溢的是喜悦、激动和自豪。村庄的绿化、河道的净化、路灯的亮化……彻底改变了农村“脏乱差”现象，乡风文明、村容整洁、生活宽裕。从内心而言，我羡慕精准扶贫后村庄的物质生活，更仰慕村民内心充满的那份幸福感。

有时候我们会冷静地问自己，我们在追求什么？我们活着为什么？在物质生活和精神生活都得到满足的同时，人们追求的是一份内心的宁静。

休一次假，看到的很多，特别是城市的发展变化、乡村的面貌更新，收获满满的喜悦，更多的是心的宁静。

当然，云游西藏的人，得到的是另一种收获。

有的人为了去看风景，收获的是风景。长枪短炮，折腾回来的是弥久的记忆，能让人视觉一新，收获的是一种体验。

有的人是为了锻炼自己，收获的是成长。十年前，一位著名画家的孩子在上海读大学，这孩子利用暑期从上海骑自行车到西藏。为何这般苦行西藏？回答干脆利落，向往西藏，体验西藏，锻炼自己。常年累月，类似这样的进藏骑行者不乏其人，不计其数。

有的人是为了远离城市，收获的是安静。曾经一位友人推心置腹地说，他工作和生活的环境太繁杂，吵吵嚷嚷，总让人不能心静，甚至到“烦死了”的地步，他每年都会利用短暂的假期去一趟西藏，以求心平气静。

在喧闹里，难以找到一份宁静，或许人的内心本身就不平静。到了夜深人静的时候，可能收获的是寂静和孤单，难得让心里的浮杂慢慢沉淀。其实，说白了就是心态问题，心静自然凉。何事之愁，何事之忧，放下就没有烦恼。

言多必失，人心难静。喋喋不休不如观心自省，埋怨他人不如即听即忘。能干扰你的，往往是自己太在意，能伤害你的，恰恰是自己想不开。你若平和，无人可恨，你若不究，无人能扰。

晨风夕月，丽日蓝天，大自然处处是美景，怎奈大多世人忙忙碌碌，无心留意，一旦怀揣一颗恬静的心，忘情山水，乐观豁达，何愁没有安宁与平和。

有些事情要做了才知道。去西藏，心会变得开阔，但每个人收获是不一样的。去西藏，每个人都会震撼，都会觉得不虚此行。

希望在心里。慢慢沉淀收获宁静。有人感慨这辈子，最幸运的是，能走到你身边，最遗憾的是，没能走进你心里。

拙见，但凡收获心的宁静，足矣。

位于林芝市朗县拉多乡藏村的拉多藏湖，人称仙女湖、姊妹湖。拉多藏湖的纯净与美丽无与伦比，是西藏最干净、最清幽的湖泊之一。十多年后再访拉多藏湖，感觉真不一样。

再访拉多藏湖

拉多藏湖，人称仙女湖、姊妹湖。它位于林芝市朗县拉多乡藏村，分别由大小不一的万鱼偏嘴湖、逢扎西湖、神马湖、圆环湖和尾湖五个小湖泊组成，湖面海拔3700米。湖水清澈见底，游鱼舒展自在，野鸭、白鹭悠然栖间，令人心旷神怡。

走进湖边，轻风徐来，微波荡漾，色彩斑斓。还能听到淙淙泉水和着远处传来的鸟鸣声，意境如诗如画，如梦如幻。

拉多藏湖的纯净与美丽无与伦比，是我在西藏见过的最干净、最清幽的湖泊之一。

十三年前一个初春的上午，积雪未融，寒风刺骨，我们兴致勃勃从朗县乘坐越野车一路颠簸、风尘仆仆前往拉多藏湖。一路烟尘滚滚、灰头土脸，既有峡谷沟壑纵横，又见草木茂密，风景宜人。所有的荒凉、萧瑟和秃垣断壁一晃而过。心向藏湖迫切，早已望眼欲穿。

可是，到了藏村，只有一条近乎比羊肠小道还要窄的路通向藏湖，无奈，我们只有换乘手扶拖拉机向前进。

坡陡坎高，道路曲折，奇险无比。几乎能把人颠下山坡的手扶拖拉机摇摇晃晃走了一个多小时，突然在一个上坡转弯处戛然而止。拖拉机手尼玛扎西说："我只能到这里，开不上去了，下面的路就靠你们去走。"

既来之则安之。说走就走。踩着没脚的冰雪，穿行正在含苞待放的杜鹃花林，几乎是攀越突破灌木丛。徒步、攀爬大约2公里的山路后抵达了拉多藏湖边。

湖面清新怡人，湖光山色，令人欣喜若狂，我们一行6人，无不为之动容。大家大声慨叹："没想到，在这深山老林里，还有这么漂亮的湖泊，真是太美了，太神奇了。传说神仙居住的地方是不是这样的？"

有的地方，走过很多次，也不曾想起。有的地方，去过一次，就会终生难忘。于我而言，唯有拉多藏湖令人遐想，让我去了还想去。那一片山水，美艳绝伦，楚楚可人，在我心里挥之不去、抹之不掉。多年来，总想找个机会重返那个美丽的地方，再去感受山之静谧、水之清秀。

10月30日这天，朗县艳阳高照，碧空如洗，我们依然是6人组合，从朗县驱车驶向拉多藏湖。

惊奇的是，原来的土路变成了水泥路，豁然贯通拉多藏湖，让人心情格外舒坦。

交通变化这么快，我们喜出望外。拉多藏湖依然如此清幽纯净，也不是意料之外。一路走去，漫山遍野的柏树巍然挺立，充满生机，让我们看到了一种坚定和执著。

山还是那座山，湖还是那个湖。水泥路平坦笔直伸向前方，四轮飞奔众欢呼。感悟这里的生态之美，感慨这片青山绿水。

这天，惊喜的不只是拉多藏湖的秀美，还有湖泊南北两岸的柏树，令人一次次惊叹、一遍遍叫绝。

置身于湖泊沿岸的原始森林中，巨柏参天，空气清新，宁静而又爽朗，真是美到极致。我们沿着往雪山方向正在修建的公路走，站在雪山脚下俯瞰拉多藏湖，五个小湖泊通过小溪恍惚连接，呈现出月牙状和圆盘状，宛若仙境，奇妙动人。

这里难道是柏树的家园？

一路走来，总有那么一片片的高山上，是清一色的柏树，它们竞相生长，生机盎然，朝气蓬勃。不知道那些大小不等、高低不同的高山柏树，是怎样把根须深扎进细密紧闭的石缝,又是怎样吸取岩石缝里那一丝丝若有若无的点点水滴滋养生命,生长出一棵棵苍翠的高山巨柏。

这些让人惊叹的柏树高傲地屹立在那寂静的幽谷中,不知沐浴了多少日落月出。

正当我们在沉思的时候,一阵轻风吹来,雄伟苍劲的柏树发出“嗖嗖嗖”的响声。似乎有它们的存在,高山便有了灵气,湖泊便有了灵秀,好像一切生命在它们的面前都显得苍白而逊色。

拉多藏湖周围的柏树,参天而立,枝叶繁茂,郁郁葱葱。它没有柳树的婀娜多姿,也没有桃花的高洁清雅,它却以自己顽强的生命力展现在世人面前。

据藏村的村干部讲,冬天来临时,雪花纷纷扬扬飘落下来,大地白茫茫一片,百花凋零,万木枯寂,唯独这些柏树依然挺立在冰雪之中,枝叶依旧苍翠欲滴。它启发我们需要有战胜困难,勇往直前的气魄。

不管是暖和的春天,炎热的夏天,凉爽的秋天,或是寒风透骨的冬天,柏树永远都是那样的苍翠和枝叶茂密,淋漓尽致地展现了坚韧不拔的性格和不屈不挠的精神。

“无论我停在哪片云彩,我的眼总是投向你,如果我在风中歌唱,那歌声也是为着你。”纵有拉多藏湖沿岸柏树独步当世,出类拔萃,千娇百媚还得绿叶陪衬。依偎在柏树身旁的那些松树、桦树、杜鹃树、灌木等品种繁多的树木草丛,也是功不可没,功勋卓著。或许是有它们的衬托,柏树才这般耀眼。或许是有它们的衬托,这里才如此美丽动人。

无论这是山水的故乡、植物的乐园、湖泊的居所,其实,我更倾向于它是柏树的家园。

这里难道是宁静的天堂?

深秋的日子,已经看不到鲜花朵朵,但有野果挂满枝头。站在拉多藏湖的岸边上,湖面与山野散发着沁人的芳香。这应该是一种收获的气息,一种喜悦的气息。

明明是蓝天白云直挂头顶，天空却稀稀洒洒飘着小雪花。同行的人都去欣赏湖中美妙，还以为那是空中飞扬的尘土。我确定那是小小的雪花。虽然听不到小雪花撒落的声音，扑捉不到小雪花飘飞的韵律，更感受不到小雪花飘落的丝丝寒意，但这样的宁静能让人安然，让人释怀。

遥望远方的山峦亘古地纵横在极目之处。蓝天、白云、雪山、青山、柏树掩映湖水中，这是什么样的融合？这是什么样的浑然一体？天空中还有一只鹰在翱翔，它似乎也在感受湖光山色的宁静，亦或是在寻觅猎物栖息处？我们的视线跟着雄鹰在移动，始终没有看到猎杀的场面。雄鹰始终在天空盘旋，天地湖林安然无恙，这是多么难得的宁静，有足够的空间让人想象，有更多的思绪让人琢磨。

今天的拉多藏湖，还是十三年前的拉多藏湖，可是通往拉多藏湖的沿途却发生了翻天覆地的变化。路通了，群众的生活方便了，我们一路进出，发现很多亮点：村村通水、通电、通广播、通电视、通邮，应有尽有，村容村貌新颖别致，今非昔比。

去一趟拉多藏湖，让我重新认识很多，收获很多。

太阳出来金光闪闪,猛坑水库摇身一变成了闻名遐迩的杜鹃湖。不得不佩服人们的智慧。湖岸边山林鸟鸣啾啾,松涛阵阵,半山腰上得古村落里云遮雾罩,鸡犬相闻,生机勃勃。云朵压着湿漉漉的树梢,悠悠地从月亮山那边飘荡过来。风起来,云便跑,昏沉沉的天空慢慢变亮。

湖边上的那些事情

潘多和紫妍

五月中旬,号称“夜郎故地,杜鹃之乡”的长顺,漫山遍野的杜鹃花已纷纷凋谢散落。

落英缤纷的残花败絮,在那鲜嫩鲜嫩的绿叶掩映下,又一次让潘多的思绪涌动。“忽逢桃花林,夹岸数百步,中无杂树,芳草鲜美……”东晋时期田园诗人陶渊明的《桃花源记》里的名句忽然跳进脑海。

五月的和风,暖得有点让人心醉。

从姹紫嫣红的湖边回来,已经过去三个月时间,潘多还在想着湖边上的那朵杜鹃花。

她要是花期长一点。

她要是能带着时光倒流。

她要是还能妩媚艳丽到现在。

……

天灯坡顶上那盏闪烁着银白色刺眼光芒的探照灯每天晚上跳跃不定搜索着小山城的每一个角落。天灯坡脚下佳和宾馆501房间的门时常虚掩着,远道而来的潘多到底要在这集家庭化大众化而又不乏优雅清幽的宾馆里居住三个月四个月甚至是更长?连他自己也没有要走的准确时间。

很想在这里多停留一些时日。气候宜人,城市干净整洁。长顺真的是应该来，来了就不想走的地方。

后半夜，夜色幽远深沉。喜步河岸边却并不宁静，不时有人来往，来往的人耳朵上似乎都在挂着一款手机，有的狂吼大叫，有的嬉皮笑脸，有的不露声色，只是“嗯！嗯！嗯！”轻描淡写地自吟。伴随着潺潺的河水声，仔细一听，断断续续、阴阳怪气、窃窃私语，有的手舞足蹈，动作千奇百怪。

突然，潘多的手机响起了悠扬的藏族民歌“这里的蓝天如洗哟，这里的白云如棉啰，这里的夜色如水咦……”

紫妍终于来电话了。

那是二十多年前的事，在那云雾缭绕、苍松翠柏间，潘多庆幸自己没有错过机会，心里一下子变得踏实起来。

太阳出来金光闪闪，猛坑水库摇身一变成了闻名遐迩的杜鹃湖。湖岸边山林鸟鸣啾啾，松涛阵阵，半山腰上的古村落里云遮雾罩，鸡犬相闻，生机勃勃。

云朵压着湿漉漉的树梢，悠悠地从月亮山那边飘荡过来。风起来，云便跑，昏沉沉的天空慢慢变亮。

打开窗户，一柱柱光线射进灰暗的灶房，灶膛里清一色的青冈柴“哄哄痴痴”的燃烧并发出红亮红亮的火光，从灶口冒出的青烟，熏得坐在灶台前的冬菊抿着小嘴，连嘴上的茸茸汗毛也清晰可见。说好了，外出打工已一年之久的丈夫今天要回来，冬菊的神情充满喜悦，从心里到外在的表现有种说不清道不明的躁动，或许她是在回味过去，更是在盼望丈夫的到来。

那年六月六，正逢赶场天。有人唱山歌，有人趁机兜售小商品小玩具，吃的穿的玩的用的，应有尽有，几乎可以买到想要的东西。

不愧是山里长大的人，潘多不怕山高路远，徒步奔袭，不怕风餐露宿，点一把火，烧个苞谷，烤个红薯就能凑合一顿。困了累了，在路边找块石板或一个草丛里就能睡一觉。

这天，潘多提着一根黑色杆秤笑脸相迎来来往往的男女老少。

“你家这个洋芋好多钱一斤？”

“一块五一斤,大叔!”

一位老实憨厚的中年男子上前蹲下挑选洋芋,潘多从腰间抽出一个塑料袋递过去,“大叔,来,油纸袋装着秤。”

“差不多了,买个两三斤就行了。”

“大叔,随便您买多少都可以,感谢您照顾我的生意!这洋芋刚刚从土里挖出来,新鲜无污染。”

整整一天下来,潘多挣了数百元。

短短的一个六月六,潘多感悟到了人间真情的魅力所在,领略到了人情世故。继而转入跟随别人做一些带有文化气息的字画、历书、文学图书买卖,让潘多乐此不疲。在一个个乡村赶场,搬运、摆摊、卷筒交予客户、收钱找钱。

在农村生活,找点事干,生活才有意义。那次赶岩上场,潘多走了一天的山路,挑着八个画眉笼装着八只机灵声脆的画眉。来到鸟市场,把鸟笼挂在场坝的一棵花椒树上,一直提在手上的黄嘴八哥在就近的香樟树上“按不拢”、“打开冲”一阵叫嚷,引来了不少围观者。

潘多心里清楚,自己从老远赶来兜售画眉八哥是醉翁之意不在鸟。虽说潘多出门前妻子杨簧桃并没有表现出半点疑忌,送他出门时还带着笑意嘱咐他把画眉和八哥卖掉后多玩几天再回家。当潘多终于结束多日的艰难跋涉,一脚踩进这花花绿绿的场坝时,他那颗滚烫的心反而有些不安和焦躁了。他想抓紧时间尽快把这些画眉和八哥卖掉,就去见一个心仪之人。

那天,和潘多相伴两年之久的画眉八哥真是帮了他的大忙,不停地欢叫,不停地在笼子里上下跳跃,真是人见人爱。不到两个小时,所有的画眉和八哥都售罄了。

潘多不在留恋这人山人海拥挤得水泄不通的岩上场,收官离场,径直来到三岔路口,有许多人都在这里等车。

每一辆过来的车都已客满,从他们身边匆匆而过绝不停下。潘多在翘首企盼有位置的那一辆,但车辆始终没有从场尾那边开过来。潘多很后悔,为什么不早一点挤上去，哪怕是站着也好。这人啊，真他妈的贱骨头，身上没钱的时候，走多远的路都有勇气，身上揣着两文钱，就好高骛远，贪图享受，硬要去等个车坐还希望有座位潇洒一番。

人的很多机遇，可能就是这样开始错过。如果没有人在前方等你，着急的概念永远是模糊的，远方永远是远方，而绝对不会有诗。

如果心里想着的那个人在远方，诱惑就会充满魅力，人将马不停蹄昼夜兼程，因为远方就在你的心里，远方正在呼唤你，你也在深深地呼唤远方。

潘多好不容易在晚上七点天空黑压压下来的时候搭上一辆拉煤的车。坐在煤块上，凉风呼啸，头发向后吹直了，那没有扣上纽扣的衣服向后飘起来，就像飞机着陆时尾翼的减速伞。

一个小时后来到湖边上畔，漆黑的夜里，松树林下的岔路口站着一个女人，正是紫妍。

刚走近紫妍，潘多就被"逮"个正着。

"站住，哪里去？""老实交代，你叫什么名字。"

"我叫潘多，你们干什么？"

"你来这里干什么，这个女人在这里等你多久了？"

"这，你们要问她……"

"天都黑成这个样子了，你小子艳福不浅啊！你俩是什么关系？"

"我们没有什么关系，只是认识而已。"

"胡说八道！你这样鬼鬼祟祟，乱搞有夫之妇，这算什么行为？有本事到场坝上对歌去。"

"大哥，你别把话说得这么难听，我们什么事也没有，你们都看到了，我刚到这里呀！"

"少啰嗦!给我带走，到了村里再慢慢收拾。"

紫妍也太不仗义了，见势不妙，生怕事态扩大，影响自己声誉，悄悄从树林里溜走了，剩下潘多和三个拦路的。虽是黑夜，不远处的怪鹿村灯光闪耀，漆黑的树林就不那么可怕了。

这本来就是一次小混混的无事找茬行动。三个叫老猫、硕鼠、怪驴的无业游民，过去长期潜伏在这一带搞游手好闲、不劳而获的勾当。后来，严打活动紧密锣鼓，他们已经有很长一段时间没在这一代活动了，所以潘多和这女人约好在此见面。没想到，临村这几个毛贼听到了这女人的电话，这天还没黑下来就早早潜伏在这里。看到紫妍走远后，三人又开始审问潘多：

“你什么意思？乱弹琴呀，你可是有妇之夫呀，人家可是有夫之妇呀！这个事情是公了还是私了？”

“什么公了私了的？我们又没干啥，只是在这里遇见，你们也别这样欺负人嘛！”

“什么叫欺负人？我们可是抓到你和那女的在一起手挽手，是不是我们下手早了，还没有看到你们的精彩场景？告诉你，老实交代，不然我们就把你带到村庄慢慢细说。”

三个人边说边走近潘多，其实潘多早就心知肚明，这三个人要的是钱。个子较高的老猫伸出大手，一掌轻轻拍在潘多肩上：“你明白点，都到这个时候了，还在狡诈什么？要想走，就识相一点，今天的事就在这里闭关。”潘多急忙把裤兜、衣兜翻个遍，原来出门前揣在身上的280元钱一分未动全部交出来递给老猫。

倒是这小子聪明，把卖画眉和八哥的4000多元钱藏在短裤里的口袋里，小偷一般不会往那地方摸。潘多被吓得浑身发抖。

“我只有这些，剩下的就是一条命了，你们都拿走吧。”

“这可是你自己主动的啊，如果到外面乱说的话，小心你的脑袋。”三个混混咬牙切齿地说，转身就离开了现场。

丢了280元钱，潘多没有心思再去找那女人，那女人临阵逃脱，重危轻友，同样没有勇气再去见潘多。就是因为这女人的不仗义让潘多被“活捉”，伤了潘多的心。

潘多在想，这女人太不够意思了。如果她不走，二对三，不会悬殊太大，至少不会丢掉那点钱,丢掉的不过是名声而已。话又说回来,那点钱算什么,丢掉名声才叫丢人。

潘多在想,这一次算是白赶这个场了,真叫人心里七上八下不是滋味,也真他妈的龌龊,竟然在此地遭到一劫。

潘多快步迈上公路搭车离开这片再也不愿意回忆再也不想进入的闯鬼林。

到了晚上十点半,潘多终于来到一家小旅馆。要了一碗鸡蛋面打发一整天的疲劳。躺下后,潘多不甘心,拿起手机要给这女人发短信。他想了好久,挨了这个窝囊气,发短信,发什么?作为一个男人,不能在这个时候千万责怪女人无智无勇,就是男人,窝囊废也大有人在。

潘多磨磨蹭蹭最后给这女人发去了一个"?",意思是你为什么要走?你为什么在危难时刻悄然离去?

很快潘多的手机就收到了这女人的来信:"!、!",意思是我没办法,在这种情况下走为上策,向你表示歉意和叹息,并希望能得到你的谅解。

潘多接着发去"%",意思是我百分之百的信任你。

这女人回复"%!",意思是我也百分之百的信任你。

一来二去,他们在时空里挖苦心思全靠符号数字对话。漫漫长夜,潘多一直在和对方海侃,用的是符号而不是文字。用他的话讲,什么也不说,只有符号和数字才能较好表达他们双方的内心世界。"DJHSG=N"是潘多发给这女人的,表示"湖边上赛歌会等你"。

这年的赛歌会,没有政府的组织。原来,很多歌民反应,赛歌会现场,桌子板凳摆起,高音喇叭放起,等待领导进场和等待领导讲话都过于形式和繁琐,这样无疑丧失了地方特点和民族特色,反而把传统的文化搞成了例行公事。

政府部门善纳群言,转变作风,只派十几名警察现场疏散人员,维护秩序,原滋原味的文化气息再次弥漫山头,传遍整个山野,赛歌会原本是情歌对唱,这天潘多听到的却是:

六月六呀六月六,

今天是个好兆头，
官员薅秧六月六，
群众路线站排头。
一来感谢共产党，
为民务实讲清廉，
二来感谢乡镇长，
帮助村民抓生产。
若要问党为哪般，
党的恩情润民生，
若要问民哪里去，
人民铁心跟党走。
……

赞颂党的好政策，一阵阵掌声和叫好声犹如松涛卷过，清脆柔美。连潘多也没想到，今年的赛歌会是那样的令人心醉，于是他略一思忖，挺直胸膛，放开了歌喉：

党的好政策吆好政策，
连着我梦里的金银花，
连着生活中的向阳花，
金银花向阳花要采她，
白云搭桥牵你走过来，
阳光照射邀你来看我，
不为儿女情长绵绵意，
只为六月赛歌意绵绵，
不为花前月下切切情，
只为党恩党情挂心间，
不为青梅竹马两小猜，

只为清廉务实暖人心。

……

又是一片叫好声,催促潘多继续唱下去。

这女人真的来到了赛歌会现场,就在那棵杜鹃花树下。在那人山人海的歌会里,大家都在听山歌,没有人察觉她的到来,没有人在乎她的存在。这女人在四处寻找潘多的影子,她在想:潘多会去哪里呢?这个种植金银花的情哥哥会不会去找村长的女儿白银花呢。正准备拿起手机拨打潘多电话的刹那间,一个男人的声音打断了她的思绪,一个一年时间没有见面而今面庞略显黑瘦的男人出现在这女人的眼前。

"你……"

"我……"

"潘多!"

"紫妍!"

双方各自向后一闪,紧接着便扑上去抓住对方的手,紧紧地相握着,紧紧地相挨着,痉挛般地抖动着,虽用符号表达了在赛歌会现场见面的决心,一旦见面真的就是这样的怦然心动。

在那美妙的时刻,四只手都相互感受到了对方的心跳和温度,情景交融,真真切切,四目对望,眼眶湿润。紫妍抑制不住激动的心情,一颗颗泪珠从眼眶里滚出来,潘多急忙从衣兜里抽出一张纸巾,轻轻点粘在紫妍的眼眶上。

潘多不好意思地笑了,他也说不清楚为什么笑。但是一个突然闪现的直觉告诉他,尽管紫妍一往情深,他们再也不能成为露水夫妻。日思夜想的人,当她真正的到了自己的面前,却有一种责任感愧疚感甚至是负罪感突然涌上心头。刚才他握住她的双手时,除了友情之外,潘多丝毫没有想到别的什么地方去。这是为什么?天天想的事,突然没有了激情。为了弥补尴尬情绪,潘多带领紫妍走向小吃摊,找个位置坐下,示意她坐在对面,俩人要了两碗米凉粉,潘多有些神情不对,紫妍看在眼里,急在心里,便向摊主追加一个炒菜、一盘花生米、两

瓶啤酒,笑着说:

“先吃饱了,再说话,你有什么想法都可以说。我这个人就是直去直来,行就行,不行就拉倒。”

“我们边吃边聊吧,说说这两年多时间里你是怎么过的?”潘多若有所思地说。

“还能怎么过?嫁人了,生子了,相夫教子呗,哪像你一年不见成熟多了!”

“这哪叫成熟啊,这叫沧桑,你没有看到我脸上被岁月洗刷的痕迹?整天套画眉,编扎画眉笼,养画眉,乐趣不少,得到不多。昨天晚上让你受苦了,实在对不起,他们人多势众,好汉不吃眼前亏,我只有不管你了。”

“没什么,那些人都是一些烂人,何必与他们一般见识,三十六计走为上策。在那种情况下,我只有一走了之。他们是不是欺负你了?我知道他们不达目的不会罢休,弄不好还会把一点小事搞得满城风雨。”

“算了吧,一切过去的事情,就让它永远地过去。我们都别在心里纠缠了,我家里还有老婆孩子哩!”

“我早就知道你的心思没在我身上,只不过用的是缓兵之计,搞的是马拉松式联络,男人都是喜新厌旧,没有一个好东西。”

潘多和紫妍边吃边谈,火药味越来越浓。一瓶啤酒下肚,紫妍又要了一瓶,让她没有想到的是,这样的恋情一见面就要散伙。她下定决心,喝完这瓶散伙酒就分道扬镳,老死不再往来。潘多也很无奈,毕竟他的家里还有一个白花花的媳妇,就是因为他的花花肠子,才堕落到这步田地。

有时候,男人最无语,他只顾咕噜咕噜地喝酒,一言不发,借酒消愁。就要离开赛歌会时潘多歌声飘然而出:

高高石头蔓丝缠,
长的崖上掉悬悬,
扎根青石缝隙处,
遥看杜鹃艳丛丛,

你的端庄气灵秀，
根扎阿哥心里头。
今儿别后何时见？
丝丝情儿搅心头，
你若有情来看我，
三生有幸不徘徊。
……

紫妍再也听不进这些没用的东西，没等喝完最后一口酒，调头就走。她觉得，自己在情感上辛辛苦苦熬了这么长时间，潘多却恋旧家里的那个，不把自己放在心上，虽然这个社会是浮躁的，但像她像他这样的人确实应该有点责任心有点担当感，毕竟家庭才是最重要的。双方纷纷回心转意，悬崖勒马，做一个脚踏实地的人、做一个对家庭对社会负责的人，内心言何苦闷。

上错飞机

恋情死了，友情尚存。潘多踏上西去的列车，委实走出一条与众不同的路。多年后，他又回到生他养他的家乡。

见过上错车的，也见过上错船的，还听说过上错花轿的，可从来没见过上错飞机的。

就在潘多回乡的那个航班上，稀奇古怪的事情发生了。

LZZC 机场，DF 航空公司。旅客进入机舱，空姐表情呆滞，因为她们的眼睛在转动，所以旅客都不会想到木偶，没有笑容，没有提示，纳闷碍眼。

或许，这是人的一次错觉，似乎带有一些感情色彩；或许那个时候空姐们就是那个状态。毕竟那是一个很有实力的航空公司，大家都在为自己的选择感到荣耀，轻视藐视可能就是他们的一贯表现。

很快，飞机广播："由于旅客行旅箱太多，无法关上舱门，非常抱歉。"

突如其来的话语，让人模棱两可。言下之意，飞机不可能准点起飞。为什么不直接说?

这时,一位带着眼镜文质彬彬的中年男子拖着一个拉杆皮箱东张西望地走进机舱寻找自己的位置。就在潘多身后一排,与一位妇女争要位置,经过双方出票核实确认并非中年男子的位置后,莫名其妙的男子拿出手机自言自语地说:“那我的位置在哪里呢?”

见过反常的人,但从来没见过这样反常无聊的人。

没过多久,只见那人被叫出去了。不一会儿,他又出现在了机舱上,反复折腾了几次。广播又响了:“各位旅客,由于飞机上多了一位乘客,现在将进一步核对人员,请大家出示一下自己的登机牌。”话音一落,空姐立即出动,左右两边一一细查,什么样情况,什么样结果,没有一个旅客知晓,飞机仍然没有走的意思。

“各位旅客,由于我工作失误的原因,我们的飞机上多了一位乘客,根据民航总局有关规定,我们将对机舱进行一次清仓,请大家带上自己的随身物品下飞机,等待公安和保安的清查,给大家带来不便,实在对不起,请大家原谅。”一位音色发颤的女人在广播里说。

这是安检失误,还是检票失误?还是空姐失误?已经滑行至起飞跑道上的飞机又滑回停机坪。人员下机、卸下托运行李,一帮警察、保安重新对飞机进行检查测试。

被赶下飞机的乘客,拧着大包小包,又一次被赶进两辆摆渡车,人员上齐,车门就被关上,瞬间不见了驾驶员的踪影。过了十分钟,仍然没有人问津,驾驶室仍然空空如也,部分旅客沉不住气了,便说:“这样把我们憋在车厢里没人管,万一憋死咋办?”继而就有人拍打车门和车窗,也有好心人指着靠近车顶的小窗户说,那可以打开,一个高个子伸手就把小窗户推开,焖噪的空气立即通了风,大伙的心情稍稍缓和,或者说是舒了一口气。可是还有人不甘心就此罢休,一边拍打玻璃门窗,大声疾呼:“开门!开门!开门!”没人理会,不知是站在外面的警察、机场保安、空乘人员以及卸货等相关人员根本就没听见,还是故意不理会,叫了半天也是白叫。“呼唠呼唠”又是一阵拍打,并指着门外的警察:“开门开门……”最后,摆渡车的门终于打开了,激动的人群蜂拥而下,立即把相关人员围着一团,一阵指手画脚的吵闹。潘多稳稳的站着并没有下车,他对众人围观的场面比较反感。

出门不易,回家更难。预约赶到北京的时间已过,潘多内心一片茫然。他再也没有心思去光顾噪音,只要不是杀人的场面,只要不是枪林弹雨、硝烟弥漫的战场,都不会引起潘多的注意和警觉。

从此,人们不再想起LZZC机场,DF航空公司。

不一样的四妹

农历六月初二,天空没有一丝云彩,树木无精打采懒洋洋地站在那里,而湖边上,微风吹拂,送来丝丝凉意。想象过去的事,潘多能忙里偷闲得几回,感悟湖边上天空很美,那是因为有飞鸟经过;感觉青春很美,那是因为有苦涩流过……

那天从武装部部长的家里走出来,女子民兵班班长春花抬腕看看手表,两点半还差一刻钟,从马路回到铁合金厂参加民兵工作会肯定赶不上时间了。春花急忙拐上一条小路,走捷径向厂里奔去。

几年没尝到来自西藏的新鲜松茸炖鸡了。难得部长亲自下厨,来自不同部门的熟人凑到一起吃了喝了走了。想到这,春花禁不住独自咧嘴笑出声来,心里洋洋得意。她坚信自己在酒桌上绝不掉链子,情场上她也绝不会失意。

穿过小路,走过一片青菜园,就要到铁合金厂后门了,三点还差十分钟,春花放慢脚步,舒心地在田坎上踱着。前面是一块四季豆地,拐过去就是厂房,机器的轰鸣声随时都在干扰着青椒、茄子、豆角的成长。春花摘下一张嫩绿绿的四季豆叶子,往胸口上一贴,叶子造型奇特的贴在衣服上,她撕下来又往左胸前一拍,接着又摘下一张往身上贴,两张一高一低,合理搭配在一起。她那一件红色的衣服顿时变得不再那么刺眼,红绿相间,颜色和谐浪漫。儿时的玩意,如今玩起来仍然能找到一些乐趣。

春花一边走，一边想着儿时的记忆，忽然被几个年轻人围住了。这伙年轻人，一看就是地痞流氓的派头。有穿着牛仔裤、花格子猎装，有穿着短袖、黑色背心的，正在贼头贼脑地谋划什么。其中一个留着山羊胡子蓬头垢面的马仔，恶狠狠地一把将春花往他胸前一拽，春花一愣，那男的已将她揽入怀中。民兵班长不是好惹的，春花一个马步冲拳迅即将山羊胡子马仔放翻在地。

春花抬头一看，只见一个甩着大辫子的姑娘正在前面匆匆忙忙赶路，春花心里想着要出事，几个流浪汉已冲到姑娘身后，左一个右一个。山羊胡子从地上爬起来，故意向姑娘面前走去，右手准备搭在姑娘的肩上，左边的马仔也想趁机来个动作，姑娘猝然一惊，说时迟，那时快，两手张开"啪啪啪"一连串清脆的耳光打在两个男人的脸上。那一瞬间，空气似乎凝固了。

春花不禁暗喝一声"痛快！"站在姑娘身后的胖子饿狼似虎地扑向姑娘，一把将姑娘抱住，姑娘眼疾手快抓住胖子的头发，胖子顿时喊妈叫娘，姑娘很快占上风。"你这个挨千刀砍脑壳"的骂开了，双脚踢开了。胖子喘着粗气，一声惨叫过后，双手迅速捂住下身，翻着白眼蹲在地上。

春花愣住了，这姑娘真是女中豪杰，不就是厂里的陈四妹吗？身手不凡呀，想不到这么厉害，这下春花才明白陈四妹习惯独自一人往来的真正原因。

没等春花打招呼，右边那个刚刚被扇了两耳光的个马仔，吓得一声惊叫，头就跑，其余食物几个混混见势不妙，灰溜溜地急忙往豇豆地里串走。

春花吐了吐舌头，准备回避，陈四妹已经转过身来，对着春花说："今天算你运气好，不然可能你就遭殃了。这几个马仔都是进去过的。你要小心啊，以后千万别走这条烂路。"

"谢谢四姐，要是没有你的路见不平拔刀相助，我真是孤军奋战，后果不堪设想啊！看来操近道走捷径，并不是一件好事。"

赶到会场，一百多名职工已在闹哄哄地坐以待命，一双双期待的目光不时向大门投去，等着厂长的到来。回想刚才发生的一幕幕，春花的心还在跳个不停，她尽量在克制自己放松一些，三三两两的进来几个员工，将空位置都填满了，厂长跟着就进来了。

厂长一到，大家萎靡不振的情绪立即烟消云散。"喂，开会了。"厂长右脚刚迈进主席台上的凳子前，左脚还在外面，肥胖的屁股还没有靠近座位就在喊开会了，意在提醒大家打起精神来。

厂长一声招呼，一百多号人挤得满满的会场顿时鸦雀无声。厂长最惬意的就是这种时候，每每看到厂里的流水作业在自己的精心筹划下，如同自己身上的器官一样运转自如，心情不亚于某国的第一任总统和普通群众一起坐公交车上班一样舒畅。

"同志们，大家最关心的问题终于得到解决了。我早就说过，跟着我干，就会越来越好，上级已经同意我们扩大再生产、自主创新再发展。我们是一个班子两套人马，今天除去上岗值班人员外，就到一半人，下去相互转告，不再另行开会。为了这近三百张嘴，我们今年的任务是不惜一切代价的去干，你死我活的去拼……"厂长话音一落，全场起立，掌声不断，喊叫声响成一片。

往往这个时候，也是厂长最得意的时候。

掌声停下来后，厂长接着说："别看我们厂小，我们要活得好好的，为了明天，老规矩，大伙自由发表高见，我也想听听大家的声音。"

"我说。"厂长忙里偷闲正在低头看手机短信，他不用看，听听声音就知道是秋芬。"好呀，四妹同志，合同工不仅要把自己当成厂里的主人，而且还要以主人翁的标准来严格要求自己，有什么高招？"

四妹眉宇间的一丝不快稍纵即逝，马上火辣辣的说："厂长，这掌声是不是拍得早了点，要使企业有生命，光靠空话连篇的演说和那些奖惩分明的条条框框是行不通的。铁合金厂要生存下去，与多如牛毛的同行竞争，出了靠素质强厂，还应有魔术般的产品翻新和大量的信息渠道以及人缘关系。舍不得投资，就产不出精美的产品，不注重培养人才，就生产不出金娃娃……"人群中的一些年轻人拍起了巴掌，四妹得意地向那些发烧友送去一个飞吻，又抬头盯着厂长继续振振有词："动不动就开会，你不觉得这是多余的吗？完全没有必要吧！平时见不到你人,开一个会,你放几个屁就溜。”

显然,四妹是冲着厂长来的,较量?报复?两者兼而有之。一个山村里的野蛮女孩,竟敢在众目睽睽之下向厂长发飙,公开撒野。厂长压住心头之火说:“请讲具体一些。”

“再具体就是厂长你的职责。”四妹飘逸的长发往后一甩,柔美的双肩上下一耸,做个怪样,引得满堂大笑。厂长不得不宣布散会。心里嘀咕:“我哪个地方又没有搞对?这个泼辣姑娘,看来对我意见很大……”

一月不见,刮目相看。这个山村野蛮女孩,故意把厂长说得抬不起头。春花悻悻地最后一个离开,望着空空荡荡的会场,她把今天下午发生的事和开会的事联系在一起,无不对四妹产生敬佩之心:这也不是什么坏事,女人就是该有点脾气,不能老是让男人说了算。但春花又想,也只有四妹才有这样的胆量和魄力,要是轮到自己,可不敢当众揭厂长的老底,毕竟现在自己仰仗的是厂长。自己毕竟不是四妹那档子人。四妹就是厉害,她能够说不干就不干,可以跳槽去别的地方,她读的书多,有思想,有胆略,有抱负。

被四妹的刁嘴呛得心烦意乱的厂长,过了晚饭时间还没想起该吃饭的事。直到肠胃咕咚咕咚地叫,他才感觉到了饥饿。那晚,他独自一人来到街上,米饭、米粉、面条都不能引起他的食欲,厂长索性向东头的巷子老幺花椒鸡店子走去,叫老板杀一只童子鸡,约上几个朋友过来喝喝酒,要冲掉心里的晦气,消消毒,杀杀菌。

老幺花椒鸡店里,老板娘一双灵巧白嫩的手,很快把童子鸡宰了,迅速地翻过来翻过去很快把羽毛拔掉,就像老板娘的手背一样白净。

厂长与其说是叫几个朋友过来一起喝酒,倒不如说他是喜欢上老板娘了。曾经多少次,在他深受打击或心情不好时,他都会悄悄来到这里,似乎看看老板娘一眼,他的心情就会趋于缓和平淡,看看老板娘两眼,他的怨气就会烟消云散。每次在他与朋友频频举杯时,老板娘会来到包间里来端茶送水,让厂长趁机饱饱眼福,或在朋友们都没注意时与老板娘拉上一把,或用脚勾上一次,这样的感觉是什么样的感觉只有他俩心里明白。

厂长来的次数多了，老板娘发现了厂长的企图，老板娘甚至觉得这是一个不好的预兆、一个不祥的信号。但为了生意，她也不怎么拒绝，他拉一把，她就回一把，他抚摸一下，她也抚摸一下，一来二去，他们很快相互产生好感。

“幺大爷，您老人家走好啊。”一声清脆的嗓音，厂长感觉活见鬼，越是讨厌这女人的声音，这个幽灵似的声音越是在不该出现的时候在厂长的耳朵里回荡。

“哎呦，我们厂长大人好久没来这里了，今天怎么有闲心光顾小店？”

“你说什么？我以前来，你都知道？”

“哪里哪里！我哪敢去考察厂长的行踪呀！这是我哥嫂开的店，我只不过是空了来帮帮忙打打杂，厂长的朋友来了，今天我请客。”

“你说什么呀，四妹！怎么能让你请客？快过来，快过来，咱们一起吃。”

“不敢不敢！我一个小小的员工，又是合同工，怎敢与厂长平起平坐？”

“快来吧，别再说那些没用的。还是整点实惠的吧。有时候，在厂里，你站的位置甚至比我还要高呢！”

四妹毫不客气的拉过来一张凳子，放在上菜的位置一屁股坐下来，面对着居中的厂长。

“吃吧，别客气呕！”厂长一副语重心长的样子。员工来了，厂长的几个朋友饭后假装接电话声称有事都离开了。厂长又若有所思地对四妹说：“你还有什么使我难堪的花招都摊出来吧。那么大的场合，还是给我留一点面子，好不好？”

“实在对不起，厂长！由于我的任性，没想到伤了您的自尊，以后我一定改！”春花接着说：“以前，我看你是不可一世，自命清高，难以接触的厂长。今天陪你吃个饭，我发现你还是比较随和，是我认识有偏见，还请厂长大人不计小人过。”

“你的意思是，以后我们有必要多交流！嗷！我还不知道，这是你家的产业。我来这很多次了，怎么从来没见过你？”

“厂长！你说得哦！这哪是什么产业？就一个小店，挣口饭吃，哪像你家大业大的，我们充其量就是一个小老百姓。”四妹接着说：“只不过你没在意我，无视我的存在。其实你每次来我都知道。”

“啊，你还知道什么？你还看见什么？”

“厂长，你别那么紧张嘛，有的东西知道了也不能说，有的事情看见了也不能讲。”

这两句话，让厂长对四妹另眼相看。“你……对……我们厂……提的意见和建议，能不能再具体一些？”四妹其实早已把厂长的批评当回事，她十分在乎厂长的说教，而且正在从思想上引起重视，行动上正在抓落实。她木讷讷地说。

“这……个！厂长！我已经改了。”

“你改什么？你本身没有什么错。我这个人一向是很民主，欢迎广大员工提意见，一个好汉三个帮嘛，你们提意见，是在帮助我提高工作质量、改进工作方法呀，我一定接受，一定接受。”

“不是，厂长！我是说……我在会上都是乱说的，我没有去考虑那么多，我的思想也没有那么前卫。”

四妹和厂长事先没有预约，饭后他们并排走出闷热的包间，漫步在湖边上，边说边走，一不留神就走进了路边的灌木丛里。

厂长脸上表情更加放松地对四妹说：“你是第一次到这里来吧。”

“这可是公共场所啊，公民都应该有这个权利吧。你是不是经常带着相好的来这里？今天可别乱想呕！”四妹顽皮地说。

厂长感觉真是天赐良机，他要用这个机会和四妹好好交流交流，沟通一下感情，免得这个山村姑娘老是在公众场合损自己的颜面。

厂长就是那种状态，只要和一个姑娘在一起，都会想入非非。但这次他决定改邪归正，用真理去说服人，用真情去感染人，用语言去打动人。要让四妹看看他这个厂长也不是吃素的，他想证明，自己不仅仅是仰靠家庭当的厂长，自己也有两把刷子。

厂长伸手去牵四妹的手，四妹没有明显的反对，而是一针见血地说：“你把我当成你的女朋友了吗？你考虑好了？可是，我还没考虑呢！”此言一出，厂长急忙放下自己那只短促肥胖的手掌。

厂长的尴尬动作被四妹看到了，四妹心不在焉地嘻嘻一笑，在夜间灯光的照耀下，麻利地爬到一棵构皮树上去采摘酸甜的构皮红果，一手拿着，津津有味地咬着舔着构皮果的滋味。

厂长见过这样的构皮果，但没吃过这样的构皮果，他更没有想到四妹吃得那么有滋有味。四妹泯两口丢掉一个，顽皮的在构皮树上使劲地摇啊摇，一颗构皮红果从树上掉下打落在厂长的脑门上，厂长“哎呦！”一声，四妹“哈哈哈哈”笑得更是开心。毕竟她才二十岁，是一个稚气未脱的山村姑娘。

厂长被四妹姑娘笑得莫名其妙。但他转念一想，跟单纯美丽的山村姑娘在一起，心里总有一种说不出的滋味。她完全忘记了他是厂长，他完全忘记了她就是那个经常与他作对、揭他老底的人。

想着想着，“哎呦！”四妹突然从构皮树上掉下来，重重地压在厂长的背上。四妹把厂长压倒在地上，一对乳房明显地压在厂长身上的感觉也是明显的。“呸”四妹不经意间在厂长脖颈一个甜脆的吻。她急忙翻身站起来，红着脸说：“对不起，厂长，我……刚才……在树上踩滑了。”

“没事，不是有我给你垫背吗？”厂长话里有话的说。

“对呀，幸好有厂长大人垫背，要不然，受伤的就是我了。厂长是最好的领导，随时与群众打成一片，随时都在关爱员工，这就是好领导的最好体现嘛！况且，今天厂长也得到了安慰……”

“哕哕哕哕，你这个敦实妹子，嘴巴还厉害嘛……”四妹“咯咯咯咯”笑个不停，一大步上前抓住厂长，在他的脑门上“吧咋”又亲了一口，转身又上树了。

“这可是你先表示的呀！厂长!我知道你一走进小树林就有那花花肠子。”

“你这小丫头!在戏弄我？”厂长全身燥热，双脸发红，一个劲要爬到树上去和四妹嬉戏，可是，他哪里是上树的料？上不去还好，要是上去了，还不得把整棵树压弯压断。

一心想和四妹近距离接触，又爬不上树，厂长只有抱着树使劲地摇，他这一使劲摇，四妹又从树上摔下来了。厂长伸开粗壮的双臂，把四妹接住了，他故意做个假动作，使自己和四妹一起滚在地上，这回，他真的有机会了，没等四妹反应过来，他就压在她身上，拧着四妹的小鼻子，摸摸四妹的小脸蛋，毛茸茸的大嘴正准备吻过去时，被四妹一巴掌打过来。“好呀，厂长你欺负人，要流氓，扣掉全年奖金。”她仍然笑嘻嘻。

“哈，这可是八小时以外，谁都管不着。”厂长委屈地说。趁厂长没注意，四妹又在厂长的手腕上咬了一口。厂长“哎呦！”一声，四妹已经跑远了，厂长把手收回眼前，发现牙龈发白，痕印深陷，瞬间略显血色。“这个小妖精，我非要收拾你不可。”厂长费尽九牛二虎之力，终于追上四妹，他从四妹身后一把将四妹抱住，两只大手刚好抓住四妹的乳房，四妹越挣扎，他抓得越紧。最终还是把四妹放倒在草地上。“敦实妹，到底还是我厉害吧！”厂长如获至宝地说。

“那当然喽，你要是不厉害，你家里那朵鲜花也不可能随便插在牛粪上呀！”

“哎！你这又是小看我啦!我那么无能吗？我怎么就是牛粪了？”

“牛粪怎么啦，鲜花也需要肥料的滋养呀！”思忖一下，四妹又说：“你有钱，但我不喜欢你这样的男人，今天只不过陪你走走！让你开心一下，我们不会有什么结果。反正我毫发未损，你也皮毛未动。谁也不欠谁的。今后我们还是厂长和员工的关系。”

听了这番话，厂长言语无力，左右搪塞，颜面尴尬。“小小年纪，你不简单呀，你太厉害了。”

“你太小看我了，我连这个都不懂的话！那我不是白活了二十年了吗？”再说，这跟厉害不厉害没关系，道理就是这个道理。你跟我嫂子的事我都知道，我也不会乱说，我们就到此为止。我一定在厂里好好工作，不再和你对着干，以后开会我尽量去顶班，让别的人去开会。我发誓，绝不会再去会场上或其他公众场合点你的水、撤你的台。”

厂长无话可说，他的心里顿时涌出一股只有在最亲昵的人面前才会有的温暖。面对着这情真意笃的山村姑娘,他甘拜下风。原以为是一场艳遇,曾经琢磨打点什么,没想到还把平时工作中的一些不和谐气氛给缓和了,真好。外面风花雪夜的事还没有开始,就办了一件正儿八经的事。

第二天上班,四妹一反先前的忧郁和仇视状态,高兴得像一只小燕子。工友们都觉得她像是变了一个人似的。

一段时间里,厂长会抽空带着车间的小领导到处转转看看,转到四妹上班的车间,厂长会问这问那,四妹知道这是假戏真做,醉翁之意不在酒,厂长他心思这个时候不在生产状况、不在产品的质量上,而是在她的身上。每一次,在人们不太注意的时候,四妹都会悄悄盯着厂长看一眼,厂长的表情代表着他对她的心情;厂长的状态代表着他对她的心态。这样的心里安慰、这样心里满足,只有四妹心知肚明,没有人能看出破绽,没有人看出蛛丝马迹。有时候,与四妹玩得好的几个工友会等厂长离开车间后,悄悄问四妹:"怎么这段时间厂长对你改变了态度?"

四妹立即说:"这段时间,可能他吃好了!"

"哎呦!厂长吃好吃撇你都知道啦,这个社会真是越来越发展了……"

"哎呀!看你说得云里雾里的,真让人费解,人都是这样,有时候心情不好,有时候心情很好。看人要看阳光的一面,少看阴暗的一面。"聪明的四妹又把好友们忽悠了。

"哕!你不说则罢,一说很有道理呀!是不是厂长私下教你的?"四妹立即与工友们打情骂俏,车间里一片欢声笑语。

一位比四妹年长八岁大姐说:"你不是要跳槽吗,现在看你很镇静呀,转变观念了,要在这个厂干一辈子?是不是有人给你吃了定心丸?"

"看你说的!大姐!哪有什么定心丸?这人不都是不容易吗?找一份工作哪有那么轻松呀!"

"你个死丫头!知道不简单,还经常和厂长抬杠,他人外表虽然丑陋一点,但心地蛮善良的,我在这里上班十年了,他从来没有开除过一个人。""你看,其他的厂，三天两头员工又被开了……”

“这个问题我知道，大姐！你看我不是表现好了吗？上周开会我没跟他吵了吧。”

“以后要注意，要尊重领导，不管在什么场合，都要让领导很有面子。你还年轻，以后的路还长，千万不能任性。”

大姐的一席话，让四妹深感愧疚，她深刻反省自己在会场与厂长的对话，感觉自己确实失礼、粗鲁、蛮干，缺乏一个女性的温顺、柔美、飘洒。

四妹感到惆怅与困惑，她平视窗外的梧桐叶遗失了一半的绿色和宽阔，她的面容跟着憔悴了，低低的天空在她的心扉上留下暗影。

厂长知道四妹心中升起了什么样的惆怅，四妹当然不知道厂长心里也有惆怅，更不知道厂长身边伴着的困惑与迷茫。像风像雨像阳光，又像四妹肉眼能看到的梧桐树以及看不到梧桐树上一圈一圈的年轮一样。

四妹在想，夏天走得这么快，秋风又来得这么早。兴许，藏在内心的那些困惑和迷茫也会渐渐冬眠。

在车间，厂长给四妹一个微笑，这对四妹来说，是多么的奢侈，又是那样的久违。过去没有微笑，只有板着一副面孔。如今微笑闪过，就会在四妹的记忆里留下。

四妹记忆里留下的微笑，是那样的温暖，就连看看窗台上那盆干枯的兰草也会鲜嫩欲滴，唇边荡漾绿色涟漪，春色在嘴上就像一泓蜜汁，一波一浪，心里总是甜甜蜜蜜。

四妹的内心处于兴奋状态，但她不轻易表现出来。她知道，有一双眼睛在注视着她，就连她指缝间升起的思绪，也谢绝不了他延伸的视线，是传递一种爱慕，传递一种神秘，传递一种莫测，传递一种欣赏。其中的奥妙只有四妹心里最清楚。

四妹在回忆那天那草地上淡淡的灯光，从树梢上流下来，淌过厂长身上、滴溅在她的胸膛上，那一刻，他们默不作声，一动不动，只有两个人躺在草地成为一道风景。

有道是“金窝银窝不如自己的狗窝。”四妹十分留恋自己的家乡，她一刻也不想离开生她养她的这快热土，一次次她都有到外面去发展的机会，可她就是不愿意离开那个村庄，就是不愿意离开这个靠近她们村庄的小县城。还有湖边上那条不知走了多少趟的小路。

曾是这样的夜晚，也曾是这样的月光。朗朗的月光照在高高的山上，四妹她坐在村头的那块石板上，就像坐在自家的门槛上，看湖光山色，听湖面传来微风吹拂的声响，任思绪沉浮于波涛，把疲惫漂洗成月色，这样的沉溺难道没有欢乐吗？这样的依恋只有故乡的这片热土才能激起。

一次次，当四妹双手捧起故乡的细细泥沙，在湖边，在梦里，一阵又一阵，思恋的潮水打湿了她记忆的彼岸。四妹曾经声情并茂地告诉她的朋友：“我不想让故乡变得遥远，因为她是我思恋的天空中那一轮永恒的明月，无论春夏秋冬，年年岁岁，永远照耀着我的夜晚。”

四妹不仅喜欢故乡的山故乡的水故乡的树故乡的人，她还喜欢故乡的石头。那一群群苍黑石头，落户在这寂寞的深山，没有生命的足迹，没有喜气的象征，就连阳光走过，也不愿意在这石头上停留半步，也不肯多看它一眼。只有村里的大人小孩，默默地坐在黑石头上，面庞像石头一样苍黑，只有目光如炬，不时闪动着火焰。尽管山羊群已经走散，四妹仍然坐在黑石头上，默默地厮守着大山，直到山风衔来一片片绿叶。

后来，四妹用黑石头作墙脚、作墙画、作雕塑，村里人开始讲述黑石头的故事，大家转变观念，把黑石头神圣化，给黑石头戴上大红花，抬进村庄展览，黑石头从此进入村史。

坐在喜步桥上，向着湖边上的方向望去，四妹思绪繁杂，天空悬挂的那轮明月，似乎在诉说四妹的心路历程。

在西藏，总有看不尽的山水，总有饱览不透的江河湖泊和山川美景。听说过措木及日湖以及和它有关的诸多故事。可是，真的要亲近它，却不是能够说走就走的事。

那山那水

有人说，江南是水做的，江南的自然景致也不是其他地方能够与之比肩的。

然而，在西藏，总有看不尽的山水，总有饱览不透的江河湖泊和山川美景。西藏，又何尝不是水做的、山做的？

措木及日湖，因冬季结冰时间较长，又称冰湖。它坐落在林芝市八一镇西北方向24公里处，湖面4平方公里，海拔4100米。

听说过措木及日湖以及和它有关的诸多故事。可是，真的要亲近它，却不是能够说走就走的事。

2019年12月7日，正是农历二十四节气大雪这天，期待已久的措木及日湖之行，终于如愿以偿。

走进措木及日湖景区大门，我们就被迷人的景色吸引住了。虽是冬天，却有山清水秀之景气。路旁一排排笔直挺拔、整齐划一的小松树，还以为是人工种植，仔细一看，不对。在这近似原始森林的山野里，没有任何人为的动土痕迹，二、三米高手腕大小的松树似从土里冒出自行排序，组合成一道靓丽的风景。

可能在其他地方很难找到如此生机勃勃的景象，感谢大自然的恩赐。

一蓬蓬高过人头金黄色的沙棘果，正是成熟的季节。停车拍照、采摘几颗品尝，酸甜的滋味令人口感适宜。

蓝天上白云飘逸，艳阳高照，改变了前些天阴云密布的景象，徜徉在这样的环境里，谁不会怡情悦性？人生是漫长的，或许这就是我们想要的生活。

在唐地村导游德吉的带领下，我们首先来到布达拉宫神山脚下，仰望形状酷似布达拉宫的山峰，不由得暗暗惊叹，西藏美丽的山峰如此壮观，让人流连忘返。

天下无奇不有，这座名叫万堆山的主峰，山脚下郁郁葱葱，半山腰至顶端几乎寸草不生，均为悬崖峭壁，与布达拉宫如出一辙。

沿路冷杉林、金竹林莽莽苍苍，寒风吹送，绿浪翻滚。沿着一条木板铺就的匝道，我们走近了英雄树、英雄石。一棵喜马拉雅云杉直冲云霄，林业部门制作的牌子显示树龄1000年，生长在英雄树周围的九块巨石，浑然天成，尽显敦厚淳朴之美感，这般壮丽奇特，真是鬼斧神工，天造地设。

就在英雄树旁，一根接近腐朽的木条插进干燥的岩石缝里，木条上一半是冰块，另一半居然流出水滴。据说这是措木及日湖景区108眼神泉之一，无论雨季或是旱季，不紧不慢，总是一滴一滴下落，常年滴落不断。

这真是神泉吗？干枯的石头缝里也能流出水滴，让人不可思议。

挺立在英雄树斜对面的姻缘松却是生长在一块大约五米高十米宽的巨石上、紧紧拥抱在一起的两棵粗壮的高山雪松。放眼望去，它们也是从石缝里生长出来的，没有土壤和水分，靠什么维系生命？难道西藏就是生产奇迹的地方？总有那么多令人不可想象、玄而又玄、神乎其神的事儿。

导游说，精彩的还在后面。言下之意是让我们动作快点，别再大发感叹、自我陶醉了。美到极致的地方，又如何去控制游人已经被敞开的心扉。我想，人的内心那池春水一旦被激活，便很难平静。

往前走，是必须的。走着走着，只见具有工布风格的小牧屋散落在一道缓坡上。一群藏香猪、几头牦牛和两匹金黄色的骡马形影不离，悠然自得。

我不完全赞成一些人对旅游景点的贬义成见与情绪上微词，我欣赏措木及日湖景区神牛祈祷和祈寿台的打造。在这里，工布金竹海和措木及日沟谷一览无余，美不胜收。

通往神牛祈祷和祈寿台的路不是一条笔直的路，又是一条木板铺就弯曲向上的匝道。一棵棵雪松触手可摸,就像一道道天然护栏。人在树荫下走,越走心情越爽朗。来到第一个观景台,一棵苍劲的杜鹃花树矗立在观景台正中,虽是天寒地冻的12月,杜鹃花树上却有硬朗的花包露出枝丫。导游介绍说,即便让人看到了希望、看到了生机,这些杜鹃花也要等到来年四五月份才能竞相开放。另一个观景台上,一根枯树桩耸立其中,三米多高的枯树桩已老化空洞,只有一个外壳。或许是大自然的雕刻精妙,造型独特,尽显“雄心犹在,不用谁问廉颇老?壮志再筹,何须人道岁月少。”

向上走,又是一个观景台,风景却是这边最好。几棵大腿一般粗壮的桦树布置在木板铺设的观景台上,这些桦树形状不同,姿态各异,似乎正在等待游人来到这个制高点歇息歇息,还可以靠在洁白光滑的树干上小憩一下,享受一翻。这样的仰靠,谁都需要。

驻足白桦树下,心胸如洗,沉静空明。无论从哪个角度看,这山那山,树与树之间透亮清新,傲然独立却又和谐完美。就在这个观景台的侧面二十米处,两颗高大的青松站成一排,就像两位威武的哨兵遥望着远方,随时看守着祖国的大门。

此山此树,浑然天成,早就安排好了似的。不同位置、不同高度的每个观景台都有几棵大树围拢着,真是靠山吃山。放眼望去,森林密布,重峦叠嶂,无不感慨“西藏江南”处处是美景。

一路有赏不尽白饭树、红饭树,在那被寒风洗刷得只剩下枝条残丫和枯黄草丛的映衬下,显得十分耀眼。

一路惊喜不断,居然还有意外收获。就在湖口处,一群雪鸡出现了,未见其影,先闻其声,它们叽叽喳喳,到底是在寻找食物、寻觅伙伴,还是在欢迎我们的到来。其实,它们的身影和叫声很快就离开了我们的视线和听觉,但是,人到了自然界,这些可爱的小生命,无不勾起人们的联想,到底是人与自然的和谐相处,还是机缘巧合?

导游手指禁乌林海和措木及日湖之间的一片荒山,声情并茂地说,别看它现在都是一片枯黄萧条的景象,每年的3月至11月都有种类繁多的成片高山花卉绽放,穿行在横贯花海的栈道上,心宽意爽,动人无比。

我们站在湖边上,目睹幽深静谧、原始古朴的自然风光,品味着这神奇深厚的历史文化,感叹湖泊的壮美,痴迷湖泊的宁静。

为了湖泊的圣洁,没有一个人触摸湖水,没有一个人搅动湖水,就像敬畏大自然一样敬畏措木及日湖。

有导游讲解,收获不少。据说措木及日湖对面的雪山脚下,还有一个叫昂措的湖泊,它与措木及日湖相距600米,呈月牙状,长约3公里。两个湖泊之间动植物种类诸多,湖水每年11月至次年4月结冰,湖面可行人,是典型的高山冰湖。

与措木及日湖有关的景点还有很多,关于它的故事还有很多很多。去一次就想把它走遍看全,去一次就想把它丰厚的文化底蕴弄得明明白白,我做不到。

措木及日湖,期待着再次与你相见。